你是星河难及

回南雀 著

上 册

青岛出版集团 | 青岛出版社

图书在版编目（CIP）数据

你是星河难及/回南雀著. —青岛：青岛出版社,2024.4
ISBN 978-7-5736-1444-5

Ⅰ.①你… Ⅱ.①回… Ⅲ.①长篇小说－中国－当代 Ⅳ.①I247.5

中国国家版本馆CIP数据核字（2023）第164507号

NI SHI XINGHE NANJI

书　　名	你是星河难及
作　　者	回南雀
出版发行	青岛出版社（青岛市崂山区海尔路182号）
本社网址	http://www.qdpub.com
邮购电话	18613853563
责任编辑	郭红霞
特约编辑	崔　悦
校　　对	郭金乔
装帧设计	蒋　晴
照　　排	梁　霞
印　　刷	三河市良远印务有限公司
出版日期	2024年4月第1版　2024年4月第1次印刷
开　　本	32开（880mm×1230mm）
印　　张	14.5
字　　数	346 千
书　　号	ISBN 978-7-5736-1444-5
定　　价	65.00元(全2册)

编校印装质量、盗版监督服务电话 4006532017　0532-68068050

My Galaxy

顾照俯下身，轻轻地将羽绒服搭在沈映星的身上，手腕就被他牢牢地握住了。

Galaxy

目 录 上册

CONTENTS

目 录 下册
CONTENTS

星星掉进她的怀里，
就是她的了。

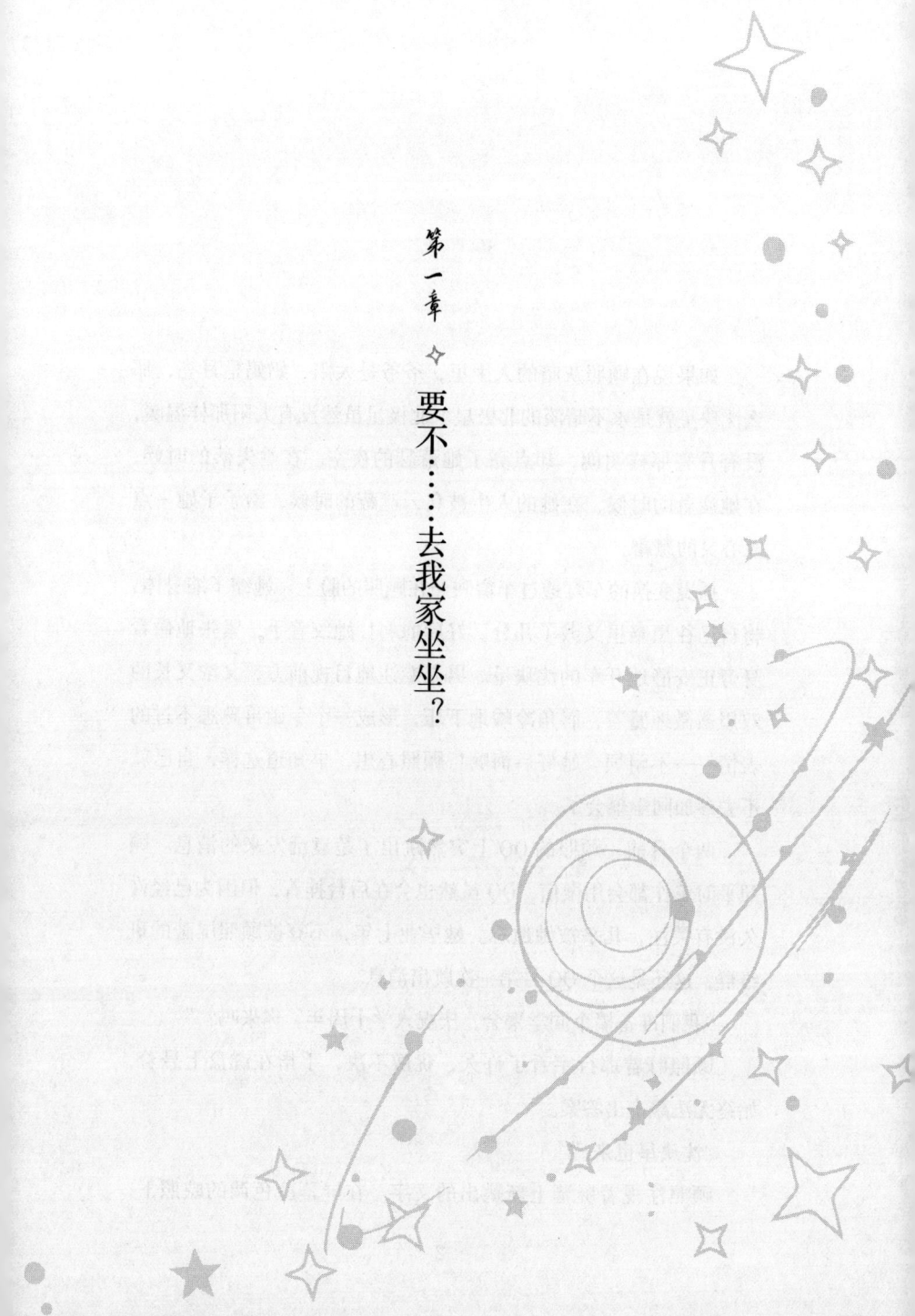

第一章 ☆

要不……去我家坐坐？

如果说在顾照灰暗的人生里，爷爷是太阳，奶奶是月亮，那么沈玦星就是永不暗淡的北极星。北极星虽然没有太阳那样温暖，没有月亮那样明朗，却点亮了她萧瑟的夜空。在她失落的时候，在她疲惫的时候，在她的人生被乌云遮蔽的时候，给予了她一点儿心灵的慰藉。

　　摇曳变换的车灯透过车窗映照在顾照的脸上。她缩了缩身体，将自己往黑暗里又藏了几分。好后悔啊！她绞着手，紧张地偷看身旁正安静地开车的沈玦星。男人专注地目视前方，又浓又长的双眉微微地蹙着，唇角冷峻地下压，形成一个令她再熟悉不过的表情——不耐烦。她好后悔啊！顾照心想，早知道这样，自己就不去参加同学聚会了。

　　两个月前，顾照的QQ上突然跳出了楚袁沅发来的消息。顾照平时工作都用微信，QQ虽然也会在后台挂着，但因为已经许久没有关注，几乎被她遗忘。她毕业七年，不算被顾照屏蔽的班级群，这还是这个QQ号第一次跳出消息。

　　"我们准备搞个同学聚会，庆祝入学十周年。你来吗？"

　　顾照盯着那行字看了许久，犹豫不决，手指在键盘上悬着，始终无法敲击出答案。

　　"沈玦星也来。"

　　顾照注视着屏幕上新跳出的文字。在屏幕冷色调的映照下，她苍白的双颊上不由得显出一点儿绯红。最后睫毛一颤，她像是怕自己反悔一样，飞快地打下了一个字："去。"

楚袁沅在高中时担任班长一职，组织能力一向很强。这些年大大小小的同学聚会也都是她在操办。顾照在群里看到过聚会的照片，少的七八个人，多的也有十几个人，但没有一次是有沈玦星的。

其实……顾照也不是单为沈玦星才参加这次同学聚会的。当年楚袁沅作为班长，对顾照也算照顾有加，没和别人一样看不起顾照。这次对方亲自来邀，顾照总不能不买面子。不仅如此，顾照听说李老师当天也会出席。顾照读高中时，李老师对顾照也很好。与李老师这么多年没见，顾照肯定是要去见一见的。

顾照因此很少见地出门买了新衣服，配了新的隐形眼镜。因为店员说美瞳（装饰性彩色隐形眼镜）可以让人看起来更精神，顾照一时听信对方的"花言巧语"，买了一副黑色半年抛型的。戴上美瞳之后，顾照一下子想到了电影《画皮》里的小唯。只不过小唯是又仙又美的小狐妖，而顾照像个小喽啰。

不愿浪费买美瞳的这几百元钱，到了同学聚会当天，顾照还是硬着头皮戴上了这副美瞳。为了不让美瞳的效果显得过分突兀，她放弃了常年扎起的低马尾，将长发披散开，从抽屉的角落里找出一支同事送给她的口红小样，以健康的红润之色掩盖自己泛白的唇色。

本来她还想买一瓶粉底液将额头上的胎记遮一下，又觉得只是用一次的话太浪费了，最后还是决定用刘海儿挡一下算了。

顾照额头上的这块鲜红的胎记足有五角硬币那么大，是从娘胎里带出来的。顾照刚出生时，医生让她的父母观察一段时间，说胎记可能会自行消退。结果还没等胎记消退，她的父母就出了车祸。

顾照八岁时，爷爷带她去首都专科医院治疗过一次。当时家里花了不少钱，她的胎记确实消退了不少，颜色减淡成粉色，但她一听说要经过多次治疗才有效果，就怎样也不肯继续了。小小年纪的她已经懂得自己的家庭和别人的家庭在经济条件方面是不同的，也知道爷爷和奶奶很辛苦。如果让她变漂亮的代价是爷爷和奶奶加倍地辛苦干活儿，那她情愿不要漂亮。

四月的S市，乍暖还寒，天气阴晴不定。顾照逛商场时，商场里陈列的很多已是夏天的商品，她没想那么多就买了一条夏裙。她化好妆，穿上裙子出门转了一圈，回来老老实实地在外面加了一件棉衣。

楚袁沅发来的聚餐地点是在南江三角嘴。那是S市寸土寸金的地方，住在郊区的顾照别说以前去那里逛街了，连路过那里都很少。

顾照所住的地方附近没有地铁，她怕迟到，忍痛打了一辆出租车直达聚餐的酒店。结果事与愿违，她越怕什么就越来什么。她所乘的出租车经过隧道时，前面出了交通事故，她被堵了近一个小时，等到酒店门口时，已迟到半小时了。让她感到最无语的是，她在调出健康码时，手机还卡住了，又耽搁了好几分钟。

顾照好不容易扫好场所码，进入室内，一边在手机上查看楚袁沅发来的宴会厅的信息，一边寻找电梯，便没有留神脚下。平时习惯穿平底鞋的顾照，今天难得穿有跟的鞋，因此不小心崴了脚。脚踝痛得像断了似的。顾照冒着冷汗，半躬着身体，原地歇了许久。

她的这个奇怪的姿势引起了保安的注意："小姐，您没事儿吧？"

顾照忍痛直起腰："没……没事儿。"她摆着手，连说自己没有大碍，最后在保安的指引下，才顺利地找到了聚会所在的宴会厅。

他们班一共三十几个人，加上两位老师，凑了四桌，包了一个中型宴会厅，桌子一字排开。顾照到达宴会厅时，大家早已开席，并没有人在等她。她一瘸一拐地进门，努力地在众多熟悉又陌生的面孔中寻找楚袁沅，却不知是不是戴了不合适的隐形眼镜的原因，半天无果。

顾照尴尬地站在门口，后悔的心情骤然而起。她望着门里衣着光鲜、谈笑风生的旧日同学，好似回到了自己与他人格格不入的高中时期。她的神情渐渐黯然，不禁往后退去。

她这一退，发现背后不是空荡荡的走廊，竟是一堵人墙。她被吓了一跳，回头看去，只见被她撞上的那个人正低头看着她。他的五官仍然俊朗，一如少年时，不……与高中那时相比，线条更硬朗，也更显成熟。褪去稚嫩的少年气，他已然是个真正的男人。而且，他好高，她仰着头看他，连脖子都有点儿酸。

"沈……玦星？"隔着口罩，顾照叫出对方的名字，声音有点儿哑。

沈玦星盯着她，目光在她没被口罩遮挡的双眼上停留几秒，也认出了她："顾照。"

背上像是有细小的电流向上蹿，一路蹿到耳朵里，电得她神思恍惚。沈玦星半天不见她动，蹙了蹙眉："你傻站着做什么？进去啊。"

"啊……不……不好意思！"顾照如梦初醒，慌忙去推门。

顾照再次进入宴会厅。这次可能因为她的身边有沈玦星，大家终于注意到了她。

"沈玦星，你上个厕所怎么这么久？咦，你身边的这位是谁？"陆岐的目光触及沈玦星身旁的顾照时，也是惊了惊。对方戴着遮住大半张脸的黑色口罩，长发虽然黑亮，但看起来乱糟糟的，似乎很长时间没有好好打理过，连刘海儿都长到遮眼睛了。她的身上穿着一件长及大腿的咖啡色老旧棉衣，那款式像是他奶奶才会穿的，从棉衣下摆处露出绿色的裙摆，最奇葩的是乐福鞋里竟然是一双红袜子。和高大挺拔、无时无刻不是人群中的焦点的沈玦星一对比，她简直就像一朵灰暗的大蘑菇——有毒的那种。

久远的记忆突然被唤醒，陆岐没等沈玦星解答就脱口而出："'顾后灵'？"

顾照在高中时比现在还要内向、不合群。班级里不知谁起的头，开始叫她"背后灵"，后来发展到整个年级的同学都知道她的这个外号。至此，她的名字就从"顾照"变成了"顾后灵"。

已经七年没有人这么叫过自己了，顾照一听到这个带有羞辱性质的外号，还是觉得刺耳。她下意识地垂下头，将表情掩藏在长长的刘海儿下。

"我们是在门口正巧遇上的。"沈玦星从顾照的面前走过，挡住了陆岐的视线。

顾照见沈玦星往前走，蒙头蒙脑地也想跟着。这时，她的背后传来一声呼唤："顾照顾照！你总算来了，我刚才还想打电话给你呢！"

顾照停住脚步，回头就见一个留着干练短发的清秀女孩儿朝自己走来。顾照认出那是楚袁沅，等对方走近了，便轻声道："对不起，我迟到了。"

楚袁沅拉着顾照去了沈玦星他们旁边的那桌，笑道："没有没有！你来得正好，菜还没上完呢。你坐这里，和我一起。大家都是老同学，你不要不好意思。”

顾照被楚袁沅拉着坐下，摘掉口罩后，拘谨地和同桌的众人打了个招呼。楚袁沅不愧是从小做干部的人，最会洞察人心，分桌分得让人心服口服。顾照的这一桌，全是当年班级里的“边缘人物”，虽然彼此没什么交情，但聊起天儿也不会太尴尬。

沈玦星从学生时代起便在各方面都很出挑，他所在的那桌自然也都是班级里的核心人物，有跟他关系一直不错的陆岐，有“校花”宋姣梦，班主任李老师也在。照理来说，楚袁沅也应该在那一桌，但或许是为了照顾顾照他们这些“小透明”的心情，才跟他们坐一起。

“顾照，你倒是没怎么变。”楚袁沅八面玲珑，对每个人都不冷落，时不时地就抛出一个新话题，“你现在在哪里工作？”

顾照停下筷子，见众人将目光都投到自己的身上，紧张得连声音都发紧：“在……在养老院里做财务。”

虽然这个工作的工资不高，但顾照很知足。同事们的年纪都比她的年纪大，平日里大家对她像对小辈一样，都很和善。院里的老人有的年事已高、老眼昏花，看到她还会夸她长得漂亮。

“财务啊，财务好啊，稳定，这个工作很适合你。你应该还没有男朋友吧？”楚袁沅又问。

顾照摇摇头：“没有。”碍于情面，同事介绍的人，顾照也去相亲过几次，但都只是一面之缘。对方跟她聊不下去，她也兴致缺缺。

楚袁沅闻言伸出自己的右手，朝众人展示自己无名指上璀璨的钻戒，一脸得意地道：“有谁？还有谁比我更早结婚的？站出来！”

“不好意思，还是有的。”

　　笑声中，陆陆续续地又有三个人举手，其他人惊叹于他们早婚之余，也纷纷送上祝福。

　　"我老公啊，有很多兄弟。姐妹们有需要，私下来找我，我给你们介绍。"楚袁沅半真半假地说笑道。

　　以顾照的位置，只要她稍稍偏头，越过楚袁沅的肩头，就能看到另一桌的沈玦星。

　　他们那一桌的人不知道在说什么。此时沈玦星微垂着眼，唇边噙着一抹不咸不淡的笑，表情看着有几分厌倦。

　　"我说你啊，难道还喜欢他？"

　　顾照慌忙将目光从隔壁桌的沈玦星的身上收回来，对上楚袁沅似乎洞悉一切的双眼："我……"顾照嗫嚅着，脸上火辣辣的。

　　楚袁沅的声音很轻，二人的对话完全被淹没在嘈杂的人声中。

　　"你这样不行啊。"楚袁沅看着顾照，叹了一口气，眼神中多了几分怜悯，"我问过别人了。他刚回国，应该也是没有女朋友的，但……"楚袁沅将声音压得更低，几乎是耳语的程度，"姣梦也对他有意思。他们两个人已经聊了一阵了。"

　　"宋姣梦？"顾照心头一震，抬头就要往邻桌看，被楚袁沅急急地叫住。

　　"你别看！"

　　顾照的目光没有引来关注，楚袁沅的这叫声却惊动了沈玦星。手中的玻璃杯停在唇前，他瞥向邻桌，目光准确地落在顾照的脸上。他明明什么都没说，但顾照就是能从他的眼里清晰地读出两个字——好吵。

　　顾照只与沈玦星对视了一瞬就飞快地收回了目光。以前她看小说里形容一个人目光凛冽，总是用"如刀似箭"。那时她不明白为什么一个人的目光可以像刀，而现在她懂了。

沈玦星的目光好似冰冷的刀锋，在与她的目光交织后落到她的脸上，刮到她的眼睛、皮肤，甚至深入皮肉里，搅动她本就混沌的大脑。她连多看他一眼都觉得刺痛。

楚袁沅转头看去，见沈玦星在看她们，忙举起杯子朝他敬了敬。沈玦星颔首，浅抿了一口玻璃杯里的饮料，也收回了目光。楚袁沅松了一口气，回过头来就皱起眉："你这样也太明显了。"

顾照抿了抿唇："对不起。"

楚袁沅见顾照这样一副唯唯诺诺、三句话不离"对不起"的样子，也有些恨铁不成钢。

顾照从小父母双亡，跟着爷爷和奶奶长大。高一开学的第一天，班主任李老师便支开顾照，将她的身世告诉了全班同学，本意是想让大家多照顾照顾这个可怜的女孩儿。可谁想顾照的性格实在古怪，她难以合群，成绩又时常在中下游徘徊。别说同班同学，连老师看到她都感到头疼。久而久之，除了楚袁沅碍于老师布置的任务会主动与顾照搭话，班里少有愿意接触顾照的人。

楚袁沅也是从顾照的身上深刻地领悟到"可怜之人必有可恨之处"这句话的含义。这个人怎么能这么迟钝？怎么能这么懦弱？怎么能这么……异想天开？

前几次班级群里组织同学聚会，顾照都没参加。这次庆祝入学相识十周年，意义非凡，楚袁沅就想尽可能地把人凑齐，请顾照时报沈玦星的名号也就是试一试，没想到顾照真的来了。毕业七年了，楚袁沅百分之百确定这两个人七年来绝对没有联系。在这样的情况下，顾照竟然念了对方这么久。

楚袁沅将宋姣梦也对沈玦星有意思这件事儿告诉顾照，倒也不纯是为了打击顾照，只是看不下去顾照把感情浪费在不可能的人的身上，虚耗青春。顾照本来就够可怜了，就不要把自己搞得更惨了。

"等我让我老公把他的兄弟介绍给你。对方虽然比不上沈玦星，但也是老实会过日子的。你们先聊着，谈谈看，如果不行，我再帮你找其他人。"楚袁沅不给顾照选择的权利，就替顾照做了决定。

顾照想说自己一个人也挺好，已经很习惯独居的生活，没有男朋友也没有任何不便，但一对上楚袁沅热情的目光，便又在对方的强势之下屈服了，犹犹豫豫地接受了楚袁沅的好意。

"哦，好的。你帮我……谢谢你老公。"

等菜上得差不多了，大家吃到半饱时，便开始站起来轮流敬酒，与其他桌的同学交流互动。顾照鼓起勇气拿着饮料杯去了邻桌，与同学们排着队给李老师敬酒。李老师推了推眼镜，一下就认出了顾照，拉着顾照问了许多话。

"财务啊，挺好的，适合你这慢性子的人……"李老师温和地说。

宋姣梦正在和沈玦星说话。两个人靠得很近，宋姣梦笑得优雅又甜美。顾照没有故意去看，但站在这个方向，余光正好能看到不远处的两个人。

后面又来人给李老师敬酒，顾照忙让开位置，结束了与李老师的问答式交流，回到了自己的座位。接下来的时间，顾照只是一个人孤零零地坐在桌前发愣。同桌的人坐下又起身，热络地和其他人交换着联系方式。顾照以为他们是"小透明"，结果他们早就"进化"成了社交老手，到头来只有顾照一个是真正的"路人甲"。

"沈大帅哥，跟咱们'校花'偷偷摸摸地说什么呢？来来来，我敬你一杯。"一个高壮的男人举杯走到了宋姣梦与沈玦星的身旁。宋姣梦一顿，纤眉微蹙，眼里闪过一丝不易察觉的厌恶表情。

对班里的人，除了沈玦星、宋姣梦和楚袁沅这些自身出众、让人一见难忘的，顾照其实不大记得别人的名字了，但对这个人还有些印象。这个人好像叫李漠，高中时成绩比顾照的成绩还差，他是班里常年"吊车尾"的那一个。

顾照与李漠当了三年同学，两个人加起来可能也没说过两句话。她会对他有印象，完全是因为一种同病相怜的莫名其妙的亲切感。李漠喜欢宋姣梦，喜欢到令全校同学都知道，哪怕自己因此被沦为笑柄，哪怕自己根本得不到"女神"的一个眼神。他同顾照一样，不自量力，痴人说梦。

"沈大帅哥现在在哪儿高就啊？"李漠昂着下巴，自以为掩藏得很好，其实敌意已快从眼中溢出。

"叫我的名字就好。"沈玦星站起身，用自己的杯子轻轻地碰了碰对方的，"我最近在工地搬砖。"

李漠一愣，皮笑肉不笑地道："这是拿我寻开心呢？你一个高才生，去工地搬砖？"他看了一眼沈玦星的杯子，挑眉道，"我这可是白的。你就喝饮料，也太不给我面子了吧？"

"开车来的，不好意思。"沈玦星自顾自地喝了一口自己杯子里的橙汁，完全没有顾及李漠的面子的意思。

"你……"李漠脸上显出怒意。他还要再说什么，宋姣梦从后面走上前，插到两个人中间，打断了他的话。

"玦星确实是开车来的，你总不能叫他酒驾吧？我来同你喝就是了。"宋姣梦的杯子里是葡萄酒。她含笑说完，拿自己的杯子重重地碰了碰李漠的杯子，而后将酒一饮而尽。

李漠知道她这是生气了，忙耷拉下眉毛，一脸讨好地道："你少喝点儿，少喝点儿。我没那个意思，你误会我了……"

沈玦星不理二人，放下杯子后，从另一边离开，去了露台吹风，估摸着也是受不了李漠那献媚的样子了。

见沈玦星走了，宋姣梦也不再伪装，冷下脸道："李漠，你能不能少烦我？"说罢，她不再理睬对方，转头去沙发区找自己相熟的女同学说话了。看她们投到李漠身上的像看垃圾一样的眼神，就不难猜出，宋姣梦是跟她们吐槽刚才的事儿。

李漠原地站了一会儿，脸上青一阵、紫一阵的。牛高马大的他，此时看起来竟有几分弱小无助的感觉。最后，他泄愤似的仰头喝干了杯子里的白酒，到底没敢过去讨嫌，转身回了自己的那一桌。

顾照在心里感慨：李漠还是不懂，不喜欢就是不喜欢，宋姣梦不会因为少一个沈玦星就喜欢上他。讨好者也要有讨好者的自觉，不惹人嫌是第一准则。

用餐结束后，李老师他们走了，剩下十来个人，陆岐提议去附近唱歌。顾照本来不想去，这里离她家好远，她怕晚了找不到车回去。但由于性格软弱，顾照向来无法开口拒绝他人，又有点儿从众心理，所以当楚袁沅问她要不要也一起去的时候，顾照竟然鬼使神差地点了头。

"你也去？"楚袁沅见顾照点头也是无比惊讶，说话间，瞄了一眼一旁的沈玦星，有了自己的理解，叹气道，"行吧，那你去吧。"

重新戴上口罩，顾照跟着大家乘电梯去往楼下。望着观光电梯外璀璨的灯光，她有一种想撞破玻璃跳下去的冲动。好后悔！她真的好后悔！

顾照根本不会唱歌，全程只是穿着棉衣、戴着口罩，像个局外人一样坐在角落里。楚袁沅一开始还会来招呼顾照，后面玩儿嗨了也顾不得了，便没有人再理顾照。

"来来来，买定离手！"陆岐平日里就是经常出入酒吧、KTV 的人，很会玩儿。话筒被别人占据的时候，他就建议其余人玩儿色子，输的喝酒，不能喝酒的就要玩儿"大冒险"（一种游戏）。

陆岐抬头看向角落处："'顾后灵'，你也来玩儿啊！不然你来这里干吗？"

顾照本来静静地看他们玩儿，突然被陆岐点名，身体比脑子快一步地就挪了过去。

"顾照，你会吗？"楚袁沅给顾照十个筹码，问道。顾照点点头。刚刚也听到了规则，顾照知道怎么玩儿。

陆岐道："你会就好，来，猜吧。"

"'大'。"沈珏星放了五个筹码在"大"的一边。

"那我也选'大'。"宋姣梦跟上。

"我押'小'。"李漠咬着牙，丢了五个筹码在另一边。

"你们都玩儿这么大啊？我就下一个筹码，押'小'。"楚袁沅啧啧两声，比其他人要谨慎。

轮到顾照。她犹豫片刻，最后还是押了"大"，也是放了五个筹码。陆岐一挑眉："嗬，'顾后灵'，可以啊，胆子挺大。你学沈珏星呢？"

"大家都下好了，我要开了。"陆岐扫视一圈，把手按在骰盅上，将紧张感瞬间拉满。他一下打开盖子，大声念出点数："开！四、一、三，'小'！"

李漠当即笑出了声："赢了！"

宋姣梦看不上李漠这副小人得志的嘴脸，抬了抬眼皮，道："'胜败乃兵家常事'，才一盘，输也是很正常的。"

沈珏星的神情淡淡的。他看起来并不在意输赢，又往桌子上扔了五个筹码："还是押'大'。"

李漠当然还是跟沈玦星反着来，下了十个筹码，押"小"。顾照有点儿信不过沈玦星今天的运气，想了想，跟着李漠押了"小"。刚把两个筹码放下去，顾照就感觉脸上有刺感。她抬头看去，沈玦星低头看着手里的筹码，分明没在看她。

"六、六、八，'大'！"

然而，这次幸运之神站在沈玦星的那边。李漠惨败，瞬间输掉了大半"积蓄"。顾照也只剩最后三个筹码。

接下来的两次，顾照每次都只敢下一个筹码，但没有一把是押中的。她只剩最后一个筹码了，留给她的机会不多了。

"你们有没有发现？顾照押哪边，哪边就一定输。"楚袁沅若有所思地注视着顾照，迟迟没有下注。此话一出，众人回想了一下，好像还真是那么回事儿，瞬间连望向顾照的眼神都变得微妙起来。

"四把，没有一把是押中的。'顾后灵'，你也太倒霉了吧！"陆岐按住骰盅，这次让顾照先押，"你要押哪个？"

顾照回想今晚的种种经历，也不得不认同他的话，自己今晚真的很倒霉。顾照把那个仅有的可怜的筹码放到了桌子上："押'大'吧。"

从楚袁沅开始，接下来李漠、宋姣梦等人都押了"小"，明摆着不想被顾照这"霉神"带衰。到了沈玦星，就在大家以为他毫无疑问也会押"小"时，他的手一顿，从"小"的上方竟然移到了"大"的上方。他是不相信玄学那一套的。

"我也押'大'。"说完，他放松地靠向沙发背，坐等陆岐开骰盅。

"来来来，到底谁的运气更强呢？让我们拭目以待！"陆岐尽责地将紧张的气氛一再推高，连顾照都被他感染，双手握紧，手心都出了汗。

"开！"陆岐一口气掀开盖子，"一、一、三，'小'！本轮第一位输家产生了，让我们恭喜顾照小姐！"

顾照产生了幻觉，好像真的有两个小天使在她的头顶上方拉开横幅，拉响礼炮，庆祝她这个新倒霉蛋的诞生。她瞬间卸了力，颓然地弯下背脊。完了，她不仅自己倒霉，还把沈玦星连累了。好烦啊！

输的人要被罚喝酒。按喝威士忌的杯子的容量，男生输了要喝整杯，女生输了只要喝三分之一杯就行。但对从来不喝酒的顾照来说，喝小半杯酒也足够她瞬间上头。

"沈玦星，人家顾照一个女生都喝了，你要是再拿开车当借口，我可看不起你！"李漠冷笑着说道。

陆岐不知道李漠和沈玦星之间的过节儿，瞎掺和进去，要帮沈玦星添酒："就是就是！老沈，等会儿给你叫代驾，你喝呗！"

沈玦星有些犹豫。这时，有人颤颤巍巍地递上来一只杯子，道："我……我替他喝吧。"

顾照此言一出，在场的众人都愣了一下。当年沈玦星学习成绩好，长得又帅，喜欢他的女生不在少数。今天宋姣梦实在太引人注目，大家把焦点都集中在了宋姣梦的身上，忘了在场的还有个沈玦星的暗恋者，不，应该说是明恋者。当年因为这份痴心妄想，顾照可没少被人取笑。

"哟！"有人开始起哄，"这是心疼了。"

楚袁沉暗自叹气，默默地饮了一口酒，不打算管这闲事儿。

"那……"陆岐正要给顾照倒酒，胳膊就被一旁伸过来的手握住了。那只手，五指修长，骨节分明。手的主人看着没怎么用力，就一点儿一点儿地将陆岐的手扯开了。

"不用别人替我，我选'大冒险'。"沈玦星说完，瞥了一眼顾照，好像在怪她多管闲事儿。

顾照垂下眼，收回手，退回属于自己的阴暗角落。是的，要是李漠给宋姣梦挡酒，估计宋姣梦也是这样的反应。对于心仪的对象，挡酒是暧昧的拉扯，而对于烦人的讨好者，那就是一厢情愿，让人很有负担。

众人发出一阵嘘声，只有宋姣梦帮沈玦星说话："喝酒伤身，还是少喝点儿。大家玩儿嘛，开心就好。"

"老沈，你这人太不解风情了。"陆岐这样说着，但到底没再为难沈玦星。在陆岐的主导下，"大冒险"的惩罚定了下来——二十个俯卧撑。

沈玦星脱掉西装，撸起衬衫的袖子，没有讨价还价，利落地走到包间的空处，姿势标准地做完了二十个俯卧撑，一点儿也没偷工减料。

惩罚过后，游戏继续，但这次为了比赛的公平性，顾照被要求最后才能下注。沈玦星下注在哪里，顾照就下在另一边。久而久之，大家摸索出规律，都跟着沈玦星下注。不知道是不是真的有点儿玄学在里面，第二轮、第三轮、第四轮，输家都是顾照。她一杯又一杯酒地喝着，一直好好地遵守游戏规则，一次也没给自己求饶过。

"等这局玩儿完，我就不玩儿了，没意思。"到第五轮，眼见顾照手里的筹码又只剩两个，沈玦星开口道。

"玩儿别的吧，确实没什么意思。"当一个游戏的结局已能预见，便少了很多趣味性，宋姣梦等几个女生也在一旁附议。

李漠把筹码一丢，拿起桌上的那瓶威士忌晃了晃，道："那还玩儿什么？肯定这轮也是'顾后灵'输啊。"

李漠将酒瓶递向顾照："还剩这么一点儿酒，你干脆都喝了吧。"

"哦，好。"顾照没有一点儿质疑对方的意思，晃晃悠悠地站起来，脚下不稳地绕到桌子的另一边去够李漠手里的酒瓶。

L形的沙发座，沈玦星和顾照各坐一端。两个人本来离得很远，她这么绕了一下，反而绕到了沈玦星的旁边。

"那……我全喝了吧。"她立在桌前，握着酒瓶浅尝了一口，接着做了一个深呼吸，把眼一闭，仰头将酒灌下。不知谁点了一首《欧若拉》，唱得每个音都不在调上。顾照在"爱是一道光，如此美妙……"的背景音下，被烈酒辣得连舌头都要失去知觉。

酒劲儿上涌，胃第一个吃不消。顾照好想吐。对不爱喝酒的人来说，酒如穿肠毒药，囫囵吞下还好，但若等它的滋味在味蕾上一点儿一点儿地弥漫开，那真的每分每秒都是煎熬。

在顾照就要忍无可忍一呕再呕时，酒瓶忽然被人拿开。酒液泼洒出来，顺着顾照的下巴滑下。她茫然地望着空无一物的手，又顺着被抢走的酒瓶看向对面，看到一张面无表情的脸庞。

沈玦星把酒瓶放回桌上，淡淡地道："别太过分了，这酒的度数不低。"

大家看沈玦星站起来，都以为他是要去点歌或者上卫生间，谁也没想到他竟然拦下了顾照的酒。而且听这话里话外的意思，不就是沈玦星嫌他们玩儿得太过火，欺负人家顾照吗？一时间，大家都有些尴尬。

"那……要不换'大冒险'吧？"短暂的沉默后，陆岐为缓和气氛，提议道。

李漠冷嗤一声，将杯子举到唇边，用不大不小的声音道："装什么啊？扫兴。"身旁的人撞了李漠一下，让他收敛一点儿，这反倒更刺激了李漠。

李漠看着顾照，用酒杯向沈玦星那边一指："'顾后灵'，你要是敢亲沈玦星一下，我就敬你是这个。"李漠用另一只手竖起大拇指。

这就离谱儿了！这是惩罚顾照，还是惩罚沈玦星呢？楚袁沉觉得李漠这是喝多了吧，正想以班长的威信主持一下公道，结果话还没说出口，自己就听到周围此起彼伏的抽气声。楚袁沉连忙去看顾照，就见顾照踮着脚，将纤细的手指从棉服的袖口处探出，揪住沈玦星的领子，倾身……吻了上去。

沈玦星正目光阴沉地盯着李漠，犹豫着要不要翻脸，翻到什么程度，忽然面颊就被一个柔软、微凉的东西碰了一下。

从疑惑到明了那到底是什么，沈玦星只用了短短几秒。他震惊地转头，在昏暗的光线下与顾照的那双漆黑的眼睛对个正着。眼瞳颤动着，她先是迷茫，再是在他的注视下一点儿一点儿地清醒过来，露出比他还要震惊的神情，好像连自己都不敢相信自己会做出这样的事情来。

顾照确实也很震惊。她慢慢地放下踮起的脚，呆滞地道："我……"

"哈哈哈！"李漠看热闹不嫌事儿大，"我让你亲他一下，可没说亲脸啊。你不会亲他的手吗？沈大帅哥，这下你可吃大亏了。"

顾照只觉得身体里有两股气流——一股热得像火，一股冷得像冰。两者纠缠着，让她的脸发烫，手脚却像被冻住一般没有一点儿热气。她的脑海中，几个念头交错着闪现：一会儿是"完了，我做错事了"，一会儿是"酒精是魔鬼，我的头好晕"，一会儿又是"沈玦星的身上香香的，真好闻"……

"好笑吗？"沈玦星看向李漠时眼神更冷了。

李漠满不在乎："你这就玩儿不起了。"

沈玦星被顾照一打岔，也不装了，直接翻脸："玩笑是当事人觉得好笑才叫玩笑。不好笑的玩笑，与施暴无异。李漠，你真的和以前一样，一点儿都没变。我要是宋姣梦，也嫌你这条狗拉低了自己的格调。"

包间里虽然还有音乐声，沈玦星满含讥讽的话语却仍然清晰地传到了每个人的耳朵里。李漠当即脸上挂不住："你说什么？"

"明天还要搬砖，我先走了。"沈玦星只把李漠当空气，说完也不等众人反应，拿了衣架上的外套，拉开门就往外走去。

只是没等一会儿，沈玦星又推门回来："还不走？"他语气不善地对顾照丢下这一句，这次是真的走了。顾照看着渐渐合上的门，如梦初醒，连忙追赶上去，连跟众人道别都忘了。

"玦星！沈玦星！"从顾照身后传来宋姣梦的叫喊声，但很快被完全合上的包间门阻隔了。

顾照动作慢，小跑着还迷了路，等转出 KTV 时，沈玦星早已靠在车边抽起了烟。顾照朝他走过去，停在离他一米远的地方，观察着他的表情。她觉得他生气了，又觉得他好像没生气。

"刚刚……对不起。"她为自己找了很多借口，比如"喝多了，我也不想那样的"，又比如"大家都是成年人了，不用当真"，再比如"你要是这么想，我也没办法"……

"你怎么回去？"

"我喝多了。我也没办法……"顾照一下顿住，心里想着这个人怎么不按套路出牌，连忙改口，"哦，我叫出租车回去。"

这个时间，公交车没了，地铁也停了，她只能打车了。她一边说着，一边掏出棉衣口袋里的手机，准备叫出租车。沈玦星咬住烟，拉开身旁的车门，朝她抬了抬下巴："我送你吧。你家还在原来的那个地方吧？"

顾照一愣，半天没动。沈玦星上了车，坐到驾驶位上，见她傻傻地站着，将车窗降下，耐心转瞬间耗尽："快啊！你听不懂人话啊？"

顾照像被人拿鞭子在背后抽了一鞭一样，小跑着从另一边上了车。她在副驾驶位上坐好后，就一直拿余光瞥沈玦星。他真好，和七年前一样好，连这样都没骂她。她刚这样想着，沈玦星冰冷的声音就响了起来："你跟去干什么？你会喝酒吗？瞎喝什么？你看不出来他们在看你笑话吗？"

顾照捏紧了安全带，道："我看出来了。我就是……不想扫兴。"

沈玦星不自觉地连油门都往下踩得更狠了一点儿，心里没有恣意宣泄情绪的爽快，反而更焦躁了。别人都是一拳打在棉花上，他这一拳简直是打在史莱姆（虚构作品中的一种果冻状或半液体的生物）的身上。对方没半点儿损害也就算了，他还搭进去一只胳膊。

"你还挺有团结意识的……"沈玦星忍不住就想再讽刺她两句，可转念一想，今晚的重逢不过是因为一场同学聚会，送她回到住处后，他们各回各家，明天太阳照常升起，他们不会再有任何交集。那他何必多费口舌？他在心里微微叹了一口气，道："算了，跟我没关系。"

他生气了。顾照将双手握得更紧了一些，后悔的情绪在心间萦绕，令她愁眉不展，好似怨灵。她不应该去的，今晚不应该去参加同学聚会。

"对不起。"她的声音很轻，在黑暗的车厢内响起时，让人听起来简直像幻觉。

沈玦星听到了，但没给任何回应。沈玦星将白色的SUV（运动型多用途汽车）开进顾照家的小区，顺着楼间的小道弯弯绕绕地行进，直接停在了她家的楼下。

顾照所住的"河岚九村"是实实在在的"老破小"小区，设施老旧，没有电梯，停车位少，人员复杂。顾照家的这栋楼尤为神奇，底下是沿街的商铺。她要从小区里的一个门洞进去，向上走，走过长长的楼梯，穿过平台，才能到她真正的楼道门。沈玦星以前受老师所托，送身体不舒服的顾照回家，来过这里一次。因为那时他也是第一次见到这样的建筑结构，所以印象格外深刻。

"你一个人可以上去吧？"沈玦星打开车门锁。

"我可以的。谢谢你，你回去吧。"顾照解开安全带，拉开车门下车。结果因为她原本今天扭伤过脚，戴着美瞳眼神儿又不好，所以她没看清脚下，也不知道踩到什么滑溜的东西，竟然刚下车就打了个趔趄。

沈玦星轻轻地啧了一声，下车过去扶她："我扶你上去吧。"他可不想明天起床刷到新闻里说，有名女子深夜醉酒，踩空楼梯，命丧家门口。顾照感受着从身边隐隐约约地传来的他的体温，以及他的手扶在她的胳膊上的力度，不敢相信竟然有这种好事。

"谢谢。"她放心地将身体大半的重量交给沈玦星，在他的搀扶下，小心地上了楼。最近疫情反复，楼梯间内弥漫着淡淡的消毒水的味道，配上昏黄的灯光，令她没来由地感到氛围有些阴森。

"你……以后不走了吗？"顾照忍不住打破沉寂。

沈玦星在高中毕业后就去了国外读大学，同学们七年来鲜少听到他的消息。班级群里唯一跟沈玦星有联系的就是陆岐。陆岐说，沈玦星好像是在读不知是人工智能还是自动化方面的专业，大抵是不会回国了。

"嗯。这几年国内外的疫情都太严重了。我爸妈放心不下我，我也放心不下他们，就干脆回来了。而且，国内的机会也多一点儿。"沈玦星没聊得太深，简单地说了一下自己的情况便打住了。

"哦，那挺好的。"

走得再慢也走到了头，两个人走出楼梯间的瞬间，月光洒在了二人的肩头。顾照望了一眼天上的月亮，心想，今晚的月色可真好啊。

"你回去吧。剩下的路，我自己走就好。"顾照挣脱沈玦星的搀扶。剩下的都是平路，顾照家的楼道门近在咫尺。她家就是楼道门进去左边的那户，她走过去应该没问题了。

沈玦星道："那行，我走了。"

"再……"顾照正要道别，平台下忽然响起喧闹声。

"不能出了！不能出了！刚接到通知，小区里有新冠阳性人员，全小区要封闭四十八小时，所有人只进不出！"

顾照和沈玦星对视一眼，不约而同地跑到平台边上，趴在护墙上往下看去。

不远处的小区大门口，除了保安，这会儿多了几名穿着防护服的"大白"（负责防疫的医务人员）。"大白"一边指导着保安封锁大门，一边向想要出去的小区居民说明情况："对……四十八小时……不能出的，谁来都没用……"

沈玦星脸色一下变得难看起来："我下去问问。"说罢，他快步下了楼。

顾照连忙也跟了过去。但她有一只脚受伤，只能走两步歇一步，等到大门口时，就看到沈玦星在跟保安努力地解释："我不是你们小区的。我只进来了十分钟。你现在放我出去，就当我没进来过行不行？"

保安队长说："进来了就是进来了，怎么能当没进来呢？这么多人看着，万一你出去感染了别人，这个责任谁来担？"

"那我回家自我隔离呢？也不行吗？"

"你不要为难我们啦，帅哥。我们接到的通知上说了只进不出，那我们就连一个苍蝇都不能放出去。你是开网约车的，还是来送朋友的？如果你是开网约车的，我们给你想办法找住的地方，就是条件可能有点儿差；如果你是来送朋友的，就住在朋友家嘛。"

沈玦星还要说什么，"大白"过来将沈玦星和周围的人一起往里赶："好了好了，不要聚集！大家都回家，回家吧！明天全小区都做核酸检测。只要没有阳性人员，四十八小时后小区就能解封了。大家不要担心！"

沈玦星被人群从门口挤开，茫然地呆立片刻，烦躁地抬手抓了一把头发。顾照挨到他的身后，也不知如何安慰他，斟酌着开了口："要不……你去我家坐坐？"

水壶里的水咕嘟咕嘟地冒着泡，顾照看了一眼在露台上打电话的沈玦星，往茶杯里倒了一点儿茶叶。她倒完茶叶才想起来，已经快到凌晨了，喝茶好像对睡眠不太好，于是只倒了一杯白开水放到茶几上。

商铭远接到沈玦星的电话的时候已经在床上躺了，差一点儿就要进入梦乡。他以为沈玦星大半夜打电话给自己是因为工作上的事儿，不敢耽搁，想也没想就接通，结果对方在片刻的静默后，竟是委托自己去送换洗衣物。

"什么？你被封在别人的小区里了？"商铭远觉得这件事儿

离奇又好笑，"谁的小区啊？客户的吗？"商铭远不知道沈玦星今天有同学聚会，只以为沈玦星跟往常一样，深夜还在盯方案、盯施工。

"不是，是我的一个……朋友。"沈玦星抚着额，不经意地向室内看去。顾照并拢双膝，将双手搁在膝头，安静地坐在单人沙发上，正盯着眼前的一杯白开水发呆。

沈玦星下意识地长叹一口气，道："我等会儿把我家电子锁的密码发给你。你帮我随便拿两套换洗的衣服，再帮我把笔记本电脑拿过来。行李箱在柜子里，密码是三个零……对，牙刷、毛巾也帮我拿上……"

顾照家的阳台外有一大片平台，既是楼下商户的屋顶，也是她家的露台。露台的角落里堆着不少花盆，沿墙还筑了水泥花槽，看得出来，这里以前也曾"繁荣"过，但可能因近年缺乏打理，花盆里空荡荡的，花槽里也全是野草。

沈玦星在外头抽了一根烟才回到室内，回来时，就看到顾照还维持着原状，像入定了似的。

"你在想什么？"沈玦星挑着眉，语气里带上一丝疲惫。

顾照抬头看向他，说："我家只有一床冬被。"

沈玦星直接抽了抽未来得及舒展的眉毛："没事儿，你给我一床毯子，我直接在沙发上凑合两晚。"

顾照站起来，看了看他高大的身躯，又看了看自家的那套破旧、塌陷的沙发。这沙发从顾照有记忆以来就在她家里"服役"了，少说也有二十岁高龄。这上面躺一个她没问题，若是用它脆弱的骨架承载沈玦星那一米八几的大高个儿，也太为难它了。

"要不然你睡床，我睡沙发？"顾照提议。

"我睡沙发，你睡你的床。"沈玦星坚定地说道，毫无商量的余地。

他回国创业，一切从零做起，习惯了做最后拍板的那个人，也已经能熟练地在第一时间分析事件走向，快速地给出最优解。在他看来，谁睡床、谁睡沙发根本是不需要再讨论的事儿。于情于理，他都不可能自己睡床而让顾照一个女孩子睡沙发。

但显然顾照不是这么想的，她对让沈玦星睡床异常执着："不，你睡床，我睡沙发。"她再次重复。

"你，睡床！我，睡沙发！"沈玦星也重申。

明明是在商量一件十分平常的事儿，顾照与沈玦星两两对视，一高一矮，却无端地制造出一种互不相让、剑拔弩张的氛围。顾照摇了摇头："你睡床，我睡沙发。"

沈玦星眉头皱得紧紧的："你是复读机吗？我已经说了我睡沙发，你烦不烦？"

再这样下去，他又要生气了。顾照不想让他生气，他今晚生的气够多了，但她又不想就这样放弃自己的主张。她苦恼地看着自家的那个老沙发，忽然想到一个两全其美的办法："要不然……一起睡？"

沈玦星眯了眯眼："你说什么？"

顾照道："一起睡吧。我的床是双人床，你睡一边，我睡另一边，这样被子也够了。怎么样？"

顾照并不是没有男女之防，但讲道理，沈玦星又会对她做什么呢？她就算脱光了站在沈玦星的面前，他恐怕也只会别开脸，问她是不是有病。

沈玦星动了动唇，确实也想问她是不是有病。哪儿有姑娘家主动问男人要不要一起睡的？但他转念一想，寻常姑娘家或许不会这样，但顾照……这种事儿换成顾照做，他竟然觉得还挺合理。

脑袋嗡嗡作响，沈玦星已被气笑："不怎么样。"他往长沙发上一坐，将双臂展开，牢牢地霸占住整个沙发，不打算再进行没营养的对话，"好了，你不用说了。从现在开始，这就是我的地盘，谁也别想让我挪窝儿。"

顾照见自己好不容易想出来的两全法被他否决了，不自觉地皱起了眉，但也知道这事儿是不太可能再有变化了，便没再试着劝说，而是反身回到里屋抱出一床夏被，放在了一旁没人坐的单人沙发上。

"你要是夜里觉得冷，就把这个盖上。"说着，顾照把自己的那件厚棉服放在了夏被上。

沈玦星并不认为晚上会有多冷。已经是春天了，这两天虽然稍有降温，但夜里也有十五六摄氏度。有时候他半夜睡得热了，还会把脚伸出被子。

"谢了，这两天打扰了。"他说着，扫了一眼腕表，"你先去休息吧，我的朋友应该还得有一会儿才能到。"

顾照点点头，将自己的钥匙串放在茶几上，并告诉沈玦星哪个是楼道门的钥匙，哪个是她家大门的钥匙。

"外头平台上没有灯，晚上特别暗，你走的时候当心一点儿。"顾照叮嘱完，进浴室简单地洗漱了一番，出来时，看到沈玦星在沙发上刷手机。她喝了酒，这会儿困得很，揉着眼睛就回卧室睡觉去了。顾照很久没有梦到过去高中时候的事儿了，但不知是不是今天见到那些同学的原因，晚上她竟然做了个重回高中课堂的梦。

在顾照很小很小的时候，她的父母就因车祸不幸离世了。在她的记忆里，父母只是两个模糊的带着光晕的影子，而在她整个成长的过程中，真正发挥着"父母"职能的其实是她的爷爷和奶奶。

从小到大，顾照和同龄人格格不入。大家都嫌她古怪阴沉，笑话她脸上的胎记，不愿和她做朋友，更有甚者还以欺负她为乐。这种情况在她上高中后虽然有所好转，至少不会有人再在她的课桌上写恶毒的话了，但她仍然没有朋友。

对她来说，没有朋友其实也无所谓，因为她从来不曾拥有，也就不知道"孤独"是什么。她一个人行走，一个人吃饭，一个人安静地围观他人嬉笑玩乐，并不觉得自己缺少了什么，直到……沈玦星出现。当时她本来靠墙窝着，把脸整个埋在膝头。一个篮球忽然砸在她的身旁，她听到动静一下子抬起头。

"抱歉，没砸到你吧？"穿着运动服的少年抹着汗，由远及近向她跑来。他的五官兼具少年人的柔和与成年人的深沉，组合在一起，是哪怕把他丢进茫茫人海中也不会被错认的极有辨识度的帅气。她在对方离她十米远的时候就认出来了，那是沈玦星。

"没有。"她缩了缩脚，虚弱地说道。

沈玦星从地上捡起篮球，疑惑地打量顾照。见她的脸色惨白，额上沁满了细汗，沈玦星问道："你不舒服吗？"

顾照摇了摇头："我没事儿。"以为自己影响到沈玦星他们打篮球，她摇摇晃晃地扶着墙站起来，想要换一个地方蹲。

"喂，等等！"沈玦星从后面叫住她。她佝偻着身子，迟疑地转身，正好迎面接住沈玦星抛过来的外套。

"身体不舒服，你就去医务室，别硬撑。"沈玦星意有所指地看了一眼顾照刚刚坐过的地方，说完，转身带着球回了球场。

顾照愣愣地怀抱着外套，顺着他的目光看过去，竟然看到地上隐隐有一个红色的血印。她一下子明白过来沈玦星为什么要把外套给她，她窘迫不已。她往自己的身后看了看，果然发现裤子上已晕开大片的红色。

那天整个下午她都躲在医务室里不敢见人，放学了也等别人都走光她才回家。多亏了沈玦星的外套，让她不至于成为一路的焦点。

顾照回家后，奶奶一眼就看出那件过于宽松的外套不是顾照的。顾照向奶奶说明了事情的经过。奶奶一边埋怨顾照糊里糊涂，一边仔细地将外套洗干净，晾在露台上阳光最好的地方。

"这个小囝（小孩儿），人不错哟。小照，你明天去学校记得谢谢人家。"

第二天，奶奶将干透的外套装进袋子里，在顾照出门时，连同一盒草头饼交到了顾照的手上："这是我早上新做的，你拿去给那个小囝吃。"

顾照依言接过袋子和草头饼，嘴里应着，心里却不认为沈玦星会收她的谢礼。沈玦星虽然不至于像别人那样避她唯恐不及，但与她的交集也并不多。同班半年来，昨天还是两个人第一次说上话。他将衣服借给她是一回事儿，收她送的食物又是另一回事儿。要是她送东西的时候被别人看到，别人添油加醋地传出闲话，他应该也很困扰吧？

为了公平起见，顾照他们班每个人的座位都是定期更换的。班上前后排的座位会互换，另外李老师还会根据不同学生的个人情况特意调换座位。沈玦星原本同顾照并不坐在一起，这天早自习时却因前排换后排，这个换那个，被换到了顾照的后桌，而班长楚衰沉则被换到了顾照的旁边。

李老师等大家换完了位置，还特地对沈玦星和楚衰沉道："你们作为班里的第一名和第二名，平时要多帮助其他学习上有困难的同学，主动向他们伸出援手，知道吗？"

虽然李老师没有明说，但大家的目光一致投向了两个人共同的邻座。顾照感受到众人的"注目礼"，头往下垂得更低了一点儿。

早操后，顾照回到教室，见没人注意，将装外套的袋子拿出，像做贼一样从课桌下面递给了沈玦星。

沈玦星本来趴在课桌上小憩，感觉腿被什么碰了一下，睁眼一看，发现是一袋衣服。袋子里的衣服上还放着一个一次性饭盒，里头盛着几团绿绿的东西。

"什么东西？"他从课桌下面接过衣服，抬头问顾照。

顾照以为他睡糊涂了，提醒道："你的衣服。"

"我知道。我是问你……"沈玦星拿起那盒草头饼冲顾照晃了晃，"这是什么？"

顾照这才发现忘了把袋子里的草头饼拿出来了，连忙小声解释道："啊，这是……这是我奶奶为了谢谢你，特地做的草头饼。"

"草头饼？"沈玦星像是第一次听说这个东西，感到新奇，连重复这三个字时都有些生疏。他没有像顾照想象的那样轻慢地对待，或者流露出嫌恶的表情，而是自然地打开饭盒的塑料盖，拿起一个油绿的草头饼就咬了一大口。

"正好我今天起晚了，没吃早饭。你替我谢谢你奶奶。"沈玦星吃了一个草头饼，把剩下的全塞进了桌肚里。顾照其实知道这饼并不合他的口味，从他下咽的那瞬间不自觉地要拧起的眉头就能看出来了，但他仍然津津有味地吃下了一整个，还夸她奶奶做得很好吃。

顾照知道这不是一件夸张到需要感谢对方的事儿，但那一刻，从她的心底生出的，确实是比在窘迫的处境中接到沈玦星的外套时还要强烈、浓重的感激之情。

第二章 ✧

哪儿有那么多一眼定终身

虽然是周末，但顾照还是早上六点就准时醒了。她轻手轻脚地去浴室洗漱，路过客厅时，看到将高大的身躯蜷缩在沙发上、痛苦地皱着眉头的沈玦星，一副睡得相当不安稳的样子。原本应该盖在他身上的棉衣掉到了地上，她走过去小心地将棉衣拾起，想要重新给他盖上，没想到却惊动了根本没有睡熟的男人。

"几点了？"沈玦星迷迷瞪瞪地睁开眼，嗓子还是哑的。

"六点，还早，你再睡一会儿吧。"顾照替他将拖在地上的夏被的一角拽起来，塞到他的身下。

沈玦星昨晚等到后半夜才等来自己的行李，好不容易洗漱完毕，躺到沙发上快要三点了，又因为糟糕的睡眠环境一直辗转反侧，三个小时的睡眠质量甚至抵不上他以往午休时半个小时的。他翻了个身，打算再睡，门外的楼道里却在这时响起了响亮的拍门声和叫喊声。

"做核酸了！做核酸了！下楼排队做核酸检测了！大家戴好口罩，间隔两米，都下去排队！"

顾照直起身，看了一眼房门，对沈玦星道："要不你回来再睡吧？"

这难道还能有别的办法吗？沈玦星叹了一口气，一把掀开被子，坐在沙发上，将双肘撑在膝盖上，用手捂住脸，缓了片刻，才满脸疲倦地晃悠着走进浴室。

做核酸检测的队伍像一条长龙般延伸着，大家井然有序。由于本小区做核酸检测是以一栋楼为单位，一拨一拨地错开通知的，因此队伍并不算太长，向前移动的速度也很快。顾照和沈玦星从下楼排队到做完核酸检测回家，统共才用了十分钟不到。

　　沈玦星困得脑袋发闷，一进门就直扑沙发。顾照问他："要不要吃早饭？"等半天也没等到他回答，她往沙发上一看，他竟然已经睡着了。

　　顾照做了两个水煮蛋，又热了一杯牛奶。吃完早饭后，她本打算按以往的习惯进行周末大扫除，但她家的洗衣机在阳台上，阳台又在客厅的旁边，她要是现在洗衣服的话，绝对会把沈玦星吵醒。想了想，她决定用手洗。

　　沈玦星昨晚洗澡时，把脏衣服落在了浴室里。一件是洗，两件也是洗，顾照索性将它们全放进洗衣盆里，拿到外面的露台上，同自己的衣服一起洗了。

　　天气晴朗，阳光正好。昨天晚上还冷得要穿棉衣，今天就完全是一番春日景象了。微风吹拂着顾照颊边的碎发，黑色的发丝一晃一晃的，宛如淘气的孩童般不停地在她的脸上挠痒痒。满手泡沫的她，抓也不能抓，撩也撩不起，只能用手腕将头发艰难地蹭开。这样坚持了十来分钟，她觉得实在太烦了，便洗净手上的泡沫，取下手腕上的发圈，将额前的刘海儿捋成一束，扎了一个小冲天辫，被遮挡的胎记完全显露了出来。这些年不知道是她的年纪大了，还是紫外线照多了，她额头上原本淡粉色的胎记，颜色又有加深的趋势。乍一看，那胎记像是妆半脱之后糊成一小团的花钿，格外醒目。

　　将衣服洗完抖开，在晾衣绳上晾成一排，顾照看着被自己洗得干净如新的衣服，脸上露出欣慰的表情。她抹了抹额头上的汗，看时间已经到上午八点多了，心想领导也该醒了，便回卧室拿手机给养老院的院长打了一个电话。

方秀萍接起电话时，正坐在餐桌旁与丈夫一起吃早饭。方秀萍问："小照啊，怎么了？"顾照怎么会在这个时间给自己打电话？方秀萍感到有些奇怪。

顾照同方秀萍说了自己的情况，表示自己可能只需要隔离四十八小时，也可能需要隔离更久。

"哦哦，没事儿的，没事儿的。那你就居家办公吧，不用急着来上班，安全最重要。"方秀萍现年四十八岁，从业已有二十多年，如今管理着一间拥有三百多张床位的小型养老院。做他们这一行的，别的没什么，就是要心细，要万事都细，一点儿也马虎不得。最近变异病毒来势汹汹，各区都有了感染病例，她更不敢放松警惕。毕竟谁都知道，新冠的重症群体主要是高龄老人。

养老院有三个财务人员，除了顾照，还有两个年纪大一些的。顾照工作的主要内容就是给院里的员工做工资表、缴社保，再有就是协助另一位会计做一些需要在电脑上操作的工作，平日里十分清闲，所以她就算在家里办公，其实也没多大影响。

"要是四十八小时后，你们的小区解封了，你也先别急着上班，在家里再等两天，多观察观察。"方秀萍不太放心，为保险起见，又多给了顾照两天假。

"好。"

"那你自己当心些。你一个人住，如果有什么事儿，记得千万别自己扛，该找人帮忙就要找人帮忙，知道吗？"方秀萍是知道顾照的身世的，有时候会很心疼这个安静乖巧的女孩儿。老天爷实在是很不公平，有的人一出生就能坐拥万千宠爱，有的人却只能不断地失去自己仅有的那点儿珍宝。方秀萍家的孩子也是个姑娘，不然方秀萍实在很乐意给两个孩子牵这根"红线"。

"嗯，我知道的。您也要当心一些。"顾照唇角略微扬起，脸上露出一个腼腆的微笑。

挂断电话，见客厅里沈玦星还在睡，顾照缩回脑袋，打开自己的笔记本电脑，随后郑重地在搜索栏里输入"家常菜怎么烧""家常菜要领""最受好评的十道家常菜"……

顾照现在是独居不假，但一直到三年前还由奶奶照顾起居。顾照的奶奶是个说风就是雨、动作麻利的急性子老太太，别说洗衣煮饭，就连顾照洗个碗，老太太都嫌孙女的动作慢吞吞的，浪费水，要将孙女挤开。

后来奶奶不在了，顾照开始了一个人的独居生活，在吃这方面也不大讲究，经常将奇怪的东西组合到一起，煮熟了就行，味道无所谓。换言之，顾照不大会做家常菜。

研究了老半天做菜攻略，顾照有了初步的信心。她霍然站起，觉得自己"神功"大成，拉开房门就直冲进厨房。所幸前几天她采购了一些耐储存的蔬菜和肉类，此时冰箱里什么都有，不然就算她想展示厨艺，也是"巧妇难为无米之炊"。

将土豆削皮、切丝，等锅烧热后往里倒油，感觉油温差不多了，顾照把土豆丝一下子都倒进了油锅里。刺啦一声，油烟四起，她似乎把油温烧得太高了。但是，她并没有慌，从容地往锅里加了一点儿自来水，然后快速地翻炒起来。

她也不知道炒到什么程度才算刚好，见土豆丝都要被炒碎了，忙加了干辣椒和蒜。辣椒一入锅，油烟就变得格外呛人。她一边咳嗽，一边炒菜，连眼泪都要被呛出来了。

关了火，她眨着酸涩的眼睛将土豆丝盛进盘子里，突然想起好像忘了加盐和白醋。在锅里加和在盘子里加应该没什么区别吧？这样想着，她没有将菜回锅，直接往土豆丝里加了少许盐拌匀，而在准备倒白醋的时候，意外发生了。

"你在做什么？"

从身后突然传来的男声把她吓得一哆嗦。这一哆嗦，半瓶醋快要被她倒进去了。哪怕她已经快速扶正醋瓶，但盘子里将要满溢出来的"汤汁"仍然让她感觉情况不妙。

她愣了两秒，随即绝望地闭了闭眼，重新盖上醋瓶的盖子，把酸辣土豆丝里的"汤汁"滗了一点儿出来，徒劳无功地做了一下"抢救"工作。

"你醒啦。"她端着盘子转头冲沈玦星露出一抹心虚的微笑，"我在做饭啊。你……要不再去睡一会儿？吃饭大概还要等一会儿。"

她端着那盘滋味未知的土豆丝，经过沈玦星面前，将盘子放到了餐桌上。

"做饭？"空气中弥漫着呛人的油烟。沈玦星别过脸，不受控制地打了一个喷嚏。他大步跨进厨房，看了看老式抽油烟机上方的几个按钮，准确地按下了开关键。抽油烟机当即运转起来，伴随着巨大的噪声，厨房里刺鼻的油烟也随之消散不少。

"有人做饭是不开抽油烟机的吗？"他看向顾照。

顾照到这会儿才反应过来，从一开始自己就做错了，忘了最重要的步骤。她垂下眼，有些无措地站在那里，连手都不知道要怎么放了："我……我……"

沈玦星看着眼前的顾照，她身上系着围裙，头上扎着奇怪的朝天辫，一副黑框眼镜几乎遮住一半的面孔，脸上和嘴唇上都没有什么血色，四肢纤细，人很瘦弱，跟营养不良似的。而且，只要外界声音大一点儿，她就开始惊慌失措。这个女孩儿让他没来由地想到他的堂姐家养的吉娃娃。

那只吉娃娃的眼睛大大的，脑瓜儿圆圆的。它那样小小的一只，经常被他堂姐半抱半夹地护在怀里，带着到处走。哪怕每年过年它都会见到他，哪怕他毫无恶意，但它只要一看到他，就会被吓得瑟瑟发抖。他堂姐说，这种狗就是这样的，除了主人，看谁都怕。

"我又没骂你，你抖什么？"沈玦星说着，突然意识到自己又不自觉地口气严厉起来。他有些懊恼地连忙调整语气："抱歉，我可能有点儿起床气。你继续吧，我去洗漱。"

等听到从浴室的方向传来关门声，顾照才慢慢地抬起头，长长地松了一口气。之后，她同时点燃了两个灶，一个用来烧虾仁豆腐，一个用来炖排骨汤。

沈玦星从浴室里再次走出来时，虾仁豆腐已经上桌，灶上只剩排骨汤在炖着，顾照头上的朝天辫也被解开了。

"我昨天换下来的衣服，你看到没有？我放在浴室里的。"昨天取行李回来太晚了，沈玦星又不知道吹风机放在哪儿，就没有洗头，顶着一头发胶睡的。刚才他对着水龙头洗了头，想着顺便把睡前换下来的脏衣服也洗了，却怎么也找不到。

"看到了……"顾照转过头，瞬间差点儿被沈玦星的光芒闪得睁不开眼。沈玦星穿着一件灰色的宽松T恤，头发因为刚洗过，湿漉漉的，带着水珠的脸上少了一些无懈可击的精英感，多了几分爽朗的夏日气息。

"所以，我的衣服呢？"沈玦星擦着头发，耐着性子问。

顾照回过神，向他的身后瞟了一眼："我把它们洗好晾起来了。"

沈玦星擦头发的动作一顿。如果他没记错，他的那堆衣服里，除了衬衫和西服裤，还有他的内裤和袜子。

"全洗了？"

"嗯。"

沈玦星放下毛巾，此刻心里的感觉，无力多过无语。他当然知道顾照对他的感情，从昨晚两个人在宴会厅大门外重逢的那一刻起，他就知道她还像七年前一样。成长的过程中，他遇到过太多那样望向他的眼神，与那些女孩儿相比，顾照并没有多么特别。

顾照仍然是七年前的顾照，沈玦星也依旧是七年前的沈玦星。当年沈玦星在发现顾照对他的感情后，毫不犹豫地拒绝了她，如今他也没有想要接受的意思。

"谢谢。"沈玦星说，脸上的表情淡淡的，"但下次你不用帮我洗，我会自己洗。"

面对对方明显冷下来的语气，顾照知道自己这是又做了讨人嫌的事儿了："好的。"她转过身，背对着沈玦星，不让对方看到自己失落的表情。

沈玦星尝了一口酸辣土豆丝，呛了一下，眉头皱起。他扒了一大口饭，再次将筷子落到虾仁豆腐上。虾仁豆腐入口的一刹那，他控制不住表情，连五官都扭曲起来。他赶忙拿起勺子喝了一口排骨汤，结果不仅没冲淡嘴里的咸味，反而被浓重的酒味刺激得眼冒金星。这次他再也忍不住，冲进厨房对着水池全吐了出来。

顾照看他反应这么大，跟着喝了一口汤。料酒的味道是浓了点儿，但汤还行，也没有太难喝。虾仁和土豆丝味道是有点儿重，自己多吃几口饭也就咽下去了。

沈玦星漱完口，抹着唇角回到餐桌旁，见顾照面不改色地一口一口地吃着她自己做出来的"黑暗料理"，露出不可思议的表情："你没有味觉吗？"

顾照看了一眼米饭，停下筷子道："家里还有一袋挂面，要不……我给你煮碗面？"

　　沈玦星哪里还敢让她下厨，他忙道："不用了。热茶有吗？"

　　顾照忙不迭地点头，转身将自己今早新泡的一壶绿茶端给他。他直接将茶水倒进饭里，又把像打翻调料做成的土豆丝和虾仁豆腐分别拌了一些进去，用茶水冲淡它们的味道，做成了一碗不伦不类的茶泡饭。囫囵扫光碗里的食物后，他放下筷子，以略显沉重的语气宣布："晚上我来做饭。"

　　顾照诧异地抬头："你会？"

　　"我在国外一个人待了这么多年，简单的菜还是会做一些的。放心，我不会比你做得更差了。"

　　顾照又低下了头："哦。"

　　下午，顾照识相地将客厅留给沈玦星，自己则回了卧室，双方互不打扰。老房子的隔音不太好，顾照有几次听到沈玦星给人打电话的声音。对方好像没有很好地领会他的意思，他同对方掰扯了半天，对同一件事儿反反复复地说。

　　顾照看着电视剧，听着沈玦星说话的声音，渐渐有些犯困。她缩进被子里，取掉眼镜，打算小睡片刻。不知过了多久，她迷迷糊糊地睁开眼。拉着窗帘的卧室里一片昏暗，隔着门，外头传来让她感觉很熟悉的切菜声。短暂的迷茫令她不知今夕是何夕，仿佛在一瞬间回到了这个家里还不只她一个人的时候。

　　但很快，她清醒过来，抓过手机，发现已经下午五点多。她连忙趿拉着拖鞋拉开房门，跑到厨房的门口一看，沈玦星系着中午她系过的那条围裙，却展现出与她截然不同的气质。

　　沈玦星游刃有余地处理食材，利落地翻炒，颠锅的那几下，火舌舔着锅底卷进菜里，那简直就是大厨的架势。以余光瞥到傻

· 39 ·

站在门口的顾照，沈玦星将炒好的时蔬铲进盘子里，道："你去洗手吧，可以吃饭了。"

顾照小跑着去浴室洗了手，回来时，沈玦星已经盛好饭。她虽然木讷，却不是没眼力见儿的人，见状进厨房拿了汤勺和筷子。

"啊，那是……我的座位。"见沈玦星就要坐下，她急急地提醒。

沈玦星刚坐下又弹起来，嘀咕着坐回中午自己坐的位置："不是都一样吗？"

"不一样的。"顾照将筷子和勺分给对方，在自己的位子上坐下。

她从小就是坐在这个位子上的。在这个家里，这就是她的位置。她已经习惯了它的方向、它的角度以及在它这边所能看到的风景，所以它与其他的位置是不一样的。就像《小王子》中小王子的玫瑰一样，别的玫瑰就算再像，也终究不是他的那朵玫瑰。同理，别的座位就算看起来一样，也终究不是她的座位。

沈玦星做了三菜一汤，食材大多是冰箱里原有的。只是那条鳜鱼，顾照看着眼生，应该是沈玦星在网络购物平台上下单买的。

清蒸鳜鱼、炒时蔬、牛腩炖土豆、番茄蛋花汤，光是这些菜的卖相，沈玦星的厨艺就完胜她的。

"先吃鱼，鱼凉了就腥了。"沈玦星作为客人，却比顾照还有主人样。

顾照夹了一块掺着葱丝的鱼肉，缓缓地送进口中品尝。火候正好，咸淡适中，新鲜的鱼肉不需要多余的烹调手法，简简单单的就很可口。她又将筷子转向旁边的牛腩炖土豆。牛腩和土豆都炖得酥烂，吃起来同样很过瘾。

沈玦星吃自己做的饭吃了七年，从没觉得像今天的这顿饭这么美味。但他仍保有清晰的认知，知道这种"美味"的感觉完全是被中午那顿饭的糟糕的口感衬托的。放在平常，这就是家常菜的水准。所以当他抬头看到顾照喝汤喝得热泪盈眶时，整个人被震住了。顾照丝毫没有顾及自己的形象的打算，哭得连鼻涕都要流出来了。

"你哭什么？"沈玦星放下饭碗，从一旁抽了纸巾递过去。

"太……好吃了……"顾照抽噎着接过纸巾，大力地擤了擤鼻子。

"你要不要这么夸张？"这么多年来，有夸他长得帅的，有夸他聪明的，甚至有那么两个人也夸过他做饭做得好，但像顾照这样哭着说他做饭好吃的绝无仅有。

他以为就同给他洗衣服一样，顾照是因为想要拍他的马屁，讨他的欢心，才会这样用力过猛。要说他对此反感，倒也不至于，就是多少有点儿哭笑不得。

"真的很好吃……"顾照鼻音很浓重，"和我奶奶做的味道一模一样。"她每吃一口，眼前都好像出现奶奶的幻影。明明是两个完全不一样的人，为什么会做出味道一样的饭菜呢？明明不可能有两朵一模一样的玫瑰啊！

沈玦星一愣："奶奶？"

"自从奶奶不在了，我就再也没吃到过她做的饭菜了。"说着，顾照将一大块牛腩塞进嘴里，眼里再次涌上热意。

沈玦星闻言，也不知说什么。沈玦星记得顾照的爷爷是在顾照高二时去世的。那会儿临近暑假，顾照一连几天没来学校，最后只为了考试来了几次。暑假作业还是老师委托沈玦星和楚袁沅一起送到顾照家的。

昨天沈玦星一到这里，发现家里只有顾照一个人生活的痕迹时，便大致猜到了她的奶奶可能已离世。父母双亡，至亲离世。他没记错的话，在这个世界上，顾照已经没有任何亲人了，真真正正的孤独一人。

他一个人在国外时，偶尔也会觉得孤寂，会思念远方的亲人。因为这份孤寂，父母同亲戚提起他时，多少会带着些怜惜，说他是多么不容易、多么独立，从来没让父母操心过。

在今天之前，对来自父母的怜爱和赞誉，沈玦星并不觉得自己受之有愧，可就在刚刚，他忽然觉得，与顾照所承受的孤独相比，他的那份孤寂实在显得矫揉造作，不值一提。至少，他实在没办法想象自己独自一人活在这个世界上的情形。

迟疑片刻，沈玦星将一块鱼肚上最软嫩的肉夹到顾照的碗里："你喜欢吃就多吃些。"顾照怔怔地看了一眼对面的沈玦星，一低头，豆大的眼泪滴在了碗里的鱼肉上。

"谢谢……"她低声道。

如果在童话世界里，忽略性别的话，沈玦星应该就是那种连最丑陋的癞蛤蟆都不忍伤害的善良的公主殿下吧！被公主从恶犬嘴里救下来的癞蛤蟆，心醉于公主的美貌和人品，会喜欢上公主也是无可厚非的事儿。但癞蛤蟆若不识好歹，硬要更近一步，强求公主回报自己的这份"喜欢"，那简直……与恩将仇报无异了。所以，顾照一直很清醒。自己只是默默地喜欢沈玦星就够了，不需要回报，也不求回报。

"癞蛤蟆"本以为自己与"公主"的缘分只有这四十八小时，两天一过，"公主"回到自己的城堡，依旧是高贵的"公主"，而"癞蛤蟆"也会回到自己的小池塘，继续做安静的"癞蛤蟆"。然而疫情之下，世事难料。当晚，顾照家的小区核酸检测结果出来，竟又多了两例新冠阳性感染者。

救护车打着双闪连夜驶进小区。不少住户从阳台上探出头来看，顾照和沈玦星也在其中。

物业的工作人员一栋楼、一栋楼地喊话，让大家非必要不出门，不在小区内闲逛；明天起，外卖和快递会由物业的工作人员统一送到楼下；如果住户有什么紧急情况，可以第一时间拨打居委会和物业公司的电话。

"这是咱们小区临时组建的微信群，你加一下。"王经理穿着防护服，不仅头发根被汗水浸湿，就连脚底心都湿了。他一晚上忙得脚不沾地。顾照家所在的这栋楼，是他负责通知的最后一栋。他问顾照："你家一共有几个人？我登记一下。"

顾照用手机扫了王经理递过来的二维码，很快便加进了一个名为"河岚九村居民群"的微信群，并按要求将自己在群里显示的名称改成自己家的门牌号，然后回答道："两个。"

"哦，你们是什么关系？"

"朋友。"

王经理向门内看了一眼，正好看到沈玦星打着电话经过，便回道："哦，是男女朋友。"

王经理在随身携带的 A4 纸表格上做了记录。顾照欲言又止，想要纠正王经理的这个说法，又觉得就算人家对此有误会好像也无伤大雅，而且自己解释起来很麻烦。

"对了，小姑娘，你家对门住的是一对老夫妇，你知道吧？"王经理指了指顾照家对面的那扇贴着春联的大门。

顾照看了一眼，点头道："知道的，是刘大爷和李阿婆。"

这个小区的房子，房龄超过三十年了，住户中很大一部分是老年人。顾照的爷爷和奶奶在世时，她家同对面那家的关系还算可以。虽然两边没到互相到家里走动的地步，但现在顾照在楼道里碰到那对老夫妇，对方还会主动跟顾照打招呼。

"他们两个老人家都不会用手机，子女又不在身边。小姑娘，你这些天对他们多注意一点儿，有什么事儿就打电话给我，好吧？"王经理道，"现在是非常时期，远亲不如近邻，小姑娘帮帮忙、帮帮忙。"

"您客气了。"顾照不认为这是什么大事儿，就算王经理不提，明天她也打算去对面敲一下门，问问看有什么需要她帮助的地方。

送走王经理，顾照将门关上。见沈玦星还在打电话，她便也给方秀萍打了个电话。

"我见你这个时间给我打电话，就知道不妙，果然……"方秀萍在电话的那头儿叹气道，"反正你安心在家里隔离吧。院里有我们，没事儿的。"

"晓娟老师他们要是问起我来，您让他们别为我担心，我很快会回去上班。"顾照道。

晓娟老师，全名"冯晓娟"，今年已经八十二岁。因为她年轻时是名教师，刚来养老院时，院里的人都叫她"冯老师"。后来大家觉得这个称呼不够亲切，就又变成了"晓娟老师"。

晓娟老师年轻时就喜欢给人做媒，老了也不改本色，总是拉着顾照的手，说要把孙子介绍给顾照。但顾照明明记得，自己刚进养老院工作那会儿，晓娟老师已经给两个人介绍过一回了。顾照和他礼貌性地吃了顿饭后，就没有然后了。

方秀萍嘿了一声："晓娟老师明天见不到你，估计就要问我了。"

"接入不了？你稍等，我检查一下 DNS（域名系统）……没问题啊，你再试试……可以了？嗯，刚刚可能是 DNS 解析错误……能接入就好……"茶几上摊着沈玦星的笔记本电脑和凌乱的文件。

他就坐在顾照不远处打电话，激动时，音量会不自觉地提高。

方秀萍一开始以为顾照正开着电视，后来发现好一会儿也只有一个男人的声音，听着那人就像是在顾照的旁边，便问道："小照，你家……不只你一个人啊？"

"啊，那是……"顾照见瞒不过对方，只得将沈玦星送她回家，结果被封在小区里的事儿和盘托出。

顾照这个人，初认识她，只会觉得她木讷少言，内向文静；与她接触一段时间后，又会觉得她没有主见，总是盲从；要等到彻底了解她了，才明白她的盲从不是出于懦弱，而是出于一种对别人无限放大的善意。只要别人对她有一点儿好，她就能记很久，并且以更大的善意回报。这就导致有时候她会做一些在别人看来是吃亏，而在她自己看来不过是以德报善的事儿。

相处几年，方秀萍已经很了解顾照。乍一听闻有个男的莫名其妙地住进顾照家，方秀萍就很担心这个小姑娘对对方不设防，让坏人乘虚而入。

"你们是高中同学啊。你与他熟不熟？"方秀萍压低声音，"不熟的话，你自己当心一点儿，晚上睡觉记得锁好门。"

顾照怕沈玦星听到，转了一个方向，同样压低声音道："院长，他不是那样的人。"

"你这傻丫头！知人知面不知心，防一下总是好的。男人最坏了！"方秀萍的话才说出口，身边就响起两声响亮又刻意的咳嗽声。她转而对那人道："你咳嗽什么？我说错了吗？你们男人没一个好东西！"

"你这是以偏概全、人身攻击……"方秀萍的身旁响起一道底气不足的中年男声。

"哎哟，算你会用两个成语了。"

听见电话那边夫妻俩要吵起来，顾照有些尴尬："我……我会小心的，您别担心。"

方秀萍这才想起自己正在打电话，忙转换了语气对顾照说："你瞧瞧，男人只会惹女人生气。"

在方秀萍的再三叮嘱下，顾照挂了电话。巧合的是，她挂电话时，沈玦星也正好结束通话，两个人几乎是同时放下手机的。一室静谧，二人各自发了一会儿呆，又不约而同地看向对方，面面相觑。

"不好意思，我还要在这里打扰几天。"过了片刻，沈玦星率先打破沉默。

"没关系，不打扰的。"顾照笑了笑，心想，自己可一点儿没觉得这是打扰。

李桂香在河岚镇住了大半辈子，在这里成家立业，在这里含饴弄孙，又看孙子辈成家立业。她这一生经历的事情，是现在的许多小年轻难以想象的。有时和小辈聊起过去，她会开玩笑地自诩"乘风破浪的奶奶"，扬言没有什么困难是能挡住她的。但她怎么也没想到，自己"乘风破浪"了七十多年，竟然一朝折在了疫情上。

看着见底的米缸，李桂香有些懊恼。她就是犯了一下懒，准备过两天再去买米，谁能想到就被封控起来了？她不会用手机，没法儿像别人那样在网上买菜。更要命的是，她的子女也各个像她，全是对现代科技不大熟悉的中年人。

她这个人，一生要强，让她麻烦孙辈帮她买菜，她是不愿意的。她想着还有一袋面粉，大不了接下来就吃馒头，等馒头吃光了就吃挂面，总不至于饿死。

"桂香啊，咱们什么时候回去看我爸妈啊？"

李桂香闻声回头，看到自家老伴儿正对着蹲在高处的一只大黄猫说话，一时更感到糟心："刘长城，我在这儿呢！你叫谁'桂香'呢？"

李桂香的老伴儿自十几年前不慎中风就没再离开过轮椅，她为了照顾他，从那以后连出门都很少。这几年，他又有了阿尔茨海默病的征兆，时常前言不搭后语，还总是不记得她是谁。

子女们提出要送老头儿去养老院，都被李桂香骂回去了。"少年夫妻老来伴"，她还活着，身体还好，哪里有让别人照顾她老伴儿的道理？

"哦，桂香啊，你怎么连头发都白了？"刘大爷眯着眼打量自己的老伴儿，还在犯迷糊。

李桂香懒得理他，从冰箱里拿出冻带鱼化冻，打算晚上做个煎带鱼。忽然，门铃响了。李桂香心想，这种时候谁会来啊？她擦了手，匆匆去开门，见到门口站着的是顾照时，愣住了。

"阿婆，我打算在网上多买一点儿吃的让他们送过来，接下来的几天就不下楼了，免得交叉感染。您要不要带东西？我帮您一块儿买。"顾照说着，掏出笔和小本子做记录。

这真是瞌睡来了送枕头——正是时候。李桂香高兴坏了："那你给我带二十斤大米，再带两袋面粉吧。"

"好的。别的还要吗？油和菜都够吗？"顾照问。

李桂香有些犹豫，油和荤菜倒是还够，就是蔬菜有些捉襟见肘。她在自家露台上种了点儿番茄和丝瓜，这会儿正是丰收的时候，但应该也是不够吃十四天的。最后，她想了想说："够了够了，有米和面粉就够了。"她还是怕麻烦人家，没再多要。

"好，"顾照收起小本子，"等东西到了，我就给您放在门口。"

顾照回到家，先将口罩摘下放在玄关处，再去厨房洗了手。

　　在客厅里寻不到沈玦星的身影，她往外头的露台瞟了一眼，见他果然又在抽烟。

　　"需要……买点儿什么菜吗？"她探出头去问道。

　　沈玦星趴在栏杆上，数着楼下马路上经过的车辆，听到动静，回过头道："鸡、鸭、鱼、猪肉都买一些吧，冻着也不会坏。蔬菜就买些耐储存的，土豆、洋葱、胡萝卜什么的。油好像也不多了，再买一桶油吧。其他的，你想吃什么就买什么。"

　　顾照点点头："好。"

　　对话结束了，顾照却丝毫没有走开的打算。沈玦星见她似乎还有话说，挑眉问道："还有事儿吗？"

　　顾照道："你有什么想吃的吗？我给你买。"

　　沈玦星起码十几年没听过这话了，上次这么问他的人应该还是他爸。沈玦星顿时感到有些好笑。

　　"没……"话音未落，沈玦星盯着手上快燃到尽头的烟，改口道，"给我带两包烟吧。"

　　顾照的眼里闪过一丝欣喜，她还以为会被沈玦星拒绝呢。"好！"她响亮地应了一声，转身回屋，脚步带着几分雀跃。

　　商铭远："太扯了！因送同学回家，被困在对方的小区里十六天——这是可以当段子发上网的程度。"

　　沈玦星："比起被困在毛坯房里和停车场里，我这已经不算什么了。"

　　商铭远："这么说的话，倒确实是这样。不过以你的性格，你竟然会送女同学回家……这个女同学该不会是你的初恋对象吧？"

　　商铭远和沈玦星是大学校友，因参加同一个兴趣小组相识。和沈玦星不同，商铭远大学一毕业就回国了，从事的是商务对接——公关方面的工作。

沈玦星去年年底回国后,第一时间找到了商铭远,说自己打算创业,问商铭远有没有兴趣。正好那时候商铭远在上一家公司做得也不大开心,两人一拍即合,商铭远便跳槽到了沈玦星的公司。

相识这么多年,商铭远就没见过比沈玦星还拼命的人,有时候甚至怀疑沈玦星是不是机器人,不然实在很难解释沈玦星那完美的自律性,以及他对诱惑的惊人的抵御力。

在国外时,商铭远替他们系的女生给沈玦星递过不少次电话号码,但沈玦星从来没有拨通过那些号码。有一次,商铭远实在好奇,问沈玦星:"你为什么不给那些女生打电话?那些女生各个又辣又美,只是做朋友,你也不会亏啊。"

结果沈玦星说:"因为一看就知道,她们和我不是一类人,不会有结果。"

"这是恋爱啊,兄弟!谈恋爱,你知道吗?"商铭远简直服了沈玦星,"你不要想那么多,享受恋爱的过程就好,其他的只需要交给时间和命运。说不定你了解对方后,会觉得对方很迷人,就是你想要的呢。"

"我想要的,从一开始我就会知道。"沈玦星道。

"看不出你这么老土,还相信什么一见钟情。醒醒吧!哪儿有那么多一眼定终身的事儿?你就是太挑了。"

沈玦星笑了笑,道:"你也可以这么认为,但我更愿意称它为……'宁缺毋滥'。"之后他又解释,"爱情在我的人生里并不是最重要的,若有,那就有;若没有,我也不强求。目前对我来说,学业才是最重要的。"

后来沈玦星毕业了,还是形单影只。商铭远想给沈玦星介绍女朋友,这次沈玦星的说辞又变了:"目前对我来说,事业才是最重要的。"

反正在沈玦星那里，人生大事里除了生老病死，就没"爱情"什么事儿。老实说，以沈玦星的这种对待爱情的敷衍态度，商铭远觉得沈玦星能找到符合其标准的另一半，那简直就是奇迹。所以，今天商铭远也格外好奇，能让这位"断情绝爱"的沈大帅哥亲自送回家的，到底是怎样一位女同学？

"就是普通的同学关系，我正好顺路送她而已。"沈玦星敲击着键盘，打下一行字。

就像顾照因为怕麻烦没有跟王经理解释自己和沈玦星的关系一样，沈玦星也下意识地选择了对商铭远隐瞒，不想多费口舌。

"哦，"商铭远犹不死心，"反正封着也是封着，你试试与对方接触，说不准就'枯木逢春'了。"

沈玦星想也不想，继续打字，语气斩钉截铁："不可能。"

将修改好的图纸发给商铭远，沈玦星结束对话，合上了笔记本电脑，而后伸了个懒腰，抬头见顾照戴上口罩，一副要出门的架势，便问："你去哪里？"

"买的东西到了，在楼下，我去拿。"顾照边换鞋边回道。

沈玦星站起来："我去吧。"

"那我们一起去吧。东西挺多的，你一个人一次拿不了。"顾照说着打开门。

沈玦星拆开一只新口罩，闻言，又要控制不住地皱起眉头："我一个人拿不了，那你一个人更拿不了。你刚才为什么不叫我一起？"为什么她明明需要帮助，却只字不提？

"因为……我看你在忙，"顾照退到一边，给他让开路，"不想打扰你。"

"你……"沈玦星还想说什么，却见顾照又成了臊眉耷眼的史莱姆，只得把话强咽回去，"你下次别这样了。"

一见楼下大包小包的七八个塑料袋，沈玦星有些傻眼："你怎么买了这么多东西？"顾照家的冰箱是最普通的上下两开门的。这么多东西，冰箱能塞下一半就算不错了。

"我给对门的李阿婆也买了一些。"顾照说着，拉开袋子检查了一下里面的物品。看了一圈，确定没什么问题后，她一口气从地上提起四个袋子。

这四个袋子装的东西怎么也有二三十斤重。她本就娇小，提着这些袋子走平地还好，等到上楼时，脚步就有些踉踉跄跄的。

沈玦星提着剩下的四个袋子，在她的身后看得心惊胆战，连忙快走几步到她的身边，二话不说就从她的手里抢了两个袋子过来："这两个给我，你拿剩下的两个就行。"

顾照还没来得及提反对意见，沈玦星就拿着那六个重量惊人的袋子三步并作两步地跑到前面去了。顾照快走到楼梯口时，发现沈玦星正在等她，脚下堆着六个塑料袋。

顾照问："重不重啊？要不然还给我一个吧？"

她刚要弯腰，沈玦星就快她一步重新提起那六个袋子，说道："已经到了，还什么还？"他显得很不耐烦。

好不容易把这一大堆物资搬回家，顾照蹲在客厅里将属于李阿婆家的东西分出来，沈玦星则拿着烟去露台吹风了。

沈玦星点燃香烟，深深地吸了一口后，往屋里看了一眼，确定顾照没在关注自己，一下卸了力，放任自己的双手在栏杆上抖得像抽筋一样。扫了一眼掌心又深又紫的勒痕，他握了握手掌，趴在栏杆上嗤笑出声。他竟然也会有逞强的时候，看来也不能老是说别人，要学会自省。

顾照将两大袋物资放到李阿婆家的门外，按响门铃后就回自己家了。从桌上的购物袋里取出盒鸡蛋，顾照将它们放在篮子里——洗净，打算煮茶叶蛋。

在做家常菜方面，顾照或许不大行，但是煮茶叶蛋还是可以的，连奶奶都夸顾照煮得好来着。她将洗净的鸡蛋放入冷水锅，待水烧开后，立马调成小火，不然蛋壳容易被煮爆。等蛋白凝固的过程，顾照从橱柜里翻找出许久不用的一次性过滤袋，往里边塞入八角、桂皮等香料，扎紧袋口后，将其放在一旁备用。这时候，差不多也可以关火了。如果鸡蛋煮得太老，后面就不太容易入味。她将鸡蛋捞出后，用冷水降温，等不烫手时，就可以一个一个地将壳敲裂了。

顾照煮茶叶蛋的方法同别人的不大一样。她有"独门配方"——海带。加水没过壳已被敲裂的鸡蛋，放入香料包和其他调味料后，她向锅中放一块干海带，使茶叶蛋拥有一种全新的风味。

用漏勺将锅内的汤汁搅匀，顾照等着锅里的水再次煮开。这时，透过抽油烟机的轰隆声，她隐隐听到了外面的说话声。

"帮我……钱在这儿……谢谢……"

"客气……好的……您小心……"

顾照往厨房外一看，只来得及看到从门口离去的半个身影。她举着漏勺问："谁来了？"

沈玦星转过身，手里拿着两张"红票子"朝她摆了摆，然后将其放在了餐桌上："对门的阿婆，说谢谢你帮她买了那么多东西。"

他刚刚坐在沙发上工作，听到门铃声，见顾照在厨房里忙碌，就自作主张地替她去开了门。他一打开门，就见外面站着一位身材瘦削但人很精神的老太太。老太太周身干净整洁，满头的银发更是被打理得一丝不苟。许是没想到来开门的是个陌生男人，老太太显得有些惊讶："你……"

沈玦星忙向对方做自我介绍："我是顾照的朋友。您找顾照是吧？她在厨房里，我帮您叫她。"

"啊，不用不用！我就是过来谢谢她的，顺便把菜钱给她。"老太太拉住沈玦星，不由分说地往他的手里塞了二百元钱。

"小照这姑娘真是没的说！我不好意思麻烦她，就让她给我带一袋米、两袋面。结果我今天开门一看，又是菜，又是肉的。她的爷爷奶奶就是特别好的人，把她养得也特别好。"老太太兴许是误会了沈玦星口中"朋友"的意思，拍着他的手，将顾照一顿夸，"阿婆年纪这么大了，看人不会错的。我看你一表人才，一定是个青年才俊。像小照这么有爱心还踏实的姑娘，与你是绝配啊，你可千万别错过。"

沈玦星尴尬地站在那里，点头也不是，摇头也不是。他点头，相当于认同了对方的误会；摇头，又要向对方解释自己和顾照的关系。

让别人知道顾照与一个并非男朋友的男人共处一室这么多天，沈玦星感觉这样对她的名声不太好。他隔离结束一走了之，顾照可还是要留下来面对那些流言蜚语的。经过一番思想挣扎，他决定不做解释，任对方误会下去："啊……嗯嗯，好的，谢谢阿婆。"

回忆结束，沈玦星见顾照将那二百元钱塞进自己的口袋，出于好奇，问道："阿婆说只让你带了米和面，你为什么给她多带了那么多东西？"

"因为有的老人自尊心很强，不愿意麻烦别人。"顾照用两只手来回绞着漏勺的勺柄，说话的声音又轻又细。若不注意听，他都不知道她说了什么。

"说话时把背挺起来，看着我的眼睛说。"沈玦星道。

顾照就像听到教官发出指令的士兵一样，下意识地挺直了腰杆，目光也不由自主地投了过去。她用比方才响亮一点儿的声音说："我在养老院见到过很多这样的老人。让他们开口主动求助，他们是一百个不愿意的，所以听他们说话的人就要懂得解读他们的内心。"

有的老人本来腿脚不便，自己又不愿意在床上用便盆，就需要护工搀扶着上卫生间。可是频繁麻烦护工，他们又觉得不好意思，就会有意憋着，不上卫生间，最后实在憋不住了，拉在身上，便成了对自尊心的又一大打击。

在顾照问李阿婆还要不要带别的东西时，李阿婆的神色十分挣扎，一看就是不好意思麻烦顾照才说不需要的。顾照知道李阿婆是拉不下脸来，便没有多问，但买东西时还是给李阿婆多带了一份。

"我把东西送过去的时候，在袋子里放了一张字条，说是买多了，分给他们一点儿。这样……他们也不会有太大的心理负担。"

沈玦星听完顾照的话，顿时对她刮目相看："你的心还挺细。"他仔细一看，顾照虽然看着气色不大好，但胜在皮肤白皙，脸也很小。如果她把头发修理一下，剪个刘海儿，将眉眼露出来，再改一改糟糕的体态……怎么也比现在好似史莱姆的样子要强。

"还……还行。"在沈玦星的注视下说话，顾照倍感压力。她不受控制地就想移开视线，又谨记沈玦星的话，强迫自己一眨不眨地直视对方，都泛出泪光了。还好，最后沈玦星先移开了视线。

"什么味道？"他闻到了一股熟悉又陌生的香味。

"啊！"顾照一惊，转身就往厨房里跑，"我在煮茶叶蛋！"幸好茶叶蛋没事儿，就是烧开了的汤汁从锅里溢出来，漏进了煤气灶，有点儿难擦。

顾照将煮好的茶叶蛋放到餐桌上，茶叶蛋进入了漫长的入味时间。以她的经验，这茶叶蛋到明天早上应该就能吃了，而最佳赏味期应该是后天。到最佳赏味期，茶叶蛋连蛋黄都彻底入味，鲜香扑鼻，咸淡适中，让人一吃就停不下来。

顾照忙活完，见沈玦星又在开视频会议，便蹑手蹑脚地进了卧室。看完两部《大话西游》，她一如既往地用掉了半包纸巾，哭得连头都有些痛。晕晕乎乎间，她听到响动，外面又有人来。她没戴眼镜，直接走出卧室，看到是"大白"来发东西了。

沈玦星接了东西，谢过对方后，关上门，转身瞥见顾照，招呼她过来："来做抗原检测。"他走到餐桌边，拆开了"大白"送过来的新冠抗原检测试剂盒。

顾照早上在小区微信群里看到王经理发了通知，说下午每家每户都会收到抗原检测试剂盒。为了防止交叉传染，以后大家做核酸检测前，都要先用抗原试剂自测一下。抗原检测卡上显示一道杠，说明检测结果是阴性的人，才能下楼去做核酸检测。不做核酸检测的日子，大家每天也要用抗原试剂自测一次，以家庭为单位，将抗原检测卡上显示的结果拍照后传到微信群里。

"这个要怎么检测？"顾照研究着试剂盒里的三样东西——一根棉签、一支采样管、一张检测卡。

沈玦星展开说明书仔细阅读起来："用卫生纸擤去鼻涕……"OK（好），她刚刚擤过了。她在心里打了个钩。

沈玦星继续读说明书："小心地拆开鼻拭子，避免手部碰到拭子头……"她依言小心地拆开了棉签的包装。

"头微仰，以一手握住拭子的尾部，将拭子贴着一侧的鼻孔插入，沿下鼻道底部向后缓缓地探入一厘米至一点五厘米，到达鼻咽部，贴住鼻腔旋转至少四圈……"

一点五厘米是多长？鼻咽部又是哪里？顾照没有经验，只能凭着以前去医院做核酸检测、被医生捅鼻子时自己的感觉，一下子将棉签捅到鼻腔的最里面。瞬间，难言的酸胀感弥漫开来。好像是这个感觉，顾照颇为自信地搅动棉签，将棉签拔出来的时候，一股热流跟着涌出。

沈玦星以余光扫到顾照猛地捂住了鼻子，疑惑地转头看过去，就看到从她的指缝间涌出的鲜血。他这辈子都没这么无语过："你要不要这么用力？"他丢下说明书，手忙脚乱地抽出一沓纸巾捂在顾照的脸上。慌乱中，沿着她的手肘滴落的鲜血弄脏了他的衣服的下摆和裤子，但他根本无心管这些，只想着怎么赶紧给她止血。

"按紧了，别松手！"他怒吼。

顾照被吓得一激灵，明明受伤的是鼻子，却好像连嘴一起张不开了，只能嗯嗯两声答应着。

好不容易止住血，两个人筋疲力尽地坐在餐桌旁的椅子上。沈玦星低头看了看瓷砖上的点点红痕，又看了看自己的双手，最后看向正用湿纸巾擦着手指的顾照："你怎么不干脆把棉签捅到脑子里，看看里面到底是什么？"

顾照也没想到自己的鼻黏膜这么脆弱，竟然一捅就破："对不起……"

她因为自己做抗原检测把鼻子捅破了。此时，她的鼻子里塞着用来止血的纸巾，衣襟上沾着未干的血迹，脸上也一塌糊涂，整个人完全是一副令人不忍直视的凄惨模样。她以这副模样向人道歉，对方就算是个人渣，也不会再生她的气了，况且沈玦星和人渣相距十万八千里。沈玦星轻轻地叹了一口气，起身进了厨房。

顾照见他一言不发地走了，以为他还没消气，垂下头盯着手里的湿纸巾，感觉那血腥味顺着喉咙一直进到了她的心里，随着每一次心跳，弥漫开苦涩的滋味。她一直把玩着手里的湿纸巾，也不知道是不是把鼻子捅出了好歹，只觉得鼻根处越来越酸，连带着眼睛都酸涩起来。

　　"把头抬起来。"

　　她揉着眼睛，突然听到头顶上方传来沈玦星的声音。她仰起头，看到沈玦星不知道什么时候又回来了。他已将手洗干净，站在她的面前，还重新拆出一根棉签。

　　"你真的一直笨手笨脚的。"沈玦星半蹲下来，发现角度还是不合适，只能动手亲自调整。他温热的手指触上她的下巴，将她的下巴轻轻地向上抬，只是几秒，却令她连后颈都起了一层鸡皮疙瘩。

　　"我……我奶奶以前也经常这么说我。"

　　他手上的动作一顿，因她的话，不禁在心里产生了一丝疑问：难道是自己一直误会了？她对自己并不是像爱情的那种喜欢，而是想从自己这里得到亲情，是这样的吗？要不然为什么总是通过自己想起她的奶奶？

第三章 ◇

他好像快要融化了

沈玦星会说顾照"一直"笨手笨脚，也不是没有原因的。高一下半学期临近暑假的时候，顾照早上赶公交车，不小心摔了一跤，把脚崴了，崴得还挺严重，当时脚踝就肿得老高。不过还好没骨折，就是她不大能走，上下学需要拄拐。

　　楚衰沅身为班长，又是顾照的邻座，当即被李老师分配照顾顾照：下课搀扶顾照去上厕所，中午帮顾照打饭并送到教室，放学送顾照到车站。

　　高中的学习压力本来就大，楚衰沅连自己的学习时间都不够，还要分出时间来照顾顾照。照顾顾照是班主任交给楚衰沅的任务，楚衰沅面上不好说什么，但确实也觉得这件事儿打乱了自己的学习步调，因此不太耐烦。

　　顾照是个很敏感的人，对他人的情绪变化总是能第一时间感知，怎么会看不出楚衰沅的嫌弃？所以那段时间，顾照总是尽量不去麻烦楚衰沅，也表明自己不需要楚衰沅陪着上厕所。

　　他们高一所在的楼层一共有两个洗手间。小的那个离他们班近，但没有无障碍设施；大的那个有无障碍设施，但在走廊的另一头，离他们班很远。顾照靠自己去大洗手间，来回就要十分钟，很耗时，所以她总是能憋就憋，憋不住了才会去一次。

　　然而膀胱不是量杯，什么时候满也没个度，总是令人很难把握。有一次，她憋了两堂课，到第三堂课时实在憋不住了，只能举手在课上到一半时去上厕所。那堂课恰好还是英语课。英语老师向来严厉，顾照的英语成绩又是三门主课的成绩里最差的。英语老师见顾照千年难得主动地举一次手，还以为顾照终于长进了，结果一点顾照，发现顾照是要上厕所。英语老师一开始没说什么，只是沉下脸，让顾照快去快回。

顾照慌慌张张地拄着单拐走到教室门外，还没走远，就听身后传来英语老师冷漠的声音："谁要是再上课举手说要上厕所，出去就别回来了。"

那一刻，顾照无地自容，确实很想找个洞把自己埋起来，再也不要回去了。但她最终还是没那么做，因为知道那样做的后果只会更严重，说不准害得爷爷奶奶也要一同被数落。

顾照慢慢地走过那条长长的走廊，走过一扇扇透明的窗户，能感觉到很多目光投在她的身上。那些视线或同情，或嘲讽，像一根根细针刺入她的皮肤，然后汇集在她的心脏处，扎得她千疮百孔。

自那之后，顾照就很少喝水了，要喝也只在中午的时候喝，时间会比较充裕。人一缺水，嘴唇就容易起皮。那会儿又是夏天，空气特别干燥，顾照经常干得嘴唇渗血，擦再多的润唇膏也没用。

有一天下课，老师发作业试卷，同学们从前往后传。试卷传到顾照这里，她一转身，见沈玦星在睡觉，就轻轻地拍了拍他："沈玦星？"

沈玦星本来也没睡死，马上就起来了。他接过试卷时，一直盯着顾照的嘴看："你流血了。"他睡眼惺忪，声音听起来懒懒的。

顾照一愣，抿了抿唇，尝到一股铁锈味。她慌忙去掏课桌里的纸巾，将纸巾按在下唇上。过了一会儿，她将纸巾拿下来一看，果然有血迹。

"你不方便，就开口说。你不说，别人怎么帮你？"沈玦星从顾照的身边走过，顺手从她的桌肚里拿出她的水壶，随后走到饮水机前，帮她把空水壶注满水。

"你不渴吗？"沈玦星以为顾照是嫌接水麻烦才不喝水，将注满水的水壶放到她的桌上，又继续回自己的座位上趴着了。

顾照将水壶捧在手中，拧开盖子浅浅地尝了一口。水是刚刚好能入口的温度，不凉也不烫。水顺着舌头、喉咙流进胃里，瞬间便令她感到全身暖和起来，连那颗满是孔洞的心都好像被这温热的水填满，变得暖暖的……

顾照是被外面的雨声吵醒的。她从睡梦中醒来，睁开眼，发现纱帘被冷风卷着上下翻飞，天上下起了小雨。

S市的倒春寒总是这样，反反复复，叫人疲于应对。她搓着胳膊关了窗，不放心沈玦星，便从衣橱里翻找出自己最保暖的那件长款羽绒服，蹑手蹑脚地来到客厅。

客厅的窗没安遮光帘，黎明的微光透过薄薄的窗帘照射进来，虽然光线昏暗，但她借此仍可视物。沈玦星缩在沙发上，将一床夏被裹得很紧。顾照之前给他的棉服，加上他自己的外套，也都紧紧地裹在他的身上，边角塞得严严实实的，一看他就是被冻到了。

顾照俯下身，轻轻地将羽绒服搭在他的身上，突然外面落下一道惊雷。她被吓了一跳，往外面看了一眼，同时收回了手，结果下一秒手腕就被人牢牢地握住了。

沈玦星本来睡得就不踏实，被雷声惊醒后，一睁眼就看到旁边有个穿着白色睡袍、长发披散的人影。他就算不信鬼神，那一刻心跳也漏了一拍。

警觉地握住对方不知意欲何为的手，他坐起身，拧着眉叫了一声："顾照？"

"嗯，是我。"顾照弱弱地应声。

"你大半夜的不睡……"沈玦星还没睡醒，声音有些沙哑，"做贼呢？"他揉了揉脖子，看一眼手机。哦，原来现在不是大半夜，已经凌晨五点了。

"不是的。天气降温了，我给你送一件衣服。"顾照揉着被抓痛的手腕解释道。

沈玦星这才发现自己的身上多了一件羽绒服："抱歉，我刚刚睡糊涂了。"他看顾照一直在揉手腕，"弄疼你了吗？"

顾照将手背到身后，摇了摇头："没关系。"

一室寂静，除了外面骤然大起来的雨声，一时谁也没再说话。过了一会儿，顾照开口："那你继续睡，我回屋了。"说完，她回了卧室，轻轻地关上了房门。

雨一会儿下，一会儿停，天气就这么阴了两天。顾照所在的小区没再出现新冠阳性人员，但周边的几个小区陆续也实施了封控，商家大多关门了。之前在街上还能看到一些行人，这两天彻底冷清下来。好在大家在线上还能买菜，就是货品没以前的全了。

在这期间，顾照还接到了楚袁沅的电话。上次聚会的钱，楚袁沅算清楚了，摊到每个人的头上是五百多元。楚袁沅怕顾照不上 QQ，没看到自己发过去的消息，特地打电话来跟顾照说一声。但顾照知道，楚袁沅打这通电话，其实不光是为了收钱的事儿。

"上次的事儿，你别往心里去啊。闹成那样，都怪李漠那个'神经病'，下次咱们不带他了。这个人干啥啥不会，破坏气氛倒是挺拿手。对了，你后来与沈玦星……怎么样了？"

顾照向房门的方向扫了一眼，知道沈玦星听不到，但还是用手护住了话筒："他送我回家后就走了。"

楚袁沅对此自然没有怀疑："我就是好奇，没有别的意思。你们……之前联系过吗？"

顾照明白楚袁沅的意思。沈玦星替顾照出头，还送顾照回家，任谁瞧了都会摸不着头脑。毕竟顾照和沈玦星看起来是毫不相干的两条平行线，甚至不是一个平面上的。

"没有。"顾照道。

楚袁沅更纳闷儿了，当即咦了一声："那沈玦星做事也真够随心所欲的。姣梦现在是做高端公寓的。你应该听说过她所在的那家公司，就是那个'千恒'，前阵子广告做得挺厉害。我之前听姣梦说，因为原来合作的设备服务商不大行了，千恒在找沈玦星重新制订什么智能家居设备直接接入的方案，所以她与沈玦星的接触还挺多。我以为他俩聊得差不多了，谁想到那天他竟然对姣梦连管都不管，拉着你就跑。"

顾照从楚袁沅的口中得知，那天沈玦星和顾照走后，宋姣梦的脸色就没好过。宋姣梦坐了一会儿，也找借口走了。楚袁沅本想就此散会，结果李漠不肯，说这一局由他自己请，让想走的尽管走。后来好像只有几个与李漠关系好的男同学留下了，陆岐、楚袁沅都撤了。

挂了楚袁沅的电话，顾照安静地听了一会儿从客厅里传来的沈玦星开视频会议的声音。原来他在做智能家居，怪不得他会跟李漠说自己在工地里搬砖，竟然不是瞎说的。

沈玦星当然没瞎说，他学的就是AIoT，俗称"人工智能物联网工程"。他回国之前，从事的是云平台系统方面的开发工作。现在他的公司"银峰科技"主要从事无线物联产品的研发，以及为各类企业提供智能硬件的方案支持。商铭远管品牌运营，沈玦星管技术研发。他们公司在S市有专门的展厅，不算多豪华，但也算稳步发展，有模有样。

千恒公寓是银峰科技的大客户，两边的合作是宋姣梦牵的线。之前为他们提供设备的服务商采用的是云对云接入，由于经营不善，导致云平台停止服务，智能公寓的系统一下就崩溃了。千恒公司这边有点儿着急，希望沈玦星能尽快恢复他们的设备使用，并让宋姣梦同沈玦星对接。沈玦星去现场踩了点儿，承诺一个月搞定，但合同才刚寄出，他就出了状况。

创业初期总是会遇到各种各样的问题，既然他遇上了，就得想办法解决。他不是那种会为自己找借口去让客户体谅自己的人。这几天，他天天十几个小时远程指挥，哪怕被封在顾照家里，每天也是视频会议不断。

好不容易开完今天的视频会议，沈玦星伸了个懒腰，感觉自己浑身上下的骨头都在咯咯作响。正好顾照出来倒水，他问顾照："有咖啡吗？"

顾照的脚步一顿，她回头看向他："没有咖啡，只有茶。"

之前买的烟已经抽完了，沈玦星这会儿直犯困，就说："茶也行。"

顾照返回厨房，鼓捣了老半天，端出来一个碗，里面盛着一个黑黢黢的……茶叶蛋。

沈玦星看着那个茶叶蛋，抬头看着顾照，笑了："茶呢？"

顾照端着那个碗，有点儿不好意思："前两天我煮茶叶蛋的时候把茶叶用光了。"

沈玦星竟然对现在的这种情形一点儿也不感到意外，叹了一口气，拿过那个碗，开始剥蛋壳："茶叶蛋也行吧。"

顾照做饭的手艺不怎么样，但她煮茶叶蛋确实有一手，将蛋煮得特别香，也特别入味。顾照看他很快吃完一个茶叶蛋，问他还要不要。他没多想就点了点头。于是顾照直接又拿了两个茶叶蛋给他，他全吃了。

三个茶叶蛋下肚，血液供到胃部，困意很快向他袭来。等顾照放完碗回到客厅时，他坐在沙发上，已经困到需要掐鼻梁的程度。

"要不……要不你睡一会儿吧？"顾照看不下去，建议道。

沈玦星摇摇头，从沙发上起身，将之前放在腿上的笔记本电脑移到茶几上，往露台走去："不了。我去吹吹风，清醒一下。"

顾照望了一会儿他的背影，回房间就打开了团购 App。咖啡没货，茶叶也没货，想来这些不是生活必需品，平台进货少。

16-501："谁家有擀面杖？借擀面杖一用。"

这时，正好小区群里跳出了一条消息。

很快有人在下面回道："我家有。我在三号楼，你到我们楼下取吧，我把擀面杖给你放台阶上。"

顾照盯着群里不断滚动的聊天儿消息，试探的手伸出又缩回。最后她咬了咬唇，发出了自己在"河岚九村居民群"的第一条消息："请问，谁家有多余的茶叶或者咖啡吗？我想买一些。"

群里一户一人，一共两百多人，王经理不可能对他们每个人都认识。但凭着些微的印象，结合顾照的门牌号，他还是大约记起了顾照这么个人。盯着手机上顾照的留言，他心想，年轻人就是年轻人，这时候还想着这些无足轻重的东西呢。

王经理："我这里只有去年的龙井。"

17-301："我有我有！我这儿有一盒挂耳咖啡，只喝过一袋。这是我同事旅行回来带给我的，我嫌焦苦味太浓，一直将它丢在抽屉里生灰呢。你要的话，我把它放在我们楼门外的台阶上，你自己过来取。"

顾照马上向十七栋楼的这位住户申请加微信好友。对方很快通过了顾照的好友申请，并先同顾照打招呼，让顾照叫自己"小雅"就好。

小雅："我在咖啡盒的外面套了一个红色的小袋，已经用酒精消过毒了。你要是不放心，将它放在屋外再晾晾。"

顾照："谢谢！我给你多少钱？"

小雅："什么钱不钱的，这玩意儿我也不喝，给你正好，省得浪费。你拿去就是了，不要钱。"

顾照不好意思白拿，直接发了个五十元的红包给对方，让对方一定要收下，不然自己就不去取了。

小雅："哎哟，这么客气干什么？好吧好吧，我收下。"

顾照又向小雅道了谢，退出聊天儿界面时，看到王经理找自己私聊。王经理说，他会帮顾照去十七栋拿咖啡，顺便把他的那罐去年的龙井也带给顾照，让顾照不要出楼。

顾照不知道龙井该是什么价钱，在网上随便一搜，新茶都是好几百元一斤的。去年的龙井，就算折价一半，也得一两百元一斤吧？她翻找出自己的钱包，以防万一，拿了三百元。

顾照等在门禁外头，远远地就看到王经理穿着白色防护服，拎着一个红色的塑料袋上楼来。

"茶叶也一起给你放在袋子里了。"王经理伸直胳膊将东西递给顾照。

"谢谢！这钱……"一手交钱，一手交货，顾照正想把手里的"红票子"塞给王经理，王经理就灵活地一闪身躲开了。

"干啥干啥？拿回去！这已经是去年的茶叶了，又不是新茶，不值钱的，你拿去就好了。"

顾照将钱往左塞，王经理就往右躲；顾照将钱往右塞，王经理就往左躲。一番你推我让，两个人纠缠下来，顾照连呼吸都急促起来。她怀疑王经理是属猴的，不然身法不能这么灵活。

"这东西真不值钱，只剩半罐了，你拿去吧。我这儿还有事儿呢，先走了啊！"王经理摆摆手，转身小跑着就下了楼。

顾照握着没送出去的钱，望着他离去的背影，不知如何是好。对于这些纯粹的善意，她总是抱着一种近乎诚惶诚恐的心态，怕自己做得不够好，枉费了别人的一片好心；又怕欠对方太多，没办法还清。

她拿着塑料袋回了家，沈玦星还在露台上吹风没进屋。她一边烧水泡咖啡，一边思考着要怎样还人情。直到水开了，她也没想明白要怎么办，沈玦星倒是从外面进来了。她端着泡好的咖啡走到沙发旁，将杯子放到了沈玦星面前的茶几上。

"从哪儿弄来的咖啡？"沈玦星端起杯子嗅了嗅，确定这就是咖啡无疑。

他刚才在露台上已经用手机搜过了，无论是超市的速溶咖啡，还是街边的咖啡店，一概没有货。他还以为这十几天自己都要与咖啡无缘了，没想到顾照竟然不声不响地搞来了一杯。

"我向邻居要的。"指尖上还残留着杯子的一点儿热度，顾照习惯性地搓着，"除了咖啡，还有龙井，我都给你放在厨房里了。你想喝时，记得自己泡。"

沈玦星轻轻地吹了吹咖啡，迫不及待地浅抿了一口。浓浓的焦苦味瞬间在他的舌尖上迸开，他却一点儿也没有嫌恶这苦味，甚至唇角挂上一点儿笑意。这是很棒的咖啡，正是他现在需要的。

"多少钱？"

顾照盯着他上扬的唇角，不自觉地脸上也浮上一点儿笑意："不要钱的。"

他终于笑了。这些天来，他一直在焦虑。他已经很努力地让自己表现得不要太明显，但顾照对他的焦虑还是感觉得出来。可能是因为和她共同待在一个狭小的环境，也可能是因为工作上的事情，他时常紧皱着眉头，连睡觉时都难有舒展的时候。虽然只是一杯平平无奇的咖啡，但能让他的心情好起来，真是太棒了。

顾照苦思冥想，到晚上也没想到怎么向那两位邻居还人情。自己总不能白受人家的恩惠，要不然王经理这边，自己提前把物业费付了？她才这么想，就听叮咚两声，是居民群的群主发来的消息。王经理发了群通告，召集志愿者，希望大家踊跃报名。

王经理：“特别是年轻人，欢迎来报名。我们小区的老年人多，还是很需要优秀的年轻人贡献出自己的一份力量的。”

这可能就是冥冥之中的指引了。顾照盯着“年轻人”三个字看了又看，然后找王经理私聊：“王经理，我有社工经验，还有护工证，可以报名当志愿者吗？”

王经理自然是来者不拒的：“可以可以，有啥不可以的？！”明天一早，全小区的人要做核酸检测。王经理让顾照早上六点到物业办公室门口报到，说到时会给她分配任务。

第二天早上五点半，顾照就醒了。她已经尽量不发出太大的声音，但还是吵醒了沈玦星。

“你这么早去哪儿？”沈玦星从沙发上爬起来，见顾照穿着齐整，不免疑惑。

“去当志愿者。”顾照换了鞋，将一只手按在门把手上。

“志愿者？”沈玦星惊讶不已。

“嗯，志愿者。今天要做核酸检测，等会儿轮到我们楼时，我打电话给你。你别睡得太死。”

沈玦星皱眉：“你怎么……”

他想问顾照怎么没有提前同他说她做志愿者的事儿。他们俩同住一个屋檐下,就算是室友,难道他还不值得顾照特地知会一声吗?但只说出口三个字,他就冷静了下来。他们俩只是因为意外不得不同住一个屋檐下。顾照不是他的什么人,他也不是顾照的什么人,顾照确实没必要什么事情都知会他。

"怎么了?"顾照听到身后沈玦星的声音,回过头去。

沈玦星看了她一眼,重新躺下了:"没事儿。"他冷冷地道。

顾照连关门都不敢发出多余的声音,小心地将门合拢,就怕又吵到沈玦星。下楼的时候,她还在回忆方才他的脸色,心想:他这是起床气吗?脸好臭啊。

河岚九村小区一共有两个核酸检测点,一个在南门,一个在北门。顾照被安排在离家比较近的南门。物业办公室内,六个人齐聚一堂。除了王经理,另外五个都是志愿者。王经理让大家做个简短的自我介绍,方便以后互相称呼。

"我是张雅,十七栋的……"张雅,三十多岁,住在顾照对面的那栋楼,就是给顾照挂耳咖啡的"小雅","已婚,女儿四岁,老公是全职'家庭煮夫'。我是在医美机构里做顾问的。那是正经有执照的机构,好多艺人去我们那儿做调整。大家以后有这方面的需要可以找我,我给你们打八折。"

张雅说完,大家都笑起来。其中一个身材有些发福的中年阿姨笑得尤为大声:"我这'老菜皮'就不凑热闹了,机会还是要留给年轻人。"

轮到下一位做自我介绍。那是个烫着爆炸头的小伙子,瞧着不过二十岁出头。他自我介绍道:"我叫罗湛,今年刚上大二。"虽然大家都戴着口罩,但从他高扬的语调也能听出他的性格挺阳光的。他继续说:"我是十三栋的租户,大家叫我'大罗'就行。"

王经理可能对罗湛的头发实在很好奇，没忍住，问道："你这头发是烫的还是'自然卷'啊？"

"烫的烫的。"罗湛笑道，"祖上到我爸那辈都是纯种华夏人，没混过别的地方的基因。"

他的旁边就是胖阿姨了，也是在场的年龄最大的志愿者。胖阿姨的眼睛弯弯的，脸圆圆的，让人瞧着很有亲和力："第一次见面，我自我介绍一下。鄙姓石，是咱们小区的业委会主任，退休职工一名。大家以后在工作上遇到什么问题，可以同我或者王经理说，我们一定会第一时间想办法为大家解决。特殊时期，大家都不容易，看到你们这些年轻人报名参与志愿工作，我真的很感动……"

大概就这么滔滔不绝地说了三分钟，石主任终于结束了自己的演讲。大家迫不及待地把目光移到了下一位志愿者的身上。

那人大约四十岁，有点儿轻微的谢顶，说起话来慢条斯理，语气非常柔和，一听就能知道他的脾气很好："我是五栋四零一室的，大家叫我'老陈'好了。"

老陈的自我介绍非常简短，简短到顾照还没反应过来就轮到了自己。这种成为众人视线的焦点、人群的关注对象的感觉，一向是她最害怕的，会唤起不好的回忆。

"我……我叫顾照，住在三栋三零一室，很高兴认识大家。"顾照垂着头，越说声音越小，到最后简直声若蚊蚋，算是将社交恐惧症表现得淋漓尽致。

"高兴的高兴的！我也特高兴能认识大家。从今天开始，咱们就算组成志愿者小分队了，都是队友，不用见外。"张雅看出顾照不自在，便有心缓解顾照的紧张，接过了话茬儿，转而问王经理，"王经理，你看接下来工作怎么分配？需要我们做些什么？"

王经理早就准备好了，从地上的箱子里拿出几套防护服给大家分发，说："防护服是一次性的，一人一套。大家注意别把它弄破了，不然就没有防护效力了。"

为他们小区做核酸检测的医疗队大概七点到。王经理让腿脚好的年轻人罗湛拿着大喇叭一栋楼、一栋楼地叫大家起来做核酸检测，张雅负责扫标记身份的二维码，顾照负责登记，石主任和老陈则负责维护队伍的秩序。登记不是什么复杂的活儿，没什么技术含量。在经历了一开始的"张嘴难"之后，顾照很快进入状态。

"你是哪一栋，几零几室的？"不过，也可能是厚实的防护服给了她安全感，让她不再惧怕直面别人的目光，"叫什么名字啊？哦，好的。你家里还有一个人没来呢，是吧？"

像这样一栋楼、一栋楼地做核酸检测，很快就轮到顾照家的那栋楼。顾照刚想给沈玦星打电话，习惯性地摸口袋的位置时，才意识到自己正穿着防护服，没有口袋，手机也被锁在物业办公室的柜子里了。她有些担心沈玦星醒不过来，正思考着要不要让罗湛帮她去她家按一下门铃时，就远远地看到沈玦星跟着稀稀拉拉的人群往这边走来。

沈玦星的上身穿着简单的黑色 T 恤，下身是宽松的灰色长裤，脚上穿着一双顾照帮他从杂货铺里买的二十元钱的塑料黑拖鞋。一只手插在口袋里，另一只手摆弄着手机，他就这样缓慢地随着队伍往前挪动。

他实在是挺拔，又自带一股帅哥的气场，就算戴着口罩，也难掩英俊的相貌，惹得不少人频频注视。他好像习惯了来自他人的这种打量，对此一概无视，直到走至顾照的面前，听到顾照问他是哪栋楼的，才终于抬起头："我是哪栋楼的，你不知道吗？"

虽然每个志愿者都穿着一模一样的防护服，但沈玦星还是一眼就认出了手里拿着木板夹的顾照。不是因为顾照做了什么标志性的动作，他单纯是从身高、体形上认出她来的。她瘦瘦小小的，穿着宽大的防护服，像一只兔子钻进了塑料袋里。

沈玦星排着队，低头在手机上的搜索栏里输入"白兔子"三个字，浏览器中很快跳出许多兔子的图片。他翻了一下，发现有一种叫"长毛垂耳兔"的兔子和顾照在气质上最像。它垂着耳朵，脑袋上的毛很长，不扎起来就容易挡眼睛，而且它还总是一副听到有人跺一下脚都能被吓死的样子。

他越看越觉得两者很像，将那只扎着朝天辫的白色长毛垂耳兔的照片保存下来，翻开通讯录，点开顾照的头像，添加照片。做完这一系列操作，他正好随着队伍走到顾照的面前。

"你是哪一栋，几零几室的？"隔着防护服，顾照的声音听起来闷闷的、软软的。

沈玦星不动声色地滑开手机屏幕，点出自己的二维码，抬起头："我是哪栋楼的，你不知道吗？"

顾照被他问得一愣，低头在登记表上找到自己家，往沈玦星的名字旁打了个钩："知道的。"

沈玦星短暂地停留后，轮到他上前检测。石主任拿着喷壶，对着他身前的方向喷了两下。可能是看他实在长得高大，石主任好奇地问道："小伙子，你多高啊？"

沈玦星拉下口罩，快速地做完咽拭子采样后重新将口罩戴好，然后回答道："一米八九。"

石主任嚼了一声："真棒，这又高又帅的。"

沈玦星笑了笑，没多做停留，绕过棚子转身往回走。他在他们这栋楼的队伍的尾部，后面没几个人了，因此找顾照说话的时候，顾照正好空着。他问："你中午回来吃饭吗？"

顾照的笔落在表格上，目光与沈玦星的目光对上。她明明方才还觉得防护服够厚实，可以阻挡掉所有让她不安的注视，现在却又觉得好像防护服还是不够厚。或者说，沈玦星的目光和别人的不一样，更容易让她感到不自在。

"回，马上就回。"她说着，将手上的表格翻了个面。沈玦星没说什么，将手插在口袋里走了。

沈玦星走之后，张雅一下子凑到顾照的身边，顿生八卦之心："顾照，那是你男朋友啊？可以啊！就凭这颜值，他瞬间拔高我们小区整体男性质量了。"

罗湛提溜着一个大喇叭路过，听到张雅的话，立即道："姐，你这太肤浅了。男人不能光看脸，颜值在综合素养里只能占很小的比例！"

张雅笑了："那还看啥？你说。"

"学历啊，人品啊，家庭背景啊，都要考虑进去。"罗湛一一细数。

张雅看向顾照，示意顾照来回答。

"他的学历好像是……硕士，学校是全球排名前十的。他从小……从小就乐于助人，心地特别好，家教也好。他现在自己创业，开公司，喜欢运动……"顾照不遗余力地向罗湛展示着沈玦星的优秀，"他还……还会做饭！"

张雅一副"你看，你自己看看"的表情，对罗湛道："我单方面宣布，顾照的男朋友就是我们小区质量最高的男性，没有之一。"

罗湛扛着大喇叭，到这会儿也自愧弗如了。论长相、学历，自己与顾照的"男朋友"勉强可以一拼，但论做饭，自己是真的不行，能把家点着。

"姐，你要是哪天和你对象分了，通知我一声。"罗湛开玩笑道。

"美得你！门口有一口泉，你撒泡尿照照自己，谁勉强谁呢？"张雅作势就要打罗湛。

顾照脱下防护服，理了理纠缠在一起的头发。张雅无意间看到顾照刘海儿下的红色胎记，非常自然地以此为话题聊了起来："顾照，你额头上的那是胎记吗？"

整理刘海儿的手一顿，顾照点了点头："嗯，是从小就有的。"

"你别多想。我这就是职业习惯，没有恶意。"做整形这一行，客户也不都是为了追求完美的艺人、网红，有相当一部分人就同顾照一样，出于各种各样的原因，容貌异于常人。他们想要恢复正常的生活，不远千里而来，向整形医生寻求帮助。

"你这应该是鲜红斑痣吧，一种挺常见的天生毛细血管畸形。"张雅凑近顾照，拇指直接往顾照额头上的胎记上按。见按下去之后胎记消失，显出皮肤本来的颜色，张雅道："还好，胎记的颜色比较浅。你的这种情况，做几次治疗胎记应该就能消下去不少。"

顾照不太习惯这样亲密的碰触，捂着额头，后退了一步："之前做过的……没什么用。"

"你做的是脉冲激光治疗吧？这个治疗是要做挺多次的，而且年纪小时做起来效果会比较好；年纪大了，皮肤增生多，做起来效果就不明显了。"

"应该是的。"那时候顾照年纪小，也不大懂这些，就记得做一次的费用挺高的。医生当时确实说过，想要治好，起码得做两次以上。顾照嫌贵，也怕家人来回长途奔波太辛苦，最后没坚持，就只做了一次。

"现在有更新的技术，叫'光动力'，治疗效果要比激光的治疗效果好。我们医院就有光动力治疗设备。"张雅向来热心，倒不光是为了招揽生意，确实也想帮助顾照，"你要是有兴趣，等咱们小区解封了，来我们医院。我找我们医院里最好的医生给你做治疗。"

在口才方面，顾照好像天生比别人少根筋。她说话总是慢半拍，性格也软。别人说什么，她就听什么，从来不会反驳人家，更不可能拒绝人家，因此常常会答应一些自己根本不想做的事儿。就像现在，她其实很想婉拒张雅的好意。

这个新技术，顾照根本没有了解过。而且这么多年了，她已经对消除胎记不抱什么期望，也不想浪费这个钱。但她一对上张雅的眼睛，那些准备好的说辞就统统不见了，就像被下了降头一样，她的脑海里反复出现一句话——张雅之前给过自己咖啡，是个好人。

"那……谢谢你了。"

张雅笑着摆手："客气啥？小事儿一桩。"

顾照换完衣服，回身懊恼地关了柜门，在心里长长地叹了一口气。这时，石主任也进来了："今天大家都辛苦了，忙到这个时间。大家快回去吃饭吧，快到一点了。"

石主任一边脱防护服，一边说："小顾，你多吃一点儿，瞧这细胳膊细腿的。你男朋友自己长得那么好，怎么没把你喂胖呢？"

顾照笑笑，还没开口，一旁的张雅接话道："石主任，你这就不懂。现在的女孩子都是要保持身材、控制饮食的，哪能往死里吃？"

石主任露出不赞同的表情："我一直让我女儿多吃一点儿，减什么肥啊？胖点儿好，胖点儿健康。"

顾照斟酌着在什么时机开口道别比较好，但一直插不进话。张雅也站在那儿没动，看起来是想等石主任一起走的样子。顾照看了一眼手机，已经是十二点五十分了，早就过了往常家里吃中饭的时间。

"小顾啊，你与你男朋友是怎么认识的？"石主任换好了衣服，话题不知怎的又转到了顾照的身上。

"我们……是同学，高中同学。"顾照照实说。

"怪不得！还是学生时代的感情最纯粹啊。"

顾照没接茬儿。她当然知道别人看她和沈玦星在一起是什么感觉——除了不配，还是不配。所以石主任在得知他们是高中同学后，才会露出那样释然的表情。怪不得，怪不得这样不配的两个人会是恋人，因为懵懂，因为年少。

三个人行到岔路口，石主任同顾照、张雅告别，往另一个方向去了。河岚九村的沿街商铺呈"凹"字形，张雅住在顾照家对面的那栋楼，也是在商铺的上面，所以两个人从一个楼梯上去。

张雅忽然道："刚刚石主任的话，你不要放在心上。"

顾照一时没反应过来张雅指的是哪句话，就听张雅接着道："感情的事儿，两个人觉得好就好了，别人怎么看都不重要。"

不知为何，顾照觉得张雅似乎不光在安慰自己，更像是有感而发。挥手同张雅道了别，顾照来到自家门口，没按门铃，直接打开外面的铁门和房门。

顾照刚一将房门推开，一股食物的香味便扑鼻而来。她进了门，第一眼看到的便是左边桌上的菜——一荤、一素、一汤，瞧着色香味俱全。桌上还有两只干净的碗叠在一起，勺子、筷子散放在旁边……

顾照将钥匙放在玄关的柜子上，绕过去，看到了躺在沙发上的沈玦星。地板好像被拖过了，还留着点儿水印。沙发上他的被子也被好好地叠了起来。露台的门微微地开了一道用来透气的缝，微风吹起纱帘，阳光洒在正在熟睡的男人的身上。他好像……快要化了，化在这灿烂的金色阳光下……

顾照蹲下身。与沈玦星重逢以来，她第一次这样放肆地打量他。他的睫毛真长啊，眉毛浓密而不杂乱，头发也很多。不是说他们这种"IT 男"（从事 IT 行业的男性工作者）都很容易秃头吗？怎么他好像一点儿都没受影响？

阳光落在沈玦星的头发上、睫毛上。顾照借着阳光甚至可以看清他脸上细小的绒毛，阳光好像给他整个人镀上了一层温暖的光晕。

顾照就这么看着他，看得津津有味，直到被她看着的人似有所感，睫毛微颤。她感觉他好像马上就要醒过来，慌忙起身，想要装作若无其事，但蹲久了，血液集中在下半身，她猛然站起，脑子一下就供血不足了。眼前阵阵发黑，她跌跄着维持平衡，眼看要被身后的茶几绊倒，手腕忽地被人用力地握住，朝相反的方向拉扯。

"小心！"

顾照还没明白发生了什么事儿，就扑进了一个坚实温暖的怀抱。

鼻子被撞得发酸，顾照睁开眼，满眼都是深沉的黑。过了一会儿，她才反应过来那是沈玦星的黑 T 恤，不是她瞎了。她隐隐能听到如鼓点一般有节奏的心跳声。与另一个人这样亲密的肢体接触，她已经许多年没有过了。从对方的身上传递过来的体温，一时让她感觉十分奇妙。

"有没有事儿？没事儿就赶紧起来。"

顾照听到从上方传来的声音，一激灵清醒过来，连滚带爬地离开了沈玦星的怀抱："抱歉！我没……没压到你吧？"

沈玦星刚才被小风吹得突然生出了困意，倒在沙发上就睡着了。由于没怎么顾及睡姿，他感觉这会儿脖子有些发酸。他揉着后颈，听到顾照的问话，瞥了她一眼，嗤笑道："就凭你那身板，你还想压到我？两个你压上来都像挠痒痒一样，若我哼一声，算我输。"

男人有时候真的会在奇怪的地方拥有奇怪的胜负欲。顾照不知道要怎么接话，正好余光扫到餐桌："你也还没有吃饭吗？"

"没有，我等你等得已经睡着了。"沈玦星站起身，往餐桌的方向走去，"吃饭吧，菜已经凉了。"

两个人盛好饭，坐到各自的座位上。顾照边吃边观察坐在对面的狼吞虎咽的沈玦星，说道："以后你可以先吃，不用等我。"

沈玦星那满满一大碗的饭，一会儿工夫只剩下了个底，可见他是真饿了。他们非亲非故，沈玦星因为送她回家意外地被隔离在这里，不但只能睡她家的破沙发，还要给她做饭、打扫卫生，想想也是有点儿惨。如果还要加上一条一定要等她回来一起用餐，会让她觉得自己像是什么封建大家长——只要自己不动筷，别人就别想吃饭。

"也没有特地等你，"沈玦星咽下嘴里的食物，嘴硬得很，"只是刚好有紧急公务要处理而已。处理完公务，我本来想闭目养神一会儿，一不小心就睡着了。"

顾照点点头，完全相信他的说辞："嗯，没有就好。"

吃完饭，顾照依照惯例又想进卧室待着，被沈玦星叫住了。他说："你不用老是躲进卧室里。这里是你家，不是我家。我还没不自在，你不自在什么？"

顾照想说自己一个人更自在，但一对上沈玦星的眼睛，拒绝的话像烫嘴一样，她无论如何也说不出口。迟疑片刻，她还是走向了沙发。沈玦星将大沙发让给她，自己坐到了单人沙发上。

此前没有哪一刻让顾照觉得在自己的家里这么拘束。膝盖并拢，双手搁在膝头，她静静地盯着茶几上的电视遥控器看了一会儿，瞥了一眼沈玦星。见他没有关注她，她拿起遥控器打开了电视机。

电视机的声音响起的一刹那，沈玦星抬眼往她这边看了看。她立马将音量调低，不好意思地道："是不是打扰你办公了？要不我……还是回卧室吧。"

"我的注意力没那么容易被分散。你看你的，我这边没事儿。"沈玦星说着，敲击键盘的动作轻盈而迅捷。

顾照刚抬起了抬屁股，又无可奈何地坐了回去。虽然他说不要紧，但她还是将音量调到最低，低到只能勉强听到电视里的人声的地步。她平常不大爱看电视剧，嫌追着看太累，最多也就看些综艺节目和纪录片。她在上下班的路上倒是会看电子书，而在家里，有时候觉得太安静，还会边开着电视边看书。

顾照随便选了一个最近比较火的艺人综艺节目，一边看着一张张姣好的脸庞出现在荧屏上，一边将脑袋放空，忍不住要去关注身边不断发出清脆的嗒嗒声的源头。自己竟然同沈玦星坐在一个客厅里看电视，到现在她还有几分不真实感。

茶几上的手机振动了一下，顾照拿起来一看，是王经理找她。

"小顾啊，我想请你帮一个忙。我们现在不是每天要做抗原检测并将检测结果拍照上传到群里吗？……"王经理说自己不大会弄电脑，想请顾照帮忙统计小区住户每天的抗原检测信息，看哪户上传了，哪户还没有上传。对没上传抗原检测结果的，顾照在群里督促他们尽快上传。

"我想来想去，还是觉得在志愿者里小顾你最适合做这项工作，一看就知道你是心细的人。"

顾照很擅长做表格。这几天她在家也没什么事儿做，当即答应下来："没问题的，我来弄就好。"

王经理大喜："那可太好了！我这两天为了抗原检测信息统计的事儿，头发已经掉几把了。我等会儿就把小区住户名单发给你，怎么统计随你。你怎么方便怎么来。"

"嗯，好的。"顾照结束了与王经理的对话，放下手机，看向一旁的沈玦星。她不知道自己这会儿开口会不会打扰到他，犹豫间，便以一副欲言又止的表情盯着他看。

就算注意力再集中，沈玦星也很难忽视从她那边投来的灼灼目光。他手指的动作一停，整个空间里便只剩下电视机里在播放的综艺节目的微弱的声音。

"什么事儿？"他抬起眼问道。

"我……我要回房拿一下……拿一下自己的电脑。"顾照对于自己打断了沈玦星的工作很不好意思，想要尽快把自己想说的表达清楚，结果反而因为太紧张变得结结巴巴的。

沈玦星还以为她有什么事儿，看了她片刻，将目光再次移回身前的电脑屏幕上："这是你家，你可以来去自由。"顾照像终于得到教官指示的小兵一样，闻言，起身快速地绕过茶几，回到卧室里拿了笔记本电脑出来。

统计抗原检测信息是个没什么难度但十分琐碎的活儿，顾照需要根据群里上传照片的情况和住户名单，一个一个地按门牌号核对，看哪些住户已经上传了，哪些住户还没上传。像这样核对了一天，顾照认为可以适当地提升工作效率，便与王经理商量，能不能让大家将自家的门牌号标在上传的照片上。这样她直接搜群图片就能很快地将大家的抗原检测信息统计好，省得翻聊天儿记录。

王经理认为这是一个好办法，发了群通告，通知群里的所有人像这样操作。但是如此一来，新的问题又产生了。年纪轻的、熟悉手机操作的人还好，本就不大熟悉手机操作的中老年人可就犯了难，群里的求助消息就没停过。

07-101："怎么往照片上加字啊？我弄不来。"

11-401："我也弄不来。我直接告诉你几号楼、几零几室不行吗？"

03-202："一家人的检测结果是拍一张照片，还是每个人的单独拍，共拍三张？每张照片上都要加字吗？"

…………

既然王经理已经将这项工作交给顾照来做了，那她就有义务处理好相关工作。她一条一条地仔细回复着众人提出的问题，就这么持续了一个晚上。等抗原检测信息全部统计完毕时，她看了一眼电脑屏幕上显示的时间，快到夜里十二点了。她被吓了一跳，去看沈玦星，发现他不知什么时候连澡都洗完了。他坐在单人沙发上，头发半干着，一只手支着下巴，另一只手握着遥控器。他竟然在看电视。

电视剧里，雨下得好大，年轻的女孩儿淋着雨，正在与她的男朋友吵架。两个人不顾路人的注视，在雨里大吼大叫。女孩儿还差点儿被疾驰的汽车撞到，所幸被男朋友一把拉住转了两圈，这才免遭意外。

"你放开我！谁要你管啊？你不是不喜欢我吗？你不是一点儿也不关心我的死活吗？"

"你闹够了没有？我说过那么多话，你就一定要记得这两句吗？"

"不然呢？你说我还要记得什么？你的冷酷、你的无情、你的无理取闹吗？"

"你……"

顾照两眼放空地看着电视里的两个人你一言我一语，最后拥吻在雨中。她转向沈玦星，想知道他是不是根本没在看，只是一边调台，一边走神，频道恰好停在了这里。但令她大为震惊的是，沈玦星不仅在看，还看得……津津有味，并没有如她所想的那样在走神。

片尾曲缓缓响起，画面定格在男女主人公在雨中拥吻的身影上。沈玦星眨了眨眼，感觉到顾照的盯视，心里想着，这个人又怎么了？他将目光移过去，恰好与她大惊小怪的眼神对上。他停顿一秒，道："我会看偶像剧，有什么问题吗？"

顾照哪里敢说有问题？她忙不迭地摇了摇头："你……追星？"

刚才那部剧中扮演男女主人公的演员好像这两年蛮红的，顾照工作的养老院的放映厅还分别放过这两个演员主演的年代剧。

"不追。"沈玦星道，"我只是偶尔会看一些不需要用脑的东西，以达到放松大脑的目的。"

他这么一说，顾照就懂了。她有时候也喜欢读一些短小的游记，有意思，但又不会太费脑子，不用亲自经历就可以通过文字共享那些有趣的景点、稀见的风俗，还有截然不同的文化。

"我……是不是打扰你休息了？"顾照合上笔记本电脑，赶忙起身把他的"床"让出来。

"没有，我本来睡得也晚。"虽是这么说，沈玦星还是关了电视。

顾照满脑子都是统计抗原检测信息的事儿，以致拿衣服去洗澡的时候，竟然只拿了内衣，完全忘了还有睡裙这回事儿。等洗完澡，她顶着一头湿漉漉的长发，盯着洗脸盆里已经完全吸饱水的脏衣服有些傻眼。

往常只有她一个人在家，忘拿衣服也没关系，就算身上一丝不挂，她也能坦然地在屋里行走。然而，现在客厅里有沈玦星。虽然客厅的灯暗下了，他似乎睡了，但这也不足以让她鼓起勇气裸身冲出浴室。

她坐在马桶盖上苦恼了半天，坐到头发半干也没有想出办法。最后她叹了一口气，起身拎起洗脸盆里的衣服，开始认真地搓揉起来。"船到桥头自然直"，实在不行，她就穿湿衣服出去吧。

"嘭嘭嘭！"正当顾照卖力洗着衣服时，浴室门忽然被人敲响。由于门就在身旁，顾照被这来自耳边的声音吓了一跳，慌忙看去，只看到磨砂玻璃后模糊的人影。

"顾照，你在里面很久了。你没事儿吧？"门外传来沈玦星的询问声。

第四章 ✧ 来了个救星

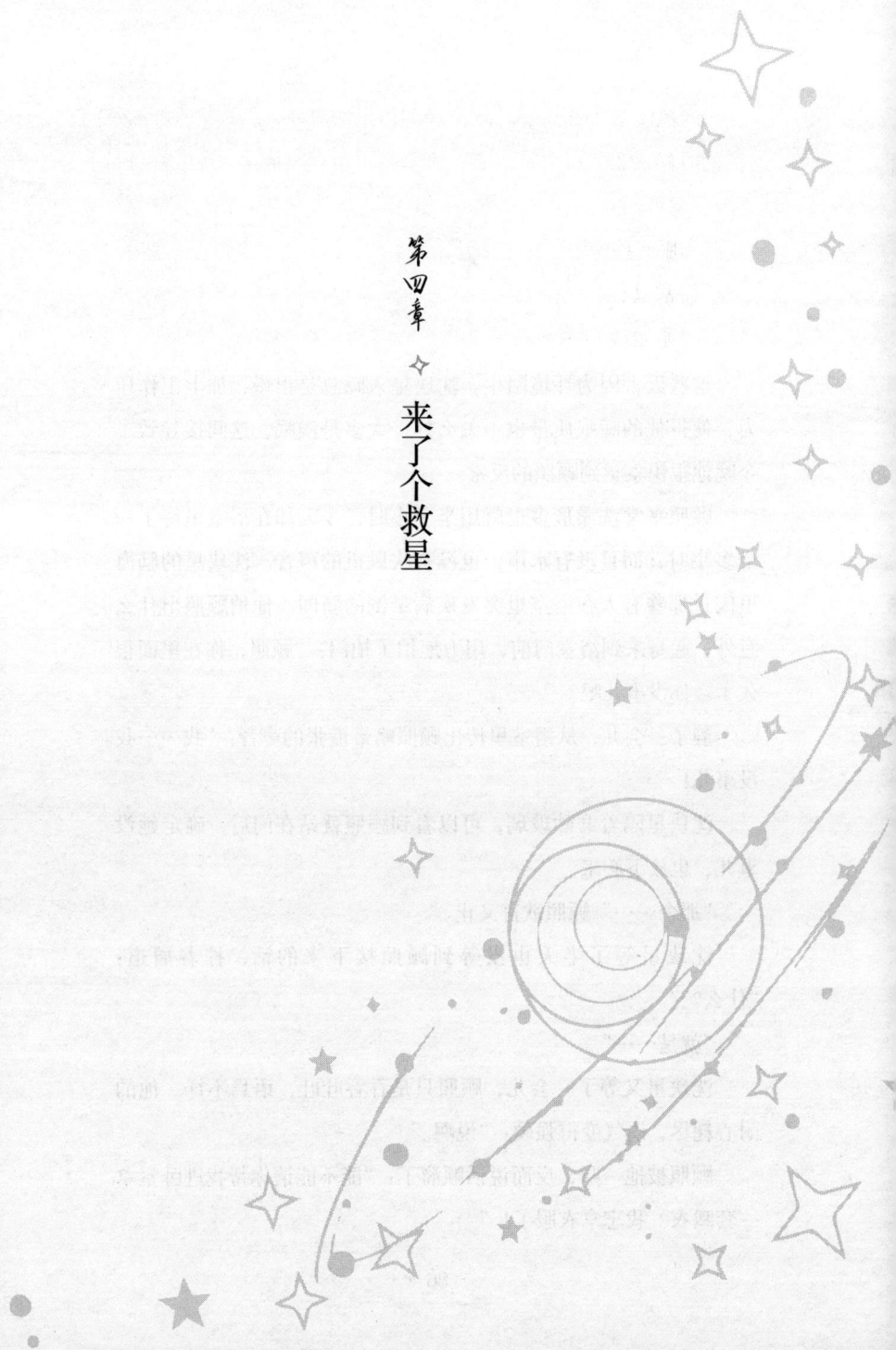

这些天，因为环境陌生，沈玦星入睡总是很慢，加上工作压力，使得他的睡眠质量也不怎么好，大多是浅眠，这间接导致了今晚他很快察觉到顾照的反常。

　　顾照平常洗澡最多也就用半个小时，今天却在浴室里待了一个多小时，而且没有水声，也没有吹风机的声音。沈玦星的脑海里闪过那些有人在浴室里突发疾病晕倒的新闻。他怕顾照出什么意外，起身来到浴室门前，用力地拍了拍门："顾照，你在里面很久了。你没事儿吧？"

　　静了一会儿，从浴室里传出顾照略带慌张的声音："我……我没事儿！"

　　沈玦星隔着磨砂玻璃，可以看到顾照就站在门后，确定她没事儿，也放下心来。

　　"那个……"顾照欲言又止。

　　沈玦星等了半天也没等到顾照接下来的话，拧着眉道："什么？"

　　"就是……"

　　沈玦星又等了一会儿，顾照只是吞吞吐吐，语焉不详。他的耐心耗尽，语气变得强硬："说啊。"

　　顾照被他一吓，反而说话顺溜了："能不能请你帮我进卧室拿一套睡衣？我忘拿衣服了！"

沈玦星盯着玻璃门后顾照的身影，沉默良久，问道："你就因为这个在里面待一个小时不出来？"

顾照可能多少也觉得这事儿离谱儿，半天才回了一个字："嗯。"

沈玦星强压下吐槽的冲动，回了两个字："等着。"

他重新开了走廊的灯。住进顾照家这么多天，这还是他第一次推开顾照的卧室门。这间卧室的陈设风格与这个家的整体风格相配，家具看起来有些年头儿了，除了一张床、一个衣柜，还有一张书桌。

沈玦星从衣柜的抽屉里快速地翻找出顾照的睡衣，正打算给她送去，经过书桌时不经意间瞥了一眼，一下子站住了。书桌的玻璃板下压着一张照片，照片的最上方写着一行红色的字——S市第三中学二零××届高中部（3）班毕业合影。

沈玦星在高考前就收到了国外学校的录取通知书，暑假前就去了国外。虽然他拍了毕业照，但没有去取，而是让他爸爸去三中取的。后来家里搬了一次家，他妈妈整理房间的时候，可能不小心把装有毕业照的文件袋当作垃圾一起清理了。

沈玦星在国外读书时趁着假期回过国，在家里找了几次高中毕业照，但都没找到，所以这还是他第一次见到这张照片。那时候，大家都很青涩，迎着阳光，意气风发，仿佛未来尽在自己的掌握。

一张张的脸看过去，他很快在最后一排找到了自己——板着脸，紧抿着唇，瞧着不怎么高兴。他立马想起了那天发生的事儿。

春夏交接之际，教室里的电扇徐徐地吹着。初中部的学生在外面拍毕业照，班里的大多数同学跑到走廊上看热闹去了。还剩一个月高考，班里的学习氛围反倒没那么紧张。沈玦星不爱看热闹，又贪凉，就选择待在教室里，趴在课桌上睡觉。

他其实也没睡着，处在将睡未睡的状态，所以当顾照叫他时，他下一秒就睁开了眼："什么事儿？"

那时候，他已经知道顾照喜欢他。为断绝她的心思，他对她不像以往那样客气，说话时态度也冷漠得多。

顾照站在课桌旁，手里握着一个蓝色的盒子，因为他不耐烦的语气，垂下脸，睫毛颤抖着。她将双手更紧地拢在身前，像是想尽量蜷缩起来。

"听说你已经申请到国外的大学，恭……恭喜你……"她已经很努力地控制，但声音里还是夹杂一丝不易察觉的轻颤，"这三年来，我一直受到你的帮助，真的很感谢你。这是我的一点儿谢……谢礼……希望你能收下。"说着，她将手里的蓝色长方形礼物盒递向沈玦星。

淡蓝色的盖子，深蓝色的底座，绑着黄色的丝带花，看盒子的形状和大小，沈玦星猜测里面应该是一支笔。

"我不要。"他看着递到面前的盒子，想也不想就拒绝了。

顾照指尖因用力而泛白："不是很贵的东西……"

"拿回去。你应该明白吧，这不是钱的问题。"

顾照闻言，身体剧烈地抖动了一下。她终于抬起了垂着的头："这真的……只是谢礼。"她的眼角泛红，却没有眼泪落下。

眉心拧了拧，沈玦星隐隐烦躁起来："你……"

"哎！你们俩偷偷摸摸地说什么呢？这是什么啊？包装得这么好。"

沈玦星和顾照都没发现陆岐是什么时候过来的。陆岐也没把自己当外人，一上来就将顾照手里的礼物盒抢了去。没等沈玦星发话，陆岐已经自顾自地把盒子打开了。如沈玦星所料，盒子里是一支钢笔——白色的钢笔。

"哟，这是送信物呢？"陆岐性格大大咧咧的，嘴上没个把门的，他丝毫没觉得自己说的这句话有什么问题。

"还给她。"沈玦星眉心拧得更紧。

"干吗啊？人家送的，你就收了呗。这也是人家的一片好意啊。"

沈玦星对于爱慕者，向来采取绝不给对方留一丝遐想空间的策略。陆岐就不一样了，小小年纪就爱把"自古风流多才俊"挂在嘴边，同哪个女生都好像挺处得来。沈玦星不同陆岐废话，一把将那个盒子夺过来，重新塞回顾照的手里。

"不好意思，我更习惯用圆珠笔。"沈玦星说完，直接起身往教室外走去。

陆岐摸了摸鼻子，看着犹如雕像般默不作声地站在原地的顾照，说道："那什么，你看看能不能把这个东西退掉。如果不能退……你就留着自己用吧。"随后，陆岐也追着沈玦星出去了。

沈玦星受到这个小插曲的影响，心情很不好，直到下午高中部拍毕业照时，他的脸还是沉着的。他不是不能理解"喜欢"这件事儿，少年怀春，情窦初开，人之常情。但他不能理解顾照为什么喜欢他，那时候的他甚至莫名其妙地有种……被背叛了的感觉。

将目光从照片里自己的脸上移开，沈玦星下意识地去寻找这张照片的主人——顾照的位置。女生在前面的两排。因为身材娇小，顾照站在第一排最边缘的位置上，一如既往地扎着低马尾，留着厚刘海儿，低垂着脑袋。别的地方阳光普照，只有她这里仿佛乌云盖顶。看来当时她的心情也不好，这多少也有他的原因吧。

顾照等了没多久，沈玦星就拿着衣服再次敲响了浴室门。她小心地将身体藏在门后，将门开了一道狭小的缝，把手伸了出去："给我吧。"

沈玦星将衣服交到顾照的手中时，手指不可避免地与她的掌心相触。顾照像被烫到一般飞速地缩回手，完全出于条件反射，顺手关上了门。由于她关门的力道过大，瞬间发出了在深夜里可以称得上是"噪声"的巨响。

"谢谢！你……你去休息吧。"

沈玦星挑了挑眉，收回已经空无一物的手，道："嗯。以后你有事儿……就叫我，不用不好意思。"

正穿衣服的顾照，手一顿，扣扣子的动作变得缓慢。她闭了闭眼，近乎绝望地叹了一口气。这无声的叹息，没有让门外的人发现。她道了一声："好。"

其实，顾照对沈玦星的"喜欢"从来不是刻骨铭心的。她向往他，崇拜他，爱慕他。这种感情与其说是对恋人的喜欢，不如说更像一种"粉丝"（追星者）对偶像的热情。她很清楚沈玦星不会接受她，所以在这方面并没有任何的妄想。毕业后，哪怕有沈玦星的 QQ 号码，她也从不打扰他。因为喜欢，所以她更加不想给对方造成任何心理负担。

七年来，她无法估量这种喜欢到底减了多少，但若拿气球做比的话，应该到了快要干瘪得飞不起来的地步了吧。这两年，她还是会想起沈玦星，但最多也只是心口有微微的酸涩感，已经不会再感到刺痛了。

顾照答应楚袁沅的邀约去参加同学聚会，确实很大一部分原因是为了沈玦星。顾照本来已经决定了，与沈玦星见最后一面，然后好好地埋葬心里的"气球"，彻底地给年少时的这段单相思画上句号。可人算不如天算，现在别说画上句号，就连对那只干瘪的"气球"，她都只能眼睁睁地看着它重新慢慢地膨胀，带着沈玦星的名字在她的心里飞来荡去，让她不得安宁。

穿好衣服，顾照拉开浴室的门。客厅里黑黢黢的，沈玦星已经再次睡下。她回到卧室，在书桌前坐下，目光触及压在玻璃板下的高中毕业照，指尖习惯性地抚上沈玦星的面孔。如果自己足够优秀就好了，像宋姣梦那样，像楚袁沅那样，或者像张雅那样，自信开朗，漂亮聪慧，这样也不会一点儿站在沈玦星身旁的机会也没有。

顾照这一晚上去了三次卫生间，到最后已经拉不出任何东西，光是小腹胀痛。她以为是在浴室里待了一个多小时着了凉，结果看到马桶的水里混着血色才醒悟过来，是"大姨妈"来了。

她从小到大每次来"大姨妈"都会痛经，有时候症状很轻，几乎感觉不到任何异样；有时候又痛得死去活来，连吃止痛药都不管用。而十分不幸的是，这次是后者。

顾照好多年没这么痛过，在等待止痛药生效的那半个小时里，她的脖子和后背上渗出了汗水，连鬓角都被汗浸湿了。她好不容易等到止痛药起效，天也快亮了。虽然她还是一阵阵地痛着，下半身就跟被车轮碾过一样，但比起昨晚的疼痛感还是好了许多。她疲累至极，竟也渐渐地睡着了。

不知过了多久，灿烂的阳光从窗帘的缝隙间照进来。顾照睡得迷迷糊糊的，只是感觉有人打开了卧室门。啪的一声，灯亮了。顾照将眼闭得更紧，抬手挡了挡光。

"已经到下午了，你还不起来吗？"沈玦星站在卧室的门口，没有进来。

顾照本来以为现在至多是上午十点或十一点，一听已经到下午了，震惊之余，整个人从床上弹了起来："什么？下午了？"她马上摸出手机，先看方院长有没有找自己，再看王经理有没有事儿。

"你是不是不舒服？"沈玦星打量着她那比往常更苍白的面孔，倚在门边问道，"昨天着凉了？"

顾照一边查看群消息，一边回答，话语不经思考便脱口而出："不是，就是普通的生理痛。"

方院长早上给顾照留了言。因为这几天市里不断有新增病例，综合考虑下来，方院长决定对养老院实施封闭管理。这两年来，为了老人们的健康和安全，养老院已经不止一次实施封闭管理了。顾照对此倒是没有感到意外，便回了一句："明白，您辛苦了。"

小区居民群从早上开始就陆续有人上传抗原检测照片，但不多。顾照正打字催促大家尽快上传照片，靠近耳边的地方忽然响起沈玦星的声音。

"我把热水给你放在这里了。"

顾照被吓得差点儿把手机扔了，向身边一看，正好看到沈玦星将一个盛满水的玻璃杯放到了她的床头柜上，杯里的水还冒着热气。她刚刚竟然忘了沈玦星的存在……

"谢……谢谢。"她仰头道谢。

沈玦星睨着她，见她的手机屏幕上不停地跳出消息提示，说道："身体不舒服，你就继续休息，工作的事儿晚一点儿处理也来得及。"

顾照摇了摇头："不行的，这个统计今天要弄好。"

沈玦星的视力很好，他一眼便看到有消息不停滚动的是小区微信群，问道："是志愿者的工作吗？"他昨天就看到顾照在那儿忙，对此多少也有点儿猜测。

"是……"顾照将王经理分派给自己的工作内容简单地说了

一遍。

沈玦星安静地听着，听完便问她是怎么统计的。顾照不知他为什么问这个问题，但还是乖乖地告诉了他："用电脑把收到的信息做成表格统计。"

"这样效率太低了。"沈玦星道，"你把我拉到群里，今天我来统计，你只管休息。"

身体还是很不舒服，顾照起床吃了一点儿东西就又躺下了。虽然沈玦星说让她休息，但她还是不大放心，想知道他所谓的"高效"的统计方式是怎样的，于是躺在床上捧着手机一直关注着群里的消息。

沈玦星进群之后，就把自己的昵称按照群里要求的格式改成了顾照家的门牌号，也没说话，没引起什么人的注意。

过了十几分钟，头像是一颗飘浮在宇宙中的人造卫星的微信号，发了进群以来的第一条消息："群主给我加个管理员。"

王经理："你是哪位？"

顾照赶忙找王经理私聊："他是我男朋友。我今天身体有些不舒服，他说他来帮我统计抗原检测信息。"她现在对此已经很熟练了，打出"男朋友"三个字的时候完全不会心虚。

王经理："哦哦，原来是这样。我还想呢，啥时候多出来这号人物？"

沈玦星很快与顾照一样成了群管理员。他在线上的发言比他在线下的还要利落、果决，几乎没有废话。

"请大家打开链接，根据提示上传抗原检测信息。"沈玦星毫无预兆地发布了群公告，甩了一个链接出来。

顾照看着微信窗口输入栏上方新出现的"待办事项"，将其点开。跳出的页面没经过任何设计，十分简陋，上面用硕大的黑体字写着："请在右边的方框内填写门牌号（举例：一号楼一零一室，请填写'01101'）。填写完门牌号，请点击这里进入下一页……"

那些字真的好大，大到连顾照这样的轻微近视者伸直胳膊把手机拿远，都能看得清清楚楚。依照页面提示的要求，顾照填写完门牌号，点击"下一页"。

新的一页上还是一样的黑体字，上面出现了顾照与沈玦星的名字，两个人名字的右边分别有一个上传键，页面上还有"点这里上传照片""合在一起拍的就多上传几次""上传完点这里结束"等文字提示。

看着"03301"下的两个名字，虽然是寻常的排列方式、字体颜色，但顾照以指尖触碰着屏幕，心中生出无限感慨。谁能想到，他们二人竟然以这样的方式出现在了同一个页面上。

顾照将这个页面的截图保存了下来打算留作纪念，正想退出程序看看大家的使用感受，这时响起了敲门声。

"顾照，我可以进来吗？"

顾照连忙从床上爬起来："嗯，你进来吧，没事儿。"

沈玦星举着一根棉签走了进来。顾照愣了愣才反应过来，这是让她做抗原检测。

"是我来，还是你自己来？"沈玦星走到床边，低头问她。顾照是生理痛，又不是瘫痪。对于这点儿事儿，她还是能做的。

"我自己来就好……"她接过棉签，轻咳一声，"你好厉害，这么短的时间里就能做一个程序出来。"

沈玦星摸了摸床头柜上的杯子，发现水已经凉了，就打算拿出去给顾照再加点儿热水："这些都是最基础的，没你想的那么厉害。"

"因为你已经习惯了不普通，才会……觉得做出这样的事儿没什么，但在我们这些普通人看来，这已经很厉害了。"

沈玦星笑了笑，说了一句："我也只是个普通人。真正不普通的天才，我连十分之一都比不上。"

或许他曾经志向远大，认为自己注定不凡，以为仅凭一人之力便能改变这个世界，但现在的他早已认清现实，知道自己改变不了任何东西，不过是个为了混口饭吃而起早贪黑的普通人，没有主角光环。

顾照捕捉到了沈玦星眼里一闪而逝的惆怅，顿时有些惶恐，开始回忆刚刚自己是不是说错了什么话，但不等她想清楚，沈玦星就拿着水杯和棉签出去了。

过了几分钟，沈玦星再次进来，将加过热水的水杯放到她的床头柜上。这个时候，他已经完全恢复了往日的模样，看不出一点儿异样："后台程序运行得很顺畅，等大家将信息全部上传完，就可以一键生成报表。你继续睡吧，我会盯着的。"

顾照昨晚本来就睡得比平时晚，后半夜又尽往卫生间跑了，这会儿吃了饭，突然就感觉困得不行。她将半个脑袋缩在被子里，说话闷闷的，眼睛要闭不闭，好像随时都能睡过去："麻烦你了……谢……谢谢啊……"

因为睡姿的关系，顾照的刘海儿成了中分，露出了额头上的红色胎记。这还是沈玦星第一次这么明晃晃地与这块胎记"面对面"，顾照总喜欢用厚厚的刘海儿挡住它。沈玦星打量着顾照额心的圆形胎记。顾照的皮肤本来就白皙，这个胎记乍一看有些触目惊心，是因为白和红这两种颜色互相衬托，让白色显得更白，红色显得更红，但若仔细观察，这个胎记其实并不难看。

沈玦星注视着顾照沉静的睡颜，脑海里生出一种模糊的印象，虚无缥缈，让他抓不到实处。他总觉得除了兔子，她还像某种东西，但那到底是什么呢？

顾照现在动不动就崴脚，大抵是因为高中的那次崴得太狠。俗话说："伤筋动骨一百天。"虽然她那次崴脚没骨折，但也瘸了一个多月，很长时间才彻底丢掉拐杖，正常走路。

顾照从学校回家，要坐83路公交车。虽然学校离她家没几站地，但因为校门外不远处就是地铁站，晚高峰时在这个公交站点上车的人特别多，她有时候会等好几辆车才能挤上去。

"你自己上车没问题吧？"楚袁沅将顾照护送到车站，看了一眼天色，"你自己当心，我先走了。"不等顾照回答，楚袁沅摆摆手，就匆匆忙忙地走了。

楚袁沅的家就在附近，她徒步便能到达。高中的学业紧张，她又是班长，实在没有时间可以浪费在无关紧要的事情上。顾照对这些都明白，所以也只是用微弱的声音，对着楚袁沅的背影急急地说一声："再……再见！"

这一天的83路车依然很难等。顾照看着周围等车的人换了一批又一批，连比她晚来的都挤上了车，说她不着急是假的。眼看天色一点儿一点儿地暗下去，她再不回家，爷爷奶奶该担心了。

顾照努力地想要挤上这次新进站的83路车，可人实在太多了，她连车门都没碰到就被挤到了最外面，还差点儿一个跟跄向后摔倒。她好不容易站稳，一抬头，公交车已经关了前后门缓缓地驶离。她再次错过了。

她家离这里只有三站地，要是平时，她走回去也就用半个小时。可她现在崴了脚，估计一个小时也难走到家。她心想，不然走一站路看看吧，到了下一站，说不定上车的人会少一点儿。

"喂！"

顾照拄着拐杖正要离去，忽然听到身后传来熟悉的声音。她转过头，就看到沈玦星骑着一辆酷炫的黑色自行车，将一只脚撑在地上，停在不远处看着她。

　　他见顾照不走了，一踩脚踏，往前骑了两米："你住在哪里？"他应该是刚打完球要回家，头发上都是汗水，脸上还带着点儿剧烈运动过后的潮红。

　　"什么？"顾照没反应过来。

　　"我刚刚看到了，你没挤上公交车。"少年不拘小节地用胳膊蹭掉额角的汗水，又问了一遍，"你住在哪里？"

　　"哦，我住在河岚……河岚九村。今天这里乘车的人太多了，我挤不上去，已经错过好几辆车了，打算走一站路，看看下一站的人会不会少一点儿。"顾照说。

　　"就你这样，要走到下一站？"沈玦星嫌弃地瞟了一眼她的拐杖。

　　顾照也低头看了看自己的脚，声音更轻了："嗯，是。"

　　沈玦星没再说话。片刻后，顾照仍低着头，突然一个书包被丢到她的怀里。

　　"上车，我载你回去。"

　　顾照猛地抬头，不可置信地瞪着沈玦星，仿佛对方转瞬间变成了一个外星人——他有着人类的外表，但你完全听不懂他在说什么。

　　"我正好顺路。你坐不坐我的车？你要是不坐，我就走了。"沈玦星作势要踩脚踏，但他的书包明明还在顾照的怀里。

　　"坐！坐的！"顾照还是中计了。

　　迎着夕阳，顾照坐在沈玦星的自行车的后座上，搂着他的书包和自己的拐杖，被风吹得微微眯起眼。马路同人生一样，不总是平整的。车轮不小心碾过一个小坑，后座紧跟着颠簸了一下。

"啊！"顾照惊叫一声，差点儿没坐稳摔下去。

沈玦星放慢速度，回头看了她一眼："你抓好我的衣服。就你这脚，估计再摔一回就断了。"

顾照觉得他说得对，艰难地空出一只手，紧紧地抓住他腰侧的校服。原本顾照想让沈玦星送到小区的门口就好，但沈玦星没听她的，一直将她送到了她家楼下。

"谢谢。"顾照下了车，将书包还给沈玦星。

沈玦星点点头，将书包接过随手挂在车头："走了。"他说着，骑着自行车拐了个弯，往小区大门行去。顾照没有立马转身上楼，而是看着他的背影。直到骑车的少年消失在转角处，她才收回目光，拄着拐杖上楼。

在那之后，沈玦星又送了她几次。其实他也没有特意要送她的意思，都是正好打完球回家，路过车站时看到她在等车，顺便送的。

顾照这个人，从小没什么浪漫细胞，也没什么美学天赋，但不知道为什么，这么多年来，那几次沈玦星送她回家时远方地平线处的夕阳始终历历在目，令她至今难忘。那是她这辈子见过的少有的美景。

这一觉一直睡到夜里，顾照才醒来。她一醒，就听到外头吵吵闹闹的，好像有人在哭。她走出卧室，就看到自家的大门开着，对面李阿婆家的门也开着。那哭声正是从对面传来的。

"哎呀！老头儿，这可怎么办啊？老头儿啊，你可不能有事儿啊！"

晚上八点多的时候，沈玦星见顾照还没醒，打算将桌上的菜罩上保鲜膜全放到冰箱里。他正在收拾，忽然响起急急的拍门声。

"小照啊，救命啊！出大事儿了！小照！这可要命了，怎么办啊？！"

沈玦星听着那像是对面李阿婆的声音，赶忙去开了门。门外的李桂香脸色苍白，等门一开，就紧紧地抓住了沈玦星的胳膊，眼里满是急出来的泪花："小伙子，你快点儿帮我去看看我家老头儿，他好像要不行了。我刚才怎么叫他，他都没反应！"

人命关天，沈玦星不敢耽搁，连门都顾不上关就直冲到对面。

刘大爷躺在卧室的床上，盖着被子，紧闭着双眼，就像睡着了一样。沈玦星上前探了探鼻息，摸了摸脉搏，确认刘大爷还有生命体征，也没有浪费时间，直接掏出手机拨打了120。

电话很快被接通。女接线员在了解了大致的情况后，一边派出救护车，一边让沈玦星保持冷静，听她的指挥。

"您说。"沈玦星打开手机的扬声器，把手机放在一旁的床头柜上。

"首要的是保证患者的气道通畅。如果患者有假牙，要把假牙拿掉。患者是躺着的，就把他的脑袋侧过来，防止舌头堵住气道。"

"没假牙，老头儿没假牙！"李阿婆站在床尾处，紧张得将双手抵在胸口上紧紧地绞着。

沈玦星小心地将刘大爷的脑袋侧向一边："将头侧好了！"

"您做得很好。救护车已经在路上了，接下来您要仔细地观察患者的呼吸。如果您发现他的呼吸频率变低或者他没有呼吸了，就要马上给他做心外按压。除此之外，不要随意移动患者的身体，您将患者的衣领解开，并尽量保持室内的空气流通。"

李阿婆闻言，马上把房间的门窗都打开了。

"如果患者发生抽搐，不要试图强压他的四肢，或者往他的嘴里塞东西,只要保持安静和弱光环境,移开他身边的尖锐物即可。救护车马上就会抵达,请准备好患者的医保卡和身份证。由于你们所在的小区尚在封控期,家属要注意佩戴好口罩,随车前往医院。"

"好好好!老头儿的医保卡,我一直放好的,就在抽屉里。"李阿婆说着跑到了客厅,一阵翻找后,拿着一只塑料袋又跑回来,"找到了!找到了!"

"患者的呼吸情况现在如何?"接线员问。

沈玦星跪在床边,将手指贴在刘大爷的颈动脉上,双眼一眨不眨地观察着刘大爷的胸膛的起伏情况。

"呼吸频率好像降低了。"沈玦星说,手开始出汗。

"您学过心外按压吗?"

"没有。"沈玦星在国外时,做过马拉松比赛的志愿者,见过现场急救,但见过是一回事儿,自己上手是另一回事儿。明明只是这么跪着,没有任何剧烈运动,他却已经感到有些窒息。这是他离死亡最近的一次。

"没关系,我会教您怎么做。现在将您的侧脸贴近患者的口鼻,用耳朵感受他的呼吸状况,用眼睛观察他的胸膛的起伏情况。患者现在的呼吸有没有比刚才的还微弱?"

沈玦星观察了一会儿,忽地脸色一变:"好像……没呼吸了。"

李阿婆瞬间爆发出一声哭号,急得直跺脚:"老头儿啊!你不要睡啊!你醒醒啊!这怎么办啊?这怎么办啊?!"

沈玦星没工夫安抚李阿婆,全部心神都在对刘大爷的抢救上。沈玦星将手机拿到更近的地方,询问接线员自己接下来该怎么做。

"好,不要急,您接下来照我说的做。伸出右手,将掌根贴在患者两乳头连线的中间位置,将左手的五指插入右手的,两手交叠，注意指尖不要碰触患者的胸壁……"

沈玦星依照接线员的指示，将手臂垂直与患者的身体呈九十度，借着自己身体的重量向下按压，保持每秒两次的频率。

电话那边接线员的声音始终平稳："心外按压，需要将肋骨向下压五到六厘米才有效。按下去时要按到位，回弹时让胸腔自然回弹，注意手掌不要离开患者的身体。"

心外按压十分消耗体力，只过了几分钟，沈玦星感觉到自己的力量在急速流失，可能再有两三分钟，自己就没有办法继续保持这样的按压频率了。

"哎呀！老头儿！这可怎么办啊？老头儿啊，你可不能有事儿啊！"双手合十的李阿婆不知在向天上的哪位神灵求助。

汗水顺着沈玦星的额角滑落，他的呼吸渐渐粗重，手臂也酸胀得快要抬不起来。他得叫人来帮忙才行——沈玦星的脑海中刚闪过这个念头，门外便传来了一道轻柔的女声。

"阿婆，出什么事儿了？"顾照身着白色睡衣，头发披散在肩头。匆忙间，她连眼镜都没戴，穿着室内的拖鞋就跑过来了。

李阿婆见了顾照，连忙迎上去："小照，老头儿快不行了！我们已经打过 120 了，但救护车不知道什么时候来。这可怎么办？"

顾照工作的养老院里，百分之八十是七十岁以上的老人，他们中的大部分人有基础疾病。说顾照见惯了生死可能有些夸张，但这些年，她确实遇到过好几次需要冷静面对的大场面。

"您别急。"迅速地评估了一下当下的情况，顾照一边挣脱李阿婆的手，一边快速地跑到沈玦星的身边，"阿婆，您先到楼下等着，给救护车指路。这里有我和沈玦星，您不要担心。"

顾照说完，不再关注李阿婆，将注意力转到刘大爷这边。她踢掉拖鞋，直接爬上了床，来到沈玦星的对面，扎起了自己的头发。

"我数到三，你让开。"

沈玦星没有回话，只是点了点头。在顾照数到"三"时，他直接向后坐倒。顾照接替他，继续为刘大爷做心外按压。在山呼海啸般的疲惫感之下，沈玦星仍有余力为顾照表现出的镇定感到惊讶。

快速地按压，一下又一下，顾照用自己的力量代替刘大爷已经停摆的心脏，将血液输送到他的四肢百骸，延续他的生命。无论是姿势还是力度，都挑不出一点儿毛病。很难想象这样小的身体里竟然蕴藏着如此大的爆发力，沈玦星简直不能将眼前的这个人与那个总是唯唯诺诺、说话结结巴巴的顾照重合。她就像变了一个人。

"情况如何了？"电话那边的接线员询问。

体力消耗过大，沈玦星瘫坐在一旁大口地呼吸着。他拿过手机，盯着顾照专注的面孔，说："来了个救星。"

李桂香急归急，倒还算听话。顾照要自己到楼下等，李桂香就忙不迭地跑下了楼，刚到楼下，远远地就见到从小区的大门外开进来的救护车。

"这里这里！在这里！"李桂香用力地挥舞着双手，几乎要跳起来。

救护车直直地往她这边驶来，等开近了，李桂香才发现王经理骑着一辆助动车跟在救护车的边上，应该是在给救护车带路。

"阿婆啊，这是怎么回事啊？"王经理将助动车停稳，第一时间向李桂香了解情况。

"我家老头儿，我怎么叫也叫不醒他。他可能是脑梗死，现在呼吸也没了。小照和她男朋友在楼上给老头儿做急救，让我下来等救护车。"李桂香道。

王经理让老太太慢慢来，自己则招呼着急救人员，带他们上了楼。身穿防护服的急救人员进屋时，顾照正要进行第三组心肺复苏。

"我们来吧。"年轻的医生道。

顾照连忙直起身退开，确认医生已经顺利接手，才从另一边下了床。脚刚踩到地上就崴了一下，她差点儿摔倒。王经理和沈玦星见状同时冲上去。沈玦星更快一步接住顾照，揽着她退到了一边："没事儿吧？"

双手止不住地发颤，顾照靠在沈玦星的怀里，浑身软得一点儿力气也没有。她将额头抵在沈玦星的胸口，摇了摇头，表示自己无碍。

"急救人员到了是吗？"

沈玦星有些担心顾照的状态，正想抱她回去休息，听到手机里传出的声音，才想起还没挂电话。他忙举起电话道："急救人员已经到场了，非常感谢。"

接线员的语气仍然平静，但她似乎也松了一口气："这是应该的。那我这边挂断了，祝康健。"

接线员最后的话语就像拥有某种难以言喻的魔力，方才还死寂一片的心跳监护仪的屏幕上，忽地出现了一个小小的生命波动。

"有心跳了！有心跳了！"关注着监护仪的急救人员道。

按压持续着，小小的波动一个又一个，逐渐组成有规律的波浪。很快，急救人员再次说道："恢复窦性心律了！"

听到这句话，哪怕没什么医学常识的王经理也能明白，在这场与死神的较量中，刘大爷暂时被大家合力拉回人间了。患者的心跳恢复平稳后，急救人员便要将患者转移到救护车上。然而李桂香家里的空间有限，担架床只能到卧室门口，急救人员只好向沈玦星与王经理求助："两位男士帮一下忙，抓住床单的四个角，一起将患者抬到担架上。"顾照本来也想帮忙，刚要往前冲，就被沈玦星拦了回去。

"靠边站。"沈玦星拿余光睨着顾照，脸上明晃晃地写着一行大字——你自己几斤几两不知道吗？顾照为他的目光所慑，连心都抖了抖，只能乖乖地贴墙站着。

急救人员喊着："一、二、三！"最后一个数字喊出口，昏迷不醒的刘大爷连着床单被沈玦星他们抬起来，快速地移到了门口的担架床上。

李桂香一直在门外观望着，见老伴儿被抬出来，忙凑了过去："老头儿啊，老头儿！你要坚持住啊！听到没有？千万要坚持住！"

叮嘱完也不知道听不听得见的老伴儿，李桂香又向一旁的顾照、沈玦星和王经理连连道谢："谢谢！谢谢啊！今晚多亏了你们，太谢谢了！"

急救人员走得很快，李桂香也只好匆匆地谢过，追着担架床而去。王经理追着她，口上还叮嘱着："您慢点儿，别急，慢慢来……"

一行人浩浩荡荡地出了楼道门。屋里前一刻还吵吵嚷嚷的，下一刻便只剩沈玦星与顾照两个人。顾照浑身乏力，后背已经湿透了。她抬手擦了擦脖子上的汗，与沈玦星对视一眼。两个人谁也没说话，忽然不约而同地笑起来。她也说不上来自己是在笑什么，连自己都觉得莫名其妙。她只是看着沈玦星的脸，看到了一点儿劫后余生的颓然，然后不知怎的就笑了。她猜测沈玦星应该也是这样。

沈玦星问："我看你的姿势很标准，你是专门学过急救吗？"

李阿婆走得急，门没关，灯也没关。沈玦星和顾照只好屋里屋外检查一番，将该关的全关好。

"之前考护工证的时候，我顺便报了个 heartsaver（心脏救护）的课程。"护工证有初级、中级、高级之分。当年为了更好地照顾奶奶，顾照考了初级护工证，又顺便学了急救。算算时间，她今年应该可以考中级护工证了。

顾照检查完煤气灶，一转身，与冰箱上方的一双绿眼睛对了个正着。沈玦星小声地喃喃了一句："原来是这样。"怪不得她的动作看起来那么专业。

他已经将除厨房外的其他房间全部检查好，正等在门外。见顾照迟迟不出来，他向厨房走去："还没好吗？"

"嗯……还差一点儿！"顾照将双手高举，吃力地踮着脚，努力地去够冰箱上的大黄猫。但她的身高有限，而猫又很不配合，只是坐在那里像看傻子一样地看着她，纹丝不动。

沈玦星注视着顾照颤抖的指尖，唇角的笑意不自觉地加深。身为一只兔子，怎么能不会跳高呢？

"要抓它吗？我来吧。"他按着顾照的肩膀，将她拨到一边，随后一伸胳膊，轻轻松松地将冰箱上的大黄猫拎了下来。

"甜甜！"顾照上前一把抱住大黄猫，揉了揉它的圆脑袋，安抚着它。

"然后呢？抓它干吗？"

顾照掂了掂怀里的胖猫，抓起戴着"白手套"的猫爪朝沈玦星挥了两下，用只有面对小动物时才会甜腻起来的语气问："你介意甜甜来我们家借住几天吗？"

"我们家"？沈玦星愣了一下。他上一次养宠物，还要追溯到自己在幼儿园时期养蚕宝宝。白胖可爱的蚕宝宝耗费了他非常多的精力与耐心，所以当它们化茧成蛾，在他打开鞋盒的一瞬间劈头盖脸地向他扑来时，给他带来的心理阴影也是巨大的。在那之后，他就再没养过宠物。

那是顾照自己的家，她要让大黄猫借住，照理来说他没有发言的资格，但她还是出于尊重，征求了他的意见。有那么一瞬，她只觉得沈玦星看起来心情很好，以为他喜欢甜甜，便也脑瞒地笑起来："可以吗？"她又问了一遍。

沈玦星将手抬起，在半空中犹豫地一顿，而后伸过去摸了摸大黄猫的脑袋，说道："当然可以。"

甜甜可能天生不怕生，或者已经与顾照很熟悉，所以来到新的环境也没有害怕。它在每个房间里都转悠了一圈，最后选择在自己熟悉的位置——冰箱顶上趴了下来。

顾照晚上一点儿东西也没吃，又经历了那么大的体力消耗，加上还在生理期，所以安顿好甜甜后，就说自己要回房睡觉。她的脸上有着肉眼可见的疲惫。

"你先等等。我去热点儿饭，你吃了再睡。"沈玦星拉住她，让她在餐桌旁坐好。他的动作很快，几分钟便将给顾照留的菜都热了一遍。

顾照其实已经累得没什么胃口，但闻着菜香，看了一眼对面坐下来"监视"她吃饭的沈玦星，还是拿起了筷子。

沈玦星问："明天你是不是还要做志愿者？"群里晚上发了通知，说明早进行第二次核酸检测。

"通知核酸检测了？"

"嗯。"

"那应该是要去的。"

沈玦星撑着下巴，看顾照慢吞吞地咀嚼，越发觉得她像只兔子："我替你去吧。"

顾照一怔，下一秒就被汤呛到，咳得喘不过气。

沈玦星皱着眉扯过纸巾递给她："很烫吗？"

顾照将纸巾接过，捂住双唇，摇了摇头。咳嗽渐渐平息下来，喉咙还有些不舒服，她吃得更慢，几乎是几粒米几粒米地往嘴里塞。

沈玦星不是傻子，几乎是立即发现了问题："怎么了？"

顾照盯着碗里剩下的小半碗白米饭，停下筷子，抬头看了一眼沈玦星，又垂下眼，脸上轻松的表情已经消失不见。

"到底怎么了？"沈玦星面对别人的磨蹭总能客客气气，维持表面的平和，但不知为什么，到了顾照这边，看她吞吞吐吐，他就很烦躁。就像教孩子功课的家长一样，教一遍，孩子没学会，那么他们在教第二遍时，语气就开始变差。

"我知道……"在沈玦星的逼问下，顾照终于开口，"我知道你没有对我特别好，你对每个人都是一样的。所以，如果我让你别对我那么好，你一定会觉得奇怪。"

从小忍饥挨饿的流浪狗，哪怕有人只是把家里的剩菜施舍给它，它也会感激涕零，绕在他的脚边疯狂地摇尾巴，将他认成主人。

对沈玦星来说，自己只是做了一件微不足道的小事儿，可对顾照而言，这份善意陪伴她度过灰暗的青春期，又一路温暖着她行过最艰难的两年。沈玦星不知道这份持续了十年的善意对她来说有多重要，重要到当她蓦然回首时，连自己都为之震惊。

人从降生到这个世界开始，便会不停地为各种各样的人所牵挂，同样地，也会牵挂各种各样的人和事物。在顾照的心上，曾经有三只"气球"是她所牵挂的:一只"气球"是爷爷。在顾照高二时,爷爷因病离世,这一只便飞走了。一只"气球"是奶奶。在顾照大四时,奶奶因意外离世,这一只也飞走了。如今,唯余一只"气球",叫"沈玦星"。

在重遇沈玦星后,这只"气球"以惊人的速度膨胀,现在不仅"死灰复燃",还钩着她的皮肉,将她的心抻来扯去,让她时常害怕自己的心要飞出胸腔,飞到她无法掌控的地方。

顾照的语气里带着深深的苦恼:"这次没有老师再拜托你了,你能不能不要再可怜我?能不能……对我坏一点儿?"

沈玦星怔怔地放下胳膊,注视着对面的顾照。顾照道:"剪刀在你的手里,把气球戳破吧。"

沈玦星不知道顾照心里的"气球",但他大约能猜到她说的是什么意思。他沉默着,认真思考起她的话。自住进这个家以来,他尽可能地想让自己看起来像个"合格"的客人,以为这样顾照会更自在,但现在看来事与愿违。比起不给主人添麻烦,他现在更应该做的是"保持距离"。

"抱歉,是我没有考虑周全。"

顾照摇摇头,心里叹息着。让沈玦星突然当坏人,对他来说还是太难了。坏人可不会把错全揽在自己的身上。

"你去洗澡吧,这里我收拾。"顾照故意支开他。

沈玦星感觉到了她的用意,没说什么,起身走了。面对对面再次变得空荡荡的座位,顾照再没心情吃饭,将剩下的饭菜倒在一起,丢入垃圾桶。大黄猫看着这一切,舔了舔自己的爪子。

第二天一早,顾照虽然满身酸痛,但还是硬爬了起来,出门前还给一样早起的甜甜加了一点儿猫粮。她不知道沈玦星有没有被她吵醒,但直到她出门,他一直很安静,看着似乎仍在熟睡。

老小区的邻里街坊间，什么消息都传得很快。昨天小区进救护车的事儿，一早便在居民间传开了。

"小顾，那人是你们那栋楼的吧？我昨天从我家阳台上看到了，王经理帮着一块儿把人抬下去的。"

顾照正在拉防护服的拉链，闻言看向发问的张雅，点头道："是我们楼的，那是我家对门的刘大爷。"

石主任已经麻利地穿好防护服，一边调整着手套，一边道："我知道那家，是一对老夫妻。老头儿之前就中风过一次，腿脚本来就不大好，这两年脑子也糊涂了，老太太照顾得可苦了。这次老头儿的病情要是再恶化，估计老太太一个人就照顾不过来了，要请人了。"

张雅："现在请个保姆，每月得花四五千元吧？"

石主任："不只不只！请保姆的话，照顾能自己走动的，费用每月四五千元；照顾那种瘫痪的、离不开人的，费用每月怎么也要六千元打底。"

张雅咋舌："这么贵啊！那还不如把人送养老院呢。"

石主任笑了："你以为现在住养老院就便宜啊？小顾，你们养老院一个床位多少钱？"

顾照的工作也正好涉及这方面，她回忆了一下，道："我们院分七人间和三人间。七人间的床位费是每月一千八百元，三人间的床位费是每月两千元。根据失能和失智的不同情况，护理费也是不一样的。如果是瘫痪加失智者，住在失智区的两人间，床位费是每月两千五百元，护理费是每天一百元。伙食费的话，统一是每天三十元。另外每人还需要预存六千元的备用金，用于急诊缴费什么的。"

张雅算了一下："一个月三十天，仅护理费就是每月三千元，再加上床位费和伙食费就是……每月六千四百元。"这样一算，倒是与请保姆的价格差不多。

石主任倒有些意外："小顾，你们养老院还蛮便宜的。我有个老同学打算再过几年住到养老院去。他打听了一下，像样一点儿的养老院，不是贵得离谱儿，就是没有床位。你们养老院叫什么名字？我回头让我同学去看看。"

"我们院叫'善慈家园'，就在咱们区，您网上一查就能查到。"顾照道。

三个人换好衣服，按照先前的流程，各司其职、井然有序地开展着核酸检测工作。很快，轮到三号楼做核酸检测。

沈玦星这次仍然落在队伍的最后面，离前面的人三米远。等其他人走光了，他才慢悠悠地上前。他没有在顾照的面前停留，甚至没跟她说话，表现得十分冷淡。顾照在他从自己的面前经过时，睫毛颤了颤，随后她抿住唇，在表格上沈玦星的名字旁打了个钩。

张雅离得近，将一切都看在眼里。趁后面没人，她凑到顾照的身旁，小声问道："怎么了？小情侣吵架了？"顾照笑了笑，没有说话。

"这整天待在一块儿也不好，我与我老公也是。之前我出去工作，他在家带孩子。我因工作忙，整天早出晚归，还觉得挺亏欠他的。结果这些天，两个人天天二十四小时待在一起，他看着我烦，我看着他更烦。"张雅继续道，"但是再怎么吵，我们也是床头打架床尾和，没有隔夜的气。有什么事儿，两个人说开了就好，不要闷在心里，闷久了伤感情。"

两个人就是因为把话说开了，才变成这样的。顾照在心里暗叹一口气，嘴上应和着："嗯，我知道的，小雅姐。"

快中午时，王经理从另一个核酸检测点过来，说李阿婆的子女来了，在小区外面，把钥匙给了王经理，让王经理帮忙去李阿婆的家里取几件衣服。

"那您等等我，我和您一起去吧。"顾照这边需要登记的已经是最后几个人。登记完，她匆匆去更衣室脱了防护服，拿上手机，与王经理一起去了李阿婆家。

这几天，天气一天比一天热起来，顾照和王经理帮李阿婆挑的都是夏天的衣服。他们将这些衣服装进大号的环保袋里，足足装了三袋子。

"现在医院的住院区要求每个患者家只能来一个家属陪护，陪护者进去了就不能换人。老爷子到现在还没醒，两个子女本来商量着让老大进去陪护，结果阿婆怎么也不肯，就要自己照顾老爷子。"王经理说到这里摇了摇头，"我听他们家老大的语气，老爷子怕是不太好了。"

王经理拎着两个袋子，顾照拎着一个，两个人一前一后走在楼梯上。

"阿婆应该也是怕……见不到大爷的最后一面吧。"顾照说着，想起自己的爷爷。

麻绳专挑细处断，厄运只找苦命人。顾照上初中时，爷爷被确诊为前列腺癌。在了解了这种病的进展情况与治疗费用后，他没有做手术，而是选择了保守治疗。用他的话说，自己已经活到这把岁数，实在不想再折腾。一切都是命！老天让他中年丧子，老年得癌，这些都是命。

"唉！万般皆是命，半点儿不由人啊。"那时候顾照的年纪小，爷爷和奶奶看病都是瞒着顾照的，当时也没跟顾照说得太详细，这些还是事后奶奶跟顾照讲的。对顾照来说，奶奶说的其他的话都已经模糊了，只有这一句，奶奶说的时候那无奈的语气、认命的表情，至今仍深深地印刻在顾照的心中。

爷爷去世的时候，顾照正在上课。班主任李老师让她出来一下，她就有些不好的预感。结果一出教室，她就在走廊上看到了眼圈通红的奶奶。

"小照，你爷爷没了。"奶奶忍着眼泪，紧紧地握住顾照的手。

那两日，总是胃口不好的爷爷突然有了精神。顾照记得早上自己离家时，爷爷还说他快过生日了，让顾照给他带一块小蛋糕。顾照将蛋糕买回来，他就吃了一口尝尝味道，余下的都给顾照吃了。

顾照虽然笑话爷爷馋嘴，但在心里打定主意，放学后要买一个大一点儿的生日蛋糕，上面有好多好多水果的那种。她要在蛋糕上插上生日蜡烛，给爷爷唱生日歌，然后切一大块蛋糕给爷爷吃。

还差几个小时她就放学了，爷爷却再也吃不到她买的生日蛋糕了。这是顾照一辈子的遗憾。如果可以，她愿意用一切去换回到那天的机会。可惜的是，这世上没有"如果"。

第五章 ✧ 她都疼哭了

王经理将衣物交给等在大门外的刘家老大，对方一个劲儿地道谢。王经理向刘家老大介绍顾照，说那晚多亏了这小姑娘和她男朋友给老爷子做急救，忙前忙后，不然靠李阿婆一个人肯定是搞不定的。

　　"我听我老娘说了这件事儿。真的谢谢，太谢谢你们了。"刘家老大拎着衣服，隔着拦车杆就给顾照鞠了一躬。

　　顾照觉得自己也只是做了应该做的，实在不敢居功，忙摆着手退了一步："不用不用……"

　　"等小区解封了，我请你和你男朋友吃顿饭，好好谢谢你们！"刘家老大道。

　　这下顾照将"不用"说得更急切了，两只手都要摆出虚影了。刘家老大只当她是客气："要的要的。"

　　刘家老大急着去医院，又说了两句便要走。走之前，他想将钥匙留给王经理，说老娘家还有一只老猫没人照顾，托王经理每隔两天去看看，给猫添点儿食水。

　　"啊，我已经将甜甜抱走了。"顾照道，"我不知道阿婆什么时候回来，昨天就把甜甜抱回家了。"

　　刘家老大之前就总听自家老娘提起对门的小姑娘，说小姑娘命苦，但人很好，心善又文静。那时候，他没怎么将这些话放在心上，只以为老娘出于隔辈亲，对小姑娘的评价难免过誉。现在一看，他真觉得这个姑娘为人可以，老娘竟然没夸大。他又是一阵感谢，已走出一段路了还在回头说："这顿饭，我一定要请的。你等着，等着啊！"

顾照与王经理在大门口挥别刘家老大，然后一个回家，一个去了物业办公室。顾照回到家时，沈玦星正在沙发上办公，桌上仍然摆着做好的饭菜，但只有一副碗筷，他已经吃好了。习惯真可怕。独自一人吃饭这件事儿，明明她已经经历了上千个日夜，却仅仅因为她和沈玦星一起吃了几顿饭，就变得让她难以忍受了。

面对冷掉的饭菜，顾照有些食不下咽。倒不是冷菜有多难吃，可能因为天气热了，让她没什么胃口。她随意吃了几口，便起身收拾碗筷。

顾照考虑到自己在外面待了那么久，接触了那么多的人，就算穿着防护服，感染的风险也比较高，因此她吃好饭，还是从头到脚洗了个彻底的澡。

洗完澡她就进了卧室，而此时沈玦星正好在她的窗外打电话。她不是故意偷听，但卧室的窗户隔音差，沈玦星又离得近，那些话自然而然地就进入她的耳中。

蒋婉有些天没同儿子联系了，想着儿子创业辛苦，下午煲点儿汤送过去，结果一打电话，儿子说自己压根儿不在 S 市。

"怎么突然就出差去了？之前没听你提过啊。"

"就是突然来的活儿。"沈玦星不想让母亲担心，故意隐瞒了实情。

"那你下周六能回来吗？你爸马上过生日了。旋章说，你爸的生日提前过，安排在下周六，大家一块儿聚聚。你的爷爷和奶奶也来。"

"我哥说的？"

"嗯，你哥说的。"

蒋婉以前是一个戏曲演员，三十多岁时相亲认识的现在的丈夫，高龄生子，也只生了沈玦星这么一个。

沈旋章是沈玦星的父亲沈廉与前妻生的儿子。沈玦星出生时，沈旋章已经十多岁。虽然年龄相差很大，兄弟俩玩儿不到一块儿，但因沈廉与前妻算是和平分手，两家关系一直不错，常有来往，沈玦星对沈旋章向来很尊重。

"我可能赶不回去。你们吃吧，我来买单。"沈玦星算算日子，之前通知的封控期还剩八天。就算按时解封，也要等到下下周的周一了。

"你就不能把工作放一放吗？"蒋婉性子一向温和，这会儿语气也带出点儿责怪的意味，"你爸的生日，一年也就一回。他已经是六十多岁的人了，这辈子还能有几回生日？人家旋章的工作那么忙，他都抽时间给爸爸过生日。而到你这儿，你说你出差赶不回来，这让大家怎么想？"

沈玦星握着手机的手不自觉地紧了紧。每个人从小到大，生命中总会遇到一个"别人家的孩子"，他也不例外，而沈旋章就是这个"别人家的孩子"。

从小到大，蒋婉总会时不时地拿沈玦星与沈旋章做比较。什么"你哥哥像你这么大的时候，已经跳级毕业了"，什么"你啊，要好好地跟你哥哥学习，别整天就知道玩儿，当心连大学都考不上"，还有什么"你哥四十岁不到就升上副总了，不知道你四十岁的时候能不能做出一番成绩来"……诸如此类，不胜枚举。沈旋章是兄长，更像一根不知什么时候会抽在沈玦星脊背上的鞭子，让沈玦星不敢停下，更不敢放纵。

在沈玦星看来，顾照觉得他不是"普通人"，认为他厉害，是因为她从没见过真正的天才，像沈旋章那样的天才。若见过沈旋章，她就会明白兄弟俩之间的差距有多大。而沈玦星至今所做的努力，也不过是为了让兄弟俩之间的距离不至于太悬殊。

"我确实回不去，代我向大家说声抱歉。"沈玦星烦躁地搓了搓指尖，又想抽烟了。

"你啊，当时让你进你哥的公司，你不要，硬要自己创业。创业哪是这么容易的？"

沈玦星不说话，任由母亲数落。

这些话，蒋婉不知道说过多少次了，一个人唱独角戏也没意思。她念叨了几句，叹了一口气，说："算了算了，我不说了，免得你嫌我烦。等你什么时候回来，咱们三个人吃一顿饭吧。"

"好……"

话音未落，沈玦星身旁的窗帘唰的一下被拉开了，顾照在卧室里对着他猛拍窗户，面露惊恐。

"你干吗？"沈玦星被她这一下搞得有些蒙，连自己还在和母亲通电话都忘了。

"猫！"顾照大声喊着，声音透过窗玻璃，模模糊糊地传过来，"猫跑了！"

"怎么了？"电话那头儿的蒋婉不明情况，疑惑道，"出什么事儿了？"

猫？

沈玦星努力分辨着顾照的口型，猛地回过神。他转身看向自己的身后，果然，那只名叫"甜甜"的大黄猫不知怎么逃了出来，此时正在露台边一米多高的矮墙上走着优雅的猫步。

"妈，我这儿遇到点儿事儿，过一会儿再给你打电话。"目光不离大黄猫，沈玦星说着挂断了电话。

"当心，别吓着它！"顾照已经拉开窗户，整个人直接从卧室里翻了出来。

结果也不知道是她的身手实在不够灵敏，还是那要命的习惯性崴脚发作，几乎是翻出来的下一秒，她就哎呀一声，直接扑到了地上。

"小心！"沈玦星一看，哪里还顾得上猫，忙上前将她扶起来。

"你好好的有门不走，翻什么窗啊？"

顾照穿的是睡衣。她这一摔，直接把手掌和膝盖摔破了，疼得直发抖，站起身的第一时间关心的却不是自己身上的伤，而是墙头上的那只大黄猫。

"我没事儿。"她咬着唇拨开沈玦星，发现甜甜没有被吓走，而是蹲在墙头好奇地盯着两个人，顿时松了一口气。

"乖甜甜，来姐姐这儿，我们回家吃好吃的了……"她一点儿一点儿地靠近大黄猫，伸出了还沾着灰尘与血迹的双手。

甜甜低下脑袋轻轻地耸耸鼻尖嗅了嗅，好像不是很喜欢顾照身上的血腥味，忽地从矮墙上一跃而下。

"等……"心快要蹦到嗓子眼儿，她惊呼到一半，就见大黄猫一路奔跑，从露台移门的一道不足十厘米的缝隙间挤进了屋里。她惊讶地看着甜甜硕大的屁股消失在狭小的门缝间，终于知道它是怎么逃出屋的了。

"我刚刚接电话的时候，应该是没有把门关紧。抱歉，我下次会注意的。"沈玦星上前，盯着那道缝，也有点儿被甜甜的缩骨功惊到。

顾照摇了摇头，什么也没说，一瘸一拐地又回到了卧室的那扇窗户前。

沈玦星以为她是要按原路爬回去，心情复杂地建议："要不还是走门吧？"

　　顾照关好窗，回过头，一脸莫名其妙的样子："啊？"她只是怕甜甜又从窗户逃出来而已。

　　"哦。"沈玦星知道是自己误会了，尴尬地清了清嗓子，忙转移话题，"你能自己走吗？你摔得好厉害。"

　　顾照低头看一眼自己的膝盖，左边的那个只是有点儿青，但右边的那个擦破了皮，看着血淋淋的，挺吓人。

　　"嗯，能。"她扶着墙，缓慢地朝门的方向移动。

　　沈玦星盯着从她膝盖流下的血，哪怕知道自己接下去的做法可能又会唐突，却还是做不到无动于衷。他紧皱着眉头，嘴里重重地哼了一声，上前一把将顾照拦腰抱起，麻溜地送进了屋里。

　　她好轻。他一直知道顾照瘦小，但当真正将她抱在怀里时，才惊觉她竟然这样轻。这次，他好好地检查移门，确认好已经彻底关上了，才将一脸茫然的顾照轻轻地放到沙发上。

　　"你家有医药箱吗？"沈玦星问。

　　顾照的手脚微微地发着颤，她被方才的那一幕搞得有点儿蒙，还没回过神。

　　"很疼？"对她的反应，沈玦星误会了。他蹲下身，握住她的手检查起来："你动一动手指，我看看是不是骨折了。"

　　顾照抖得更厉害了，手掌本来只是火辣辣地疼，现在又多了一种感觉。那是一种电流感，顺着被他碰触的那块肌肤，一路蹿到她的脸上，电得她的脸滚烫一片。

　　"没有骨折……"顾照想要求饶，却不知该向谁求饶。她只是本能地觉得，这样下去不行，很危险，自己很危险。她不想让沈玦星再看她，再碰她，再出现在她的面前……

"你到底有没有好好吃饭啊？"沈玦星握着她的手腕，没头没脑地问了一句。

顾照还在想办法自救，根本没在意沈玦星问了什么，只是下意识地嗯了一声。

"你这手腕……"沈玦星缓缓地收拢五指，他的手掌很大，能轻松握住顾照的纤细的手腕，"细成这样，我一用力就能折断。"

他抬起眼，自下往上看向顾照。顾照怔怔地望着他，仿佛被他那好看的双眼摄住了心魄，完全无法移开视线。她的脑海里充斥着尖叫声。在潜意识里，她在呼救，在声嘶力竭地喊着"救命"，可表现在身体上，她只是蜷了蜷手指，然后告诉沈玦星："医药箱在厨房的吊柜上。"

大黄猫可能也知道自己闯了祸，这会儿不知道躲到哪里去了。茶几上放着一个打开的医药箱，沈玦星半蹲下来，小心地用沾着碘酒的棉签替顾照清理膝盖上的伤口。

哪怕是柔软的棉签，直接戳在血肉上的触感也并不美妙。顾照已经尽力忍耐，却还是会下意识地在锐痛袭来的一瞬间躲避沈玦星的碰触。这让沈玦星的清创工作变得困难。

"你能不能不动？"他无奈地抬头询问顾照。

顾照这个人，不怕虫子不怕鬼，最怕麻烦别人，更何况这个人还是沈玦星。她只能尽量用背抵住沙发，绷紧浑身的肌肉，随后深吸一口气，道："来吧。"听上去颇有点儿"舍生取义"的意味。

为了不让顾照太专注于自己的伤口，沈玦星只能想方设法地分散她的注意力，引她说话："你身体的协调性是不是不太好？你怎么老是摔跤？"

顾照的两只手都已经被包扎妥当，贴好了创可贴。她摊着手，拨弄着指尖，说："之前崴脚的时候，我没有重视，将护具拆早了，就有点儿习惯性崴脚。"

"崴脚？"沈玦星想了想，"是高中那次吗？"

顾照没想到他还记得那件事儿，指尖微微地一颤。她顿了片刻才点头："嗯。"

"所以你现在走路总是慢吞吞的，是怕再崴脚吗？"

"嗯。"

安静了一会儿，沈玦星又找了个话题："你以前也不戴眼镜，怎么我们几年不见，你就近视了？"

顾照在高中那会儿，视力其实挺好的。她是到大学才开始近视的。为了减轻家庭的负担，她一进大学就在为申请奖学金做努力。国家奖学金，一个专业就两个名额。她本来头脑就不算聪明，能侥幸考上 A 大，全靠自己后天的努力与沈玦星对她的魔鬼式刷题训练。这就意味着，如果不付出比高中时更多的努力，她是根本没有希望得到想要的结果的。

除了上课、吃饭，其余的时间，顾照都泡在图书馆。晚上回到寝室，十点半熄灯了，她也会继续看书看到十二点再睡。可能就是因为这样，用眼过度，等她反应过来时，已经连黑板上的字都有些看不清。一验才发现，散光加近视，她得戴眼镜了。

"我上大学时学习太努力了。其实我不戴眼镜也能看清，就是有点儿模糊。"说着，顾照眯了眯眼，"我现在看你就看得挺清楚的。"

沈玦星闻言，笑了笑："你啊，才二十几岁就脚不好，眼睛也不好，那等你老了怎么办？"

"等老了……大家就会同我一样，脚不好，眼睛也不好。"岁月对每个人都很公平。在顾照工作的养老院里，老人形形色色，他们身上的毛病也五花八门。她就没见过几个到了七老八十还能跑能跳，眼不花、耳不聋的。

膝盖上的伤口有点儿大，创可贴盖不住，沈玦星只好将一块纱布按在伤口上，再用绷带缠紧。"诡辩。"沈玦星小心地缠着绷带，唇角仍带着一点儿笑意。

顾照一点儿也不觉得自己是胡说八道，但因为想多看一会儿沈玦星笑的样子，也就没再反驳他。

经过这番注意力的转移，他总算是将她的膝盖顺利地包扎好了。怕绷带缠着的地方不过血，他没有包扎得很紧。将她扶进卧室后，他嘱咐她有事儿尽量叫他，没事儿别乱动。她嘴上答应得好好的，半夜却还是自己起来扶着墙去了两趟卫生间。别人可以跟你客气，但你不能真的毫不客气。她虽然迟钝，但这点儿人情世故还是懂的。

第二天一早，她是因喘不过气被憋醒的。一睁眼，她就发现自己的胸口处趴着一只肥肥的大黄猫。大黄猫见她醒了，完全没有挪地方的打算，眯着眼看了看她，然后揣着爪子闲适地又闭起了眼。

顾照觉得自己被压得胸骨以下都要没有知觉了："甜甜，起来一下。姐姐要被你压死了。"她抬起手，艰难地将大黄猫赶到一旁。

"喵！"大黄猫不满地叫了一声，烦躁地甩了两下尾巴，趴到床尾去了。

顾照想要起身，可一动，双腿就传来一阵疼痛。她掀开被子一看，发现两个膝盖都肿了起来，特别是摔破的那个，已经将松弛的绷带撑紧了。这副模样，别说刷牙、洗脸，她就是走到门口都难。

顾照颓然地倒回去，觉得自己真是很没用。以前一个人住，她偶尔也会在夜深人静时陷入悲观的情绪中，但总是能很快调整，想一些令自己开心的人和事儿，比如爷爷奶奶，比如沈玦星。这一招儿总是很管用。而当这种悲观情绪中包含了沈玦星时，她一下子就不知道该怎么办了。她觉得自己一直在给沈玦星添麻烦。

顾照抬起胳膊，用手背遮住脸。她应该尽可能地降低自己的存在感，尽可能地不去打扰他，不给他造成负担才对，而不是像现在这样，让他给她做饭、给她打扫卫生，照顾她的起居，像照顾废物一样地照顾她。她应该感到羞愧，感到内疚，感到抱歉，而不是像现在这样沉溺于他的温柔，表面上义正词严地说保持距离，内心却暗暗窃喜，不能自已。

顾照，你这样不行啊，喜欢别人也要讲"基本法"。"单恋守则"第一条就是"喜欢可以，但不能给对方添麻烦"。你这两天尽给人家添麻烦，人家的工作很忙的，哪里有空儿天天围着你转？

顾照越想越是自我厌恶，直到感觉手背上一点儿温热的湿意，将手拿下来一看，才发现自己竟然难受得哭了。她知道女性在生理期可能有时候会多愁善感，但没想到会这么愁。

"顾照，你醒了吗？"

顾照一惊，忙抹了一下眼角，吸了吸鼻子道："醒了。"

房门被轻轻地推开，顾照从床上坐起来。沈玦星一眼就看到了顾照眼角的微红，不自觉地皱了皱眉。他来到床边，扫了一眼她的双腿，问："你感觉还好吗？"

"膝盖有点儿肿。"顾照以一只手隔着被子按在大腿上。

沈玦星的第一反应是想掀被子查看。他连腰都弯下去了，看到顾照那纤细的手指，才想起她是女孩子，自己直接掀被或许有些唐突。

"可以让我看看吗？"他的手指停在被角上。

"哦，好。"顾照主动掀开被子，让他看自己肿得老高的膝盖。

沈玦星看着顾照那两个肿得跟馒头一样的膝盖，眉头皱得更紧了。

"你等等，我拍个照，向人问问这样该怎么处理。"说着，他从裤兜里掏出手机，对着顾照的膝盖拍了两张照片，一张正面的，一张侧面的。

拍完照，沈玦星立马打开微信将照片发给了自己的父亲。过了好一会儿没等到父亲的回复，沈玦星走出卧室，等不及地给父亲去了个电话。

沈廉正在同小区里的棋友下棋。他是退休后才学的棋，下得不大好，总被叫"臭棋篓子"，但他不在意，越挫越勇，百败不折。今日这局棋，他下得很稳，胜利在望，却被沈玦星一个电话打乱了思路。手一松，他把棋下在了错误的位置，直接就被对面"将军"了。他懊恼不已，简直要捶胸顿足，丢开棋子，让其他人先顶一下，叹着气跑到亭子外接了儿子的电话。

"什么事儿啊，沈公子？怎么这会儿给我打电话？"沈廉会感到惊讶也不是没道理。过去自己工作忙，家里的大事小情都是蒋婉操持，沈玦星一般有事儿都是找蒋婉，只有在找不到蒋婉的情况下，才会打自己的电话。沈廉已经不记得上次儿子给自己打电话是什么时候了。

"您看一下我给您发的微信。"沈玦星道。

"你给我发微信了？我看看啊。我刚才下棋来着，没注意。"沈廉没退休前，是 S 市体育大学附属医院的一名康复科大夫，最拿手的就是治疗这种跌打损伤，"哟，这是谁啊？摔得这么厉害。"

"我的一个朋友。"

"这得摔了有一段时间了吧？"

"是昨天摔的。"

"拍片子了吗？若拍了的话，拿给我看看。"

"没拍片子，我感觉这不像骨折。昨天她还能自己走，伤处从外观看也没有明显异常。"

沈大夫咦了一声，有些搞不懂了："你发这个不是让我诊断的？那你给我打电话的意图是什么？"

"有没有办法快速消肿止痛？"沈玦星瞥了一眼半掩的房门，又走远了一点儿才继续说，"她已经疼哭了。"

沈大夫沉默了一会儿："要是确定骨头没问题，那就是皮下软组织损伤。你这样，二十四小时内，就给伤处冰敷；过了二十四小时，再换热敷。实在疼得不行，就给她吃一粒布洛芬……"他一边同儿子说着话，一边朝棋友们打了个招呼，快步往家里走去。

"布洛芬？"

"是止疼的药。"

"这个药一个月能吃几次？"

"这个药没有成瘾性，很安全的，就是对胃肠道有一定的刺激性。肠胃不好的人要注意一点儿。"

"好。"沈玦星一一记下了，打算挂断电话，"若有事儿，我再找您。"

"哎！等等！"沈大夫急急地叫停，"你妈说你出差去了。你不是一个人去的吗？怎么还有个姑娘？"虽然照片上拍下的只有腿的局部，但沈大夫从医几十载，若对男人的腿与女人的腿都分不清，就不要在这一行混了。

沈玦星一时不知道该怎么解释，想着反正解封后是要回家同父母一起吃饭的，就说："等见面再跟你们解释。"说罢，不等父亲再说什么，沈玦星便挂断了电话。

沈大夫瞪着被挂断的手机，半天才骂了一句："臭小子！"

蒋婉正准备做午饭，听到门口有动静，疑惑地探身出去查看，发现是丈夫回来了："怎么今天这么早？"往常他都是要和棋友下棋下到中午才回家的。

沈廉一脸神秘兮兮的样子，背着手走到蒋婉的面前，道："你儿子有事儿瞒着咱俩。"

"玦星？什么事儿啊？"

"我估计他这次不是去出差的。"沈廉将方才沈玦星给自己打电话的事儿复述了一遍，随后语气笃定地道，"他与小姑娘旅游去了，一定是的！你看这照片，小姑娘还穿着睡衣呢，这么私密的形象。他们怎么可能是普通朋友？"

蒋婉忙一边拿过手机，一边翻找出自己的老花镜，仔仔细细地将那两张照片看了一遍，确认照片上的人穿的是睡裙。而且蒋婉听老沈的意思，儿子还挺心疼对方的。她回忆起上次通电话时儿子的古怪，心想，原来如此，儿子这是金屋藏娇呢。

"稀奇啊，这可是第一次。"蒋婉拿下眼镜，"我还以为他要同旋章一样，四十岁前都不考虑婚姻，以事业为重。"

沈大夫笑得眯起眼，指着手机屏幕上沈玦星的名字道："本来他赶不回来，我这心里还有点儿不舒坦。这要是能带回个儿媳妇……他就算年年不给我过生日，我都准了！"

"阿嚏！"沈玦星打了个喷嚏，揉了揉鼻子，用毛巾包了一块冻肉回到卧室。

顾照接过毛巾，能大概猜到对方是什么意思，但为了确定，还是问道："冰敷吗？"

"嗯，我已经在冻冰了，但冰没这么快冻起来。现在冰箱里只有这个，你先用着，晚一点儿再换热敷。"沈玦星说完便出去了，过了没多久，又端着一个洗脸盆进来，盆里放着顾照的洗漱杯和已经挤上牙膏的牙刷。

顾照一下子又陷入了"自己真是个废物"的深深的自责中："对不起，麻烦你了。"

沈玦星将洗脸盆递给她，同时用另一只手从她的手中夺过了毛巾，接过了给她冰敷的活儿。

"是我没关好门导致甜甜跑了出去，你才摔倒的。要说'对不起'，也是我说。"沈玦星坐在床沿上，垂着眼，轻轻地用手里的毛巾碰触顾照肿胀的膝盖。

顾照将洗脸盆放在腿上，被冰得一哆嗦，连洗漱杯里的水都要被她泼出来。

"很疼吗？"沈玦星以为她是疼得厉害才这样，对自己的判断有些动摇，"不然……去医院拍个片子？"

顾照忙拔出口里的牙刷，摇了摇头："不用不用！我不疼，刚刚就是被冰了一下。"

自己的身体自己知道。她的体质是受伤后会肿得比较明显的类型，加上早上刚起来时身体有些僵硬，她一动就觉得伤处疼得比较厉害。但这会儿她已经感觉好多了，相信再冰敷一段时间伤处就能消肿，实在不用劳师动众去医院这么夸张。

"你确定吗？"沈玦星仍有些不放心。

"嗯，真的没事儿。"

等顾照洗漱完，沈玦星端着洗脸盆出去了，过了十几分钟才又进来，一只手里端着一盘饺子，另一只手里拿着一条已被拧干水分的热毛巾。他先把毛巾递给顾照："今天我没时间做饭，我们只能吃速冻饺子，你将就一下。"

顾照将热毛巾覆到脸上，不怎么轻柔地在脸上搓揉了两圈，再将毛巾叠成小块还给沈玦星。她的皮肤十分细嫩，平时缺少血色，看着就会过于苍白，但这会儿脸颊被她用力擦得微红，倒是显出几分活力。

"速冻饺子，我也喜欢的。"

由于顾照的手受了伤，沈玦星想着她用筷子不太方便，就给她直接拿了一个勺。顾照举着盘子，将饺子一个个地塞进嘴里，吃得两腮鼓鼓囊囊。

沈玦星帮她做冰敷，见她一口一个饺子吃得那么香，离奇地生出一种厨子遇到懂行的食客，因为有人能这样珍惜自己做的食物而感到满足的古怪心态。

"这么好吃吗？"沈玦星忍不住问。

顾照其实有点儿演的成分，但沈玦星已经这么问了，她肯定是要点头的："嗯，好吃。"

沈玦星半信半疑，照顾完顾照吃饭，将她的碗筷放进洗碗槽，给自己也盛了一盘饺子。饺子刚一入嘴，他就皱起了眉头。好难吃！无论是没有嚼劲儿的饺子皮，还是毫不鲜美的肉馅儿，都很难吃。他盯着自己面前的饺子，心想，顾照可真好养活啊，她有什么是不爱吃的吗？

可能真的是冰敷起了作用，到下午时，顾照的膝盖已经肿得不那么厉害了。沈玦星每隔一段时间就会进卧室给她换冰块。按受伤时间算，二十四小时一过，他又拿来热毛巾开始让她热敷。

除了上卫生间，顾照这一整天都没离开房间。而上卫生间这件事儿，甚至不是她自己提的，是沈玦星提的。

沈玦星敲开她的房门，十分自然、直接地问她："你要不要上洗手间？"

顾照当然想上洗手间，但实在太怕麻烦沈玦星，怕到不知道怎么开口，便就这样任由时间一点一滴地流逝。如果不是沈玦星先一步问她，她可能还要再磨蹭大半个小时才会求救。最后，她是被沈玦星抱进洗手间的。

沈玦星将顾照放下便自行离开洗手间了。他怕顾照尴尬，甚至没等在门外。顾照其实已经感觉好多了，上完厕所，就扶着一旁的洗手台站起来，还用肥皂洗了手。她本来想自己走回屋，不要再麻烦沈玦星了。结果一开门，他不知什么时候已经站在外面了。

"我……"

顾照心虚地张了张口，想说自己好多了，可以自己走了，但才出声，就被沈玦星打断。他沉着声音说："你若不想总是麻烦我，就不要总是找麻烦。"

顾照一下子蔫儿了："哦。"

沈玦星用手托在她的膝弯处，稳稳地将她打横抱起。顾照搂着他的脖子，乖乖地任他抱回了卧室。

沈玦星放下她时，听到耳边响起软绵绵的声音。

"谢谢。"

他弯腰的动作微不可察地一顿，又若无其事地接上。

顾照以为自己翻窗摔得行动不便已经够倒霉了，想不到祸不单行，下午微信群里就传出一则消息——小区里又出现一名新冠阳性患者。该阳性患者之前一直在邻市出差，是前天回的小区，昨天出现了发热的症状，抗原检测卡上显示两道杠。他当即联系"大白"上门做核酸检测，今天确诊。好在他一直很小心，从回小区就没出过门。他的家人从他回来以后，也自觉隔离在家，没有和外界接触过，算是一定程度上减少了病毒的扩散。

在顾照看来，他在防传染这方面已经做得很周全，实在无可指摘，但他的家属还是一个劲儿地在群里道歉，说连累了大家，真的不好意思。

17-301："这事儿怎么能怪你们呢？这是生病啊！谁也不想生病的。"

9-202："是的是的，大家都不容易。病毒无情人有情，为这种事怪人家，那成什么人了？我相信我们小区不会有这种不讲道理、不明是非的人吧？"

顾照一看头像，前面留言的是张雅，后面的这位是石主任。一旦有人起带头作用，其他人便都对此纷纷表示理解。

13-502："打工人何苦为难打工人，居家办公也是一样的。我们还不用早起挤地铁，工作效率都变高了。"

4-101："之前是五村、六村和我们小区封控，昨天好像三村、四村也封了。这次的'德尔塔'毒株，传染性还是蛮强的。"

6-302："是的。我今天在 App 上都抢不到菜了，一直显示运力不足。"

顾照打开自己平时买菜用的 App 看了一眼，发现果真如此，东西是有的，但是没有送货的人。她又下载了两个购物的 App，一个的送货时间已经排到晚上十点，另一个干脆显示附近的门店临时关闭了。她怕过几天运力会更紧张，或者干脆另两个店也关了，就在唯一能买东西的那个 App 上选了一些易储存的蔬菜、冻品，又买了一些油盐酱醋以及猪肉、鸡蛋，等晚上十点送来。她付完款，正好看到志愿者群里王经理说话了。

王经理："我相信大家都知道现在的情况了。因为我们小区又有了阳性病例，加上周边小区也在不断地出现阳性病例，所以我们小区的封控倒数时间清零。从今天开始需要重新计数，封满十四天。形势依然严峻，大家打起十二万分的精神。"

罗湛发了两个"加油"的表情包。接着，石主任通知："接下来的三天要连续每日做核酸检测，辛苦大家了。"

顾照摸了摸自己的腿。明天膝盖应该可以消肿，但是她要行走自如，起码还要两三天，于是在群里发消息："抱歉，我可能要缺席几天了。"

张雅："怎么了，宝贝？"

顾照："我昨天摔了一跤，现在不大好走。"

罗湛："啊，严不严重啊？"

石主任："需不需要跌打药？我家有药。"

顾照："不严重不严重。我男朋友帮我包扎好了，今天一直冰敷，肿已经消下去很多了。再过两天，我应该就能走路了。"

张雅："那你在家好好休息，养好了伤才能跟我们一起并肩作战。"

罗湛："我们等你！"

顾照盯着屏幕，眼里不由自主地浮出一点儿笑意。她从小到大都独来独往，习惯了一个人。虽然很多人觉得她孤僻，但"一个人"是她的舒适圈，她在圈里待得挺好。她原以为自己会这样一辈子画地为牢，没想到因为一次居家隔离，竟然稀里糊涂地跨出了这个圈。不过这种感觉，她意外地觉得还不错。

沈玦星："我替她去做志愿者工作。"

顾照刚退出微信，最后一秒瞥到群里新跳出的消息。那行文字残留在她的视网膜上，过了好几秒才被她的大脑解析出来。她怔了怔，下一刻手忙脚乱地再次点开微信，在确定了那就是沈玦星之后，呆住了。他是什么时候进志愿者群的？谁把他拉进群的？怎么……没人通知她？

顾照翻看聊天儿记录,屏幕上出现"我男朋友帮我包扎好了"。当看到自己打出的"男朋友"这三个字时,她按住胸口,感觉连血压都有点儿上升了。

她点开沈玦星的头像,打算找对方道歉。如果他觉得名誉受损,她也可以向大家解释清楚,两个人其实没有任何关系。但还没等她打字,界面的最上方显示出"对方正在输入中"的提示。她缩着脖子,已经在等他骂自己了。

没一会儿,沈玦星发来消息:"这三天,我替你去做志愿者。"

他竟然没有骂她。她连忙打字回复:"这样会不会影响你的工作?你的工作很忙吧?"

他要工作,要当志愿者,又要做饭,还要照顾她……顾照光是想一想,都替沈玦星感到窒息。

"对方正在输入中"的提示这次显示得格外久,但最后沈玦星发过来的只是简短有力的四个字:"我能搞定。"

顾照打了许多字,大致的意思是向他道歉,是自己拖累了他。她写好后,又觉得自己向他道歉太多次了,翻来覆去地这样说,毫无新意,就算她没说烦,估计沈玦星看着也烦了。

犹豫再三,她还是把写好的内容删光,重新输入了两个字:"谢谢。"

第二天一早,顾照还在睡觉,感觉卧室的门被人推开了。甜甜不允许这个家有它不能随意进出的地方,如果有,它就叫到那扇门被打开为止,所以顾照睡觉时总会给它留一道门缝。她以为是猫进来了,就没在意,眼睛微睁了一下又闭上了。

等她彻底地清醒时,已经是上午九点多。她一睁眼,就看到床头柜上的洗脸盆。盆里是干净的毛巾和盛满水的洗漱杯,牙刷上挤好了牙膏,就架在杯子上。洗脸盆的旁边则摆着一个大碗，里面盛着两个加热过的菜包，是顾照昨天在 App 上下单买的。

顾照突然想到在小时候，奶奶经常给自己讲的一个故事：有一个男人，天天躺在床上懒得动。有一天，他的妻子要出远门，怕他饿着，就做了一张饼，在饼的中间掏一个洞，将饼套在了丈夫的脖子上。结果过了几天，妻子回家时发现他还是饿死了，因为他只吃嘴边的一圈饼。

当年听这个故事，顾照只注意到了懒汉的懒，对天下竟有这样离奇的死法感到震惊，却忽略了故事的另一个主角。现在她一想，明明他的妻子才是更令人惊叹的存在啊。

张雅亲亲女儿的脸蛋儿，与女儿告别："妈妈要去工作啦，跟妈妈说再见好不好？"

小女孩儿把脸一下子埋进爸爸的怀里，只用后脑勺儿对着张雅。看着拒绝交流的女儿，张雅轻叹一口气，戴上口罩，对丈夫赵毅道："你照顾好孩子，我走了。"

赵毅单手抱着女儿，用另一只手朝张雅摆了摆："路上小心。"

早上女儿有些闹腾，张雅和丈夫哄了许久才把女儿哄好，因此张雅到集合地的时候就有些晚，其他的志愿者都已换好了防护服。张雅一眼就认出了沈玦星。只因对方在人群里格外显眼，简直是鹤立鸡群的存在。

张雅匆匆换好衣服，来到自己的岗位上，趁着还没有居民来做核酸检测，关心起顾照的情况。她问沈玦星："小顾怎么样了？伤得严不严重？"

沈玦星从年龄和性别上判断，很快将问话者与志愿者群里 ID（账号）显示"张雅"的人对上，回答道："她摔得挺厉害，估计还要再养两天。"

"怎么就摔了呢？"

沈玦星将自己不小心忘记关门，把猫放出了屋子，顾照急着去抓猫从窗台上翻出去的事儿简单地说了一下。

"你们养猫了？"张雅的关注点一下子就跑偏了。

"是对门阿婆家的猫，在我们那儿寄养几天。"

"哦，之前救护车拉走的那对老夫妻是吧？"

张雅的思维十分发散，一会儿话题又跑到了李阿婆他们的身上。张雅念叨着"不知道大爷的情况怎么样了，阿婆还会不会回来"。后来陆续有居民来做核酸检测，张雅和沈玦星的谈话才终止。其实张雅和沈玦星搭话，除了问顾照的情况，还有另一个目的。

沈玦星在登记表上打下最后一个钩，结束了自己今天的工作，同众人打过招呼后，独自往更衣室走去。

"小沈，等等！"

沈玦星停住脚步，回头看去。张雅小跑着追上他。可能顾忌周围还有人，她将说话的声音特意压低："不知道小顾有没有与你提过，我是做医疗美容的。"

顾照压根儿没提过，但沈玦星作为一个职场人，还是很懂说话的艺术的："哦，之前我听她说过。"

张雅也不拐弯抹角，直接道："是这样的，她额头上的那块鲜红斑痣，我跟她聊过，现在是有办法可以改善、淡化的，但她好像有些顾虑，对这方面不是很积极。我想让你试着劝劝她。"

当时顾照虽然嘴上说谢谢，但张雅做这行的，每天面对那么多客户，怎么会看不出来顾照眼里无意间流露出的勉强之色？

"鲜红斑痣？"

张雅指了指自己的额头："小顾这里的胎记，叫作'鲜红斑痣'，是先天毛细血管发育畸形造成的。我真的不是为了做生意才与小顾说这件事儿。我看她一天到晚用刘海儿遮住自己的额头，明显就是怕别人看到她的胎记。这种客人，我遇到过很多。面容改善后，他们的自信心也会得到很大的提升。"

沈玦星静静地听张雅说完，想了想，道："行，这话我会带到。至于她怎么选，就不是我能干涉的了。"

他的话乍听起来像是出于对顾照的"尊重"，但张雅总觉得味儿不对。他谈论顾照时，语气和表情并没有提起心爱之人的那种亲昵感，甚至隐隐透着客套和距离感。

张雅心想，难道这对儿小情侣吵架后还没和好？她只以为两个人还在闹别扭，没再多说什么就放沈玦星走了。

顾照试着下床，膝盖弯曲的时候会产生钝痛。她尽量放缓动作，扶着墙走到了厨房。她拉开冰箱门，从冷冻室里拿出一盒饺子，又往锅里加了水，打算煮水饺。沈玦星替她做了志愿者，她在家也该力所能及地做些自己能做的事儿。水很快咕嘟咕嘟地沸腾起来，她将一整袋速冻水饺全下到锅中，加了小半碗的冷水后，盖上了锅盖。

沈玦星正是这个时候回来的。他将钥匙放在入口的玄关处，拧着眉问顾照："你起来干什么？"

顾照正以两只手撑着灶台的台面有些勉强地站着，听到沈玦星的声音，回头看过去："我……起来煮饺子。"她将身体移开一点儿，好让沈玦星看到炉灶上烹煮着的食物。

沈玦星换了鞋，来到炉灶前，掀开锅盖看了一眼，问："凉水加过了吗？"

"加过了。"

沈玦星瞟了一眼她的膝盖："腿好点儿了吗？"

顾照低头看自己的腿，特意当着他的面弯了弯膝盖："好多了。"

沈玦星将灶上的火调小，不再看她："你去外面坐着吧，这里我来看着。"

"哦。"顾照扶着墙，像八十岁的老妪一样慢吞吞地出了厨房。她在餐桌旁坐了五六分钟，沈玦星端着饺子、拿着碗筷从厨房出来。两个人就像之前那样，相安无事，安静地用餐，没有故意找话题，但也没有很局促。

沈玦星嘴里吃着饺子，眼睛注视着对面的顾照。虽然她在家里有时候不戴眼镜，但在外面应该是戴的。大黑框眼镜加过眉的刘海儿，把她的样貌遮了个七七八八，加上她的体态和穿着，就会给人一种没精打采、垂头丧气的感觉。

想到张雅的话，沈玦星道："额头上的胎记，你为什么不治疗？"

顾照一怔："小时候治过。"她小声地与他讲述自己小时候的治疗过程，"虽然现在有了更先进的技术，但比起拥有希望之后再打碎希望，我觉得……保持现状可能更适合我。"

"怕失败？"

顾照垂下眼，无声地点头。对面的人忽然毫无预兆地轻轻嗤笑了一声："是啊，谁都怕失败。"

顾照听出他的语气有些微妙，抬头错愕地看向他。沈玦星以一只手撑着下巴，另一只手拿着筷子像玩儿似的戳着盘子上的花纹："其实怕的也不是失败，而是失败过后，自己仅剩的信心被挫败感替代，然后就一蹶不振了。"怕的是一切都没有意义，不再有人无条件地支持你，站在你的这边，所有人都劝你放弃，连你自己都迷失方向。

顾照怕失败，他又何尝不怕？他能回国，父母虽然很高兴，但在父母的预想里，他就应该像沈旋章一样，找家大厂上班，然后按部就班地升职加薪，成为高管；而不是像现在这样，在全球经济都不明朗的情况下，赌上所有去创业。

沈玦星把一切都押在了自己创办的公司上，如果失败，不知道还有没有下一次。他觉得有些好笑。他和顾照在脾气上完全不同，竟然能在这方面生出同病相怜的感觉。

"也可以……这么说吧。"顾照没有否认，"规避负面情绪，本来就是人类的一种自救本能。"

沈玦星对治疗胎记的话题没再继续深入，点到为止，毕竟他不是顾照真正的男朋友，没什么资格劝她："我会说起这个，其实是因为张雅……"他将今天张雅叫住他的事儿说了，让顾照自己斟酌。

顾照没想到张雅还没放弃，甚至找到沈玦星当说客。不过除了觉得对方有些过于热心，顾照倒没有心生不悦。顾照相信张雅是真的出于关心才会和沈玦星说那些话，所以也不会因为这个生气。

放在桌上的手机突然响起来，是商铭远的来电。沈玦星向顾照示意了一下，走去客厅接通电话："喂，什么事儿？"

"出了点儿事。"商铭远的声音里有不同以往的严肃，"卓工不是带着人在C市布置设备吗？施工现场可能有些杂乱，他一不小心从二楼摔了下来，当场没了意识，现在在C市人民医院抢救。"

卓工是他们公司的施工负责人，四十多岁的北方汉子，儿子今年刚上大学。由于负责现场施工，他出差最多，可以说是他们公司最忙碌的人。

沈玦星闻言，身体一下子绷紧了："通知卓工的家属了吗？"

"通知了，他们在老家。我已经给他们买了动车票，让他们先过去了。"

"这样，你替我跑一趟。"沈玦星道，"钱不要紧，最重要的是人没事儿。"

"嗯，我马上收拾行李赶过去。"

"有消息及时通知我。"

商铭远应了一声便挂断电话。明亮的客厅里，沈玦星握着手机，垂下胳膊，疲惫地长叹一口气。

沈玦星和卓工一直是现场施工的主要负责人。现在沈玦星被封控在小区里，卓工又受伤住院，一些项目注定要推不下去了。这些确实是不可抗力，但甲方也不会因为这些理由而允许乙方拖延工期。

顾照看沈玦星站那儿半天不动，结合自己方才听到的只言片语，猜测那通电话传来的不是好消息。她默默地撑起身，将碗筷拿到厨房去洗，擦完手出来，发现沈玦星在沙发上打字，手速很快，几乎没有停顿，不知道是在敲代码，还是在给人发消息。

她没有打扰，直接进了卧室。之后她从卧室出来过两回，一回是王经理带着医务人员来给她做核酸检测，还有一回是上洗手间。出来的这两回，她都没在屋内见到沈玦星。她悄悄地拉开卧室的窗帘看了看露台，果然看到了沈玦星的身影。

他背对着顾照，望着楼下的大马路，倚在矮墙前。顾照见他身旁的地上散落了好些烟蒂，想来他已抽了不少烟。

到了傍晚，顾照已经把包子蒸好了，见沈玦星还不进来，便直接拿着碗去了露台。沈玦星闻声回过头，看到她手里端着的包子,好像才醒过神,望了一眼暗下来的天色,道:"已经这么晚了?"

顾照将碗放到矮墙上,凑得近了,能闻到他身上浓重的烟味:"冰箱里的速冻饺子、速冻包子还够吃。你这几天忙,就不要做饭了,吃这些也是一样的。"她说着,将一个大包子拿起来塞进嘴里。

沈玦星没有动,现在没什么胃口。今天早上,王经理刚给了沈玦星一包烟,以感谢沈玦星为小区抗原检测工作做出的贡献。沈玦星本来准备留着烟慢慢抽,不承想,一个下午就抽完了。接下来的半个月,自己怕是要强制戒烟了,沈玦星光是这样想,心情就越发糟糕。

"你家有酒吗?"

顾照一顿咀嚼的动作:"酒?"她想了想,"杨梅酒行吗?"

在顾照家,泡杨梅酒不是为了品尝的,而是为了治肠胃炎的。这算是一种偏方,是奶奶的妈妈传给了奶奶,然后奶奶再传给了顾照的。这杨梅酒有没有人喝无所谓,但一定要备着。

顾照小时候拉肚子,奶奶总爱给顾照吃一粒从酒里捞出的杨梅。泡杨梅的酒都是高度数的白酒,品不出什么果香,尽是辛辣之味。

顾照将放杨梅酒的地方告诉了沈玦星。沈玦星进了屋,没过多久捧着一个玻璃罐子出来了,另一只手里还拿着一个小碗。

一打开瓶盖,浓烈的白酒味就在空气中弥漫开来,光是闻着,顾照就有些头晕。沈玦星将酒倒进碗里,拿起来,仰头就喝了一大口。

顾照知道这酒的厉害,忙抬手要拦:"不能这么喝……"沈玦星避开了,一把抓住她的手。碗里的酒液泼洒出来,沾湿了他的手背。

"别管我。"他的声音很冷。

顾照一下子僵住了，张了张口，却只发出了一个微弱的单音："我……"

沈玦星不等她说完，插嘴打断："你要是陪我一起喝，就留下；要是不想，就进去。"

第六章 ✧

你很像一种花

"你要是陪我一起喝，就留下；要是不想，就进去。"

　　沈玦星原想着，依照自己对顾照的了解，自己这样说了，顾照绝对会闷声不响地转身离开。结果顾照确实是进屋了，但没过多久又出来了，手里还拿着一个玻璃杯。

　　"倒这里。"顾照将杯子放到矮墙上，轻声道。

　　沈玦星放下喝到一半的酒，凝视顾照半晌，扯着嘴角将碗里剩下的酒匀了一半给她。

　　酒液顺着碗壁落在墙头上，弄湿了一小块。两个人也不说话，就这么双双挨着矮墙，望着楼下，伴着夕阳默默地喝酒。

　　"听说你高考考得不错，虽然有些迟，但……恭喜你。"沈玦星说着，往顾照的方向敬了敬，端着碗，仰头一口喝干，随后又捧着玻璃酒罐为自己再次斟满。

　　"多亏了你。"顾照浅浅地抿了一口酒，陷入回忆里，"要不是你，我的分数也不能在短短的一年间就提高那么多。"三中入学分班并不靠成绩，一班、二班是实验班，由全部自荐生和部分推优生组成；三班至六班是平行班，由部分推优生和裸考生组成，按照中考成绩蛇形分班。这也是沈玦星作为推优生会与顾照同在一个班的原因。

　　高二时，要分文科班、理科班。沈玦星、楚袁沅和顾照都选了理科，便又在一个班。楚袁沅仍是班长，李老师则继续担任他们的班主任。陆岐、李漠和宋姣梦都是在文理分班时分进来的，顾照连对自己之前原班级的人都不大熟悉，就更不要说对后来分来的三个人了。

高二那年临近期末，爷爷过世后，顾照陪着奶奶处理了丧葬事宜。之后，除了考试，顾照没再去学校，成绩单和暑假作业是后来沈玦星和楚袁沉给顾照送去的。

那会儿顾照的成绩本来就很一般，总在中游徘徊，她又受亲人离世的打击，因此那一次考试，她考得前所未有地差。拿到成绩单的那一刻，哪怕做足了准备，她还是觉得胃部发沉，四肢的血液就像一瞬间被抽干了，连在大夏天里，她都觉得冷。

"我下午还要补课呢，先走了。"楚袁沉将放着暑假作业的袋子交给顾照，迫不及待地转身就走了，连一声"再见"都没说。不过顾照也不在意，因为自己已经听不到楚袁沉在说什么。

顾照紧紧地捏着成绩单，视线逐渐模糊，耳边全是爷爷和奶奶的声音。

"唉，爷爷就想活得再久一点儿，等看到你考上大学了，也好去那边儿找你爸和你妈报喜。"

"老头子，你放心去吧，我会照顾好小照。等她考上大学了，我们就来坟前给你和儿子、儿媳报喜。"

这样的成绩……这样的成绩……自己真的能考上大学吗？爷爷、奶奶养自己长大，那么辛苦，花了那么多的心力，从小到大都没要求过自己什么，自己却连他们的这么点儿小小的愿望也不能满足。那一刻，顾照并没有为自己的未来感到担忧，只是很心疼苦了大半辈子的爷爷和奶奶。

眼泪扑簌簌地掉落，砸在成绩单上，浸出点点水印。顾照在自家的楼下，当着沈玦星的面，哭得不能自已。

"喂……"沈玦星见顾照蹲在地上哭得连五官都皱在一起，下意识地向身后扫了一眼，见楚袁沅已经走远，他一把将顾照拉起来，闪进了楼梯间。

"好了，你别哭了。别人看到，还以为我欺负你了。"沈玦星以为顾照还没从丧亲的悲痛中走出来，安慰道，"再说了，你爷爷肯定也不想看到你这样伤心。"

顾照一听沈玦星提到爷爷，眼泪流得更凶。在殡仪馆见爷爷最后一面的时候，顾照没哭；拿到爷爷的骨灰的时候，顾照也没哭；随奶奶一同将爷爷的骨灰放进壁龛里，顾照仍然没哭。顾照告诉自己，爷爷不在了，家里只剩下自己跟奶奶，自己不能再像孩子一样哭哭啼啼，需要快快长大，变得坚强。可那时的顾照也不过是一个十六岁的小姑娘，哪里就能在几天之内完全变成另一番模样？

糟糕的成绩成了击碎顾照脆弱的伪装的最后一道力量。伪装褪去，她终于可以不用在别人面前假装坚强，尽情宣泄自己的悲伤。她好像要把这几天强忍的眼泪都一次性地流完，简直哭得停不下来。

"你……走吧，我哭一会儿……一会儿……就好了。"顾照熟练地躲进楼梯下狭小、隐秘的角落，抱着膝盖蹲了下来。沈玦星原地看了她一会儿，转身走了。

顾照将脸埋进膝盖里，哭得隐忍又克制。不知哭了多久，她听到前方有脚步声传来，以为是有人进楼，一下子收住了哭声。

来人没有上楼，而是往她这边来了。她慌乱地抬起头，正要起身，就见沈玦星背着光，走进她栖身的昏暗角落，伸手递给她什么东西。

"给。"七月初的 S 市热得好似蒸笼，沈玦星像是在大太阳底下跑了好长一段路，说话时喘息得有些急，脖子上汗津津的。

顾照的目光从他流着汗的脸上顺着胳膊来到指尖——那是一包纸巾，是没有拆封过的全新的纸巾。

沈玦星顶着三十多摄氏度的高温，跑出小区，只为了给她带来拭泪的纸巾。满脸泪痕的顾照看向沈玦星。因为她之前哭得太厉害了，呼吸间身体犹在不受控地轻轻发颤。

少年于她是黑暗中的一道光，带来了新的希望。她想要抓住这道光。她忽然一把紧紧地握住了他的手："你能不能……能不能帮帮我？"

沈玦星蹙眉盯着自己被顾照握住的那只手，想要挣开，手却在下一秒被更用力地握紧。

"求求你……"

顾照本来是蹲着的。两个人拉扯间，沈玦星一用力，她就扑通一声跪下了。沈玦星被吓了一跳，忙扯着她的胳膊要将她拉起来："你起来！"

"你答应我，我再起来。"顾照的神色间分明满是忐忑，腿却像粘在地上一样，怎样都抬不起半分。

沈玦星可能也没想到送个作业会被"碰瓷"，与她僵持片刻后，松开手，笑了："那你倒是说啊，要我帮你什么？"

这是顾照长这么大以来，第一次鼓起勇气寻求别人的帮助。内心被不安充斥着，她说话的时候，眼泪还在止不住地流，双手却始终没有放开沈玦星的打算。

"你帮我……提高成绩，我想考 A 大。"

A 大是 S 市的一所本科院校，以沈玦星的成绩，他是可以闭着眼睛考取的程度，但对顾照来说……这可能有点儿难度。

"你想考 A 大？"

顾照用力地点头："嗯！"

沈玦星没怎么关注过 A 大的往年录取分数，但了解顾照以往的成绩。顾照不擅长记诵，文科拉胯。如果她稳定发挥，其实成绩过 S 市本科线不难，但她想要考取 A 大，起码语文、英语这两科都要往上各提三十分。

沈玦星道："暑假里我也要补课，时间排得很满。"

顾照听到这儿，脸上难掩失落，可她也明白，对方确实没有义务帮她什么："对不起……"她松开沈玦星，摇摇晃晃地站了起来，不打算再难为他。

"但……"沈玦星话锋一转，"我可以将星期一和星期四的下午空出来给你补课。"说完，他将纸巾再次往顾照的面前一递。顾照愣愣地接过纸巾，眨眼间又落下一滴眼泪。

这个人总是以冷冰冰的表情，说着与表情截然相反的话。她垂下眼，将纸巾抽出按在脸上，在努力的压抑下，声音仍带着几分颤抖："谢谢。"

从那天起，沈玦星成了顾照的补习老师。每逢星期一、星期四的下午，顾照就会同奶奶说自己去参加学校安排的补习班，实际上是与沈玦星约好了在顾照家附近的麦当劳见面。

沈玦星会将自己去上课的补习班的卷子多复印一份给她，还会把笔记借给她抄。而她每回都会提前半个小时就到约定的地方，给沈玦星买一杯大杯的可乐，算作对他的答谢。沈玦星从第一回为她补课时见到桌上的可乐起，就没问过它的来历，算是默许了这样的谢礼。

"这个语法是初中学的吧？你连这个都不会？"沈玦星有时候虽然很凶，但大多时候还是会耐着性子给她讲题。他讲一个下午，然后留下一堆作业给她，要求她在他们下次见面前做完。

沈玦星留的作业，比学校的暑假作业还要繁重，顾照根本做不完。可如果她敢表现出一丝为难，沈玦星就会阴阳怪气地拖长尾音道："那你不要考 A 大啦。"惹得她忙不迭地摇头，对他的安排不敢再有异议。

而除了一周两次的面对面补习，沈玦星有时还会在晚上给她打电话，抽查她的功课。比如，他说英语，让她拼写出单词，讲出它的中文意思，或者念一句诗词，让她迅速背出下一句。

在沈玦星的"魔鬼式"训练下，顾照用一个暑假，就将以往两年没背下来的诗词和课文背了个七七八八，英语的单词量也有了很大的提升。

沈玦星是她的老师、恩人，也是她的贵人。她对他的情感，不是单纯的女孩子对男孩子的仰慕，更像是凡人对星辰的信仰——它指引方向，带来光明，凡人仰望它，觉得它很好，但不会真的以为自己可以拥有它。

所以，顾照很后悔。以她的性格，她经常对一些事儿感到后悔，但若将这些事儿排个位次，在她的人生中，列在前十位的令她后悔的事儿里，该有这件。

她时常会想，要是当年自己选一个远一点儿的地方补课就好了。这样两个人就不会被同校的人撞见，大家也不会乱传她和沈玦星的事儿，她也不会被喜欢沈玦星的女生逼问和他的关系，最后冲动之下，承认自己喜欢他。又或者，自己要是没承认喜欢沈玦星就好了，那样……说不准和沈玦星还可以继续做朋友。

"那好像是你唯一一次向我求助？"

沈玦星的话将顾照从回忆里拉回现实。她对沈玦星会主动提及高中时的事情有些惊讶。那确实是她唯一一次主动向沈玦星求助，而结果……虽然她为此受益，但给沈玦星带来了许多麻烦。

沈玦星总以为她不开口寻求帮助，就像她不好意思开口拒绝别人一样，是因为性格怯弱，其实不是这样，或者说不完全是这样。她宁可自己受累也不愿让别人帮忙，一来是因为别人帮得越多，纠葛就越深，她怕到时候还不清；二来是因为她讨厌向别人求助。

在顾照小时候，为了额上的胎记，爷爷和奶奶没少带着顾照去别人家借钱，一家一家地求过去。顾照后来虽然已不记得细节，却忘不了那些白眼。

"嗯。"对过去的事情，她不欲多言，岔开了话题，"你突然喝酒，是不是……出了什么事儿？"

可刚好沈玦星也不想谈这件事情，又将话题岔开了："你觉得我优秀吗？"他反问顾照。

对顾照来说，这简直是不需要思考的问题："优秀。"她一顿，又强调道，"特别优秀。"

这不是因为她对沈玦星有什么滤镜（形容过度美化）。沈玦星的优秀有目共睹，假设她如今喜欢的是别人，也不会否认沈玦星的优秀。

沈玦星闻言，唇角泛起一抹自嘲的笑："可是在我们家，我只能算普通。我有一个同父异母的哥哥，比我大十四岁，他才是我们家真正的骄傲。"

而除了沈旋章，沈玦星的其他堂哥、堂姐、表弟、表妹也都十分优秀，在各自的领域成绩卓然。当优秀成了常态，也就没什么好稀奇的了。考第一是理所当然的，成功是天经地义的，而失败……才像是千载难逢一样。

沈玦星知道父母并没有故意要拿他同谁对比，沈旋章也没有故意要打压这个弟弟，但亲戚们有意无意的比较，还是时常让沈玦星感到喘不过气。有时候，沈玦星也想放纵自己，做不那么完美的孩子，又怕一旦自己失败，得到的全是抱怨、责怪。顾照说得没错，趋利避害是本能，谁也逃不开。

"那……很好啊。"顾照将双肘支在围墙上，垂着脸，以指尖摩挲着杯子。

沈玦星不明白她为什么觉得这样很好，有些茫然地看向她："什么？"

顾照抬头，对他的疑问也很茫然："这样不好吗？有这么多的兄弟姐妹。"

可能是因为顾照没有兄弟姐妹，所以总是很羡慕那些大家庭，节日里热热闹闹的，一大家子一起吃饭，长辈聊家常，小辈玩儿游戏。就算相互之间有小矛盾，但一家人总归是一家人。谁家有个事儿，其他人都会帮把手。那是顾照做梦都不敢梦到的家庭氛围。

"从这个角度来说，那倒也没有什么不好。"沈玦星想起自己回国的那天大半夜来接自己的堂兄，想起过年时因打牌输了被贴了满脸纸条的表妹，想起由自己背出家门、送上婚车的新婚的堂姐。就连工作非常忙的沈旋章，在沈玦星于国外留学时，若到那个国家出差，哪怕在另外的城市，也会特意飞过去看沈玦星，兄弟俩吃一顿饭。

沈玦星喃喃自语："是我狭隘了。"

眼看他的神色更黯淡，顾照有些慌。她刚刚是不是说错话了？他谈到家人，难道是家里出事了？

"往上比……总是比不过来的。你哥哥或许很优秀，但这世上一定会有比他更优秀的人。你觉得自己很普通，但我接触的绝大多数人是比你更普通的普通人。"顾照也不敢直接问出了什么事情，只得小心翼翼地用自己的方式安慰沈玦星，"无论遇到多么糟糕的事情，都要好好吃饭、好好睡觉，等到大晴天，走到太阳底下去去晦气就好了。"

沈玦星笑了："去去晦气？"

"嗯，我奶奶说的。"顾照的眼里也有笑意，"觉得难受了，就晒晒太阳。"

对于身心状态的调整，别人都是多喝热水少熬夜，到顾照奶奶这里就变成了多晒太阳多流汗。老太太一直觉得太阳是有魔力的，可以除菌，也可以治愈人心。在老太太最后的那段日子里，总喜欢让顾照推着自己到花园里晒太阳。不是老太太心存妄想，觉得自己还能痊愈，只是想让孙女多感受阳光的恩泽，少难受一些罢了。

顾照想到已经去世的奶奶，眼里的笑意染上一点儿悲伤的色彩。顾照浅抿了一口杯子里的酒，结果被辣得五官不由自主地皱在一起。

沈玦星注意到了，直接从她的手里将那杯酒夺走，倒进自己的碗里。他朝门口抬了抬下巴，道："进去吧，你喝不了。"

"我可以。"顾照盯着他手中空掉的杯子，想抢回来，被他轻松地避了过去。

"进去吧。"沈玦星再次说道，将那个杯子放得更远了些。

顾照抿了抿唇，洞察出他真正的意图。他不是真的觉得她喝不了酒，只是想要一个人待着，不想她再打扰他。

想明白这一点，顾照没再说什么，沉默着转身往屋里走去。

虽然已不见太阳，但天空还未完全暗下，仍留着最后一分光亮。顾照扶着门回过头，见沈玦星独自饮着酒，只留给她一个落寞的背影。她终究不是那个可以与沈玦星一起谈天说地、喝酒诉苦的人。

沈玦星听到关门的声音，偏头看了一眼，隔着玻璃看到白色的睡裙一角消失在了门后。他和她根本不在一个世界，一旦隔离期结束，应该很快就会桥归桥、路归路吧。

沈玦星本以为顾照进屋后就不会再出来了，谁想自己连一碗酒还没喝完，身后的移门又开了。顾照手里拎着一个工具箱，艰难地往他这边移动。

沈玦星一直看着她，等她走近了，问："你要修什么？"

顾照将箱子放在一旁长草的花槽上，背对着沈玦星打开。

"能借我用一下打火机吗？"顾照握住一根头部缠着布条的绿色铁签，转身往沈玦星那边走去。

沈玦星不知道她要做什么，但还是掏出打火机，点燃了她递过来的绿签。

顾照握着绿签的底部，一脸认真："不要眨眼。"

沈玦星没有看那簇火苗，目光全落在顾照的脸上。顾照毫无察觉，专心致志地进行着自己的表演。她握住绿签底部的手飞快地往上一撸，火苗消失了，一朵鲜红的塑料花绽放在绿签的顶部。

"送给你。"她将手里的花递给沈玦星。

沈玦星这才看向那朵花："……"

他这会儿才反应过来，顾照是给他变了一个魔术，还是最土的那种用来撩妹（获得女性青睐的行为）的魔术。他接过那朵花，只看了一眼，就掌握了这个魔术的要点——塑料花是可以上下移动的。一开始时，顾照握着签子的底部，应该是将塑料花整个包进了掌心。他上下滑动着塑料花，看了一眼工具箱里的诸多道具，问："还有吗？"

顾照见他有兴趣，也不藏着掖着了，如数家珍般给他展示起了自己这几年的所学："有的，你等等。"

养老院每年都会定期举办活动和晚会，参与者可以是养老院的工作人员、志愿者，也可以是老人自己。顾照身为院里最年轻的工作人员，被领导委以重任，入职的第一年就要求她排一个节目出来。

顾照唱歌不行，跳舞也不行。就在她完全没有头绪时，突然看到电视里某个晚会邀请的魔术师正在玩儿扑克牌。她觉得这个自己好像可以。

之后，也不知道哪里来的自信，她买课程、选道具，对着镜子苦练，从一开始的手忙脚乱，到后来逐渐对各种障眼法熟练起来。现在每次养老院有活动，都少不了她的魔术表演。哪怕她演砸了，老人们也都会给她最热烈的掌声，从来不会笑话她。

她自知不是那个与沈玦星谈天说地、喝酒诉苦的人，从不心存妄想，只希望沈玦星可以因她的表演，忘却那些烦恼，哪怕一分钟也好。

隔着扑克牌落进杯子里的小球，不会断的橡皮筋，瞬间就能复原的魔方……顾照一口气表演了七八个魔术。她每次表演完，沈玦星就拿过道具检查，然后很快地破解它。

这些魔术，网上都有解密。顾照并不觉得沈玦星在拆她的台，反而因能顺利地转移他的注意力而感到开心。

沈玦星看着顾照变魔术，嘴也没停下，已经喝了不少酒。他依靠在围墙上，慵懒地半垂着眼，脸上已能看出明显的醉意。白酒度数高，后劲儿足，他喝起来不知节制，是肯定要醉的。

"我再给你变个魔术吧。"顾照说着，上前抱走了沈玦星身旁的那罐杨梅酒。沈玦星挑了挑眉，并不制止她。

顾照有些紧张。她不会说谎，当然也演不了戏，所以在演

"失手打翻酒坛"时，简直刻意到不能再刻意，连脱口而出的惊呼都显得十分生硬。

玻璃罐子被打碎，露台上刹那间酒香四溢。顾照与沈玦星同时看着地上的碎片，前者心虚地退后一步，后者突然笑了起来。

"抱歉，我……刚刚手滑了一下。"顾照看了沈玦星一眼，很快又移开视线。沈玦星舒展着两只胳膊，靠在围墙上，仰头看向逐渐现出星星的夜空。

楼上的人家在窗台上养了几盆花。沈玦星对其他的花都不认得，却认得最大的那盆是一株茶花。现在已经过了茶花的花期，那株茶花的枝头上只剩几朵干枯的残花。他忽然想起顾照除了兔子还像什么了。

"顾照……"

顾照抖了一抖，忐忑地直抠手指。沈玦星带着些许醉意，望着楼上的那株茶花，说出了在自己清醒时绝不会说的话："你知不知道你很像一种花？"

每个男孩儿小时候都有一个英雄梦。在沈玦星还不认字的时候，就爱看《西游记》《水浒传》之类的连环画，翻来覆去地看，把书翻得都卷了边。等他再长大一点儿，认得字了，就开始看纯文字的武侠小说。金庸、古龙、梁羽生、温瑞安的武侠作品，沈玦星都没少看。

后来沈玦星上了初中，学业开始繁重起来，这些课外书就全被换成了厚厚的辅导教材。沈玦星至今还记得，自己看的最后一本武侠小说是温瑞安的《四大名捕》系列。沈玦星原以为总有闲暇能将它看完，谁想一拖再拖，拖了十几年也没再翻开过。

这林林总总的故事里，除了有让人眼花缭乱的武功招式、英雄人物，功效各异的奇花异草也令人印象深刻。沈玦星只当那些都是杜撰的，什么情花、断肠草、七星海棠，必不可能存在于世间，直到去年他在一位客户的家里看到对方精心养护的一盆茶花。

那位客户也是个"金庸迷"，见沈玦星对着茶花驻足良久，便一脸自豪地向沈玦星介绍："这盆花可是我从扦插苗养到如今这么大的，养十多年了，年年开花，未曾断过。你知道《天龙八部》吧？书里有一种茶花叫'抓破美人脸'，就是它了。"

这株茶花虽然被养了十多年，却也只有一米多高，种在古朴素雅的红陶盆里，越发像一位娇羞的美人。娇嫩的白色花瓣层层叠叠，花朵上或是点缀着一条极细的红线，或是点缀着一小块红斑，乍看上去，确实花如其名，好似美人被调皮的鹦鹉不小心抓破了面颊。

后来客户见沈玦星对这花感兴趣，就又多介绍了两句。这花其实原名不叫"抓破美人脸"，而叫"挂线嫦娥彩"，属于嫦娥彩茶花中的一种。最后，客户道："你以为这美人是寻常美人啊？人家是仙女！"

顾照："花？"

沈玦星转过头，见顾照一脸迷茫的样子，朝她招了招手。她绕过地上的玻璃酒罐碎片，往他的方向走了两步。他抬起手，她下意识地闭上眼，但下一刻，她感到他微凉的指尖拨开她的刘海儿，落在她的额上。

"茶花。"

睫毛颤抖着，她微微睁开眼。沈玦星的手掌挡住了她的视线，令她看不清他的表情，只能通过他的声音分辨，他应该是笑着的。

茶花？为什么是茶花？不爱看武侠小说，对植物也没什么研究的顾照，对沈玦星说她像茶花毫无头绪。她思索间，额头被轻轻地弹了一下。她错愕地摸了摸自己的脑门儿，还没问沈玦星为什么弹她，他就先一步开了口。

他的唇角挂着笑意："你摔了我的酒，罚你。"顾照愣愣地看着他，额头火辣辣的，却不是因为疼痛。

"我再吹吹风，你先进去吧。"沈玦星再次提议让顾照进屋。

顾照这次没犹豫，点了点头，有些慌乱地转身进了屋。

跨进门里，她忍不住又摸了摸方才被沈玦星弹过的地方，心里直犯嘀咕："别人喝了酒，脾气都会变得暴躁，怎么到了沈玦星这儿，反而脾气变好了，连笑都变多了？好瘆人啊。"

她一瘸一拐地回了房间，拿起手机查到茶花的花语——谦让、谨慎、毅力、可爱、理想的爱、诱发激情、了不起的魅力。她有些疑惑。这些品质，后几个怎么看都跟她没关系，前几个里也只有"谨慎"和"毅力"和她有些关联。难道沈玦星看出她搞那么多的铺垫，不过是为了打碎酒罐，所以说她"谨慎"？或者，他觉得她喜欢他这么多年，值得称赞一句"毅力可嘉"？

顾照想半天也没想明白为什么她像"茶花"，而让她这会儿去问沈玦星，她又是怎么都不敢的，便只好任自己百爪挠心，辗转反侧，连梦里都是漫山遍野的山茶花。

酒过了无痕。隔日，无论是对那罐酒，还是对沈玦星口中意义不明的茶花，两个人都没再提起。沈玦星重新振作起来，全身心地投入公司的业务和志愿者的工作中。那个失意、消沉的沈玦星，仿佛只是顾照的幻觉。

顾照休养了两天，腿消了肿，伤口处结了痂。虽然她的膝盖上看着还是青紫一片，但她已经行动无碍。她本来想重拾志愿者的工作，将沈玦星换下来，却遭到了众人的一致反对。

王经理："你在家里多休息两天吧。现在天热了，防护服穿着闷得慌，别把你的伤口闷坏了。"

张雅："是啊是啊，你放心休息好了。有你男朋友在，你怕什么？"

罗湛："今天好像要发物资了。小照姐，我虽然很想你，但你还是让星哥来干这活儿吧，他的力气大。"

沈玦星："嗯。"

顾照盯着那个"嗯"字，连眉头都皱了起来。她走出卧室，见客厅里的沈玦星将电脑搁在腿上，一只胳膊支在沙发的扶手上，歪着头，以指尖揉搓着太阳穴。她以为他是在看群里的聊天儿记录，便走过去，直接道："等会儿发物资，我去吧。你在家里休息就好。"

"卓工没两个月估计回不来……"从电脑里传出了很年轻的男人的声音，周遭的氛围霎时变得有些微妙。

沈玦星挑着眉毛，抬起头，看着顾照道："我在开视频会议。"

卓工昏迷了两天，昨天终于醒了，让大家都松了一口气。医生说，只要患者醒了，问题就不大，剩下就靠慢慢养。

卓工对工作向来认真负责，刚醒来，就要和沈玦星通电话，交代工作的事儿。卓工让沈玦星一定要找人跟进自己的工作，还说自己会尽快养好伤回工作岗位，让沈玦星不要担心。这话一说出口，让自诩"工作狂魔"的沈玦星都不知道说什么好了，只得让卓工先不要想这些，安心养伤要紧。

今天的这个视频会议，主要讨论的是卓工手上的那些活儿怎么安排，除了沈玦星、商铭远，银峰科技的骨干高层都在。

那个"嗯"，是沈玦星在开会的间隙看到微信群跳出的弹窗，抽空儿回的。回的时候，他神情淡定，完全没让视频连线的几人发现。

"开会？"顾照蒙了一会儿，意识到闯祸了，慌慌张张地道了歉，"对不起、对不起！"说着，她像受惊的兔子一样，转身就往卧室里逃。

沈玦星看着她的背影消失在走廊上，轻轻地叹了一口气，满脸的无奈。

电脑显示屏上，正视频连线的几个人面色各异，有的还能维持稳重，有的已经难掩八卦之心，开始私下悄悄地打听这是什么情况了。

林工："这真的只是普通女同学吗？"

林立是沈玦星公司里最年轻的工程师，去年才硕士毕业，之前一直由卓工带着，是除了卓工以外最了解那些项目进程的人，所以这次卓工出事，手里的那些活儿也主要被移交给了林立。

商铭远："经本人亲口认证，只是女同学。"

林工："是吗？我不信。女同学会说'你在家里休息就好'？'家'啊！他们都组成小家庭了！商秘书，我要十分钟内知道到底发生了什么！"

商铭远："等过几日我再探一探。你也别这么激动，说不准人家还看不上咱星星呢。"

林工："你在说什么？我们星星那么好，她为什么看不上？虽然脸臭了点儿，脾气差了点儿，耐心基本等于零，但是星星长得帅啊！"

"林立，你在听我说话吗？"扬声器里，沈玦星的语气骤然沉下来。

偷偷与商铭远八卦的林立一激灵，像上课开小差被老师点名一样，瞬间挺直了背脊："听……听到了！"

顾照将耳朵凑到卧室的门口，听了听客厅里的动静，没听到有说话声，便悄悄地出了卧室。

沈玦星正在厨房里倒水，一回身，看到她出来了，抬腕瞄了一眼手表，道："物资到了吗？"

甜甜在他的脚边，将整个身体都倾斜过去，蹭他的小腿。这只大黄猫近来与沈玦星的关系越发亲昵，连晚上睡觉都要和他挤在一起。顾照一开始怕它打扰沈玦星睡觉，一到晚上就将它关在卧室里，结果它叫个不停，让大家都睡不好。最后还是沈玦星牺牲自己，让它睡在自己的头顶，它才消停。

"嗯，物资已经在小区门口了。"顾照到门口换鞋。

随着周边进行封控管理的小区越来越多，居民在网上买菜也越来越难。河岚镇上大多又是老小区，小区居民中老年人占了很大比例。他们大部分没有手机，不会网购，而他们的子女可能也同样被封控在自己的家里，远水解不了近渴。

考虑到居民的实际困难，镇政府决定采购一批物资，下发至各居委会，再由居委会分发到各小区。刚刚王经理在群里通知，物资车已经在小区门口了，让志愿者都到门口集合。

"我同你一块儿去。"沈玦星上前，同顾照一起换了鞋。

顾照本来还想劝他在家好好休息，但看他一副主意已定的模样，便又将到嘴边的话咽了回去。两个人戴着口罩，一前一后出了门。沈玦星身高腿长，步子也大，而顾照的腿上还有伤，个子又娇小，她走着走着就与前面的他拉开好长一段距离。他无意中回头，见她离他好远，便停下了脚步。

"你先走吧。"顾照想着，自己走得慢，那慢慢地走就好；沈玦星既然走得快，那快点儿走也无可厚非。步调不一致，各管各的就是，两个人没必要互相迁就。然而沈玦星听了她的话，不仅没继续往前走，甚至朝她的方向走了两步。

"我等你。"等顾照走到跟前，他轻轻地说着，再次迈开了步子。这次他走得很慢，慢到顾照也能轻易地与他并肩而行的程度。

物资足足装了一大卡车，全用纸板箱封好了。罗湛拿起一个被卸在一旁的箱子掂了掂，起码有十来斤重。

"这怎么运啊？"物业只有两辆拉货的车，一次顶多也就能拉一栋楼的物资。整个小区八十多栋楼，最远的离大门有四五百米，若全靠人力运输物资，不得累坏了啊？

王经理从车上的司机师傅那里接过物资，说："近的，你们用小车运；远的，我同小沈、张雅用自个儿的车运。大罗，你别给我偷懒，赶快动起来！"

罗湛吐了吐舌头："来了来了！"

石主任的年纪大了，腰也不大好，这些体力活儿便留给年轻人，她在一旁只做计数、统计的工作。在她的身边站着的年轻女性，瞧着三十多岁，穿着一件藕荷色的短袖衬衫，是居委会的周书记。

周书记道："物资的数量只会多，不会少。"

"我同王经理说了，多出来的就发给小区里七十岁以上的老人，和家里的人比较多的租户。"石主任道。

"行，你们自己规划好就行。"周书记道。

说话间，远处驶来两辆车，一辆是白色的SUV，一辆是红色的小轿车。老陈指挥着两辆车的车主把车停稳后，将后备厢打开，车子熄火。之后，沈玦星和顾照从白车上下来，张雅从红车上下来。

沈玦星二话不说，撸起袖子就上去搬货。顾照也想帮忙，来到货车旁，伸长了胳膊，却半天没人给她递箱子。

"小女娃，你到边上去，当心压到你。"司机师傅操着一口乡音，示意顾照闪开。

顾照想说，自己虽然瞧着细胳膊细腿的，但力气还是有的，结果话还没说出口，她就被沈玦星扯着胳膊拉到了一边。

沈玦星道："别碍事。"

顾照抿了抿唇，当真是不敢再动了。张雅将一切看在眼里，笑道："哎哟，小沈这是心疼你呢。瞧瞧你膝盖上的伤，还没好透，你怎么能搬重物？"

顾照尴尬地笑了笑，以眼角的余光瞥着沈玦星，内心祈祷他千万别听见。再给她一次机会，她绝对会不嫌麻烦去说明自己和沈玦星的关系，而不会默认他人猜测的情侣关系。这太令她煎熬了。

卸下第一批物资后，罗湛和老陈拉着小车就要给居民送去。顾照见小车上的物资堆得那么高，怕掉下来，就过去在罗湛的后面扶着。

"谢谢啊，姐。"罗湛从货物堆旁探出脑袋，笑得弯起眼睛。

他们从离大门最近的居民楼开始，一户户地按门铃让大家下来取物资，把这一批发完了，就再回去拉下一批。罗湛来回拉了三次物资就已汗流浃背，不住地用 T 恤下摆擦着汗，嘴里一直嚷嚷着热。

"好想把头发剃了啊。我这爆炸头像一顶绒线帽一样，戴着特别热。不知道咱们小区有没有理发师傅，给我剃个板寸也行啊，我不挑。"

顾照卖力地在后面推着，也出了不少汗，喘着粗气道："你要是不挑，我……我倒是可以试试。"

罗湛一下子停住脚步，吃惊地回头："你会剃头？"

顾照索性也停下来暂作休息："会。"她点头，"我经常给养老院里的老人剪头。"

老人家对发型的要求相对较低，美观是其次，主要还是要好打理。染个黑发，稍作修剪，这些顾照还是可以做到的。

"太好了！那我下午就来找你剃头？"像是解决了困扰多时的难题，罗湛连脚步都轻盈起来。

顾照问："嗯……你有工具吗？"

"这是小问题，我到群里问一下。两百多号人呢，我就不信还凑不齐一套理发工具了。"

自从封控以来，小区里就开启了以物易物模式。用柠檬换香蕉，用酵母换可乐，谁家缺个擀面杖、蒸笼什么的，群里问一声也总能借到。

果不其然，罗湛在群里吼了一声，很快就把剪刀和电动剃头刀给凑齐了。群里许多人一听顾照会理发，纷纷询问自己能不能也来理一下发。

一个是剃，两个也是剃，顾照当然不会拒绝。这事儿发展到后来，王经理组织了小区里另两位有理发经验的居民，一人"镇守"一个方位，开展了一场"义剪"活动，时间定在下午一点。顾照吃好饭就忙活起来，拎着理发工具和凳子到了外面的平台上。她刚摆好摊位，就来了顾客。

"嘿嘿，姐，我来了。"罗湛挠着头，在凳子上坐好，"你给我全剃了就好，我快烦死这爆炸头了。"

顾照抖了抖家里翻找出来的一次性桌布，给罗湛围上，再三确认："真的要剃光啊？"

"嗯，剃吧。"

最后顾照还是给他留了五毫米长的发楂儿，没剃到头皮。他拍着脑袋站起身，拿起手机看了看自己的新形象，冲顾照比了个大拇指："谢了，姐！"

罗湛之后，又陆续来了几个找顾照剃头的，清一色全是男性。

连剪了七八个，顾照捶了捶因为久站有些酸痛的腰，刚想着要不要回去喝一口水再继续，从旁边就递过来一杯凉茶。

顾照看着沈玦星，从他的手里接过杯子："谢谢。"她扯下口罩快速地喝了几大口，将空杯子又还给他。

"热吗？"沈玦星没有立刻走。

"还好。"她的理发摊位支在阴影里，太阳直射不到。除了戴口罩有些闷，她也没觉得很热。

这时，一个老人迟疑地走来："这里是可以免费剪头发的吧？"

"对，您坐……"顾照与对方沟通的时候，没怎么顾到沈玦星，等回过神，沈玦星已经走了。又剪了五六个人，太阳逐渐西沉，将天边染成一片橙红。群里的另两位理发师傅已经准备收摊儿。顾照抖了抖塑料布，也打算回家。

"下班了吗？"

听到从身后传来的声音，顾照一怔，回过头去。沈玦星扫了一眼她怀里的塑料布："还剪吗？"

顾照好一会儿才反应过来，忙抖开塑料布，道："剪的剪的！"

这是今天的最后一单生意，顾照剪得格外用心，剃鬓角的时候都是屏着呼吸的，就怕一个闪失把沈玦星的头发给剃坏了。

"想不到你会的技能还挺多……"

"你别说话。"顾照紧张不已，全部心神都在双手之间，回沈玦星的话完全出自下意识，连她自己都不知道自己说了什么。

"……"沈玦星闭上嘴，不再打扰她。

过了十来分钟，顾照直起腰，长长地舒了一口气："好了。"她解开围在沈玦星脖子上的塑料布，"你要是觉得不喜欢，就找另两位师傅帮你再修一修。我毕竟也不是专业的。"

沈玦星拍了拍沾在领口的碎发，弯腰拿起凳子，连看都没看自己的发型一眼，就说："走吧，回去了。"

一进家门，沈玦星就让顾照先去洗澡，他来做饭。顾照听话地进浴室洗了个澡。对着镜子吹头发时，她发现自己的刘海儿长得都有些挡眼睛了。正好也有工具，她拿起剪刀就将刘海儿修剪了一下。

冲掉碎发，清理好理发工具，顾照走出浴室，沈玦星也正好将最后一盘菜端上饭桌。

他不经意间看了顾照一眼后，视线就落回桌上。不一会儿，他又向顾照看了一眼："你剪头发了？"

顾照拨了拨自己的刘海儿："我就剪了一下刘海儿。"她这会儿没戴眼镜，刘海儿又短了，眼睛和鼻子完整地显露出来，一下子整个人的气质都像是不一样了，瞧着精神不少。

"挺好。"沈玦星道。

小葱、土豆、洋葱、胡萝卜、卷心菜、午餐肉、两袋挂面、一袋米，还有一小瓶油。顾照与沈玦星一吃完饭后就蹲在地上将领取来的箱子里的物资分拣出来，该放柜子的放柜子里，该放冰箱的放冰箱里。

"这葱有点儿多，要种起来吗？"顾照问。

动作一顿，沈玦星面露疑惑："种起来？"

顾照拿起一根葱，指了指露台的方向："就是……把它种起来，这样不容易坏。"

沈玦星恍然大悟，说："那你种吧。"

顾照拿着葱就去了露台，先将花槽里已经板结的泥土稍微松了松，再插上小葱，最后浇了一点儿水。这个花槽以前种过葡萄，种过月季，还种过辣椒。后来爷爷去世了，奶奶试着继续照顾它们，却不得要领，只能看着它们一天比一天枯萎。如今，这里也算是恢复了一点儿往日的风采。顾照立在花槽前，看着那几株纤细的绿葱，心也柔软起来。

忽然，隔壁传来开门声。顾照诧异地望过去，因为有高墙阻挡，她看不到任何东西。隔壁就是李阿婆家，这几天顾照一直没有李阿婆他们的消息。难道……他们回来了？顾照进了屋，忙不迭地往门口跑。

"你去哪儿？"沈玦星在后面问她。

"对面！阿婆他们好像回来了。"顾照换好鞋，戴好口罩，几步便到了对面，按响了门铃。

没多不一会儿，门内传来动静，李桂香来开门了。只是几天，她就消瘦了许多，瞧着没什么精神。

顾照盯着李阿婆发侧别着的小白花，再多的话也都堵在了喉咙口。

"我本来准备给家里通好风就去找你的，想不到你这么快就来了。"李桂香侧身让开，招呼顾照进屋，"来来来，进来坐，跟阿婆说说话。"

顾照回头看了一眼自家半掩着的门，说："阿婆，你等我几分钟，我回去把甜甜给你抓来。"顾照强撑着回到家，缓缓地用身体抵住门，长长地叹了一口气。

"你怎么这么快就回来了？"沈玦星抬头一看，顾照正愣愣地盯着地板，一副失魂落魄的模样，眼眶还越来越红。

他站起来，拧着眉问："怎么了？"

顾照的眼皮稍微抬了抬，一滴眼泪就夺眶而出："大爷……没了。"

那滴泪一闪即逝，很快没入她的口罩。沈玦星的心就像是被烫了一下，瞬间紧缩起来。

第七章 ✧

先要尝过甜才知道苦

生老病死，人之常情。没有谁可以陪伴谁一生，两个人往往从相遇的那刻起，彼此相处的时间就开始进入倒计时。

李桂香这个人，虽然读过一些书，年轻时长得也干净、漂亮，但因为家庭不好，直到二十三岁也没人说亲。她就想找个家庭好的，以后好让孩子免受人白眼。然而男方家一听她的家庭，别说谈婚论嫁，就连见一面都不愿意。

刘长城是当时生产队的副书记介绍给她的。副书记拍着胸脯说："这小伙子，家里条件是差了点儿，不过相当有上进心，人也老实。虽然他只比你大两岁，但已经是个老党员了，绝对没问题。"

在恋爱方面，过去与现在不同。互通姓名，条件合适，组织也不反对，两个人的恋爱关系就算定下来了。约会也不叫约会，就是一起走走，两个人隔开一段距离，随便聊聊天儿。

李桂香到现在还记得，在那小小的田埂上，她和刘长城一前一后地走着，路两旁都是金黄的麦田。她梳着两条麻花辫，手里握着一根狗尾巴草。刘长城一直在后面护着她，让她小心一些。她迎着夕阳，感受到了从未有过的自由，连呼吸的空气都是那样的清甜、宜人。

"你为什么叫'长城'？是不是你父母想让你长大了保家卫国？"她笑着转身。

刘长城眼里全是宠溺："差不多吧。能保家卫国，也能为自己的家人遮风挡雨。"

副书记看人确实是准。从嫁给刘长城那天起，李桂香就被这堵世界上最坚固的墙护得密不透风。六十岁之前，她不会煮饭，不会用洗衣机，连怎么去银行取钱都不知道。

后来，也不知是不是老天看她太逍遥了，要考验她，刘长城忽然就病倒了。九死一生，被抢救回来，他在康复医院住了大半年。到了出院回家的那天，他瘦了十八斤，她瘦了足足三十斤。

刘长城半身瘫痪，走不了路，说不清话，连喝口水都要漏一半。李桂香开始自己琢磨着学习使用家里的电器，开始买书学习怎么护理偏瘫的病人，向朋友亲戚请教怎么做饭。

别人知道她有个偏瘫的老头儿，都觉得她苦，可怜她。只有她自己全不在意，一遍遍地告诉他们："你不知道他以前对我有多好。"

刘长城照顾她前半生，她照顾他后半生。她不觉得苦，也不觉得累。这个人是她选的，怎么样也要与他过完一生。

再后来，刘长城渐渐不认识她了，说她是保姆，骂她是小偷，有时候还会摔东西让她滚出这个家。子女们都劝她把老头儿送养老院，心疼她照顾起来太吃力。可她说什么也不肯，怕两个人一分开就再也见不到了。

"我可从来没想过丢掉你啊！你这个老头子，怎么还把我丢下了呢？！"

李桂香拍着大腿哭号不止，顾照坐在旁边也不住地抹眼泪。顾照身为社工，在养老院的主要工作之一便是心理咨询，说白了，就是听老人话当年。顾照在养老院里受老人们的欢迎，不单单是因为她年纪小，性格好，还有很重要的一点，就是她的共情能力特别强。

老人说到有趣的经历，她能鼓掌捧场；说到悲惨的往事，她哭得比对方还要伤心。大家跟她说的事儿，她还不会记混，连人家的兄弟、子女的小名都能分清。方院长常说，除了嘴笨，顾照比谁都聪明。

"阿婆，您别太伤心了……"顾照不住地哽咽着，"对身体……对身体不好。"

"老头儿到最后终于是睁眼了。我也不知道他到底看没看到我，我就一直叫他的名字，一直叫他的名字……叫着叫着，他就闭上眼睛走了。"

顾照拍着李桂香的背："大爷一定是看到您了，这才安心走的……"

沈玦星将一包抽纸放在膝头，坐在一旁的单人沙发上，见李桂香和顾照手上的纸巾用完了，连忙抽两张递过去。大黄猫与沈玦星挤在一处，将一条胳膊垂在沙发下，把身体拉成长条，眯缝着眼睛要睡不睡，一副完全不知道人类疾苦的模样。

李桂香抹了抹眼泪，忽然抓住顾照的手，又拉过沈玦星的手，有感而发："阿婆是过来人，不会坑你们。人生看起来好长好长，其实眨眼间就过去了。要珍惜眼前人，知不知道？"李桂香抓着两个人的手合在一起，沈玦星的手在上，顾照的手在下。

感受着手背上传来的温度，顾照抽泣了一声，下意识地就想把自己的手缩回来，被沈玦星瞪着眼一把抓住，不许她逃。李桂香欣慰地拍了拍二人交握的手，对沈玦星道："以后小照就交给你了。你要好好地对她，不许欺负她，知道吗？"

顾照又将手向外抽了一下："阿婆……"沈玦星用力地捏了顾照一下，示意她不要说话。

"知道了，阿婆。"他说。

李桂香在医院里照顾老伴儿这么多天，早就疲累不堪，加上方才大哭了一场，仅剩的一点儿精神头儿也没了。沈玦星见李桂香的面色糟糕，也不想再打扰，拉着顾照便起身告辞，让老人家早点儿休息。李桂香将二人送到门口，亲眼看他们进了对面的屋子才关门。

房门合拢，屋内一片寂静。顾照低头看着她和沈玦星交握的双手。如果不是那力度、那温度如此真实，她就要怀疑自己是不是在做梦了。

她才这样一想，握着她的大手便松开了。她动了动指尖，手自发地想要追过去，下一刻却被沈玦星骤然响起的话语声惊得猛然清醒过来，将手背到了身后。

"距解封还剩十一天。在这十一天里……我们姑且对外宣称是情侣关系，怎么样？"沈玦星回过身面对她，"你怕麻烦，我也不想给你惹麻烦。十一天后，随便你怎么处理这段'关系'都行。"

顾照背着手，慢了半拍才理解了他的意思："假扮情侣？"

"嗯。之后如果有人问起，你就说……"沈玦星想了想，"我'劈腿'了，跟别人跑了，或者干脆说我死了也行。"

顾照连忙摆手："呸呸呸，不能这么说！"她咬了咬唇，"等解封了，大家都有各自的生活，也不怎么碰得到，不会问得那么仔细的。"

沈玦星点点头："反正……怎么对你有利，你就怎么说，不用顾及我。"

那一夜，虽然没了甜甜的骚扰，两个人却仍是没睡好。沈玦星躺在沙发上，枕着胳膊，伸出另一只手，在黑暗中虚虚地抓握。到现在沈玦星仍记得按压刘大爷的胸腔的感觉：按下，弹起，按下，再弹起……纵然疾病难控，人生无常，但曾经自己以为已经从死神的手里抢回来的生命，最终还是逝去了。这种无奈又无力的感觉，并不好受。握紧拳头，沈玦星叹了一口气，翻过身试着再次入睡。

而与沈玦星一墙之隔的顾照，虽然睡是睡着了，却陷入了属于自己的梦魇。爷爷去世后，顾照与奶奶相依为命。奶奶为了贴补家用，有时会做一点儿钟点工的活计，帮人打扫卫生、做个饭什么的。为了出行方便，奶奶还给自己买了辆电瓶车，骑着去做钟点工，冬来夏去，风雨无阻。

顾照总提醒奶奶，慢点儿骑车，当心路，年纪大了，人摔不起。不承想一语成谶，在顾照大四的那年，老太太在下雨天骑到一段坑洼路段时，轮胎打滑，连人带车摔在了路旁。

顾照接到电话，从学校往医院赶。对于那一路的情形，到现在她也没有任何印象，完全像失忆了一样，等她回过神时已在急救室的门外了。

"你是杨金花的孙女吗？"

在顾照六神无主时，一名中年妇女拉住了顾照。顾照像抓住救命稻草一样紧紧地抓住对方："是，我是她的孙女。我奶奶怎么样了？她现在在哪里？"

对方连忙安抚顾照，说老太太刚刚被推着去做检查了，还没回来，让顾照不要着急。

"雨下得太大了，你奶奶一定是没看仔细，就摔了。"对方的身上穿了一件红色的塑料雨衣，但头发全是湿的，"我正好也骑车上班，路过那里，看到你奶奶摔了没人扶，我就给她扶起来了。"

这是顾照与方秀萍的第一次见面，不是在什么正式的求职场合，而是在嘈杂的急诊大厅。

方秀萍在上班的路上见顾照的奶奶摔得不省人事，好心地叫了救护车，陪着老太太一块儿到了医院，还联系了老太太的家属。本来顾照到了，方秀萍也该走了，却在知道顾照家里只有这一个奶奶后，决定留下来帮忙。方秀萍陪着顾照跑上跑下，帮着办理各种手续。怕顾照饿着，晚上方秀萍还给顾照买了盒饭。

　　老太太摔到了脑袋，需要做开颅手术。方秀萍见顾照坐在那里整个人直发抖，便有心分散顾照的注意力，跟顾照搭话。

　　"与这里隔两条马路，有个善慈家园养老院，你知道吗？我就在那儿工作。"方秀萍将自己的联系方式给了顾照，让顾照以后有需要时就去找自己。顾照嘴里说着谢谢，心里却并不想再麻烦对方。

　　后来，老太太虽然平安地熬过了手术，但因伤了脑子，足足在医院躺了半个月才清醒。她醒来后，身体也大不如前了。她走不了路，拿不动东西，连上下床都要人帮忙。

　　喂饭，擦身，清理排泄物……这些事儿，顾照从不假他人之手。老太太总问顾照为什么不去上学、不去找工作。顾照就哄着老太太，说自己已经找到工作了，老板让自己过两个月再去上班。

　　可老太太只是伤了脑子，不是变成傻子，这样拙劣的谎言怎么可能骗过她？老太太又哭又闹，还绝食抗议，恨不得下雨那天一跤把自己摔死，也好过现在半死不活地拖累孙女。再后来，方秀萍提着果篮到医院来看老太太，听闻这祖孙俩的窘境，当即便给两个人出了主意。

　　"正好啊，我们养老院里缺个财务人员。顾照的专业对口，让她去我那儿做不就行了？工资是低了一点儿，也没啥前途可言，但也没什么压力。"方秀萍拍着老太太的手道，"老姐姐，你也住到我们养老院里。我给你俩搞个双人间，打个七折。这样顾照的工作有了，平时她也方便照顾你，怎么样？"

　　就这样，顾照成了善慈家园养老院的一员。对顾照而言，如果说沈玦星是暗夜中的引路星，那方秀萍就是大雨过后于阴云间透出的一缕阳光。对于方秀萍的雪中送炭，顾照一直心怀感激。哪怕后来奶奶去世了，顾照也始终没有换过工作。

　　觉得苦的人，先要尝过甜才知道苦。顾照不觉得自己苦。奶奶从小就告诉顾照，没有谁会陪谁一辈子，所以顾照早就做好了与亲人离别的准备。顾照只是不甘，明明只差一点点，爷爷奶奶怎么就不能再等等呢？

　　顾照坐在床上，用双臂抱着膝盖，一边抽噎，一边落泪，整个人还没从梦境里回神。或许是被刘大爷的事儿刺激到了，她竟然又梦到了那个许久没出现在梦里的雨天。在顾照的梦里，奶奶一次次地摔倒在自己面前。顾照想伸手去扶起奶奶，压着奶奶的电瓶车却好像重过千斤，顾照怎么也搬不动。

　　明明只要再等等，爷爷就能看到自己考上 A 大；明明只要再等等，奶奶就能看到自己工作、恋爱、结婚生子……顾照不是不能接受离别，可为什么永远只差一点点呢？

　　顾照完全沉浸在自己的情绪中，忘了这是深夜，也忘了现在的屋子里已不只她一个人住。起夜听到卧室里隐隐地传出哭声的沈玦星，犹豫间还是敲响了房门。

　　"顾照……"

　　卧室里的哭声一滞。沈玦星绅士地没有询问她哭泣的原因，而是问她要不要吃夜宵。

　　"可是，已经三点了……"顾照努力地使语气平缓，但仍难以掩饰浓浓的鼻音。

　　"所以叫'夜宵'。你到底要不要吃？"

门里好一会儿没声音。就在沈玦星忍不住要再敲门的时候，透过门板，传出一声又轻又不确定的"哦"。沈玦星得了她的回复，转身往厨房走去："过十分钟出来。"

说是十分钟，但没两分钟，顾照就出了卧室。她用凉水洗了脸，将刘海儿拨到两边，露出光洁的额头，鬓角与下巴上带着没抹净的水珠，双眼微微地肿着，整个人瞧着越发纤弱可怜。她在餐桌旁坐下，乖乖地等着沈玦星的夜宵。

沈玦星站在炉灶前，搅了搅锅里刚下进去的面条，听到动静，回头看了一眼身后，目光在顾照泛红的眼尾停得格外久。他其实没有吃夜宵的习惯，也不知道自己为什么要邀请顾照吃夜宵。只是在听到卧室里传出压抑的哭声的一瞬间，大脑自发地驱使他去干预这件事情。

或许，这又是他的英雄情结在作祟吧。英雄无法眼睁睁地看着比自己弱小得多的人遭遇苦难，他也无法对顾照的哭泣坐视不理……

"你要鸡蛋吗？"他问。

顾照与他对视片刻，点了点头："要。"

顾照其实也没有吃夜宵的习惯，只是因为沈玦星发出了邀请，所以她就理所应当地接受了邀请。对天生就不会拒绝别人的人来说，被邀请一起吃夜宵的这种好意，是哪怕肚子已经撑爆了，自己也要点头答应的。

煮好面后，沈玦星给顾照另拿了一个碗，将锅里的面分出一半给她。两个人相对而坐，吃着各自的面，有那么几分钟，谁也没说话。

"会太淡吗？"沈玦星最终还是忍不住打破寂静。

"不会。"顾照摇头，"面很好吃。"

"同你奶奶做的一样好吃吗？"沈玦星笑问。

顾照盯着自己碗里的面条，笑得有几分腼腆："嗯，一样好吃。"

屋里安静了一瞬，只剩下二人吃面的声音。沈玦星吃东西利索，吃相豪迈又不会显得粗鲁。顾照吃东西文静，细嚼慢咽的。沈玦星已经吃得差不多了，她的碗里还剩许多面。

"等解封了，你最想干什么？"沈玦星忽然问。

顾照一愣，筷子停了一瞬。她抬起头道："去养老院上班。"

沈玦星一时不知要怎么评价这个答案："你是有你们养老院的股份吗？怎么这么热爱工作？我是问，除了工作，你最想干什么？"

那你之前也没说清楚啊，顾照在心里暗暗地吐槽着。她想了想，重新给出答案："去……看电影？"周末的晚上，买一桶爆米花，选观众席最后排的位置，一个人看完整场电影。印象里，她上一次这么做好像还是在两年前。

"你呢？"顾照问。

"我？我想去旅游。"沈玦星挑着碗里的最后几根面条，"去沙漠，去雪山，去看大海，去看极光。"

反正只是想象，沈玦星也就天马行空地乱说一气了。事实上，近五年内，他别想有自己的旅游时间。身为领导者，什么"九九六"（早上九点上班，晚上九点下班，一周工作六天）、"七九七"（早上七点上班，晚上九点下班，一周工作七天），那根本不算事儿。自己要一天二十四小时随时 standby（待命）。客户什么时候有需要，那个时间就是自己的工作时间。

"旅游啊……"顾照被沈玦星说得也有些心动，"沙漠会不会很热？"

大学的寒暑假，沈玦星也曾与友人走南闯北，去过许多地方，因此顾照抛出的问题并没有难倒他。

　　"沙漠比较晒，昼夜温差大。要说热的话，还是 S 市的夏天比较热。"

　　"雪山一年四季都有雪吗？"

　　"到了夏季，山顶的雪会消融一些。你知道富士山吗？夏天的时候，其实山顶没有雪，光秃秃的，特别难看。"

　　这是个令人开心的话题，两个人渐渐聊开。沈玦星不断地回答着顾照的问题："夜晚的海面一望无际，一片漆黑，就和夜晚的沙漠一样。你可以看到远处的雷云，也可以看到头顶的银河……有一次我坐飞机正好遇到了极光，整架飞机从极光中穿过去，非常壮观……"

　　顾照痴痴地听着沈玦星在旅游时遇到的趣事，惊叹于他去过那么多的地方的同时，自己心里的"解封后最想做的事儿"也在不知不觉中发生了改变。虽然电影很好看，但是……出去走走好像也不错。

　　吃完了夜宵，顾照主动收拾起碗筷。

　　"你呢？有什么故事分享吗？"沈玦星靠在厨房的门口，半开玩笑地道。

　　清洗碗筷的动作一顿，顾照苦恼起来。她听了对方那么多的故事，有来有往，自己确实也该还一个，但她的人生实在单调无趣，没有什么值得拿出来说的。唯一一件比较出格的事儿，当事人就在眼前，就算他想听，她也不敢说。

　　"你为什么一定要考 A 大？"沈玦星见她想得这么辛苦，稍稍提点了一下。

　　顾照一听他对这件事儿的缘由感兴趣，有些惊讶。她一定要考 A 大，确实是有原因的，但将这个原因说给他听，他或许会觉得十分可笑。

"因为……它是我路过的第一所大学……"顾照道。

顾照很小很小的时候，与爷爷和奶奶一起坐公交车——现在顾照已忘了去哪里——其中有一站就是 A 大站。公交车停下来，顾照望着车窗外耸立的高大的 A 大门头，问身边的爷爷："那是什么地方？为什么这么漂亮？"

爷爷笑着摸顾照的头，说："那是大学，是世界上最聪明的人待的地方。小照以后要努力读书，长大了也考到里面去，到时候爷爷给你包个大红包。"

顾照："好，我要考 A 大。"

从那以后，顾照就经常将"考 A 大"挂在嘴边。爷爷觉得她有趣，带着点儿炫耀的心理，逢人就说这孩子有出息，小小的年纪就知道要考 A 大了。

"我答应了爷爷要考 A 大，所以无论如何都要做到。"顾照将滴水的碗筷晾在一边，觉得自己的这个故事，无论是内容还是叙述手法，实在平淡又老套，透着一股浓浓的"鸡汤"味，与沈玦星的那些精彩的游记完全不能比。

"就是这样的……"她偏过头，却发现沈玦星似乎根本没在听她说话。

她狐疑地转身，黑发在空中划过一条弧线。沈玦星在这时猛地回神："洗好了？"

顾照眨眨眼："啊，洗好了。"

沈玦星确实没听她说话，准确地说，他听一半的时候恍神了。导致他恍神的不是别的东西，正是顾照的头发。他第一次注意到，顾照的头发这样长、这样黑，看起来……就像黑色的丝绸。

他开始回忆之前顾照倒在他的身上时，头发落在他的手背上的触感。在他的记忆里，她的头发确实十分冰凉、顺滑，和她自己给人的感觉很像，非常柔软。

想着想着，他就出神了，再回神时，顾照正满脸疑惑地看着他。汹涌而来的躁热从脖子延伸到耳朵，直冲头顶，他在那躁热上脸前迅速地转身，只留给顾照一个仓皇的背影。他轻咳一声，说道："时间不早了，睡吧。"

天已经泛起了鱼肚白，确实不早了。顾照见沈玦星往客厅的沙发走，便也关了厨房的灯，打算回房。在关走廊的灯时，她从沈玦星的身后盯着他泛红的耳垂，说："你要是觉得热，我就开卧室的空调，把卧室的门开着。"

以前顾照家的客厅里倒也有一台空调，后来因年久失修，顾照也不大用它，就把它卖给收废品的了，所以现在家里只有一台空调，在她的卧室里。往年夏天，她不怎么开空调，心静自然凉，但这一招儿对沈玦星明显不太管用。

沈玦星闻言，身体一僵。他抖着毯子道："不用了，我不热。"

顾照怕他逞强，特地回卧室搬了一台落地扇出来："我把风扇放在这里。你要是热，就自己打开。"

沈玦星已经在沙发上躺下，顾照对着他的背影道："甜甜回家了，你想开窗、开门也都是可以的。"

沙发上的人好像嫌她啰唆，将脑袋往毯子里缩了缩："知道了。"

他怎么像小孩子一样？顾照觉得很好笑。她又向他看了两眼，关了灯，回到卧室。

后半夜，顾照再也没有做噩梦，等一觉醒来，神清气爽。反观沈玦星，眼下乌黑，一副精神不振的样子。他现在要靠咖啡

"吊命"。

"你没睡好？"顾照问。

沈玦星喝着咖啡，心烦意乱地道："嗯，有蚊子。"

家里有蚊子？顾照本身是招蚊子的体质，照理说，家里有蚊子，第一个受害者该是她才对。她打量沈玦星，没看到他的身上有蚊子叮的包，但也没有怀疑他的说法，只以为蚊子叮在了她看不到的地方。

过了一会儿，河岚九村居民群迎来了这一天清晨的第一条微信消息："有人家里有多出的电蚊香片吗？"

"对，把气球挂在那儿，彩带要横着挂，将艾草扎在两边……"将节目单对折，方秀萍一边扇着风，一边指挥着手下的员工布置活动会场。

养老院有两个活动室，一个小，一个大。一般搞活动、举办晚会什么的，都会用大的那个，若大家挤一挤，能坐下百十来人。

今年的端午节，因封闭管理的关系，子女不能接老人们回家过节，引起老人们不少的抱怨。方院长为此没少做思想工作，还特地组织老人们包粽子、做香囊，排解老人们无法见家人的苦闷。

端午这天的文艺晚会，算是善慈家园每年的保留项目。这类晚会以往都是由顾照主持的，但今年偏偏顾照被隔离在家，到不了现场。方院长本来想向顾照要一份主持人的稿子，结果顾照一听许多老人特别想自己，便提议可不可以由自己远程主持。

"远程主持？这……要怎么弄？我可不会搞啊。"方秀萍犯了难。顾照也不会搞，但知道在理论上这应该是可行的，于是去找了会搞的人。

"远程连线吗？"对沈玦星来说，这简直是比呼吸还要简单的事儿。他当即接过顾照的笔记本电脑，与养老院那边负责维护影音设施的人进行语音沟通，然后电脑屏幕上很快便出现了活动室的画面。

顾照要远程主持端午晚会这件事儿，只有方院长和几个养老院的工作人员知道，对哪个老人都没知会。因此，当顾照的半身投影出现在舞台后侧的白色幕布上的时候，不少老人激动起来。

"哎哟，这是乖乖吗？"坐在前排的一头银发的优雅的老奶奶正是之前顾照口中的"晓娟老师"——冯晓娟。她怕自己看错了，忙问身边的人："这是乖乖吧？"

旁边的老太太瞧着也有八十多岁了。她眯着眼看半天，摇了摇头："好像不是。这个人没戴眼镜，而且乖乖应该比她再瘦一点儿。"

"什么不是？就是！你们那是什么眼神儿啊？那不就是顾照吗？我连她额头上的胎记都看到了！"一旁的老爷子看不过去，指着屏幕道，"如果那不是她，我把地板给吃了！"

顾照这边的视角是固定的，对着舞台。虽然她看不到观众席上的反应，但还是能听到声音的："杨爷爷，是我，您别吃地板。"

顾照的声音通过音响放出，响彻整个活动室。众人闻言，一片哄笑。

冯晓娟确定了那就是顾照，立马站起身，颤颤巍巍地跑到幕布前："乖乖啊，你什么时候回来？我跟你说，我有个外甥女的儿子，特别优秀，到现在还没结婚呢。你们什么时候吃个饭啊？"她不知道自己站的这个位置，其实顾照是看不到的。

顾照还没回话，方院长就过来将冯晓娟扶走："晓娟老师，这些事儿不急。咱们先看表演，先看表演。"

冯晓娟虽然跟着方院长走了，但明显不甘心："怎么不急？我像乖乖这么大的时候，孩子已经两岁了！"

"是是是，您说得对。"顾照的卧室光线不大好，客厅里又有沈玦星，她就把这次远程主持的地点安排在了露台。她将笔记本电脑搁在围墙上，这个高度也正好能让电脑上的摄像头拍摄到她的上半身。

这不是她第一次主持了，加上又是远程，露台上只有她一个人，所以她念主持稿的时候反倒比往年更顺溜了。

在顾照主持的同时，她的电脑屏幕上也在实时转播晚会的表演。方院长演唱了自己苦练许久的《女人花》；杨爷爷与搭档倾情献演对口相声《吹牛》；冯晓娟则唱起了自己最爱的《牡丹亭》……

之前参加同学会，顾照与人说起自己在养老院工作时，不少人虽然嘴上说着"这工作还挺适合你"，但顾照明白，他们其实压根儿看不上这份工作。比起那些知名大厂、金融投行，这家小小的养老院既没有很高的工资，也没有远大的前程，确实不太体面。对于这里的工作人员来说，有时候家属不理解，他们会被骂；老人闹脾气，他们也会被骂；遇到 S 市有疫情，养老院作为重点防护地点，随时会封闭管理，所以他们天天打地铺，日日进行核酸检测……

可顾照还是很喜欢这份工作。看到老人们的笑脸，看到他们能健健康康地与家人们相聚，陪着他们走过人生中最后的一段路，顾照觉得一切都是有意义的。每份工作都有其价值。若将这世界比喻成一个大花园，谁都想成为最大、最美丽的那朵花，可若没有泥土，没有小草，没有铺路的碎石，又如何组成一个充满生机和活力的花园呢？

"不好意思，这个时间还给你打电话。本来想早一点儿给你打的，但老板今天不知道怎么回事儿，开会开到现在……"宋姣梦像是在一个十分空旷的地方，通过手机与她的说话声同时传来的，还有高跟鞋踏过坚硬的地面的声音和汽车引擎发动的声音。

沈玦星握着手机起身，来到客厅通往露台的移门前，将手放在门把手上，看到露台上正对着笔记本电脑激动地鼓掌的顾照时，才想起露台已经被她占了。沈玦星以拇指摩挲着门把手，没有转身另找地方，而是直接站在移门前，与电话那边的宋姣梦继续对话："没事儿，甲方是天。"

宋姣梦笑了一声，道："你现在在公司里吗？我想，我们见面聊会比较直接。你要是没事儿……不如我请你喝咖啡。我们在你公司楼下的咖啡馆见，怎么样？"

宋姣梦承认，自己是存了点儿私心的。若对方是别人，她甚至不会打这通电话，直接以邮件往来就完了。因为对方是沈玦星，因为自己颇为中意他，她才会放下身段，主动出击。

"抱歉，我不在公司里。我现在……"

养老院不知道表演到了哪个节目，惹得顾照笑得前仰后合，已经直不起身。他就这么向外看着，继续说："不在 S 市。"

"啊？你不在 S 市？那公寓那边……"宋姣梦想到他可能会接受，也可能会拒绝，就是没想到他压根儿不在 S 市。

今天顾照为了主持，特地换了一身白色连衣裙，将长发编成辫子垂在身侧，还戴了之前"重金"购入的隐形眼镜。可能是这段时间被动地遵守饮食规律的原因，她的脸上长了些肉，气色比半个月前好很多，双唇更是不用涂口红也显得健康红润。

"放心，我会盯着那边。说好一个月，我们一定会按时交工的。"

沈玦星注视着门外的顾照，心中微微讶然。这是他第一次见到如此放肆地大笑的顾照。从前，顾照就算笑，唇角的弧度也总是很微小。她的笑，不是带着苦涩，就是带着讨好。而现在的顾照，笑得眼睛弯弯的，唇角高高地扬起，整张脸显得生动活泼，让人不禁想要知道到底是什么事儿令她变得这样快乐。

"你不要误会，我不是催你。那你什么时候回来？我们到时再聊也一样。"宋姣梦咬了咬唇，不知道沈玦星是什么意思。

宋姣梦从小就追求者众多，到哪里都是众星捧月。对想要的，她只要勾勾手指就能得到。她也不是没遇到过跟她玩儿"极限拉扯"的，但一般有"拉"才有"扯"，而像沈玦星这样油盐不进的，她还是头一次碰到。

沈玦星蹙了蹙眉，眼里柔和的情绪淡去："我给你一个联系方式。你有什么问题，直接跟他聊也行。"操作手机的动作很流畅，很快他就将林立的联系方式发送给了宋姣梦。

"……"宋姣梦觉得一口气憋在胸口，好闷。

顾照看老年模特队走秀看得正欢，电脑突然卡顿了一下，然后……就没有"然后"了。面对黑屏的电脑，顾照慌了神，抱起电脑就往屋里跑。屋里的沈玦星看她慌里慌张地跑过来，先一步给她开了门。

"不知道是怎么回事，电脑开不了了。"顾照将电脑拿给沈玦星看，下意识地向他求助。

宋姣梦在电话那边也听到了顾照的声音，瞬间警铃大作。那是女人的声音？沈玦星不是没有女朋友吗？这是什么情况？她下意识地开口："沈……"

"不好意思，这边的信号不太好，我先挂了。"沈玦星没有听下去的打算，直接挂了电话。

顾照这才注意到他刚才是在跟人打电话，一下子更慌了："抱歉，我……我不是故意打扰你打电话的。"

只是一小时不到，她的辫子就松散开了，是因为头发太顺滑了吗？目光扫过她的头发，沈玦星伸手接过那台黑屏的电脑，走向沙发："不是什么重要的电话。"

盯着已经被挂断的电话，宋姣梦除了不敢相信还是不敢相信。她确定自己刚刚听到了女人的声音，而且……好像还有点儿耳熟？人的相貌可能相似，声音也可能相似。宋姣梦知道自己的怀疑毫无根据，并且滑稽至极，但在第六感的驱使下，她还是拨通了楚袁沅的电话。

"喂？姣梦，怎么这会儿给我打电话？"楚袁沅刚结束公司的聚餐，正随着人流往餐厅外走。

宋姣梦用车钥匙打开车的后备厢，将一双平底鞋拿出来换上："你确定顾照和沈玦星这几年都没联系？"她换好鞋，坐上驾驶位，用力地关上了车门。

楚袁沅被这声巨响震得一激灵，将手机拿开一点儿，过了一会儿又放回耳边："是啊，怎么了？这难道还有假？"

宋姣梦深吸一口气，发动了汽车引擎："我刚刚听到了顾照的声音。"

宋姣梦这没头没脑的话令楚袁沅感到莫名其妙："你在哪儿听到了顾照的声音？"

"我打电话给沈玦星，听到了顾照的声音。"

"啊？"

"你帮我再打听打听他们到底是什么情况。"

不等楚袁沅答应，宋姣梦便挂了电话。宋姣梦一踩油门，红色的跑车犹如一道闪电，轰鸣着驶出了地下车库。

沈玦星检查下来，发现顾照的笔记本电脑是主板烧坏了，靠现在他手上的工具，基本没有修复的可能。为了不耽搁晚会的进程，他只好将自己的笔记本电脑借给她。当顾照的形象再次出现在大屏幕上时，晚会现场爆发出了热烈的掌声。

"来了来了！小照出来了！"

顾照将一支笔举在身前充作话筒，向大家做了简短的解释："不好意思，刚刚发生了一些技术性故障……"

最终，在沈玦星这个"技术顾问"的保驾护航下，善慈家园端午晚会伴着《难忘今宵》的歌声圆满结束。养老院有个公众号，日常会发布一些通知、活动总结什么的。这个公众号自从注册起，就是顾照在维护。顾照希望通过公众号，尽可能地展现养老院中老人们的生活状态，让他们的家属放心，也让他们有更多的共同话题。

趁方秀萍还没将拍摄的晚会照片发过来，顾照洗完澡，趴在床上，把一个小本子摊开在面前，一边回忆今晚的演出，一边在本子上涂涂改改。

顾照以前语文就不好，写作文总是跑题，所以对她来说，写作文是十分痛苦的事儿。一篇两千来字的文章，她能磨磨蹭蹭地写一星期。她每天写三百字，删了改，改了删，一个字一个字地推敲。等她写完文章，从头看一遍，啥也不是。虽然方秀萍时常说顾照的文章质朴活泼，但顾照觉得这应该是客套话。

就在顾照抓耳挠腮地写着小作文时，楚袁沅的消息来了："最近忙吗？"

顾照与楚袁沅的交情实在很淡，一瞬间甚至怀疑对方是不是发错人了："还好。"

顾照一毕业就来了养老院，其实是没有经过多少社会化训练的。她不知道"最近忙吗"跟"吃了吗"一样，差不多就是"废话文学"，是为了不显得自己找别人时过于直接的礼貌性用语，后面的话才是重点。

"上次的同学聚会实在是太扫兴了，也怪我没组织好。你什么时候有空儿，我请你吃饭啊？只有我们两个，不带别人。"楚袁沅想要与顾照约饭，倒也不光是为了帮宋姣梦打探虚实，这件事情本就在楚袁沅的计划内。只不过因为宋姣梦的嘱托，楚袁沅将这个计划稍稍提前了一点儿。

　　"我上次同你说了，我老公有很多兄弟。我向他们要了照片，等我俩见面的时候，我一个个地给你介绍。你看中哪个，我让他加你的微信。"

　　顾照没想到楚袁沅竟真的要给自己介绍对象，一时拒绝不是，不拒绝也不是。拒绝对方，显得自己有些不识好歹；不拒绝对方，自己确实没想谈恋爱。还好，现在顾照被隔离在家，有了很不错的婉拒的理由："我们小区封控了。抱歉啊，暂时我是无法与你吃饭了。"

　　楚袁沅一惊："封控了？什么时候解封，你知道吗？"

　　"说不准。小区内如果没有新增阳性病例，再过十天就解封了；如果有新增阳性病例，就不知道什么时候才能解封。"

　　楚袁沅发了一个"叹了一口长气"的表情包，回复道："大家都不容易。那你自己小心，啥时候有空儿了，就跟我说。我选个离你家近一点儿的餐厅，咱俩唠唠。"顾照回了一个"点头"的表情包。

　　结束对话，楚袁沅对着聊天儿记录沉思良久，心想：封控了？顾照应该不至于在这种事情上说谎吧，而且最近他们那个区好像确实一直有新增阳性病例来着。那么，姣梦是在哪里听到顾照的声音的？总不会是沈玦星也同顾照封在一起了吧？

　　楚袁沅摇了摇头，甩掉这个荒唐的想法，连自己都觉得自己的想象力过于丰富了。那就一定是姣梦听错了。沈玦星和顾照怎么可能在这种情况下还身在一处？

但是想归这样想，楚袁沅还是点进了顾照的朋友圈。最新的一条朋友圈是顾照在两天前发的，写着"天真蓝啊"，配图是从顾照家的露台向外拍的蓝天白云。

天气这样好，衣服当然要晒在外面。照片一角露出的金属晾衣架上挂了好几件衣服。楚袁沅将照片放大再放大，对着一件黑色的衣服看了又看。那是一件 T 恤，看着实在不符合顾照的穿衣风格，而且……尺寸太大了吧？照片的分辨率没有那么高，楚袁沅将照片放大到极限也看不出个所以然，只好放弃。

不会吧，不可能吧……楚袁沅一会儿满脸疑惑，一会儿拧眉咂嘴。她老公在边上瞥了她两眼，忍不住问："你干吗呢？"

楚袁沅立马凑过去请他分析："你说，一个男人送一个女人回家，结果被封在女人住的小区了，这种事情可能存在吗？"

她老公正专心地看电视节目，听话只听七成，不怎么走心地来了一句："怎么？又成一对？挺好啊，都是缘分。"

楚袁沅捶了他一下，不满地说道："你有没有认真听我说话啊？"

"有啊。"

"有个屁！"

河岚九村小区封控的第十六天，石主任考虑到小区里许多老人有基础疾病，需要定期配药，便召集志愿者统计了需要配药的居民的名单，又和居委会的周书记商量了一下，专门派出一队志愿者去医院配药。他们计划是一车四个人，都穿着防护服，路上不耽搁、不停留，拿完药就回来。

关于外出的人选，石主任也是精挑细选了一番的。沈玦星、顾照、罗湛、张雅，都是年轻、腿脚好的，在医院里跑上跑下也利索。小队出发前，石主任做了一个关于安全须知的演讲，让几人务必小心，并亲自任命张雅为小队的临时队长："你们有事儿随时向我汇报。我虽然不能和你们同去，但是我的心啊，是……"

石主任的话还没说完，张雅一摆手，招呼几个人上了车："行了，您再念下去，连太阳都落山了。"

离河岚九村最近的那家医院目前处于封闭管理中，作为隔离医院，不对外开放，张雅他们只得前往稍远的人民医院。到了人民医院，沈玦星等在车上，其他人则下车，按照分配的名单，拿着病历本去挂号、配药。

顾照也是头一次来这家医院，对路线不是很熟悉，走了许多冤枉路，没过多久，防护服里的衣服就被汗水打湿了。

用笔在记事本上将最后一个名字画去，顾照松了一口气。她此时臂弯里挎着一个个塑料袋，像是刚从大卖场采购回来的家庭主妇。好了，她这边已经全部完成了。她低头清点病历卡，查看着有没有遗漏。就这么走着走着，她忽然撞到一个小小软软的东西。

一个穿着背带裙、戴着小黄鸭口罩的小女孩儿跌倒在地上，正要哭，抬头看见穿着防护服的顾照，撇着嘴向顾照张开了双臂，做出要抱的姿势："妈妈！"

顾照被这一声惊天的呼唤吓得一松手，笔掉到了地上。

沈玦星等在车里，远远地看到顾照从医院大门出来，手上牵着一个看上去四五岁的小女孩儿。顾照没有直接上车，而是牵着小女孩儿往在门口执勤的保安的方向走去。不知顾照与两个保安说了些什么，他们点了点头，要去牵小女孩儿，结果小女孩儿一下子缩到了顾照的背后，瞧着十分警惕。

顾照扯了几下，想要将小女孩儿推到保安那边。小女孩儿很倔强，就是不过去，最后索性哇的一声哭出来，引得周围人纷纷望过来。顾照连忙将小女孩儿抱起来，轻拍着安抚。沈玦星觉得这一幕有点儿眼熟。

顾照环伺了一下周围，找到沈玦星所在的地方，抱着小女孩儿小跑着过去。沈玦星降下车窗，话还没说一句，顾照就把手上的五六个塑料袋塞了进去。

"这个小妹妹和她的妈妈走散了。我本来想请保安师傅带她去找妈妈，结果她不愿意。"

小女孩儿在顾照的怀里不停地往下滑。顾照颠了颠，将小女孩儿抱得更稳了些。沈玦星看了一眼睫毛上还沾着泪的小女孩儿，说："医院里应该有服务台，让他们广播找人。她应该知道自己叫什么吧？"

"知道！"小女孩儿奶声奶气地开口，"我叫'吴晓朵'。"

"好，我走了。"顾照点了点头，抱着小女孩儿又小跑着进了医院。

沈玦星将头探出车窗朝顾照吼了一声："慢点儿！"顾照在下一秒就放缓了脚步。沈玦星望着顾照渐渐远去的背影，轻轻地叹了一口气。

以前，顾照也捡过一个孩子。那时候，夏日炎炎，沈玦星一如既往地来到为顾照补习功课的麦当劳。他推开麦当劳的门，却没有在熟悉的位置上见到那熟悉的身影。他皱了皱眉，走到角落的位置，放下书包，没有太在意，自顾自地做起准备。

将文具袋摆好，卷子展开，他甚至做了两道数学大题，但该来的那个人还是没来。他开始有些担心，不确定顾照是因为堵车，还是因为别的什么而迟到了。这是她第一次没有准时赴约。

顾照没有手机，沈玦星只有她家里的座机号。就在他掏出手机要拨通她家里的号码时，隔着巨大的落地窗，他看到了她。

顾照抱着一个哭泣的小女孩儿，一脸不知所措地推开麦当劳的门走了进来。沈玦星注视着顾照一步步地走近，最后停在他的面前。

"我……我捡到一个小孩儿。她说她找不到妈妈了。"顾照不知道在烈日下陪小女孩儿找妈妈找了多久，头上、脖子里都是细汗，白皙的肌肤也被晒得发红。

小女孩儿没有穿鞋，看着就像是从家里直接跑出来的。她知道自己的名字、父母的名字，可问她家在哪儿，她却说不清楚。

最后，沈玦星和顾照一起跑了一趟附近的派出所，把小女孩儿交给了民警。两个人等民警联系到了小女孩儿的父母，这才离开派出所，但被这么一折腾，那天的课也没补成。

在分别的路口，顾照让沈玦星等一等，说着就进一旁的小卖店买了一支雪糕递给沈玦星。沈玦星其实不爱吃甜食，但就像没有拒绝顾照给他买可乐一样，当顾照将那支雪糕递过来时，他也没有拒绝。在他看来，这是顾照的一种不想欠他人情的表现。正好，他也喜欢简单一点儿的、不带那么多纠葛的关系。

"不好意思，让你白跑一趟。"果然，顾照见他接了雪糕，表情就放松了下来。

"你以为没有补课就没有作业吗？"沈玦星扯了扯嘴角，露出一个有些"邪恶"的笑，"上一节课我留的作业，一样的题目，你再写两篇作文，语文和英语都要。下次学习时，我一起检查。"

顾照瞬间如遭雷劈，整个人都傻了："啊？"沈玦星理都不理她，咬着雪糕转身就走。

在顾照的帮助下，吴晓朵小朋友顺利地找到了妈妈。原来吴晓朵的妈妈是人民医院的外科医生，今天本来应该休息，结果临时被召回来做一个紧急手术。家里没有旁人，吴晓朵的妈妈又来不及把孩子托付给别人，只能带来医院，让孩子在休息室内睡觉，不承想，孩子醒了找不到妈妈，竟然自己跑了出来。

配药小队回到小区后，将防护服脱在门口，剩下的工作便由另外的志愿者跟进，不需要他们再管。沈玦星停好车，顾照等人也交接好工作从物业办公室出来了。张雅与罗湛朝二人摆了摆手，各自回家。沈玦星锁好车门，与顾照也一前一后地往家里走。

走在寂静的楼梯上，顾照忽然开口："医院里有一家便利店，我刚才抽空儿进去……买了个东西。"

沈玦星微微偏过头："哦？你买了什么好东西？"

顾照将一直握在手里的东西往走在前面的沈玦星那边一递："给你。"

沈玦星一看，竟然是一包烟。他停下脚步，看着那包烟，缓缓地接过："为什么给我买这个？"顾照甚至记得他惯常抽的烟的牌子。

"因为……"顾照仰起头，冲站在高处的沈玦星看了一眼，又飞快地垂下眼，小声地说，"我觉得你会喜欢。"

沈玦星盯着阴影下她的唇角扬起的微小的弧度，放轻了声音："那你呢？你给自己买了什么？"

顾照看着地上："我什么都有，不需要买。"

沈玦星沉默片刻，看了一眼手里的烟："谢谢。"说着，他将烟收进裤子的口袋里。

晚饭后，沈玦星去露台上抽烟。烟雾自鼻口中呼出，他被笼罩在其中，意外地尝出了一丝又甜又涩的味道。他疑惑地盯着手中燃烧过半的烟，又抽了一口，这次却很正常，没再尝出别的味道。

"是我的味觉出问题了吗？"他靠在围墙上，将拿着烟的手垂下，喃喃自语。

第八章 ◇

怕你过到『鱼气』

为了感谢顾照与沈玦星先前的帮助，李桂香给他们特地送了一条东海大带鱼过去。这带鱼是李桂香从冰箱深处扒出来的，是年前儿子给她准备的年货，肉厚身宽，品质优越。她将带鱼冻着，一直舍不得吃，本想等到端午那天拿出来和老伴儿两个人吃顿好的，而现在……她一个人也吃不掉。

　　与带鱼一同被送到顾照家的还有李桂香在阳台上自己种的蔬菜，就是一点儿辣椒和几颗小番茄。顾照原是不肯收的，但盛情难却。

　　"你再不收，阿婆要生气了！"对付顾照，李桂香还是有办法的，将脸一板，装得很像那么回事。顾照一下子就不敢将东西往外推了。

　　李桂香趁机撒手："那你收好，阿婆回去睡午觉了，你别来敲门了啊。"说着，她转身回屋，关门落锁，一气呵成，像是生怕顾照要追着自己还带鱼似的。

　　顾照没办法，只好捧着篮子里的东西进屋。冻带鱼有些化了，直往下滴水。她快速地将带鱼放入厨房的水槽中，手上已沾了不少腥水。

　　沈玦星正好进厨房冲咖啡，端着杯子凑过来看了一眼，在嗅到淡淡的海腥气的一瞬间，用手盖住杯子口往后退了一步。

　　"好腥。"他眉头不自觉地蹙起，满脸写着"拒绝"。

顾照洗着手，看了如临大敌的沈玦星一眼，又仔细嗅了嗅那条带鱼。那就是普通的海货味，海鲜差不多都是这个味道的。

"你不喜欢海鲜？"顾照猜测。

沈玦星像是难以启齿："我……吃海鲜容易过敏。"

想到既往的过敏史，他觉得手背上、脖子上都开始痒起来。在他小时候，刚发现他对海鲜过敏时，蒋婉试图用"以毒攻毒"的方式为他进行脱敏治疗，结果没掌握好量，让他产生了严重的过敏反应，去医院挂了三天水才好。

本身就是医生的沈廉在知道妻子这样胡来后，生气地与她吵了二人婚后的第一次，也是唯一的一次架。自那之后，沈家的餐桌上便再也没出现过海鲜。

沈家除了沈玦星，没人对海鲜过敏，甚至没人有过过敏现象。蒋婉总说沈玦星不知道遗传了谁。家庭聚餐时，只要有海鲜，她就会拿沈玦星的过敏史当谈资。她坚信，要不是当年沈廉阻止她，她早就把沈玦星的这个过敏病治好了。

家宴不是辩论赛，亲戚们哪怕心里不赞同蒋婉鲁莽的行径，嘴上还是会附和两句，说一些活跃气氛的话。

"确实，小孩子哪儿来的过敏？"

"我上次过敏，去医院查过过敏源，发现那都是骗人的。医生说我是因为草莓过敏的，但我已经吃几十年草莓了。"

"我小时候对杧果过敏。当时我也不懂，一直过敏，一直吃，后来就好了。"

这是大多数成年人的通病，总是不把孩子的感受当回事。他们的话让沈玦星产生了一种过敏完全是自己的问题，是自己太矫情的错觉。一来二去，他不单是在生理上，连在心理上都排斥起了海鲜。在外，他很少提自己对海鲜过敏。外出吃饭时，如果别

193

人点了海鲜，他不碰就是，也不会让别人迁就他。

"过敏？"顾照表情一下变得严肃起来，"闻到海鲜的味道也会过敏吗？"

沈玦星挠了挠颈侧，说："那倒不会。"他的过敏还没严重到这种程度。

顾照盯着被他挠出一道红痕的皮肤，不太放心，找出保鲜袋，将带鱼装了进去。

"那不吃了吧，我把鱼冻起来。"

"不用。"沈玦星倚着冰箱一动不动，"鱼已经有些化开了，再冻就不好吃了。晚上我把它红烧了，你吃一半，另一半给阿婆送去吧。"

这个提议，让人挑不出毛病。顾照正好也有些担心这两天李阿婆的伙食问题，就又把带鱼放回了水槽。

下午，沈玦星与智能模组的供应商打了一通电话，确定了下一批货的交货时间。由于疫情影响，工厂前阵子停工了半个月，所以这次出货也有些晚。这次的模组需求量较大，成本也高，光是定金，沈玦星就交了几十万元。他原本计划等做完手上的几个项目，用项目的尾款付工厂的尾款，偏偏因疫情和卓工受伤的事情，几个项目都没办法按时完工，导致收不到尾款。

现在公司账户上的钱根本不够，沈玦星为了不违约，甚至已经动起掏出自己的最后那点儿家底的主意。不承想，今天他就接到了供应商的电话，好声好气地向他询问交货时间能不能延后两天。这世道，与人方便就是与己方便，都是合作过多次的伙伴了，沈玦星不会为了几天时间为难对方。

处理完公事，沈玦星伸了个懒腰，看时间差不多了，就起身打算做晚饭。让他没想到的是，顾照已经先他一步在厨房里了。

顾照随意地用鲨鱼夹将长发固定在脑后，戴着橡胶手套，正拿剪刀处理带鱼的内脏。

"你放着，我来处理就好。"沈玦星见她戴着手套不大好握剪刀，怕她剪到手，想要挤开她自己来，却被她一下子避开了。

"不用不用。你出去吧，我来好了。你不要碰到鱼，当心过敏。"顾照用手肘挡开他。

沈玦星退后两步，抬手摸了摸被她戳到的地方。肋骨间就像被甜甜的爪子踩了一下，不疼，还有点儿痒，于是他隔着衣服挠了挠。

"哎呀！你是不是过敏了？"

他没想到自己的这个动作引起了顾照的误会。她有些着急地用下巴向厨房外示意，说道："你快出去，到群里问问谁家有治过敏的药。"

沈玦星看她一脸急切的样子，反而笑起来，觉得很有趣。他本想说自己没事儿，结果话到嘴边，忽然就变成了："好像有点儿过敏的感觉，但应该不严重，不吃药也没关系。"

顾照一点儿没觉得这是小事情。人体是很脆弱的，他们院里之前就有过对青霉素本来不过敏但某次突然过敏的老人。老人以为就是去医院看一场小病，结果再也没回来。她放下已经处理好内脏的带鱼，摘掉手套，去屋里拿自己的手机："我帮你去群里问问。"

顾照捧着手机在小区群里询问谁家有过敏药，好几个人回复她，说自己家里有。顾照选了一家离自己近的，知会了沈玦星一声，就换鞋出了门。那户人家就在张雅家的楼下。顾照去拿药，张雅正好在阳台上看到顾照，探出身问是谁过敏了。

张雅正一只手端着一个小碗，另一只手拿着一个小勺子，看起来她正在喂孩子吃饭。顾照道："沈玦星过敏了，身上痒。"

楼下的那户人家开了窗，直接把药丢了下来。顾照弯腰去拾，再抬头时，看到从张雅的后面跑来一个小女孩儿，躲在张雅的身后，露出一双大眼睛，好奇地望着自己。顾照朝小女孩儿笑了笑，向张雅和送药的那户人家挥手告别。

一开家门，顾照就闻到了异常浓郁的食物的香气。她跑进厨房一看，老旧的抽油烟机隆隆作响，沈玦星背对着她立在灶台前，锅里的带鱼已经在做最后的收汁。

她明明让他不要弄的。那一瞬间，她甚至有些生气。但她实在很少生气，也生不来气，所以只是眉头皱得紧了些，语速快了一点点："你不是过敏了吗？我已经让你出去了，你还在厨房里干什么？过敏反应更严重怎么办？"她抓住沈玦星的手腕，少见地强硬起来，拉着他就往外走。

沈玦星没有挣扎，顺着她的力道倾斜着身体，在最后一刻及时关了火："我想，反正已经过敏了，也不在乎再多过敏一次……"

这是能随便往上叠加的东西吗？顾照抿着唇，将他拖到客厅的沙发区，离厨房足够远才松开手："过敏反应严重起来，人是会有生命危险的。你怎么能胡来？"顾照查看了一下过敏药的说明书，抠出一粒药，放到沈玦星的手里，"喏，吃一粒。"

这是沈玦星第一次看到这样表情的顾照。他看得出来她是生气的，但她的语气还是软软的，让人难以生出忌惮，反而感觉很新奇。被人这样小心翼翼地对待，对他来说，也很新奇。

"我错了，下次不会了。"沈玦星吞了药，爽快地认错。

既然对方已经认识到自己的错误，顾照也就没再咄咄逼人。见沈玦星吃了药，她转身回到厨房，将锅里的带鱼盛出来一半，端去对门。李阿婆没想到送过去一条冻带鱼，顾照还回来一盘红烧带鱼。李阿婆实在不好意思，推了好几回才收下。

沈玦星摆着碗筷，见顾照回来了，忙摊开双手以示清白："我没动啊，鱼还在锅里呢。"

顾照将剩下的鱼盛出来，洗了锅，将鱼头、鱼内脏全包进保鲜袋里，扎了个死结，这才放心地将其丢进垃圾桶。

吃饭的时候，沈玦星在餐桌这边，顾照和鱼在餐桌的另一边。

沈玦星问："你今天怎么不坐你的专属座位了？"

这盘红烧带鱼，肉质鲜美，咸淡适中，特别下饭，顾照觉得连用汤汁拌饭都好吃。她捧着碗，露出小半张脸，说道："怕你过到'鱼气'。"

沈玦星活了二十多年，只听说过病气，没听说"鱼气"也能过，顿时有些哭笑不得："我吃过药了，不要紧的。你坐得那么远，不吃其他的菜了吗？"

顾照说："不吃了，你吃吧。我吃鱼就好。"

沈玦星动了动唇，想要再说什么，话到嘴边，最后还是作罢。他吃着眼前的一菜一汤，抬眼望了一眼对面，心里立刻冒出两个字——空荡。

随着解封的日子越来越近，小区里的氛围也逐渐轻松起来。顾照下楼丢垃圾的时候，经常可以看到不少人吃完晚饭后在外面散步、遛狗。

"小顾，吃完饭了？"

顾照循声看去，老陈牵着一条小白狗从她的身后走过来："嗯，我吃好了。您也吃好了？"

小白狗欢快地跑在草坪上，对着一丛金丝竹跷起了后腿。老陈道："我们今天吃得简单，自己做的凉面，早就吃好了。"

197

两个人就是打个招呼，然后各自继续做各自的事情，一个回家，一个继续遛狗。顾照走在楼梯上，听到了音乐声。一开始她还以为谁家在放音乐，结果进了家门，音乐声更大了，听上去竟像是从对面的小区传来的。

顾照住的这栋楼，楼下就是沿街的商铺，隔着一条马路，对面是另一个小区。那个小区比河岚九村要"年轻"一些，算下来不过十二个年头儿，外观还很新，住户大多是中青年。

在今天之前，顾照对那个小区的全部印象不过是从露台看过去的一片红色。她没进去过，也不认识小区里的人。

"大家嗨起来！会唱的跟着我唱！"

从顾照的方向看过去，可以看到对面的一栋高层住宅，在一个阳台上有黄色的灯光不断地闪烁，营造出一种类似KTV的光效。阳台上的一扇窗户被打开，一个身穿背心、染粉发的年轻人探出上半身，握着一个麦克风，唱着对顾照来说很陌生的摇滚歌曲，显得台风很稳健。

沈玦星抽着烟，回头见顾照来了，招呼她到身边："过来，听演唱会了。"

顾照走到矮墙边，回头看了一眼自家的楼上。嗬，好多人。

"你知道他唱的是哪首歌吗？"沈玦星将手肘支在矮墙上，懒懒地以一只手撑着脸，另一只手夹着烟，垂在墙外。

这是一首英文歌，听那旋律很有年代感，应该是有些年头儿了。但顾照连中文的流行歌都不大听，更不要说外文的了。

"不知道。"她老实地回答道。

"老鹰乐队的 *Hotel California*（《加州旅馆》）……"沈玦星似乎对此颇有研究，从老鹰乐队的历史到这首歌的创作背景，讲得头头是道。

粉头发的年轻人应该很擅长唱英文歌，一连唱了好几首国外摇滚乐队的经典曲目，无一例外的，沈玦星都知道。而且沈玦星就像博物馆的解说员一样，从某乐队换了几个主唱到某歌曲出自乐队的第几张专辑，如数家珍。

此时，天边已看不到太阳，天际呈现出一种明亮的蓝色，白天的炎热一点儿一点儿地褪去，微风送来了夏日的凉爽。顾照将脸侧的头发别到耳后，看了一眼身旁的沈玦星。他似乎很满意对面的那个年轻人选的歌，唇角带着一点儿若有若无的笑意，眼里全是愉悦。

这让她想起高中的时候，无论是上学还是放学，在路上看到沈玦星的话，他大概率会戴着耳机。很长一段时间，她都以她浅薄的理解，臆想沈玦星一定在听考试重点。直到有一天补课，沈玦星半途去洗手间，她瞥到他插着耳机的手机，无意间发现屏幕上显示的是一首英文歌。

"我上大学的时候，还跟别人组过乐队，"沈玦星突然说，"偶尔会去餐馆、酒吧驻唱。平时，我们就在其中一个乐队成员家的地下室排练。那个地下室又闷又热，有时候我们还会被邻居投诉……"

那阵子，虽然又要学习，又要搞乐队，忙到连睡眠的时间都要被严重压缩，但沈玦星很快乐。那是他第一次可以放肆地去做自己喜欢的事情，没人会骂他玩物丧志，也没人给他讲大道理。他就像一只离巢的鸟儿，终于摆脱父母的爱的束缚，飞向自由的天地。

不过可惜，在他毕业的那年，乐队还是解散了。学生时代的热爱，终究还是难抵现实的残酷。乐队的四个人不是同一个系的，甚至不在同一个学院。毕业后，他们收到来自不同公司的 offer

（录用信），自此各奔东西。

沈玦星回国前本想约几个人最后聚一聚，却也因各种事由，最后没能实现。沈玦星安慰自己，这就是成年人的无奈，但在他的心里，多少还是有些遗憾。

顾照静静地听他说着，听到乐队解散那里，看到他眼里的光一点儿一点儿地黯淡下来。顾照成长的环境与过程，造就她怕生、怯弱、敏感的性格，也因这种性格，她总能第一时间发现身边人的情绪的变化。

她立即开始想安慰的话："其实……在我们院里，好多老人七八十岁才开始学东西。我认识一个奶奶，她以前是老师，六十岁才开始学钢琴，现在已经是业余钢琴十级了。她说，她以后还要挑战专业级，活到老，学到老。只要是自己喜欢的，什么时候捡起来都不算晚。"

有时候，自己对喜欢的事物选择放弃也没有关系。人生的路很长，每个阶段的重点都不一样。如果自己实在觉得遗憾，以后再重新开始就好。顾照和老人们待久了，身上没什么现代年轻人普遍存在的焦虑，反倒有一种随遇而安、清风拂山岗的淡然。旁人可能会觉得她行动起来慢吞吞的，其实她只是觉得自己还有很多很多的时间，想要凡事慢慢来而已。

沈玦星认真地想了想，看向顾照："确实，你说的也有道理。"

这时，对面的年轻人开始唱起轻缓哀伤的情歌，缠缠绵绵，凄凄惨惨。沈玦星像牙疼似的咝了一声，好像不大喜欢，不满地望回对面的歌者，沈玦星满脸写着"嫌弃"，就差直接开口说"唱的是什么玩意儿"。

"那就……祝我五十岁前功成名就，顺利退休，然后组个老年乐队，大胆地追梦。"最终，沈玦星还是忍住了对这场免费的"演唱会"说三道四，只是咬住烟嘴，朝空中轻轻地呼出一口白烟。

"演唱会"足足进行了两小时，沈玦星是在对面开始唱《还珠格格》的主题歌时进屋的。顾照倒是听完了全场，听到最后，结束曲是《难忘今宵》。宇宙的尽头应该是《难忘今宵》吧。顾照这么想着，回屋洗澡去了。

可能是受到对面小区的启发，石主任在志愿者群里宣布，封控的最后一天晚上，在小区的中央广场搞一个庆功宴，庆祝大家抗疫胜利。群里的人有的应了，有的没应。

顾照不适应这种场合，本来不想去，却被石主任点名，让她一定要带着男朋友来。顾照没法儿，找正在收拾行李的沈玦星商量了一下，最后还是去了。

为了这个庆功宴，老陈专门找了他的一个开饭店的朋友在当天下午送来三十斤小龙虾。沈玦星与顾照到达中央广场时，已经是晚上八点。月亮像明镜一样挂在天上。本是用来做核酸检测的雨棚并在一起，桌子排成长长的一排，饮料、酒和小龙虾也都已经就位。

"小情侣来啦！快快，坐下！这两个位置是专门留给你们的。"石主任像主人一样，招呼顾照和沈玦星坐到靠中间的位置上，"这二十多天，你们这对小情侣辛苦了。别人家有一个志愿者就了不起了，你们家出了两个，思想觉悟真的高。而且你们做的事儿啊，又细致又好……"石主任就坐在沈玦星的旁边，说了足足十多分钟，还不时地拍一拍沈玦星的肩膀，瞧着十分欣赏他的样子。

这个庆功宴说是请了所有的志愿者，其实来的只有十来人。因为桌子与桌子、凳子与凳子间留了空，显得空落落的。

顾照不大会剥小龙虾。这东西又贵又不好剥，她之前只在方院长请客的时候吃过一次，也没觉得它的味道如何鲜美。顾照不吃小龙虾，就没有戴一次性手套，光用筷子夹辅料吃，结果被对面的张雅看到了，问顾照是不是不喜欢吃小龙虾。

顾照怕给对方添麻烦，忙道："没有，就是……有些烫，我等会儿再剥。"

张雅看向一旁正跟石主任解释着自己职业的沈玦星，拿筷尾敲了敲桌面，提醒他："你看你，这是怎么当男朋友的？快给女朋友剥虾啊。"

沈玦星一愣，这才注意到顾照的面前连一个虾壳都没有。他将自己手上刚好剥出来的虾肉放进顾照的纸碗里，及时维持住了"男朋友"的形象。

"我给你剥吧。"他低声说着，又拿了一只小龙虾，熟练地去头、剥壳、去虾线，再次把剥出来的虾肉放进顾照的碗里。

顾照简直受宠若惊，想让他别剥了，又怕两个人的关系露馅儿，最后只得凑到他的身边小声地说："剥几个做做样子就行了，我本来也不喜欢吃这个。"她的声音虽小，气息却顺着沈玦星的耳道进入，好像能直达颅内。沈玦星瞬间起了一身鸡皮疙瘩，汗毛一根根地竖了起来。

"对了，你们有没有结婚的打算啊？从高中到现在，你们也在一起不少年了。"张雅见他俩连咬耳朵都咬得这么甜蜜，好奇地问了一句。

"结……结婚？"

趁顾照被张雅的问题吸引，去搪塞张雅，沈玦星用干净的腕部在自己的耳根处搓了搓。放下胳膊时，他看到上面的鸡皮疙瘩还没消，在心里暗骂了一声"见鬼了"。

一群人边聊边吃，等到尽兴，已经晚上十点多了。也不知谁拿来了音响设备，在广场上播放起了舒缓的舞曲。

张雅的女儿竟然到这个时间还没睡，被她老公抱到了广场上。小女孩儿拿着一个塑料泡泡枪，不停地往别人的身上发射五彩泡泡。石主任拉着另一个女志愿者来到广场中央开始跳舞，没跳几步就笑得不成样子。不少人有样学样，也加入其中。

像石主任这个年纪的人，经历过 S 市辉煌的舞厅时代，多少有点儿功夫在身。见几个年轻人站在旁边不动，石主任便像赶鸭子一样轰着几人去跳舞："动起来动起来！腰要这么搂……手放在这儿……跟着节奏……"石主任现场指导，纠正完了张雅夫妇，就来纠正顾照与沈玦星。

顾照将左手搭在沈玦星的肩膀上。沈玦星用右手搂着她的腰，左手与顾照的右手相握。两个人多少都察觉到了对方身体的僵硬。等石主任去指导别人了，沈玦星立马将贴在顾照腰侧的手握成了拳头："抱歉。"这样亲密的距离，让这对假情侣尴尬至极。

"等这首曲子结束，咱们就回去吧。"顾照连手心都有些出汗。

沈玦星垂眼看着她的发顶，闻言，点头道："好。"

音乐轻缓，伴着笑声与穿过人群的五彩泡泡，沈玦星和顾照胡乱地慢慢摇了一首曲子。曲子结束后，顾照抬头去看沈玦星，他也在看着她。

以这样一个夜晚作为结束，也挺好的。顾照想着，收了手，道："那……我去跟他们说一声。"说完，她转身往广场的另一边走去。

广场中央有一座假山，上面挂着"应检尽检"的横幅。顾照绕过它，忽然就被肥皂泡泡糊了一脸。握着泡泡枪的小女孩儿见自己偷袭成功，发出了咯咯的笑声。可能是觉得闷，小女孩儿自己扯下了口罩，顾照也因此看到了小女孩儿唇上的伤疤。

小女孩儿的眼睛又大又亮，皮肤白皙，上唇却很薄，鼻下端与上唇间有一道白色的疤，人中显得有些奇怪。这样的长相，顾照曾在医疗纪录片里见到过，是唇腭裂。

"你被吓到了吗？"本来还挺得意的小女孩儿见顾照一直愣愣地看着自己，担忧地扑过去抱住顾照，"我跟你玩儿呢。"

顾照被这"小炮弹"扑得差点儿站不住，将一只脚往后撑住才没立即坐倒。顾照摸了摸小女孩儿的头，问："你是叫'暮暮'吧？"之前张雅说过，她老公姓赵，女儿单名一个"暮"字。

暮暮仰头望着顾照，用奶音回道："是啊，我是暮暮。你叫什么啊？"

"我啊？我叫'顾照'。"顾照抱起沉甸甸的暮暮，往张雅的方向走去。

暮暮乖乖地任顾照抱着，一点儿也不怕生。暮暮好像对顾照格外感兴趣，一直盯着顾照的脸看，甚至轻轻地拨开顾照的额发，看额心的那块红斑。

刘海儿一定程度上发挥着"口罩"的功效，给了顾照很大的安全感。刘海儿骤然被扒开，顾照就像疫情期间出门忘戴口罩一样，感觉浑身都别扭。顾照忙将暮暮的手按住，一把抓下来："乖，别乱动。"

小女孩儿笑嘻嘻的，丝毫没将此放在心上，又搂住顾照的脖子，亲昵地窝进顾照的怀里："暮暮喜欢你！"

感受着怀里软乎乎的小东西，顾照拍了拍暮暮的背，眼里一片温柔："我也喜欢你。"小孩子真好啊，喜欢就是喜欢，讨厌就是讨厌，这些话总是很容易说出口。不像大人，喜欢要考虑，讨厌要思量，连吵个架都要权衡利弊，越活越胆小。

张雅与赵毅搂在一起，夫妻俩于曲中漫步，难得有了点儿谈恋爱时的感觉。张雅轻声地说："老公，谢谢你。"当年女儿出生后，张雅一度很自责，觉得可能是自己于孕期不注意，才令女儿的身体出了问题。

那段时间，张雅整日以泪洗面，得了很严重的产后抑郁症。后来，要不是丈夫逼她出去工作，让她暂时放下家庭，她或许早就崩溃了。这些年，一直是赵毅在家中照顾女儿。周围的亲戚、朋友中有些对此不理解的，会劝张雅与丈夫调换位置，说女主内、男主外才是世间正理。这些人，没有试图了解他们的苦难，也不一定是真的关心他们，不过是以自己浅薄的认知大放厥词。张雅怼过几次，现在他们也懒得理了，觉得浪费口水。之前张雅对顾照说，感情的事儿，两个人觉得好就好了，别人怎么看都不重要，那也是因为想到了自己。

"这些年，辛苦你了。"张雅凑上前，轻轻地吻了吻丈夫的面颊。

虽然两个人已是多年的老夫老妻，但性格内敛的赵毅在恋爱时就不大在公共场合与她有亲密的举动，此时被她这么突然一吻，感觉脸皮发烫，已经有些不好意思了。

"说什么辛不辛苦的？这是我的闺女，又不是别人家的孩子。"赵毅笑说，"一家人，你心疼我，我肯定也心疼你。我想跟你长长久久。你高兴，比什么都重要。"

赵毅平时从不会说什么甜言蜜语，但总能用最直白、最深情的话一再打动张雅的心。两个人相互凝视着彼此，情意绵绵。那氛围，任谁看了都觉得插不进去。

顾照抱着孩子几次欲言又止，连插嘴的机会都没找到，站了有一两分钟。最后，还是张雅觉得奇怪，怎么有个人一直戳在那儿？这才发现顾照。

"顾照？你怎么……"张雅本想问顾照是不是找自己有事儿，

结果一眼看到顾照怀里的暮暮。张雅有些惊讶地走过去："稀奇啊！她竟然会让你抱她。我女儿平时可怕生了。"

张雅伸出手，将女儿接过来："暮暮，快松开阿姨。"

小女孩儿起先还挺不乐意，后面赵毅说带她一起跳舞，才算把她哄好。赵毅带女儿晃去了别处，顾照向张雅表达了想要提前走的意愿，找的理由是沈玦星明天一早要去上班。

"这么快就上班啦？"张雅工作的医院的领导觉得这两天他们区的疫情还不稳定，特地让她过两天再去上班，所以她还能在家待两天。

"自己的公司，总要上心些。"顾照道。

其实一开始，顾照以为沈玦星等晚上十二点小区一解封就会头也不回地提着行李离开她家。可沈玦星说，怕被王经理他们撞见，觉得自己连夜逃离"女朋友"家太奇怪，决定还是多住一晚，等次日早上再走。

他已经在这里住了二十多天了，再住一晚，顾照对此当然是无所谓的，就是有些过意不去，他要多睡一晚的沙发。那个老沙发被沈玦星睡了二十多天，连海绵都塌了下去，人一坐上去，屁股能直接碰到弹簧。顾照光是想想睡在上面的滋味，都觉得背硌得慌。

与张雅打过招呼，顾照再次穿过广场，回去找沈玦星。昏黄的路灯下，沈玦星将一只手插在兜里，另一只手摆弄着手机在以极快的速度回复消息。

顾照道："跟他们说好了，我们走吧。"

等顾照走近了，他也正好发完消息，将手机塞回了裤兜。两个人缓缓地往家里走，前方寂静而昏暗，背后喧闹而明亮。不知道是因为吃得太饱所以懒得说话，还是因为刚才跳舞时的尴尬犹存，他们都没说话。这样的沉默，一直持续到二人一前一后上楼梯。

"你什么时候回去上班？"走在后面的沈玦星忽然开口。

"养老院在实施封闭管理，我得先去隔离点再隔离七天才能进去。"顾照道，"所以应该是，明天下午出发去隔离点，七天后开始上班。"

沈玦星蹙眉："这么麻烦。"

"小心一点儿总是好的。"她也不想把风险带给任何老人。

晚上十二点一过，连在屋里的顾照都听到了从小区大门那边发出的阵阵欢呼声。没多久，王经理在微信群里上传了一段由他和石主任共同剪彩的"开门仪式"的视频，底下跟了一溜儿的"礼炮"表情包。

顾照定了早上七点的闹钟，但五点多就醒了，之后躺在床上干瞪着眼，再也没睡着。她能听到卧室外起床、走动的声音，知道沈玦星也醒了。顾照将双手交叉置于胸前，心里不是没有惆怅，但更多的是平静。

很快，沈玦星就要离开这里，离开她的生活了，就像……七年前那样。

七年前，沈玦星给顾照补课，取得了不小的成果。仅一个暑假，顾照就进步许多，开学后连老师都惊叹她的成绩提升的速度。但她原本只是中下游的水平，进步了也不过到了中等的水平，要考 A 大，还是远远不够的。

在学校里，顾照总是很懂得与沈玦星保持距离，不会没事儿还麻烦他，也不会刻意与他说话。她会把课上所有的问题积累到晚上，等沈玦星打来电话，一股脑儿地抛给他。沈玦星尽心尽力地教她，她心无旁骛地学习，就这样持续了一个学期。

变数发生在高三那年的寒假。他们一如既往地在老地方补课。此前，顾照一直觉得那个地方很不错，冬暖夏凉，买一杯饮料就能坐一下午，离她家和沈玦星家也近。她没想过，在这么一家离学校不算近的麦当劳里，竟然也能碰到同校的人。

那几个男生同沈玦星、顾照不是一个年级的，是高一的学生，但沈玦星在学校里实在很有名，因此他们一眼就认出了沈玦星。他们没有同沈玦星打招呼，沈玦星也没搭理他们，但顾照看着他们远去的背影，总觉得心里很不踏实。

到了开学那天，顾照的这种不好的预感终是被坐实。学校里开始谣传她和沈玦星的事儿。大多数人压根儿不信，比如楚袁沅就觉得那些人好无聊。在他们来看，顾照跟沈玦星在一起，这怎么可能？但有人信了。

那天课间顾照上完洗手间，从隔间里出来，发现外间一个人都没有，大门还关着。她正觉得奇怪，就看到一个烫着波波头的漂亮女孩儿从门口的遮挡处转了出来。

对方的目标明确，她就是冲着顾照来的："我找你有事儿。"

顾照不认识对方，但知道这个人。这个女孩儿是一班的庞苗，以前好像和沈玦星是一个初中的。

"你找我？"顾照本能地觉得危险。对方越靠近，顾照越往后退，直到背抵住墙壁，退无可退。

庞苗把顾照逼到墙角，将双臂环抱在胸前，轻蔑地打量顾照："我问你，你和沈玦星是什么关系？"

庞苗喜欢沈玦星好多年了，但沈玦星一直对她毫不理睬。她听到顾照与沈玦星的传闻后，虽然对此事也有点儿怀疑，但还是压不住心中的探知欲，要亲自问过才放心。

顾照不是傻子，经对方这样一问，也知道对方何来而来。顾照感觉不太舒服。无论是对方那副理所应当的态度，还是那没有礼貌的问话方式，已经让顾照想到初中时那些曾经欺负过自己的人。顾照越隐忍，他们就越变本加厉。

"这和你有什么关系？"顾照本可以老老实实地回答，但偏在那一瞬间生出了反抗心。

庞苗一噎，被顾照问住了，但也只是慌了两秒就找回了气势："因……因为我喜欢他啊！"

"你能喜欢，别人就不能喜欢吗？"

"所以你也喜欢沈玦星？"

顾照的话，重点不在自己喜不喜欢沈玦星，而是批判庞苗专横的态度，但庞苗这个被感情冲昏头脑的人一下子就把重点搞歪了。

"是。"顾照犹豫了一秒，承认了。

庞苗马上一脸"被我抓住了吧"的表情："我就知道！你们该不会在交往吧？"问完这句话，她又自问自答，哂笑道，"这怎么可能？他才不会喜欢你。"

顾照将垂在身侧的手逐渐收握成拳："他也不会喜欢你。"

庞苗没想到顾照会这么说，震惊地看向顾照，声音一下子提高了八度："他会！"

"他不会。"

"他会！"

"你心里明白，他不会。"

顾照的语气虽平静，但字字直戳庞苗的心。庞苗被气得发抖："你闭嘴！"庞苗扑上去，直接动了手。

这件事情闹得挺大，连年级主任都被惊动了。事后，顾照和庞苗衣衫凌乱地站在主任办公室挨训。庞苗满脸不服，顾照闷头不响。年级主任骂她们："年纪轻轻的，为了成绩打架就算了，竟然为一个男同学打架。"

"谁会为了成绩打架啊？"庞苗小声地嘀咕。

"你再多嘴！"年级主任暴怒。

由于没多久就要高考，万事以高考为重，加上二人虽然狼狈了点儿，却没有真的伤到，所以以年级主任最后大发慈悲，只是让她们写检讨书，一天一份，写满十天。第一份检讨，年级主任让二人在办公室里站着写完再走。

"处罚你们，不是因为你们喜欢异性。你们正值青春，喜欢帅哥美女，老师都是理解的。处罚你们，是因为你们打架，因为你们为了很可笑的理由打架，明白吗？"

顾照没有替自己申辩。她能说什么呢？说自己只是在那一刻，从庞苗的身上看到了那些轻蔑、嘲笑自己的人的影子？老师不会理解，对老师来说，这些也不重要。

那一天，顾照在办公室里写完了人生中第一份检讨。她从办公室出来时，已经是放学的时间，教室里的人都走光了。顾照对着沈玦星的座位沉思片刻，绕路去车棚里看了一眼，发现沈玦星的自行车还在。她在车棚里等了半个小时，想要向沈玦星解释今天发生的一切。

有谈笑声远远地传来，顾照紧张地望过去，那几个人也看到了她。

沈玦星在面对她时，脸上本就轻浅的笑彻底消失了。顾照看到他的反应，肩膀连着心脏都紧缩了一下。

陆岐推了沈玦星一把："哎哟，来找你了。"然后陆岐夹着篮球，朝其他人示意，"走了走了。"几个人怪笑着离开，留下沈玦星与顾照。

顾照忐忑地摩挲着手里的书包肩带，不知道要从哪里说起："我……"

"你知道我为什么总是帮你吗？"沈玦星的语气冰冷，"因为高一开学的时候，李老师就告诉所有人，你从小没有父母，家庭条件也不好，要我们多关照你。"顾照怔怔地看着他，身体止不住地颤抖。

"我确实非常同情你、可怜你，但你要明白，那不是喜欢。请你不要会错意、领错情。正好我最近也开始做出国的准备，补课的事儿就到此为止吧。"沈玦星毫不拖泥带水地说完，没有再给她一个眼神，直接开车锁，骑车走了。

顾照在原地站了许久。直到太阳完全下山，天完全暗下来，她才用胳膊蹭了蹭眼角，走出学校。她以为，自己是可以反抗的；她以为，沈玦星会理解她，至少会听她的解释。原来，她错了。

第二天，沈玦星被调到了离顾照最远的位置。至此，所有人都知道顾照喜欢沈玦星，喜欢到不惜和别人打架。

顾照躺在床上，耳边听着外面窸窸窣窣的声响，在脑海里勾画沈玦星行动的路线——洗手间、厨房、客厅，然后是大门……

忽然，床头柜上的手机振动了一下，提示收到一条微信消息。顾照惊讶于这样早有人给她发消息，拿过来一看，发现是沈玦星。

"我走了。"

顾照盯着屏幕上那小小的三个字，手指微微收紧。外面传来开门的声音，几乎是同时，顾照跃下床，打开卧室的门跑了出去。

她仍然是平静的，心是平静的，大脑也是平静的，那里白茫茫的一片，没有任何指引，不存在半点儿目的。她仿佛被巨雷击中，刹那间，眼不能视，耳不能闻，身体全凭本能做出动作。她茫然地跟跄着前行。

　　而当视线触及沈玦星的瞬间，她的心脏剧烈地跳动，使白雾散尽，思绪回归，她突然又耳聪目明了。她捏着手机，隔着几米远的距离，无所适从地与沈玦星对视："你……"在短暂的停顿后，她赧然地笑了笑，"你路上小心。"

　　沈玦星听到身后的动静就停下来了，保持着开门的姿势，等着顾照开口。听她说"路上小心"后，他扫了一眼她一直握着的手机，颔首道："嗯。"他将门往外更推开一些，拖着行李跨过门槛，回头又看了她一眼，"我走了，再见。"

　　他们一个在屋里，一个在屋外，只是隔了一道门、一条走廊，顾照却觉得……那是隔着银河的距离。她和沈玦星之间，隔着几亿光年，永远不可能有真正触及彼此的那一天。她在心里叹息了一声，轻声地道："再见。"

　　顾照站在原地，没有靠近他的打算，眼看着那扇深红色的大门一点儿一点儿地合拢，最终彻底将她与沈玦星隔绝开。

　　解封后的日子平淡而忙碌，顾照在隔离点又隔离了七天，终于同方院长他们会合。

　　方秀萍一见顾照，就给了顾照一个大大的拥抱，连眼泪都要出来了："可把你盼来了。"

　　方秀萍没有多说什么，但顾照知道方秀萍这些天的不易。去年他们区的另一家养老院的员工突然被检测出阳性，区里直接派人下来监督指导。等几个月后顾照再见到身为院长的方秀萍时，发现方秀萍足足瘦了一圈，连脸颊都凹陷了下去。

　　他们这个行业，由于其特殊性，从业人员自疫情开始便一直处于紧张的备战状态。只要病毒存在，他们就没有松懈的一天。高压之下，不少人选择了离职。但别人能走，院长却不能走。这两年来，方秀萍不知在院里打过多少晚的地铺。有时候压力实在太大，顾照甚至能听到方秀萍在夜里偷偷哭泣的声音。

"嗯，我来了。"顾照轻轻地拍着方秀萍的背，"这些天，你辛苦了。"

他们院里一共有三个财务人员。顾照回院时，直接换下了另一个年纪大的返聘的"老财务"。那位"老财务"以"七五七"（早上七点上班，晚上五点下班，一周工作七天）的强度连续工作了十多天，早就累得脸色苍白。方院长怕"老财务"累出个好歹，等顾照一来，就赶紧让"老财务"回家休息了。

沈玦星的联系方式静静地躺在顾照的通讯录里。她没有试图联系过他，当然，他也没联系过她。二十多天的隔离生活仿佛黄粱一梦，待人醒来后，不留任何痕迹。不，或许还是有痕迹的，顾照这么想着。离家时，露台上的几根葱长得特别好，她还给它们浇了水，不知道能不能撑到她回去。

"乖乖，这是我那个甥外孙的电话号码。你记一下，加一下他的那个……微信。"顾照来上班，最高兴的要数方院长，那第二高兴的肯定是冯晓娟。

冯晓娟家里的兄弟姐妹众多，她与这个外甥女家的人其实不大亲厚，与外甥女的儿子也是几年见一面。这个甥外孙长这么大，冯晓娟同他见过的次数，一只手就数得出来。不过，虽然与他不熟，但冯晓娟该知道的还是知道。他特别优秀，爸爸是医生，妈妈是搞艺术的，自己在外企当高管，年薪几百万。

尽管这个甥外孙的父母已经离异，他的年纪也比顾照大十几岁，可"肥水不流外人田"，冯晓娟还是很想促成他与顾照的这段姻缘。

顾照展开冯晓娟塞过来的字条看了一眼，上面是一串手机号，旁边用娟秀的字体写了一个名字——沈旋章。

看到这个姓，顾照难免又想到沈玦星。她将字条折好，说："知道了，我晚上就加他的微信。"

冯晓娟哪里不了解顾照的性子？一把按住顾照的手，冯晓娟急急地说："不行，你一定会拖着拖着忘记的。你现在就加。"

顾照有些为难，但最终还是听话地掏出了手机。她心想：算了，加就加吧。以对方这样的条件，他根本不需要相亲，之所以会同意晓娟老师给他介绍对象，估计也是不忍拂了长辈的好意。这样看来，两个人最多聊两句应该就能结束。

她当着老人家的面，输入了沈旋章的手机号，查找到一个对应的微信号。他的头像看着是一幅自画像，用简单的黑色线条勾勒出一个男人的侧脸。

"对，就是这个！"冯晓娟激动得连手指都要戳到屏幕上。

顾照点了"添加好友"，在验证申请那里输入自己的姓名，随后收起了手机："好了，我已经发了加为好友的请求，等他看到了，就会加我的微信。"

冯晓娟满意了，笑眯眯地拍着顾照的手道："我这就给我小妹打个电话，让她去催催她的外孙。"说着，冯晓娟急急忙忙地走了。

"晓娟老师真是好喜欢你。"等冯晓娟走远了，办公室里的另一个财务人员林敏清开口了，"你不在，她都不往我们这儿走。"顾照笑了笑，没说话。

冯晓娟一开始到养老院里的时候，对院里的工作人员眼睛不是眼睛，鼻子不是鼻子的，连走路都仰着头，不知骂哭过多少护工。一开始，顾照也是挺怕冯晓娟的。后来顾照发现，冯晓娟竖起浑身的刺，其实也不过是为了保护自己罢了。

老人家年纪大了，总会经历各种疾病。运气好的，得的也就是一两种慢性病，吃药便可缓解；运气不好的，需要开刀动手术，一个不慎就要复发。冯晓娟属于后者。她在七十六岁那年得了膀胱癌，最后没法子，切了膀胱，做了一个腹壁造口。从那时起，她的腹部就多了一个再也去不掉的造口袋。

很多老年人晚年得了大病会选择放弃治疗，不想遭罪，也怕浪费钱，顾照的爷爷就是这样。但冯晓娟不同，她的求生欲特别强，从确诊那刻起就没想过要逃避治疗。她的老伴儿五十多岁就没了，此后她一直独居。她从医院回家后，子女照顾了她一阵，后来子女间因为以后谁主要负责照顾老娘这件事儿发生争执，搞得很不愉快。

冯晓娟索性自己找了一家养老院住了进去。但她自尊心强，怕被人笑话，始终不愿意让护工碰她的造口。日常消毒、清洗、更换造口袋，一直是她自己完成的。

冯晓娟的年纪大了，眼睛不好，手也不利索。那天，顾照与冯晓娟在走廊上相遇。顾照贴着墙边走，连看也不敢看对方，突然就听到啪的一声，什么东西掉了下来。

其他人刚吃完饭，有的在房里午睡，有的在活动室里活动，走廊上只有顾照与冯晓娟两个人。顾照循着声音看过去，冯晓娟的脸色很难看，浅色的裤子上从上到下有一道水痕，地上还躺着一个正往外流尿液的造口袋。

顾照愣了几秒，迅速地几步上前捞起那个造口袋，同时扶住颤颤巍巍的冯晓娟，将其搀扶进不远处顾照自己的房间。

屋里没有其他人，另一张床的主人不在。顾照松了一口气，提着造口袋进卫生间处理了一下。洗完手出来，顾照见老人还呆立着，便将房里的窗帘全拉了起来："冯老师，您自己能换衣服吗？"

　　见冯晓娟不动，顾照没有继续问，而是从柜子里翻出一条相似的裤子递给冯晓娟："您自己去洗手间换一下，把脏衣服放在旁边就好，我等会儿处理。"

　　冯晓娟接过裤子，脸上的表情没有变得多好看，仍然是一副无地自容的模样。顾照叹了一口气，留下一句"我出去一下"，就走了。

　　过了几分钟，顾照清理完了外面走廊上的尿液，冯晓娟也换好了裤子。冯晓娟坐在床沿，孤寂又落寞，像一棵正在死去的树——明明曾经那样高大挺拔，却逃不过岁月的侵蚀，白云苍狗，世事无常。顾照几乎是立即就想到了自己的爷爷和奶奶。顾照小心地走过去，握住冯晓娟的手，在冯晓娟的面前蹲下身。

　　"我已经将外面拖干净了，这事儿不会有人知道的。"顾照轻柔地说道，"没关系的，这就是一件小事儿，没有您想的那么严重。"

　　顾照的手带着微微的凉意，冯晓娟低下头，检查了一下顾照的手指。

　　"好脏的。"冯晓娟的声音微微发颤。

　　顾照的鼻子有些发酸："不脏的。"

　　奶奶病重时，顾照也曾衣不解带地照顾奶奶。有时候顾照这边还在给奶奶擦身，那边奶奶就开始排泄，但顾照从来不觉得辛苦，也不会为此责怪奶奶。因为顾照知道，奶奶一定比自己更难过，更痛苦。

　　后来，顾照替冯晓娟将脏了的裤子洗干净后，偷偷地晾到了楼下的晾衣处。只一个下午，那条裤子便干透了。

　　或许是因为有了这个共同的小秘密，冯晓娟此后就对顾照敞开了心扉，一口一个"乖乖"地叫着，简直将顾照当作自己的亲孙女那样疼爱，也因此对顾照的终身大事特别着急。

忙碌了一天，顾照洗完澡，在一片地铺中找到自己的那个躺了下去。按照睡前惯例，顾照会刷一会儿手机。她才将手机打开，就发现微信图标上提示有两条未读消息。

"开始上班了吗？"这一条消息是沈玦星的。

"你好。"另一条消息……是沈旋章的。

第九章 ◇

你放弃他吧

沈玦星微信置顶的有四个账号，都是群组。前三个是工作群，最后一个是河岚九村的志愿者群。

　　河岚九村小区虽已解封，志愿者群却并未就此解散。群里每天仍有不少人发言，一天可以积累上百条。为了工作更有效率，在每个群里，沈玦星都会选一两个群成员设置关注提醒，以便及时跟进工作。在志愿者群里，沈玦星也对部分群成员设置了关注提醒：封控时，有王经理、石主任、顾照；解封后，只剩一个顾照。每次手机响起消息提示音，沈玦星无论当时在做什么，都会拿起手机看一眼消息记录。因此，就算离开了河岚九村，沈玦星依然清楚地知道志愿者群里每个人的近况。

　　罗湛回学校上课，因为发型酷炫，获得了很高的关注度；石主任和女儿去了海岛旅游；张雅复工的第一天，女儿抱着张雅哭个不停，张雅抱着女儿偷偷地笑出了声；老陈每天去附近的体育馆和球友打乒乓球；顾照……

　　顾照会在群里分享自己在隔离点的日常：两素一荤的盒饭，来送餐的机器人，窗外排队做核酸检测的人群……虽然她发的消息并不多，但每天都会发一两句话。

　　沈玦星点开顾照的微信头像，跳转到自己和她的聊天界面，发现最后一条消息的发出时间是七天前——他离开顾照家的那一天，他给她发的消息是"我走了"。

这七天，顾照每天都会出现在群里，却没有给沈玦星发过一条消息。正常人怎么也会出于客套问对方一句有没有安全到家吧？这样想着，沈玦星向后靠到椅背上，带动座椅缓缓地转动。

　　夜已深，办公室里已经没有别人，只有沈玦星的办公桌上有一盏白色的台灯亮着，灯光打在笔记本电脑的键盘上。

　　沈玦星坐在座椅上转了一圈又一圈，试图缓解连续高强度工作一周的疲惫。他甚至找了正在热播的完全不需要动脑的偶像剧观看，但收效甚微，他的脑子依旧发沉，心中越发烦闷。

　　自己应该找个人聊聊。想到就去做，沈玦星翻开手机通讯录，一个个地筛选。这个时间，爸妈肯定睡了，跳过；商铭远一个小时前刚从办公室离开，这会儿估计在哪家酒吧逍遥快活，跳过；虽然自己和沈旋章的关系不错，但还远没有到半夜找对方诉苦的地步，而且自己的自尊心不允许，跳过……

　　就这样，沈玦星跳过了一个又一个，指尖在手机的屏幕上不断地滑动，最后落到顾照的名字旁，停了下来。他的大脑还在分析这是不是一个合适的聊天儿对象，身体已经自发地有了动作，编辑消息发了过去："开始上班了吗？"

　　沈玦星瞪着自己发出的这条消息，像烫手一般将手机丢到桌子上，以拇指与中指用力地按揉着太阳穴，觉得自己这段时间可能是喝多了咖啡，连脑子都出毛病了。他不由自主地以眼角余光瞄着手机。时间一分一秒地过去，顾照仍然没有回复。他闭上了眼，算了。

　　沈玦星拿过手机，打算撤回那条消息，就当无事发生。就在他要撤回消息的前一秒，聊天儿界面的最上方显示的"对方正在输入中"让他的动作停顿了一下。

　　顾照保持输入状态已许久，沈玦星看着那行提示一会儿出现，一会儿消失，但半天也没有消息跳出来。他简直想直接打电话过去问她到底想好说什么了没有。

又过了片刻，聊天儿界面上终于跳出文字："上了。"

一口气哽在胸口，沈玦星将那两个字看了又看，最后所有情绪都化作了一声无可奈何的轻笑。

"第一天上班，你应该挺忙吧？"他又发出消息。

顾照这次没有让他等很久："嗯。"

沈玦星飞快地打字："行，那我不打扰你休息了，晚安。"

他的这条消息还没来得及发出，顾照那边的消息就发了过来："你的工作忙吗？"

沈玦星在心里挣扎了一会儿，连续按着删除键，将自己的那句话删掉，又编辑了一条消息发过去："忙，我这一个星期都很忙。"

顾照没想到沈玦星会发消息给自己，在收到他从她家离开后的第一条消息的时候，刚刚还在酝酿的睡意瞬间消散一空，脑子前所未有地清醒。对于沈玦星问的她是否已上班这么简单的问题，她斟酌许久，写了删，删了写，拿出了写小作文的认真劲儿，一个字母一个字母地敲出两个字——上了。

之后沈玦星提及她上班的第一天应该挺忙的时候，她回复了一个字——嗯。然后她想了想，觉得回复的内容太简短，容易给对方带来她在敷衍了事的感觉，于是很快又补上一句："你的工作忙吗？"

这次她等得有些久，他才回复："忙，我这一个星期都很忙。"

除了文字消息，他还发了一张照片。照片上，漆黑的办公室里，只有他面前的一盏孤灯还亮着，笔记本电脑的屏幕上是顾照看不懂的工程图，电脑的旁边是不知他吃完多久或者正在吃的两盒外卖。看上去他实在是孤零零的，有些可怜。

"还是要劳逸结合，注意休息，不要累病了。"比起事业有成、财源广进，顾照对身边的人的祝愿会更朴素一点儿，只要健康就好。没有比健康更珍贵的东西了。

"嗯，知道了。你们养老院什么时候解封？"

"整个区都没有中高风险地区后，我们养老院就可以解封了。"

"我查了一下，你们区还有三个中风险地区。只要接下来你们区没有新增病例，再过一周，你们养老院应该也能解封了。"

"希望情况是这样吧。"

"你们养老院叫什么？"

顾照一愣，虽然觉得这个问题有些突兀，但还是照实回答："叫'善慈家园'。怎么了？"

"没什么。"

两个人就这样一来一回没什么重点地聊到夜里十二点多。顾照聊得连眼皮都耷拉下来，不停地打哈欠，但只要手机一振，她仍会第一时间睁开眼，回复沈玦星的消息。

"好了，搞定了，回家睡觉。"沈玦星发来一张电脑已关机的照片。

"你路上小心。我太困了，先睡了。"顾照实在撑不住了，发完这一句，手机就脱了手，没一会儿便熟睡过去。

翌日一早，顾照醒来时精神萎靡。周围的人都在叠被子，只有顾照披头散发地跪坐在被褥上，一脸颓废的样子。

"小照，昨天熬夜了吧？"方秀萍道，"我昨天夜里十二点起来上洗手间，还看到你在玩儿手机。"

顾照胡乱地将被子卷成一团，有气无力地说："我不是在玩儿手机，是在和别人聊天儿。"

沈玦星到底是怎么做到每天熬夜还那么有精力的？靠咖啡因、尼古丁"吊命"吗？她只是熬一宿，就觉得快要把心脏吐出来了。

"你和谁聊啊？聊到那么晚。"林敏清抖着被单，说完才突然反应过来，"哎哟，是不是晓娟老师给你介绍的那个男的？你们这么快就聊上了？"

顾照一激灵，这才想起自己昨晚只顾着回复沈玦星的消息，把另一个姓沈的给忘干净了。虽然她并不觉得自己和那位完全陌生的沈先生之间会产生什么火花，但对方好歹是晓娟老师介绍的，自己总要卖个面子。

顾照忙从地上摸过手机，打算立马给那位沈先生回消息，才打开微信，就看到昨晚沈玦星给她回的最后一条消息："晚安，谢谢你陪我加班。"顾照摩挲着那行字，犹豫半晌，没有接着再回复，而是让对话断在沈玦星这儿。

"抱歉，昨晚你通过申请的时候我已经睡了。"她给沈旋章发去消息，扯了个还算合理的借口，"你好。"

沈旋章那边一白天都没再发消息过来。对这样的相亲对象，顾照已经习以为常，也并不将此放在心上。不承想到了晚上，沈旋章竟然在与昨天留言时差不多的时间又发来了消息："那看来我们的作息时间不太合。日常工作很忙，我一般只有晚上能抽出时间聊天儿。"

那我们就不要聊了吧。顾照这么想着，刚想要关机睡觉，然后在明天再上演一遍今天的戏码，同对方说他发消息的时候自己已经睡了，结果那边又接着发来一条消息。

"所以我们直接见面聊吧。你下周六晚上有空儿吗？"

顾照十分惊讶，连装睡都顾不上了："我们养老院还在实行封闭管理，什么时候解封不好说。"

"那提前两天，我再找你确认一下，可以吗？"

顾照想的全是推托的话，打出来的却还是应允："嗯，好。"

发完消息，她把脸埋进枕头里，连自己都有些受不了自己的性格。

接下来的几天，沈玦星与沈旋章都没有再出现，顾照每天早睡早起，日子过得平淡却充实。

每家养老院都有一个失智区，用来安排和照顾失智失能老人，在床位数、设施等方面皆有严格的要求，定期还会有人来检查。

这一天，方秀萍收到区里发下来的文件，说即将对全区养老院的失智区进行多功能改造，让各养老院做好准备，并公示了通过招标的几家公司。

"怎么突然要改造了？"中午吃饭时，林敏清好奇地问。

方秀萍道："说是领导去别的市的养老院考察的时候，发现那里的养老院的失智区搞得非常好，既提高了老人的生活质量，又提高了工作人员的工作效率，就想借鉴一下。"

"我们这边一解除封闭管理，院里就开始改造吗？"顾照问。

方秀萍点头："我们得抓紧时间把失智区腾出来。"

众人忙活了好几天，终于把失智区腾了出来。区里也宣布最后的三个中风险地区解除管控，这也意味着养老院可以解封了。

顾照回到离开多日的家，第一时间到露台上看了那几根葱。还好，这几天天气凉爽，又经常下阵雨，葱还活着。

"小照，你回来了？"

顾照进门急，没注意关门。李桂香见顾照家的门半开着，不见外地探了半个身子进屋。

"哎，我回来了。"顾照听到声音，赶忙进屋。

李桂香好多天未见到顾照，今天一见，便亲昵地拉住顾照的手道明来意。为了感谢顾照他们在封控期间对李桂香的关照，李桂香的几个子女打算请顾照、沈玦星和王经理吃一顿饭。

"就在这个星期六，你让你男朋友一定要来，听到没有？"李桂香再三叮嘱。

顾照笨口拙舌，连沈旋章都拒绝不了，又怎么可能当面拒绝李桂香？最后，顾照只得发消息给沈玦星，要不要去，让他自己定夺。

"是这个周六吗？把地址发给我。"

顾照没想到沈玦星竟然异常爽快地答应下来。而沈旋章那边，由于顾照周六已经有约，因此在沈旋章来确认会面时间时，顾照便婉拒了对方。

沈旋章："正好周六我临时要出个差，也没有时间。那我们就约在下周五怎么样？"顾照还能说什么呢，当然是说"好"啦。

顾照本以为和沈玦星要到周六才能见面，不承想第二天她去上班，在养老院的门口就遇到了他。和沈玦星同来的还有其他几个人，似乎是负责失智区改造的施工方的人员。方秀萍热情地迎接了他们，并亲自带他们去看了已经腾空的失智区。

沈玦星走在人群中，看到人群外傻站着的顾照，扬起唇角，无声地与她打了个招呼："早啊。"

顾照站在人群后，望着前方的沈玦星，还有些反应不过来。沈玦星怎么会在这儿？他也参与失智区的改造？啊，难道那个银峰科技就是他们公司？

顾照先前确实听方院长说过，这次改造是增加智能设施，安装红外装置、门磁传感，还有紧急按钮什么的，但完全没有想到会是沈玦星的公司中标。沈玦星果然很厉害啊，这么年轻就能开公司接这么大的项目……

"你在想什么呢？"

顾照一回神，发现沈玦星已经脱离"大部队"，留在后面与她并肩而行。她扫了一眼前面的众人，见没人关注他俩，压低声音道："想你……那天问我养老院名字的事儿。"

"哦，"沈玦星坦白道，"那天正好出中标结果，我想到你们养老院也在这个区，可能会与你遇上，就问了一下。"

"那怎么……"顾照本想问怎么不告诉她，可只说了三个字，又觉得这话听上去过于理所当然，后面的就没再接下去。

然而沈玦星已经听出她的未尽之言："忘了。"

顾照一愣："忘了？"

"嗯，忘了。"

确实，这又不是什么大事儿，沈玦星忘了也很正常。沈玦星的表情很自然，顾照并未对他的回答起疑。

走到岔路口，两个人一个转弯，一个往前，不再顺路。分别前，沈玦星告诉顾照，周六他会开车去接她和李阿婆。吃饭的地方其实离顾照他们的小区不太远，走过去也就十分钟。如果只是顾照一个人，她绝不会麻烦沈玦星，但加上一个李阿婆，那就不一样了。天越来越热，老人家还是少走点儿路比较好。

"那麻烦你了。"顾照道。

"客气了。"沈玦星说完，先一步转身，朝"大部队"走去。

顾照看了一会儿他的背影，也转身往办公室而去。他今天的心情很好，一直在笑，看来很满意这次接到的项目呢。

方秀萍直到一个小时后才回办公室，一坐下就咕咚咕咚地喝了大半杯的水。顾照也是从方秀萍的话语中才得知，刚刚过来的那一群人里竟然有好几个是领导。

顾照："他们都走了吗？"

方秀萍："走了，去下一个养老院了。"

顾照："哦。"

方秀萍看了看顾照，突然想起先前看到的一幕，问道："小照，你同那个银峰的沈总认识吗？我看到你俩说话了。"

林敏清上午去银行办业务，没在院里，这会儿办公室里只有顾照和方秀萍两个人。顾照不大会说谎，见方秀萍注意到了，也只好将自己和沈玦星的关系和盘托出。

"原来是他啊！"方秀萍大为惊讶，"这么帅……这么巧啊。"

办端午晚会的时候，沈玦星很是出了一把力，再加上人是视觉动物，方秀萍现在已经完全忘了自己当时的那番"男人最坏了"的言论，对顾照的这个昔日同学很有好感。

"那他有没有结婚？有没有女朋友？"方秀萍急不可耐地关心起了沈玦星的终身大事。

"他没结婚。女朋友的话……他应该很快会有吧。"顾照想到同学聚会时楚袁沅与自己分享的八卦。宋姣梦和沈玦星，两个人倒是很般配的。

方秀萍为之扼腕："他有中意的对象了？"

"嗯。"

"嘿，可惜。我还觉得他与你挺配的呢。"

顾照整理着票据，闻言只是笑笑。在养老院待久了，她连骨头都要轻三分，待得再久一些，估计要飘到天上下不来了。

作为介绍人，冯晓娟十分关心且关注顾照与自己的甥外孙之间关系的发展进度。中午吃饭时，冯晓娟和老姐妹特地跑到食堂来找顾照，问顾照对约会准备得怎么样了。

"准备？什么准备？"难道现在流行男女双方第一次见面要交换礼物？

面对顾照这呆头呆脑的样子，冯晓娟简直恨铁不成钢："你难道就打算这个样子去约会啊？"

低头看了一眼自己的穿着，卡其色的西装裤，白色的短袖衬衫，顾照心道，这样怎么了？

"连我与我老头儿相亲那会儿，都比你穿得像样。"冯晓娟尽管平日里总是"乖乖""乖乖"的叫着，但该犀利的时候可是一点儿也不藏着掖着。

一旁的杨珍珠淡定地道："你别急，当心血压。乖乖不懂，我们慢慢地教她嘛。"

杨珍珠今年七十五岁，比冯晓娟小一些。两个人由于住在一个房间，所以关系也最好。因为杨珍珠脸圆身更圆，瞧着憨态可掬，在养老院里大家都叫她"胖奶奶"。

两个老太太当着顾照的面一通商量，根本不给顾照插嘴的机会。

"头发要搞一下吧？"

"裙子也要买一条。"

"眼镜要去掉吧？"

"妆也要化一点儿。"

…………

等顾照吃好饭，两个老太太也基本谈妥。冯晓娟对顾照说："你下班之后先别走，在门口等我们。"

虽然不知道她们要做什么，但顾照向来乖巧，便也没有多问，点点头答应下来。

养老院的工作制度，在封闭管理期间，实行的是"七五七"；如今解封，就恢复原来的"八五五"（早上八点上班，晚上五点下班，一周工作五天）。顾照下午五点下班，依言等在了大门口。没过多久，她见两个老太太相互挽着手走过来。

"我们请好假了。走，奶奶带你买东西去。"冯晓娟以一只手挽着杨珍珠，另一只手强行挽住顾照，带着她往外面走。

善慈家园所处的地段算是老城区比较繁华的地段，马路两边开着不少商铺，虽然都小小的、旧旧的，但老有老的味道，总能淘到不少好东西。

"这件怎么样？"杨珍珠将一件淡紫色的旗袍往顾照的身上比画。

"这是要拍画报广告啊？"冯晓娟想也不想就否决了。

"这件呢？"杨珍珠又拿起一条碎花雪纺裙。

"丑。"

"这件呢？"

"土。"

"这件总可以了吧？"

"你自己看看它好看吗？"

"那你倒是挑两件好看的啊？"

…………

顾照只是像一个假人一样站着，一句话还没说，两个奶奶已经快吵起来了。反正这对老姐妹吵两句马上就会和好，顾照习以为常，因此打量着店里的陈设，没有多嘴的意思。

店里的墙壁上挂了不少衣服，大多是夏装，但也有一部分秋装。顾照随意地扫过，忽然被一条裙子吸引了注意力。那条裙子是非常漂亮的橄榄绿色，用两条串着珍珠的金属链做肩带，裙长过膝，从整体上看带着一种优雅又慵懒的法式风情。

"美女喜欢这条裙子的话，我给你拿下来试试？"说着，女店主已经用晾衣竿帮顾照把裙子拿下来了。

这条裙子的风格，与顾照平时的穿衣风格完全不同。她就是觉得裙子的颜色漂亮才多看了两眼，没有想买的意思。但店主已经把裙子送到面前了，顾照也不好意思不接。

"乖乖，你喜欢这种风格的啊？"两位奶奶也凑过来。

"这个颜色衬得肤色白。你穿这条裙子应该挺好看，快试试看。"

顾照被推进了试衣间，然后花了一番工夫才把自己塞进裙子里。只因裙子的腰臀处收得太紧了，她已经开始怀疑这条裙子是不是 XS 码的了。

顾照别扭地扯着腰部的料子，试图让它宽松一点儿，然后拉开帘子小心翼翼地走出了试衣间："这条裙子好像不太适合我。"她这辈子从没穿过这么贴合腰线的衣服。

冯晓娟上前捧住顾照的脸，亲昵地搓了搓："哪里不合适啦？我看很合适。你穿这条裙子特别漂亮。"而后一拍顾照的腰，"把腰挺起来，"再重重地拍了一下顾照的臀，"抬头、挺胸、收腹、走两步！"

顾照像输入了绝对指令的机器人一样，不敢有半点儿违抗，当即在狭小的服装店里走了一个来回。橄榄色很衬肤色，珍珠肩带又自带一种温柔的气质。这不是顾照往日的穿衣风格，但确实很适合她。这条小绿裙得到了在场其他三个人的一致好评，等顾照换好衣服出来时，冯晓娟已经用现金把裙子买了下来。

顾照哪里肯让别人给自己付钱，忙让店主重新刷手机，打算把钱还给冯晓娟。结果顾照连付款码都还没调出来，就被两个老太太拉走了。

之后，三个人又进了鞋店、化妆品店、眼镜店。顾照这一路上都在防着两个老太太替自己付钱，反倒没怎么注意自己到底买了什么。

逛到晚上六点多，顾照的体力告罄，肚子也饿了。她提议到旁边的小吃店用餐。三个人点了煎饺、小笼包、拌面等，花了不到一百元，是顾照买的单。吃完了饭，顾照拎着大包小包，以为今天的购物之行结束了，就打算先送两位老人回养老院，自己再坐地铁回家。

"回去？谁告诉你已经结束了？"冯晓娟嫌弃地看了一眼顾照自己剪的刘海儿，"下一站——理发店。"

两个老太太带顾照去的阿晶理发店离养老院不算远，只有一百多米，许多院里爱美的老人经常会去那里做发型。理发店的老板阿晶是个五十岁出头、剃着板寸的阿姨，在这条路上开理发店已经二十多年了。有时候阿晶会带个徒弟，但大多时候只有自己一个人忙前忙后。

"有什么要求？"阿晶给顾照围好围布，问坐在一旁的两位老人。冯晓娟说要青春一点儿的，胖奶奶说要可爱一点儿的。

阿晶看向镜子里的顾照："你呢？"顾照干笑着说怎样都可以。

"那我给你搞个空气刘海儿，发尾烫个卷，额头两边再剪一点儿层次，这样把头发扎起来也很好看。"

阿晶看起来又酷又凶，手艺却很细致，修修剪剪将近两个小时才搞定顾照的头发。顾照一看时间，已经晚上九点多了，再看等在一旁的两位老人，已经困到挨在一起睡着了。

顾照付了钱，叫醒两位老人："晓娟老师、胖奶奶，我的头发已经剪好了。"

两位老人迷迷糊糊地睁开眼，就见顾照俯着身，浅浅地笑着注视着她们。阿晶师傅的手艺果然了得，只是换了一个刘海儿，

232

顾照整个人就好像都不一样了。

"乖乖真好看。"杨珍珠抬手掐了掐顾照的面颊。

冯晓娟一把就将杨珍珠的手打掉，摸了摸顾照柔顺的长发，道："她本来就很好看。"

周六这天，沈玦星提前半个小时便到了顾照他们的小区。他在楼下等了不到十分钟，就看见一个窈窕的身影。那是一个姑娘，李阿婆被她搀扶着从楼梯间走出来。

沈玦星本以为那个姑娘是李阿婆孙辈的亲戚，没有在意，低头继续回甲方的消息，可那个身影牢牢地占据他的脑海，让他觉得异常熟悉。于是他抬头又看了一眼，这次仔细地将其从头看到脚，震惊地发现那竟然是顾照。直到顾照坐到副驾驶位上，他也没有收回自己的目光。

顾照本来就不自信，被沈玦星看得已经开始怀疑自己的打扮是不是哪里出了差错。她紧张地将一侧的头发撩到耳后，连手都不知道该怎么放了："怎……怎么了？"

顾照小巧的耳垂上戴着一个同样小巧的珍珠耳钉。珍珠耳钉散发着暖金色的柔和的光晕，将她的肌肤衬得越发通透、细腻。她将眼镜换成了隐形的，脸上化了最简单的淡妆，唇膏的颜色不再是不适合她的大红，而是更柔和的奶茶色。

如果说上次参加同学聚会时，顾照的妆扮有些用力过猛，显得不伦不类，那么这次她的整体造型可谓恰到好处，多一分显得浓艳，少一分显得寡淡。

"你怎么穿得这么隆重？"沈玦星收回目光，目视前方，发动引擎，借着车子点火的声响深吸了一口气。

顾照不好意思地掰着指尖，小声地道："这是院里的奶奶给我买的裙子，我平时也没机会穿，想着有机会就多穿一穿……"

她也不能说自己就是想练一下手，而且觉得花钱买的裙子，自己只穿一次太浪费了。这条裙子挺贵的，五百多元呢。如果可以，以后在夏天的重要场合，她希望每次都有这条裙子的影子，直到她再也穿不进去为止。

偌大的圆桌旁，正好坐满十个人。虽说与李阿婆当了这么多年的邻居，顾照对李阿婆的子女都见到过，但与他们同桌吃饭还是第一次，因此有些拘谨。所幸李阿婆的子女各个都是好热闹的性格，沈玦星又很善于社交，从上桌开始就没让场面冷下来过。

席间，刘老大表示自己很快会接老母亲过去一起住，自家河岚九村的那套房子会租给别人。要是租客有什么问题，让顾照尽管跟他说，他会处理好。几十年的老邻居，就这么搬走了，顾照有些感慨，但更多的是为李阿婆能得到更好的照顾而高兴。

吃到快散席，李阿婆给子女们使了一个眼色，桌子旁大半的人便站起来要给顾照、沈玦星和王经理敬酒。

沈玦星开车不能喝酒，顾照就代他喝，一下子喝了小半杯红酒。顾照的酒量浅，她喝得又急，没一会儿，酒劲儿就上了脸，只涂了薄薄一层粉底的面颊上浮出淡淡的粉色。

"难受吗？"沈玦星悄声问着，倒了一杯热茶，将茶杯递到顾照的面前。

顾照摇摇头，将茶杯接过，捧在手里喝了一口茶，冲淡了嘴里酸涩的酒味。难受倒是不难受，她就是感觉酒难喝。

吃完饭，沈玦星原想送李阿婆与顾照回去，李阿婆却说自己要饭后消食走一走，让他只管送顾照就好。从这里到顾照他们的小区，走路只需十分钟，开车三分钟就到。顾照吃了饭，又喝了酒，一坐上沈玦星的车就感觉困得不行，到车停下来时，已经昏昏欲睡。

"要我送你上去吗？"虽然这句话是问句，但沈玦星已经在解安全带了。

没想到顾照看也不看他，低头开始脱鞋子："不用，你早点儿回家休息吧。"

她将高跟凉鞋脱掉，拎着鞋，推开车门，赤脚走了下去。脚踏实地的感觉真好，这样她就不用担心崴脚了。她走了两步，回头冲车里的沈玦星笑着挥了挥手。

沈玦星没听清她说了什么，但猜测应该是"再见"。直到对方轻快地步入楼梯间，他才将安全带插回去，重新发动车子。车子驶出小区，经过顾照家的那栋房子时，他特地放慢了速度，看到顾照家的灯亮着，才放心地加速驶离。

接下来的一周，顾照与沈玦星私下虽然没什么联系，却经常能在养老院里碰到。有时候沈玦星还会在养老院的食堂吃午饭，只是不与顾照同桌。顾照远远地看到他时会颔首示意，但不会特地跑过去打招呼。

顾照的新造型得到了养老院众人的交口称赞，甚至不少老人家表示，若晓娟老师介绍的这个对象不成，还有他们，他们也有很多孙子、侄孙，让她不要有压力，这次相亲不成功也没关系。尽管这是玩笑话，但确实化解了顾照不少压力。

就这么到了周五，与沈旋章约定的会面时间到了。顾照看快到下午五点了，就去洗手间换了衣服。小绿裙好看是好看，但穿着它行动起来太不方便，因此上班的时候还是平时的穿着。

换好衣服，她不好意思让别人看到，走路就有些偷偷摸摸、遮遮掩掩的。一路像做贼一样猫到门口，包里的手机忽然响了。她一边快步往地铁口走，一边从包里翻出手机，发现竟然是沈玦星打来的。她将电话接通："喂？"

"你在养老院里吗？"

"我……我已经下班了。"

沈玦星一顿，凉凉地道："你跑得还挺快。"

不知道为什么，顾照有种提前下班被老板抓包的错觉。她缩了缩脖子，道："我……我今天正好和朋友约了吃饭。"

"哦，那算了。"沈玦星道，"我正好在你们院里，本来想走的时候顺路把你带上的。你既然有约，那就没办法了。"

"不好意思……"这种事儿，其实没什么不好意思的，但顾照一向把"可以不给她但给了她的善意"看得很重。如果这份善意落空，她会觉得白费了对方的好心，因此产生愧疚和歉意。

然而这话在沈玦星听来，却客套到令他心烦："有什么不好意思的？顺路而已，我又不是特地接你。"他本来只是语气里带些凉意，这下子直接沉下来，"就这样吧，挂了。"

顾照停下脚步，抿唇看了一眼被挂断的手机，有些茫然，不知道自己又说错什么话了。

沈旋章约的地方在市中心，顾照转了几列地铁，在晚上六点半的时候终于到达他发来定位的地点。

那是位于一栋摩天大厦第三十六层的一家看起来十分有格调的私房菜馆。菜馆里明明人挺多，却显得异常安静，连服务员都像是压着声音在说话。顾照报了自己的名字，由服务员带领着来到靠窗的位置，那里已经坐了一个人。

听到动静，望着窗外风景的男人回过头，露出一张成熟英俊的面孔。他虽然已经年近不惑，却保养得很不错，除了岁月沉淀下来的稳重气质，身上一点儿也瞧不出四十岁的样子。

然而看到他的一瞬间，顾照生出一种强烈的似曾相识的感觉，特别是他的眉眼，目若朗星，眉如利剑……他看起来真的好像沈玦星。

世界上不可能有这么巧的事儿吧？顾照一边觉得这种事情太离谱儿，一边又觉得从这段时间发生的她之前连想都不敢想的事情来看，也不是不可能。

顾照在服务员的指引下坐到沈旋章的对面。由于她过于明目张胆的打量，沈旋章露出了一丝玩味的笑来。只是不等他开口，她就问出了一句让他颇为意外的话："请问……你认识沈玦星吗？"

沈旋章微微地挑了一下眉。顾照看到这儿，心里一沉：完了，他们连挑眉的动作都一模一样。

商铭远本来约了宋姣梦谈后续合作的事儿，奈何突然另一位甲方负责人叫自己过去吃饭。商铭远推辞不过，便打电话给沈玦星，让沈玦星去见一见宋姣梦。

一来，宋姣梦与沈玦星毕竟是老同学，两个人谈起事情来应该会更顺利；二来，千恒的这单生意好歹是由宋姣梦牵头，他们才能顺利拿到手，因此沈玦星作为老板，怎么也该请对方吃顿饭；三来……商铭远看出宋姣梦对沈玦星有意，也想试着撮合，成人之美。

"把地址发来。"沈玦星接到商铭远的电话时，正好在从养老院回公司的路上。闻言，沈玦星没多说什么，爽快地接下了这个活儿。商铭远报了一个地址，是S市有名的地标建筑，周围商务楼众多，许多金融公司在那边设立了亚洲总部。

沈玦星蹙了蹙眉："怎么挑了这个地方？"如果他没记错，沈旋章的风投公司也在那栋楼里。

"是宋女士挑的，可能离她的公司近吧。"

沈玦星回忆了一下，千恒似乎的确在那附近，便道："知道了，现在过去应该会堵车，你同她说一声，我大概要晚一点儿到。"

"OK。"

挂断电话，沈玦星掉转车头，往市中心开去。一如他所想，路上堵得很厉害。原本只要半个小时就能到的路程，足足花了他一个多小时。

等他到了餐厅楼下，正要打电话给宋姣梦，宋姣梦在一旁的咖啡馆已经看见他，叫着他的名字就走了出来。

"好久不见。"宋姣梦一头波浪式鬈发，白色西装马甲配同色阔腿裤，整个人看起来明艳又干练。

对于她主动伸出的手，沈玦星礼貌性地握了握，很快又松开了："好久不见。"

宋姣梦对这里还挺熟，直接带着沈玦星坐电梯到这栋大厦的第三十六层，出电梯前还在介绍他们即将要就餐的这家餐厅的特色菜："他们家的海鲜类菜品的味道都不错，黄鱼、鳌虾、象拔蚌，都可以一试。"

沈玦星的眉头几不可察地皱了皱，身上已经开始痒了。

"宋小姐，您来了，里面请，里面请。"门口服务员似乎与宋姣梦很熟，一见到她，连预约都没查，直接领着两位往里走。

周五的晚上，餐厅里座无虚席，只有靠窗的几张桌子没人，还都是别人一早就预订好的。

沈玦星给商铭远发去消息，告诉他自己已经与宋姣梦碰头儿，一抬眼，看到了坐在窗边微笑着与人说话的沈旋章。虽然对这种场面已有预见，但当自己真的巧遇沈旋章时，沈玦星还是在心里长叹了一口气。

"不好意思，我去打个招呼。"沈玦星丢下宋姣梦，有些不情愿地往沈旋章那桌走去。

本来沈旋章对面的那个人被屏风遮挡，沈玦星看不分明，但当他越走越近，对方的身形逐渐从屏风后显露出来时，那头长发、那条裙子……就算沈玦星觉得这种事儿再荒唐，也不能否认这一切无不在告诉自己，现在在和沈旋章吃饭的那个人是谁。

一对男女，如果没有工作上的往来，也没有血缘上的关系，能使他们坐在一起用餐的，除了约会，应该没有别的可能了吧？总不会是沈旋章要投资养老院吧？

可是……"顾照""沈旋章""约会"？这三个词分开看，沈玦星对每一个都认识，但把它们组合在一起，便让沈玦星难以理解。

走几步路的工夫，沈玦星的头脑中翻江倒海，但当他到了两个人的跟前，开口仍然很淡定："好巧，哥。"沈玦星得体地与自己同父异母的兄长打招呼，"我还在想会不会遇到你，没想到真的遇上了。"

沈玦星又看向一旁的顾照，扫了一眼她身上的裙子，道："你也好巧啊，顾照。"

顾照仰头僵硬地看着沈玦星，受到的冲击一点儿也不比他小。严格来说，巧合对应的是一种概率。但当数个只有百万分之一的概率才能发生的事情汇聚在同一天，顾照觉得那就不能称之为"巧合"了，而是"奇迹"。

对于沈玦星的到来，沈旋章这个哥哥似乎颇为惊喜："刚才我们还说到你呢。"

沈玦星好奇："哦？说我什么？"

沈旋章笑着瞥了一眼对面连看都不敢看自己的顾照，道："说真巧啊，连相亲都能遇到老同学的哥哥。"

四个人拼成一桌，顾照与沈旋章对坐，宋姣梦与沈玦星对坐。宋姣梦到完全落座也没明白，自己明明订的是二人位，怎么就变成四人共进晚餐了。她不动声色地瞥了一眼斜对面的沈旋章，十分想问一句——这位先生，你没事儿吧？她自己和沈玦星这边属于商务餐也就算了，哪有像对方这样约会还半途加人的？

"沈先生，这是今日的菜单。"年轻的服务员上前，直接将菜单递给了沈旋章。

沈旋章没有接，示意服务员把菜单给对面的顾照："女士点单吧。"

顾照第一次进这家餐厅，哪里知道点什么样的菜？一拿到菜单，她便忙不迭地将其转交给了身旁的宋姣梦，让宋姣梦点就好。宋姣梦欣然接过菜单，扫了两眼，报出一串菜名：海胆、黄鱼、蓝龙虾、象拔蚌……全是海鲜。

你是星河难及

回南雀 著

下册

青岛出版集团 | 青岛出版社

第十章 ◇ 有花堪折直须折

顾照去看沈玦星，沈玦星端起桌上的杯子喝了一口水，并不说话；她又去看沈旋章，沈旋章冲她笑笑，也不说话。

　　"诸位有什么忌口的吗？"服务员问。

　　顾照一咬牙，举手道："我……对海鲜过敏。"

　　服务员与宋姣梦一时都愣了愣。宋姣梦问："你对海鲜过敏？"

　　顾照低垂着脑袋，把责任背到自己的身上："嗯。"

　　宋姣梦拧眉。这家餐厅本来就是主打新鲜海鲜，如果有人不能吃海鲜，那菜品选择会少很多。她来回翻着薄薄的菜单，最后对服务员道："黄鱼留下，其他的海鲜都去掉，加一道牛排、一道牛肝菌。"

　　点完餐，四个人面面相觑。短暂的沉寂后，宋姣梦开口了："你们是怎么认识的？"她问顾照和沈旋章，"难道……是玦星介绍的？"

　　事出突然，宋姣梦只知道沈旋章是沈玦星的哥哥，至于是堂哥、亲哥，还是哪个远房族兄，她就不大清楚了。

　　"不是不是。我们院里有位老人家，应该算是沈先生的……"顾照一下子卡壳，求助地看向沈旋章。

　　"姨奶奶。"沈旋章接口，"我有个姨奶奶，住在顾照他们养老院里。她算是……我们的介绍人吧。"

　　"那真是好有缘。"宋姣梦道。

　　"你们认识很久了吗？"

三个人齐齐看向突然发声的沈玦星。沈玦星只是看着顾照，平静地又补了一句："多久？"

　　明明他的语气也没有多严厉，可顾照还是紧张得双手在桌下绞在一起，仿若接受审问的犯人，心虚，声音更虚："半……半个月吧。"

　　"哦，那就是养老院还在封闭管理的时候。"

　　恍惚间，顾照像是回到了高中补课的那段日子。当她再三做错题时，沈玦星总会用这种平静却瘆人的语气问她："你确定要选这个选项吗？"将这句话的潜台词转换为更直白的说法，大概就是"我再给你一次机会，你最好给我好好想清楚怎么说"。

　　"虽然今天是我和顾照第一次见面，但我的那个姨奶奶这两年可没少在我面前提起她。我其实已经对她久闻大名。"沈旋章道，"只是没想到她和你们竟然是同学。"

　　说话间，服务员端上开胃凉菜以及酒和饮料，这个话题就此告一段落。

　　"敬缘分。"沈旋章举杯。

　　沈玦星看了沈旋章一眼，跟着举杯，接着是宋姣梦，再是顾照。四只玻璃杯轻轻地相碰，发出清脆的响声，宣告开席。

　　顾照本来就拘谨，见到沈玦星后更是说不出地尴尬，全程都没怎么主动说话。宋姣梦倒是与沈旋章谈笑风生，聊了许多顾照听不懂的话题。

　　清蒸大黄鱼上桌时，服务员本想将它摆在靠近宋姣梦和沈玦星的那边，却被顾照将鱼盆拖过来，与自己面前的一盘小牛排调换了位置。

　　"你多吃一点儿。"顾照将整盆鱼推给沈旋章。

　　"……"饶是见多识广如沈旋章，在那一刻也有点儿出乎意料。

　　宋姣梦觉得顾照简直莫名其妙。视线扫过对面的沈玦星时，宋姣梦发现沈玦星的脸色十分古怪，要黑不黑，不知道他是不是也对顾照很无语。

四个人吃得差不多了，餐厅送上甜点、水果，桌上残羹尽数被收走，只留酒水杯。

"你的公司最近怎么样了？"沈旋章问身旁的弟弟。

"还行，能撑下去。"沈玦星晃着杯子里的果汁道。

"回过家吗？"

"嗯。"

从顾照家离开后，隔天，沈玦星就回家吃了一顿饭，受了蒋婉一顿数落。蒋婉抱怨他以前在国外还知道隔三岔五地打个电话回家，现在他回了国，反而更生疏了。

沈旋章点点头："需要帮忙，你就讲，一家人不说两家话。年轻人可以拼，但不用太急于求成。公司做不了就不做，反正你也不融资、不上市，现在经济形势这么差，你把公司卖掉算了，为了那点儿钱熬坏身体不划算。爸爸和阿姨都很担心你。"

沈旋章身处高位太久，如今大多是别人逢迎巴结他，他很少需要斟酌言语去讨好别人。加之他比沈玦星大十几岁，拿沈玦星更像是当小辈，而不是当弟弟，便也不知道自己随意的几句话会刺痛对方。

"我会考虑。"沈玦星眼里透出一丝厌倦。自己全力以赴，奋力一搏，在沈旋章看来，只是为了"那点儿钱"奔波劳碌。

沈玦星为自己解释过太多次，解释到连自己都厌烦，但好像都做了无用功。他的理想、他的野心，根本无人在意。

"沈玦星……接到了我们区的养老院改造项目。"顾照突然开口。

沈玦星一怔，抬头看向顾照。顾照微微转头，视线与他的视线短暂地交汇又错开："我们区一共有五十多家养老院，这个改造项目是非常大的项目。可能挣的钱不多，但改造完成后，更多的老人可以因此受益，是……很有意义的改造。"

顾照不懂创业风险，也不知道沈旋章在风投领域的地位，只是单纯地不忍看沈玦星露出那样不自信的表情，想要替沈玦星说两句话。

沈玦星没有急于求成，而是靠着自己的努力一步步走到今天的。沈旋章或许很优秀，优秀到看不上沈玦星赚的那点儿钱，但那也是沈玦星熬了很多个夜晚，最终得以获得的项目、通过的方案，怎能一句话就轻易否定呢？

"哦？"沈旋章笑笑，"那不错啊。"

在沈旋章看来，物联网这条赛道已经满了，别人早已领先沈玦星太多。人家十年前就在搞云平台，搞生态系统；沈玦星现在出发，技术比不过别人，市场也不认可。与其被人压得抬不起头，不如投奔大厂，以沈玦星的能力，晋升至高层只是时间问题。到时候沈玦星背靠大厂，手握股份，难道不比现在舒服？

沈旋章从事风投，向来只做对自己最有利的选择。因此，他无法理解沈玦星的坚持。诗和远方，这些都太抽象，商人只讲实际。

"阿嚏！"宋姣梦这时打了个喷嚏，适时终止了三个人的谈话。

"不好意思。我可能是空调吹多了，有点儿感冒。"宋姣梦搓了搓胳膊，开玩笑地道，"放心，我昨天刚做过核酸检测，是阴性。"

顾照忙从自己脚边的袋子里拿出一件薄外套递给宋姣梦："你要披一下吗？"地铁上的空调总是开得很低，顾照平时总会带一件薄外套，以备不时之需。

宋姣梦盯着那件黑色的薄针织外套看了几秒，最终还是接过了："谢谢。"

吃完饭，沈玦星买好单，四个人一同走向电梯。沈玦星问："你们……接下来还有什么活动吗？"

沈玦星问的是顾照，但回答他的却是沈旋章："接下来，就是送顾照回家了吧。"

顾照闻言连忙摆手："不用不用，我自己回去就行。"

电梯门缓缓地打开，四个人步入电梯。沈玦星按下地下停车库的按钮后，缓缓地道："我顺路，我来送顾照。你帮我把宋小姐送回家。"

宋姣梦捏着肩上的外套，下意识地看了一眼身旁的顾照，发现顾照也在看自己。还好，从顾照眼里，宋姣梦看到了与自己相同的茫然。

宋姣梦："其实我可以……"

"可以。"沈旋章打断宋姣梦，微笑着问，"宋小姐意下如何？"

如果要用一句话来形容自己今晚的心情，宋姣梦希望是"莫名其妙"，也只能是"莫名其妙"。在宋姣梦来看，顾照莫名其妙，这对兄弟也莫名其妙，他们每个人都好像在打哑谜，就自己被蒙在鼓里。宋姣梦此时只想快点儿回家泡澡、睡觉。

"可以。"最后，宋姣梦妥协了。

就这样，顾照上了沈玦星的车，宋姣梦则上了沈旋章的车。车到半途，顾照与沈玦星没说一句话，车厢里好像连空气都凝滞了。前方正好是红灯，沈玦星作为头车缓缓地停住。

"你什么时候对海鲜过敏了？"车里突然响起沈玦星低沉的声音。

"我……"顾照嗫嚅半响才答，"我没有过敏。"

沈玦星的唇角向上微扬，脸上露出一个很淡的笑意，但很快又被他压下。

"对了，刚刚吃饭花了多少钱？我把钱转给你。"顾照从前也相亲过，每次都对因此产生的费用按 AA 制（各人平均分担费用）把钱转给对方。她习惯了这样，两不相欠。所以当得知沈玦章选的餐厅人均消费一千多元时，她着实"肉疼"（形容花钱多，不舍得）了一把。

"怎么？你才与我哥吃了一顿饭，就要与我划清界限？"

沈玦星转过头。纵然光线昏暗，顾照仍能清晰地感受到从他眼中射来的寒芒："不是……"顾照往车门那边靠了靠，声音很轻。

"看过我哥后，再看我，你是不是觉得我也不过是个普通人？"沈玦星笑了笑，眼神却还是冷的，"不过我劝你不要太拿相亲当回事儿。我哥不会结婚的，你放弃他吧。"

顾照本来也没想和沈旋章有什么。冯晓娟可能觉得顾照配得上任何人，但顾照还是有些自知之明的。自己要样貌没样貌，要家世没家世，学历只能说普普通通，性格……说得好听一点儿是脾气好，说得不好听就是懦弱、没主见。沈旋章估计也是怕落了长辈的面子才会与自己见面，应该是没有下一次了。

而且，在沈玦星出现前，顾照和沈旋章其实一直在谈论关于沈玦星的事儿。在确认沈旋章就是沈玦星的哥哥后，顾照告诉沈旋章，自己高中时受到沈玦星颇多照拂。说着说着，沈旋章突然问她，是不是前不久摔伤过腿？

现在顾照的腿上还有之前摔伤留下的印子，但被对方这么猝不及防地一问，她也有些反应不过来。然后"说曹操，曹操到"，沈玦星就在这时出现了。她到现在也不知道当时沈旋章为什么要那么问。

"看过我哥后，再看我，你是不是觉得我也不过是个普通人？不过我劝你不要太拿相亲当回事儿。我哥不会结婚的，你放弃

· 247 ·

他吧。"

哪怕沈玦星说这句话时语气再平静，顾照也能敏感地捕捉到其中的冷意。她低着头道："嗯，知道了。"

"嗯，知道了"是什么意思？他问她是不是觉得他也不过是个普通人，她竟然回复"嗯"？！沈玦星没有在她那里得到预想中的反馈，心口瞬间更憋闷了。只是不等他再多说什么，后面就响起了催促的喇叭声。红灯已经转为绿灯，他该将车开走了。深吸一口气，再徐徐地吐出，沈玦星变换档位，踩下油门重新启动车子。

在那之后，一路通畅，他们竟再也没遇到过红灯。不过……顾照不时地以余光偷偷看一旁的沈玦星，只觉得他今晚开车特别狂野，虽然没超速，但一直在变道，刹车也很急。结合方才他的问话，顾照断定，他必定是受了沈旋章的刺激。

她之前总觉得沈玦星是天之骄子，做什么都稳操胜券，原来不是这样的。他也会动摇，也会为自己不如别人感到焦虑，也会流露出不甘又无力去反驳的神情。

只用了半个小时，沈玦星便把顾照送到了她家楼下。咔嗒一声，顾照将车门锁打开，沈玦星仍是一句话也没有。她默默地解开安全带，推开车门，一只脚踏到地上。她想了想，不放心，又转过头。她这一转头，目光便恰好与沈玦星的目光撞到了一起。

沈玦星没想到她会突然杀个回马枪，愣怔之下，火速移开目光的样子甚至带着些狼狈："还有什么事儿？"

顾照犹豫片刻，道："你在我心里一直不普通，就像……北极星那样。"浩瀚的宇宙中，总会有比北极星更明亮的星辰，但北极星对人类来说有着特别的意义。在顾照的心目中，沈玦星永远是最特别的那一个，是她的天空中的北极星。

这句话虽然是实话，但对顾照来说已经到了可以表达的极限。若不是为了安慰沈玦星，这种话，她是一辈子都说不出口的。说完，她没敢看沈玦星的表情，甚至连"再见"也没说，略显仓皇地下了车。

寂静昏暗的车厢内，沈玦星怔然片刻，再去寻顾照，她已经进了楼。北极星？为什么她说他是北极星？是因为他的名字里有个"星"字吗？所以她还是觉得他比较……

等等！沈玦星骤然清醒，回过神。自己现在在做什么？逼迫顾照在自己与沈旋章之间做出选择，试图拉低她对沈旋章的好感……

回忆着自己方才的行径，冷静下来的沈玦星将额头磕在方向盘上，难以置信地喃喃自语："我到底在做什么？"他简直就像是……在嫉妒沈旋章一样。

此时，沈旋章也将宋姣梦送到了家。只是宋姣梦瞧见在自家楼下徘徊的熟悉的身影时，去拉车门的手又缩了回来："沈先生，能不能请你帮个忙？"

李漠捧着一束火红的玫瑰，在公寓楼前来回踱着步。门口有门禁，他进不去，便总是在这里等着宋姣梦。

这些年，李漠时不时地会出现在宋姣梦的生活里。宋姣梦对他是骂也骂不走，赶也赶不跑。哪怕是宋姣梦在外省上大学的那几年，她也会在情人节、七夕节这样的日子收到他为她订的鲜花和礼物。宋姣梦的追求者众多，但李漠绝对是她最厌恶的那个。他就像一块撕不掉的狗皮膏药，好容易把它从身上揭下来，它又会黏在手上，黏完这只手黏那只手。

宋姣梦挽着沈旋章的胳膊，若无其事地往门内走。李漠一眼便认出她，捧着花上前："姣梦！"

李漠一脸喜气洋洋的样子，在见到两个人挽在一起的手后，面色突变："沈……这个人是谁啊？"一眼看过去，他差点儿以为那是沈玦星，但再仔细看，发现对方的年纪不对，身高也不对。

宋姣梦冷冷地看着李漠："关你什么事儿？我让你不要再来，你还来干什么？你是不是听不懂人话？"

李漠的脸上浮现出一丝怒意，但很快被他压下去。他变得小心翼翼："我就是……就是想见见你，给你送一束花。"

"我不需要，你把花送别人吧。"宋姣梦会对沈玦星有好感也不是没有道理的。除了性别不同，他们完全是一类人——聪明、漂亮、事业有成，并且绝不给自己不喜欢的人留一点儿遐想的空间。

"你……你就这么喜欢沈玦星吗？他不理你，你宁愿找个'西贝货'（假货）也不接受我？"

沈旋章听到"西贝货"三个字，眉梢抽了抽。这说辞新鲜，他长这么大还是头一回听到。

"梦梦，这位是……"既然当她的"男朋友"，他总不能一句话不说，于是沈旋章笑着开口，语气很亲昵。

"只是无关紧要的路人。"宋姣梦刷了门卡，没再给李漠一个眼神，挽着沈旋章就进了门。

感觉到李漠还在门外看着，宋姣梦言笑晏晏，将整个人贴在沈旋章的身上，与沈旋章仿佛是一对真正的恋人，但说出的话十分客气："多谢了。"

沈旋章微笑着侧首："举手之劳。"

两个人一进电梯，宋姣梦便松开了手，迅速地与沈旋章拉开距离。

"美女的烦恼。"沈旋章不用她解释，差不多已经猜到是怎么回事儿了。

"遇到这种人，是不是美女都烦。"宋姣梦将头发拨到身后，语气里充满了嫌恶。

电梯门一开，宋姣梦便快步走出去，透过走廊的窗户往楼下看了一眼，见李漠已经不在，长长地松了一口气。

"好了，你可以走了。"她对身后的沈旋章道。

沈旋章对她的这种用完就扔的态度也不生气，笑道："你不请我进屋喝杯茶吗？"

要是换作顾照，可能就真的傻乎乎地邀对方进屋喝茶了，但宋姣梦并非不经世事的小姑娘，他想撩她，可没那么容易。宋姣梦看着沈旋章，歪了歪头："你知道我为什么中意沈玦星吗？"

"为什么？"

"因为他年轻、英俊、聪明，看起来基因很好。"宋姣梦将手指按在自家的指纹锁上，随着一声轻响，门开了。

"我不好吗？"沈旋章站在原地，说后半句话时，吐字很轻，带着引诱，"我们还很像。"

宋姣梦进到屋里，冲他一笑："你太老了。"沈旋章的笑第一次僵在了脸上。

"要想生孩子的话，精子估计不大行。"宋姣梦遗憾地道，"我也是为了下一代考虑。"说完，她当着沈旋章的面关上了大门。

沈旋章这种老男人，她见得多了。她难道缺男人吗？她甩掉高跟鞋，迫不及待地扑到沙发上给楚袁沆打电话，讲述今晚这处处透着古怪的饭局。

楚袁沆正在健身房跑步，听着宋姣梦的吐槽，几次差点儿跟不上跑步机的速度，最后索性从跑步机上下来。

"我以为上次听到顾照的声音，是因为沈玦星要把她介绍给自己的哥哥，结果不是……"

"你有没有想过……"楚袁沆犹豫着，还是决定点醒好友，"沈玦星和顾照可能有事儿？哪有人特地送哥哥的相亲对象回家的？"

宋姣梦沉默了一下，突然尖叫："我竟然输给顾照？"她倒不是针对顾照，而是针对所有女人，"我这辈子没输过。"宋姣梦气得要死。

楚袁沉叹气："有些事情是说不清的。"

那天之后，如顾照所想，沈旋章没再联系她，两个人共同默认现状，关系就这么冷了下来。冯晓娟问起此事，顾照也如实说，觉得自己和对方不大合适。老太太就算再觉得可惜，总不好逼顾照谈恋爱，便也作罢。

天气炎热，食堂在午后都会煮一点儿绿豆汤给老人们解暑。方院长让顾照端几杯绿豆汤去失智区，分给施工的工人。顾照与一位护工端着绿豆汤来到失智区，发现沈玦星也在。自从上次的四人晚餐后，顾照与沈玦星就再没联络过，算算时间，也有好几天了。

"谢谢啊，谢谢……"工人道着谢，接过绿豆汤，蹲到阴凉的地方喝去了。

将绿豆汤分到只剩最后一杯时，顾照到了沈玦星的面前。他坐在垒起的建筑板材上，拿着一沓纸扇着风，汗水从他的鬓角滴落，沿着下颌向下滑过颈侧。

"什么？"他睨着托盘里的杯子问。

顾照微微俯身，给他看杯子里的东西："绿豆汤，你喝吗？"沈玦星没说喝不喝，但将杯子拿起来了。

"最近你和我哥还在聊吗？"沈玦星将杯子举到唇边，状似不经意地问道。

顾照等着收杯子，就抱着托盘坐到他的身边："没有聊。"

"哦。"

二人一时无话。过了一会儿，沈玦星道："今天下班，我可以顺路送你回家。"

"啊……"顾照看向他，弱弱地道，"可是我今天……约了朋友吃饭。"

一听晓娟老师的甥外孙没戏了，杨爷爷立马将他的邻居的儿子介绍给了顾照。两个年轻人没有互加微信，但长辈帮他们约好了在附近的咖啡厅见面。

"你又约了朋友？"沈玦星眯了眯眼，见顾照的眼神躲闪，突然有了猜测，"相亲？"

顾照垂下脑袋，低低地嗯了一声。

"……"沈玦星将手里的纸杯揉成一团，一字一顿地从齿缝中挤出，"那就算了。"

顾照无法将注意力从不远处的沈玦星的身上移开。

"现在天气越来越热，我们的那个领导简直缺心眼儿，竟然让我们去外面拉客户，把我们当派发传单的暑期工啊……"坐在顾照对面的年轻男人丝毫没注意到她的异样，还在侃侃而谈。

这位周先生今年二十八岁，银行职员，长相普通，身高中等，父母双全，家中独子。他这样的人，可谓芸芸众生中平平无奇的一员，但对顾照来说，这才是自己正常的相亲对象。像沈旋章那样的相亲对象，要不是晓娟老师对他知根知底，他又恰巧是沈玦星的大哥，那身份、条件真的很像网络"杀猪局"（虚拟交友平台的网络诈骗局）编出来的。

顾照就着吸管喝了一口自己点的抹茶拿铁，笑了笑道："那真的好辛苦。"

沈玦星的身前摆着一杯冰咖啡。此时他正一边拿着手机回复消息，一边吃着三明治，好像全然不关心顾照那边发生的事儿。

顾照对沈玦星顺路送自己回去的提议已经连着拒绝了两次，

打心眼儿里觉得挺不好意思的，所以今天下班后，在养老院的门口碰见正要离开的沈玦星，听他说要送她去相亲的地点时，她就没拒绝。

那家咖啡馆，从养老院走过去也仅需要五分钟，沈玦星开着车刚起步就又停了。顾照正要说谢谢，不承想沈玦星停好车后，竟然和她一起下了车。

"我正好在这里吃晚饭，你不介意吧？"沈玦星口里向她问着介不介意，手上已经锁了车。

附近的餐馆、小饭店那么多，顾照不知道他为什么独独选在这家吃晚饭，但她能说什么呢？这家咖啡馆又不是她开的。

"还是你们养老院轻松，平时没那么多麻烦事儿。"周先生打量着顾照，突然问道，"你额头上的斑是天生的吗？"

周先生之前听介绍人说，对方的脸上有一块胎记，但不影响容貌，加上对方的学历、性格等方面都挺好，家里还没有乱七八糟的亲戚，他才同意见一面。而现在一看，那个胎记还是挺明显的，他对此就有点儿介意。

"嗯，是天生的。"十个相亲对象中九个会问到她额头上的胎记，剩下的一个不好意思当面问，会通过介绍人了解这一情况。顾照对对方的这种反应已经很习惯了，所以也没觉得怎样。

"怎么不化妆遮一遮？你们女生不是什么都能遮吗？之前我表姐的脸上长过一个很大的痘痘，她都用化妆的东西遮掉了。"

顾照干笑道："我不大会化妆。"

她额头上的红斑的颜色不算很深，以前她总会用厚厚的刘海儿遮挡，让别人注意不到。现在她换了造型，刘海儿变薄了，如果在红斑处涂上有遮瑕功能的粉底的话，应该能遮个七七八八，但若不上妆，红斑就会有点儿明显。周围的人都不大在意她额头上的红斑，无论是养老院的众人还是沈玦星，都没有拿异样的眼神看过她，久而久之，她都快忘了一般人还挺介意相亲对象的脸上有瑕疵。

"关你什么事儿啊？你怎么事儿这么多？你是谁啊？你贵姓啊？你凭什么来管我家的事儿？"

骤然响起的女声吓了周先生一跳。他转头看了一眼正用手机看电视剧还开了外放的沈玦星，满脸的嫌弃。

"在公共场合放这么大声，这人什么素质？"周先生小声嘀咕着。面向顾照时，他又换上微笑的表情："你不会不要紧，可以学嘛。我回头向我表姐要几个化妆教程发给你。"

顾照透过对面的男人，看向他身后的沈玦星，回答越发不走心："那麻烦你了。"

沈玦星靠在椅背上，嘴里咬着吸管，全然不在乎别人投到他身上的目光。

"对了，你这个……会遗传吗？"

顾照愣了愣，目光转回对面的男人的脸上："什么？"

周先生解释道："现在养孩子的成本越来越高，谁都希望自己的孩子健健康康的。你也别嫌我说话直，我就是提前问清楚，避免以后产生更大的矛盾。我自己是可以保证往上数三代都没有遗传病的，这一点你可以放心。"

顾照虽然觉得和对方第一次见面聊这个话题有点儿奇怪，甚至感到有点儿被冒犯，但也理解对方的顾虑，就说："这个不会遗传，不是基因上的毛病。"

"你是不是傻？你看不出他根本不在乎你吗？我多管闲事儿？我事儿多？你真是好心当作驴肝肺！"

沈玦星那边本来已经低下去的音量猛然又拔高，快要把顾照的声音盖住。周先生再也忍不住，回头道："这位先生，你能不能小点儿声？"

原本看着手机的沈玦星抬起头："吵到你了？抱歉啊。"他目光掠过顾照，手上操作着，很快关了视频。

"你平时有什么爱好吗？"周先生调整着表情，一边转头，一边问顾照。

顾照匆匆地收回目光，道："哦……我也没什么特别的爱好，就是会看一些综艺节目或者纪录片。"

综艺节目能令人心情舒畅，纪录片能令人增长见闻。疫情这两年，顾照的工作强度挺大的，她也不能随便乱跑，就靠这两样东西缓解压力了。

"综艺节目有什么意思？不过是一群艺人装疯卖傻，还不如多看点儿书。"周先生很是不屑，"当然，我说的不是小说、漫画那种书，是正经的，比如茅盾文学奖作品，莫言、余华这样的名家的著作。"

莫言、余华写的难道不是小说吗？心中生出一丝疑惑，但顾照不是那种会当面反驳别人的性格，就算觉得对方说得不对，也只是在心里想想。

"嗯，好。"她温和地点头，表示自己会找时间去拜读这两位名家的作品。

有些人是见人下菜碟的，别人越软，他越强硬。这位周先生即是如此。见顾照一副文静柔弱的模样，心中的大男子主义便开始膨胀，他吹嘘完自己的读书清单，又开始吹嘘自己认识的厉害的哥们儿，什么富商、导演、特种兵，说得有鼻子有眼，仿佛这些能人都是自己的生死之交。顾照静静地听着，偶尔会礼节性地附和两声，但没往心里去。

突然，沈玦星站了起来。他喝光了咖啡，吃完了三明治，也看腻了电视剧，不打算再待下去了。他径直走到顾照的面前，沉着脸问："我要走了，你走不走？"

顾照仰头惊诧地看着沈玦星，动了动唇："我……"

"我在外面等你。"沈玦星没听她说下去，留下一句话便往门外走去，好像笃定顾照一定会跟过来一样。

周先生直接傻眼，指着沈玦星的背影问顾照："你们认识？他……他是谁啊？"

顾照站起身，因为不知道怎么解释，干脆就不解释了："不好意思，我先走了。我们有机会……有机会再聊吧。"说完，她拎起包，在周先生茫然的注视下急急地推门而出。

马路边，沈玦星的车依旧停在原处。顾照小跑着过去，车门没有锁，她一拉就开了。她刚丢下周先生那会儿，心里还有点儿过意不去，想着这样是不是不太礼貌。但现在在车里坐定后，她发现自己不仅迅速地摆脱了负疚感，还长长地松了一口气。这位周先生讲起话来……真是太要命了。

"那种人，你竟然还能坐着跟他聊半小时？什么货色啊，张口闭口莫言、余华？莫言、余华被他提到都嫌晦气！"从沈玦星的语气中能明显听出他心里有很大的不满，就像刚才浪费半个小时相亲的是他自己一样。

"那个人是杨爷爷介绍的，我总要见一见。"顾照小声地道。大家都是好心，反正她晚上也没事儿，与对方见一面就见一面吧。

沈玦星被顾照的话堵了一下，一时间比方才听那个傻瓜让顾照多读点儿书还要烦躁："除了这个，后面还有没有？"

顾照算了一下，说："还有……三四个吧。"

沈玦星抿了一下唇，握着方向盘的手因用力，骨节愈加突显起来："你们养老院的人都挺喜欢当月老啊。"

顾照苦笑道："嗯，他们都挺关心我的。"

在那之后，一路上除了收音机里传出的音乐声，车里的两个人再没有任何对话。一直到顾照家的楼下，沈玦星缓缓地将车停稳，开了车锁，仍然没说一句话。

顾照解开安全带，看着沈玦星冷漠的侧脸，在心里叹了一口气。沈玦星一定是觉得她很不争气。她明明也认为周先生的观点不对，却连一句话都不敢反驳。

"谢谢你送我回来。"顾照说完去推车门。

"顾照……"

顾照回过头，却见沈玦星脸上的神情似乎焦灼又茫然，好像连他自己都不知道为什么要叫住她。

"谁介绍对象给你，你都会接受吗？"

顾照以为他的潜台词是让她以后不要来者不拒，好歹甄别一下男方是否靠谱儿，便为难地道："也不大好拒绝。"

"告诉他们，你有喜……"沈玦星猛地一顿，终于意识到不对。为什么他要这样生气？因为顾照明明喜欢的是他，却还和别的男人约会？

告诉他们，你有喜欢的人，这样他们就不会给你介绍对象了。可他又有什么立场限制顾照和人交往？顾照就是顾照，拥有独立的人格，不是他的所有物。虽然她两个月前还在同学聚会上亲了他，会逗他高兴，记得他的喜恶，陪他聊天儿到深夜，但他仔细想想，她好像从来没同他说过"喜欢"。

沈玦星深吸一口气，觉得或许应该先梳理一下自己的思绪："没什么，明天见。"

顾照没怎么在意沈玦星那句没说完的话，注意力全放在他说的"明天见"上了。明天见，说明沈玦星明天还是会去养老院的。

顾照是个很容易满足的人，对她来说，能不时地见到沈玦星，就已经很开心了。

"明天见。"顾照笑着道别，随后下了车。

沈玦星没有立刻开车离开，而是在顾照家的楼下停了很长一段时间。

他的思绪非常混乱，满脑子都是疑问，它们犹如几百根交缠在一起的耳机线，让他不知所措，无从下手。他觉得自己可能需要一个场外援助，来对这些错乱的思绪做一下梳理和解答，于是打了一个电话给商铭远。

当得知商铭远刚下班，还在回家的路上时，沈玦星立刻道："我来找你。我可能有点儿……私事儿要向你请教。"

商铭远本来以为沈玦星是为公事儿打电话过来，心里已经开始哀叹连连了，结果竟然不是。私事儿？说到这个，商铭远可就不困了："来来来，我那儿什么酒都有，咱们边喝边聊。"

沈玦星挂了电话，神情复杂地看了一眼那条通往顾照家的楼梯，最后掉转车头驶离了小区。

顾照回了家，随便下了碗面吃。洗碗的时候，她接到了楚袁沅打来的电话。楚袁沅问顾照这周六有没有时间，说要请顾照吃饭。

顾照也没做什么值得楚袁沅请客的事儿，说什么都只同意 AA 制。楚袁沅无奈，只得道："行行行，AA 制就 AA 制！你就说有没有空儿吧。"

"有。"

"那我们就这么说定了。时间定在周六中午十一点，我等会儿把餐厅的地址发给你。"

顾照答应下来，正要挂电话，楚袁沅又道："对了，到时候可能姣梦也要来。"

顾照一愣："宋姣梦？"

"对，她说要还你衣服。"

楚袁沅这样一说，顾照也想起好像是有一件外套在宋姣梦那里。

照理说，宋姣梦喜欢沈玦星，顾照也喜欢沈玦星，两个人互为情敌，多少有点儿敌意在，但是顾照可能因为完全没有沈玦星会喜欢自己的妄想，所以不仅不排斥宋姣梦，甚至觉得宋姣梦和沈玦星还挺般配。

顾照不追星，不然会发现，对于沈玦星，她现在的心态非常像把偶像当孩子去喜爱的那类粉丝的心态——她喜欢，但不试图占有。

顾照应下："好，那我们到时候见。"

商铭远等着沈玦星和自己聊"私事儿"，这一等就等了大半个小时。沈玦星光喝酒，什么都不说，让商铭远的"直播事业"进行不下去了。

林立："怎么样，他说了没有？"

商铭远看了一眼手机上跳出的微信消息，回复林立："还没呢。但他已喝掉小半瓶威士忌，我感觉他今天是要睡在我这儿了。"

林立："我掐指一算，这私事儿一定是关于情感方面的。我赌一百元，是因为爱情。"

"你跟谁赌？我说不是爱情了吗？"

林立发了一张"鄙视"的表情包。

商铭远收起手机，向沈玦星见底的杯子里又加了点儿酒，问道："沈总，你倒是说啊，到底怎么了？你不说，小的怎么帮你排忧解难啊？"

沈玦星撑着头，眼皮微垂。他盯着杯子里的酒，显得十分迷茫："高中的时候，有个女孩儿喜欢我，我觉得自己被背叛了……"

"等等，你的这个情感是怎么产生的？你能不能详细地跟我说说？"商铭远可以理解高兴、讨厌，甚至惊吓，但"背叛"是个什么高级词汇？

"因为……在此之前，我一直没有想过她会喜欢我。"沈玦星试图说明自己和顾照的关系，"不是说她喜欢我不正常，但我和她之间的关系里不应该掺杂那样庸俗的感情，你明白吗？"

商铭远不明白，但还是示意沈玦星继续讲下去。

"我拒绝了她，说了一些很绝情的话。我在国外的这几年，我们彼此都没有联系过对方，我只从其他人那里零星地得到过她的一些消息。两个月前，高中同学聚会，我们又相遇了……"沈玦星说到这里，停顿下来，痛饮一杯。

商铭远急得又给沈玦星添满了酒："然后呢？"

"然后我送她回家，遇到封控，在她家住了二十三天。"

那是女同学，真的是女同学！商铭远兴奋了，恨不得立马给林立发语音消息报喜——星星终于开窍了！

"我发现她没变，又好像变了。史莱姆、吉娃娃、垂耳兔、挂线嫦娥彩……你知道这些是什么吗？"

对前三个，商铭远还能听懂，但最后那个是什么东西？商铭远摇头："是什么？"

"是她在我心目中的变化。"沈玦星带着点儿醉意，说着让商铭远摸不着头脑的话，"她变成了一朵茶花。她变成了一朵……茶花！"

"所以……你因为她变成了一朵花而烦恼？"商铭远也不知道自己在说什么。

沈玦星一下下地敲击着玻璃杯，否认道："不。我烦恼，是因为她跟别人相亲。当我发现她跟我哥相亲，还穿着那件我以为是特意穿给我看的裙子时，我花了很大的力气才没有当面质问她为什么要这么做。"

"What（什么）？"商铭远为这错综复杂的关系失态了两秒，又很快冷静下来，"忽然发现曾经喜欢自己的女同学有可能成为自己的大嫂，这……确实有点儿……微妙。"

"今天她又跟别人相亲了，对方是个蠢货。我不理解她为什么要这么做。"最后几个字，沈玦星简直说得咬牙切齿。

商铭远抓住了重点："你不理解她为什么这么做。那你觉得，她应该怎么做？应该一直喜欢你，在原地等你？等到七老八十，看你儿孙满堂，自己孤独终老？"

沈玦星倏地瞪向商铭远，表情里有不可思议，也有愤怒，好像在说：你怎么敢把我想成这么卑劣的人？

"当然不是，我只是……只是……"他"只是"了半天也没有下文，眉头越皱越紧，眼里逐渐显出一丝震惊。过了片刻，他低头轻轻地骂了一声。

商铭远拍拍沈玦星的肩，意味深长地道："'有花堪折直须折'，兄弟。"

翌日，顾照一上午都没见到沈玦星，以为他下午会来，结果直到下班，都不见他的人影。或许他突然有事儿来不了吧。她正这样想着，沈玦星的微信消息就来了。

沈玦星："我今天有点儿感冒，在家里睡了一天，刚刚才醒，所以没去上班。"

顾照一下就担心起来："严不严重？发烧了吗？"

"没有，就是普通感冒。"

顾照刚想说保险起见，还是做抗原检测吧，他的消息就又发了过来。

沈玦星："周六有空儿吗？我想给你介绍一个人。"

"介绍一个人"？顾照不确定沈玦星的这句话是什么意思，进一步问："介绍谁？"

"介绍对象。"

顾照盯着这四个字看了许久，心中升起一种麻木的释然。怪不得他问她是不是谁介绍对象她都会接受，原来是他自己想给她介绍对象……

"我周六有约了。"顾照回复完消息，直接退出微信，没再继续对话。

顾照戴着口罩，顺着人流走进拥挤的地铁站。明明与往常一样的路线，今天走来，她却感觉格外疲惫，疲惫到她在等车的过程中，忍不住坐到了一旁的长椅上。

就算沈玦星是为了她好，想给她找一个靠谱儿的对象，但会不会……有点儿过分？不过沈玦星一向是这样的，嘴上不饶人，心却一直很软。他对每个人都很好。他但凡心坏一点儿，她都不会喜欢他到现在。

她真的不应该去参加同学会。不参加同学会，不见沈玦星，再过两三年，可能她就彻底地把他淡忘了，便不会像现在这样。她长叹一口气，再次感受到了许久没有感受到的单恋一个人的苦涩。

地铁列车来了又走，防护玻璃墙上映照出她呆呆地坐在长椅上的模样。就这么坐了十来分钟，在不知道第几次地铁列车进站时，她眨了眨眼，好像终于活过来的石像，从长椅上站了起来。

她排在队伍的末尾，一点儿一点儿地往里挤，就在这时，手机响了。她摸索着从包里掏出手机，"沈玦星"这三个字让她差点儿慌乱地将手机扔掉。这个电话她不想接，但又不能不接。最后，她还是将手机贴到了耳边："喂？"

"你怎么不回我的微信消息？"沈玦星的声音十分沙哑，语速也较平时更缓慢一些。

"我……在回家的路上，没看手机。"顾照道。

"周六你又跟谁有约？"他把"又"字念得格外重，从语气中能听出他很不悦。

"跟班长。她约我中午吃饭。"

"楚袁沅？"

"嗯。"

沈玦星顿了顿，再开口时语气明显轻快了："那晚上呢？"

"晚上……没有约。"

"那就晚上吧，我等会儿把地址发给你。"

顾照一点儿也不想去。她知道，与沈玦星见一面也不代表什么，就如同沈旋章、周先生，她与他们见了也不是一定要交往的意思。但对沈玦星的邀约，她还是不想去。她不希望沈玦星像晓娟老师他们那样追着她问：你觉得这个男人怎么样？你对他有没有感觉？你们要不要试着谈一谈？顾照怕到时候自己忍不住骂人。

"我……"她试图开口拒绝，但沈玦星先一步打断了她的话。

"晚上六点，我等你。"他的语气格外郑重，甚至带着一丝不易察觉的紧张。

顾照紧握着手机，面向地铁车窗，变幻的 LED 广告与窗上她自己的影像来回交替着。那抹暗淡的影子无声地叹息着，她认命般闭了闭眼。

"好，我知道了。"她轻轻地说着，"在地铁里，手机信号不太好，我挂了。"她没再听沈玦星又说了什么，迫不及待地挂断电话。

第二天就是周五，顾照不知道沈玦星会不会来养老院，但为了避免和他撞上，她特地申请了外出去税务局领发票。那天也巧，税务局里的人特别多，她光排队就排了几个小时，等返回养老院时，已经是下午了。院里不见沈玦星的车，方院长说他今天没来。

到了周六，可能因为心里有事儿，顾照上午八点就醒了。楚袁沅定的地方是一家粤菜馆，开在市中心的一家商场里，人均消费两百元，是顾照能承受的价格。

顾照到的时候，楚袁沅已经到了，但不见宋姣梦的身影。

"不用管她，咱们点单先吃起来。她最会迟到了。"楚袁沅向服务员要来菜单，与顾照凑在一起点菜。

楚袁沅点了几道点心，都是粤菜中常见的菜品，榴梿酥、叉烧包、鸡菌饺、金钱肚之类的。她点完问顾照这样行不行。顾照没有忌口，什么都吃，但看了一眼楚袁沅点的东西，还是好心地提议："要不要加一道海鲜？宋姣梦好像喜欢吃海鲜。"

宋姣梦喜欢吃海鲜？楚袁沅虽然与宋姣梦是多年好友，但从未留意过宋姣梦的饮食习惯，顾照是从哪里知道这些的？

"你怎么知道她喜欢吃海鲜？"楚袁沅问道。

"上次和她一起吃饭，我看出来的。"

顾照记得许多人的喜好：方院长不吃葱，林敏清只喝热水，晓娟老师喜欢软烂的食物，沈玦星不吃海鲜……这些都是小到在旁人看来微不足道的事儿，但顾照就是会用心地记在心里，从来不觉得麻烦。

等菜上得差不多了，宋姣梦才姗姗来迟。她化着精致的妆，明艳不可方物，走来的这一路上很是引人注目："不好意思，来晚了。"

宋姣梦拉开椅子，在坐下之前，将手里的纸袋递给顾照："上次你借给我的衣服，我已经洗干净了，谢谢。"

"不客气。"顾照接过袋子。

楚袁沅指着桌上的一道元宝虾说道："这是顾照特地为你点的，说你爱吃海鲜。"

宋姣梦愣了愣。她确实爱吃海鲜，这件事儿不是秘密，但她没想到只和自己同桌吃过一顿饭的顾照会注意到，毕竟连自己的前男友们也不是各个都知道的。

"你不是不能吃海鲜吗？"宋姣梦不想承认，在那一瞬间，心里竟然挺感动，但她又记着楚袁沅说自己可能输给顾照的事儿，纠结之下，语气就很生硬。

"你可以吃嘛。"顾照笑了笑，"我吃别的就好。"

没人不喜欢自己被人记挂、被人在乎，宋姣梦虽然任性，但不是那种不识好歹的人。她抿了抿唇，当即别别扭扭地说了一声谢谢。

三个人坐在一桌，一边吃饭，一边随意地聊着。楚袁沅本来还怕顾照无法融入，有些担心，结果发现顾照虽然话少，不怎么会挑起话头儿，却是个非常好的倾听者。宋姣梦说起自己那无用的上司和一些极品的甲方时，顾照的表情真挚到甚至令楚袁沅觉得顾照下一刻就要拨打市长热线举报这些无良公司。

说着说着，说到婚恋问题，宋姣梦哀叹自己的"烂桃花"（被自己看不上的人纠缠）太多："我不过是想找个基因优良的男人生孩子，延续我的血脉。这样的人怎么就这么难找呢？"

顾照第一次听到这么新潮的婚恋观，愣怔片刻，安慰道："沈玦星……的基因看起来就挺好的。"

"我也这么觉得，可他对我没兴趣啊。"宋姣梦自己就深受被别人死缠烂打之苦，又怎么会去死缠烂打别人？而且主动向沈玦星示好已经是她的极限，再进一步的，她可干不出来。

"那天你们不是一起吃饭了吗？"顾照以为沈玦星和宋姣梦好事将近，可今天一听，这件事情怎么好像与自己想的大相径庭？沈玦星连宋姣梦都不喜欢吗？

宋姣梦摆摆手："我本来不是同他吃饭的。约好的那个人临时有事儿，才换成他。他平时躲我躲得可厉害了。"

顾照打量着眼前为了自己绝佳的基因无法延续而愁苦的宋姣梦，只觉得宋姣梦哪儿哪儿都很完美，连睫毛都美得像画出来的一样。沈玦星连这样的都不喜欢……他是不是哪里有问题？

"顾照，我听姣梦说，你在与沈玦星的哥哥相亲。你俩后来怎么样了？"楚袁沅道，"你若还是单身，我这儿有好几个不错的，你挑挑？"

楚袁沅掏出手机在相册里翻起来。顾照还没说什么，对面的宋姣梦就一盆冷水泼过来："拉倒吧！你老公的那些兄弟一看到我，恨不得把眼珠子黏在我的胸上，能是什么好货色？"

"爱美之心人皆有之，人家看你也很正常嘛。"楚袁沅快快地道。

宋姣梦想说沈玦星就不这么看自己，但又觉得说出来，落面子的是自己，就又给憋回去了。

"我还是单身，自那次见面以后，和沈先生就没聊过。"看气氛有些冷，顾照及时开口。

"没聊就对了，那个也不是什么好东西。"宋姣梦轻咳一声，"那你和沈玦星呢？"

自己和沈玦星？顾照没想到宋姣梦会问这个问题："我们……就是老同学的关系，没什么的。"顾照想到晚上还要去见沈玦星给自己安排的相亲对象，垂下眼，声音越来越低。

宋姣梦与楚袁沅对视一眼，无声地交流起来。

宋姣梦的眼神里带着疑问：你确定他俩有事儿？

楚袁沅的眼神里满是笃定：信我。

一顿饭吃到下午两点，要不是顾照说自己晚上有约，可能三个人还会聊下去。分别时，楚袁沅新建了一个群，取名"约饭群"，顾名思义，是要经常约饭的意思。宋姣梦没表示同意，也没反对，但通过群成员加了顾照的微信。

顾照与楚袁沅、宋姣梦告别，独自走向地铁站。楚袁沅和宋姣梦站在原地，对着顾照的背影，一路目送，然后不约而同地开口。

楚袁沅："她真是变了好多。"

宋姣梦："沈玦星是不是不行？"

楚袁沅悚然一惊，猛地转头，差一点儿闪到脖子："啊？"

顾照回家稍作休息，换了一身衣服，看着时间，稍稍填了一下肚子，等到下午五点就从家里出发了。

沈玦星发来的地址很奇怪，是一家游乐园，还注明要等在旋转木马前。顾照恋爱经验为零，相亲经验还算丰富，但她还是第一次见人相亲约在游乐园里的。长途跋涉来到游乐园，她花了五十元门票钱，扫码进园，对着地图好不容易找到旋转木马所在的位置时，刚好到六点。

远处隐隐传来整点报时的钟声，四周瞬间亮起灯光。顾照看向身后，两层的旋转木马随着音乐旋转、起伏，五彩的灯光装点着它，。它宛如一个精美的巨型八音盒。

"顾照。"

顾照听到有人叫她，拿着地图，下意识地回头。灯火璀璨，沈玦星站在她的身后不远处。白衬衫、黑裤子，气质干净，眼神纯净，他一如过去那个让她心动的少年。那一瞬间，她甚至听到了自己的心发出的痛苦的呻吟。她不确定沈玦星有没有问题，但她肯定是没问题的。

顾照一步步走向沈玦星，最终在他的面前停住："你……"她环顾四周，"那个人呢？"

沈玦星低头看着顾照，表情古怪："没有别人。"

"对方有事儿来不了了吗？"这种事儿也不是没发生过，顾照表示理解，"那就下次吧。"她仰着头道。

伴着欢快的歌曲，不知哪家小孩儿这样兴奋，坐在旋转木马上又叫又笑。尖锐的声音划过耳膜，刺得本就紧张的沈玦星连脑仁都疼了。沈玦星忘了，现实与电视剧里演的是有差别的，偶像剧并不能全信。

"没有别人，只有我。沈玦星，男，虚岁二十六岁，身高一米八九，自主创业，硕士学历；父母双全，都已退休，现居 S 市；本人无不……有一些不良嗜好，但如果你不喜欢，我可以改。"沈玦星认真地做着自我介绍，听得顾照一愣一愣的。

她开始怀疑中午的那顿饭是不是哪个菜不新鲜，导致自己食物中毒，不然自己怎么可能出现这样离奇的幻觉？或者……她猜测："你在玩儿'真心话大冒险'？"

沈玦星看着她，沉默两秒，说："没有。我今天说的话，完全出于自主自愿。你不是说谁给你介绍对象都会接受吗？那么，我不行吗？"

如果硬要问顾照现在是什么心情，她只能憋出两个字——震撼。此时的她，没有喜悦，没有感动，只有满心满眼的震撼。她甚至想问他，他是不是在发烧？不然怎么会说出这种好像烧坏脑子才会说出来的话？

"这不是行不行的问题，而是……"

"相亲而已，又不是马上就要交往。我们相处一段时间，到时候你觉得可以就可以，如果觉得不可以……"沈玦星轻声地道，"我们就做回朋友。"

顾照努力想要思考，但效果不咋样。如果现在有人问她一加一等于几，她也只会茫然地看着对方。出于生物性的本能——应付不了就逃，她随便选了一个方向就准备跑路。

好在沈玦星早有准备，从后面一把拽住了她的手腕。他的脸色有些难看："我又不会吃了你，你跑什么？"

"不……不知道啊。"顾照瞥了一眼被牢牢握住的手腕，感觉那里好像有些不过血了。她试图挣脱，只是被抓得更紧。

沈玦星将她往自己的身前扯了扯，因为焦躁，语气不由自主地强硬起来："到底行不行？"

她一看就知道沈玦星没相过亲，相亲需要什么同意啊？双方见一面，聊一聊；如果觉得不错，双方就再见一见，聊一聊……直到确认关系。要是一方觉得不合适，发个消息回绝另一方就是了。有时候可能都不需要正式回绝，双方聊着聊着就不聊了。所以顾照也没明白沈玦星到底要让她同意什么。

"行……行！"顾照连连点头，"你先……先松开我。"她觉得自己被握住的那只手的手指都要没知觉了。

沈玦星好像才想起自己还抓着顾照的手，一下子松开，表情也随之舒展："抱歉，我有点儿紧张。"

顾照转着手腕，表示理解："没关系。"

二人身后的旋转木马转完一轮，停了下来。上一轮的游客离开，下一轮的游客一哄而上。没了音乐声，两个人之间宛如形成了一个真空环境，静得让他们不知所措。

沈玦星清了清嗓子，问："你饿吗？"

顾照从家里出来前吃了一些东西，此时不觉得饿，但是也能再吃一点儿，就说："还行。你要……找地方吃东西吗？"

她展开手里的地图，用着连一加一等于几都不知道的脑子，试图在地图上找到一家餐厅。找了几圈，把地图来回翻了又翻，脸越来越热，手心都在出汗，她却连一辆小吃车都没找到。

顾照背对着沈玦星，颠倒着地图，想先弄清楚他们现在的位置："我们在……这儿。"她点着旋转木马的位置，"然后餐厅在……在……"

　　她的身后突然传来令她有压迫感的力量。沈玦星微微俯身，将口罩拉开一些，修长的手指指向距离他们不远的一个地方："在这儿。"说完，他将口罩重新戴好。顾照强忍着才没有去搓耳朵，双手紧紧地握着地图，她闷头闷脑地就朝沈玦星所指的地方走去。

　　游乐园餐厅的菜品，色、香、味是一样儿也指望不上，勉强只能管饱。顾照吃着感觉还行，她不挑，但沈玦星吃得就很煎熬，从头到尾眉头就没松开过。

　　顾照进游乐园时，看到大门的对面好像有一家肯德基，见沈玦星吃得这样痛苦，便提议道："要不等会儿我们去对面买一点儿鸡翅、汉堡？这些，你吃不下就不要吃了。"

　　沈玦星连一秒犹豫都没有，瞬间丢掉了筷子，还用桌上的清水漱了漱口。他放下杯子，问道："吃完东西，你还想去哪里？"

　　顾照被他问得一愣。按照相亲的正常流程，双方第一次见面，最多就是吃一顿饭、喝一杯饮料，然后就互道"再见"了，哪里会有这么密的行程？

　　"我……都可以。你有想去的地方吗？"

　　沈玦星好像就在等她的这句话，闻言迅速地掏出手机，打开了购票 App。

　　"去看电影吧。"他说，"对面的商场里就有一家电影院。"

　　于是两个人花了一百元的门票钱，在游乐园里一个项目也没玩儿，光吃了一顿难吃的晚餐，就出园了。两个人穿过一条马路就到了肯德基。沈玦星点了汉堡套餐，顾照已经吃饱了，只点了一杯果汁。

沈玦星一边吃东西，一边寻找话题，问她中午和楚袁沅吃饭的事儿。

"哦，她就是想给我……"顾照本来要说楚袁沅就是想给自己介绍对象，说到一半儿，猛然意识到不对，现在在对面坐着的可也是自己的"相亲对象"。在相亲对象的面前说别人要给自己介绍对象，顾照怎么想都觉得这样不大好，就卡壳了。

"给你什么？"沈玦星疑惑地问。

"给我衣服。"顾照灵机一动，"上次吃饭时，宋姣梦觉得冷，我不是借了一件外套给她吗？这次她也来了，把外套还给我了。"

"宋姣梦中午也在那里？"

"嗯，在的。"

沈玦星没再说话，拿起桌上的饮料吸了两口，又放下，觉得对有些事还是需要说一下："我跟她只是工作关系，你不要误会。"

顾照握着自己的果汁杯，见他的神情这样严肃，瞬间不知道如何回应才合适："这真的不是'真心话大冒险'吗？"她往前倾了倾身，压低声音道，"他们在你的身上装了窃听器，还是附近有人在跟踪你？"

"……"沈玦星深吸一口气，"你宁可相信我在要你，也不愿相信我是认真地想要和你交往吗？"

顾照直起身，被他这样一问，也有些心虚。她是最清楚的，沈玦星绝不是那样不堪的人。她乖乖地道歉："对不起。"

她这样乖，沈玦星就算再生气，也发不出火了。况且他也没有很生气，最多……就是有点儿无语。

在肯德基里坐了半个小时，距电影开场还有十五分钟时，二人乘电梯直达电影院，检票入场。因为顾照没有特别爱看或特别不爱看的电影类型，沈玦星就按自己的喜好挑了一部外国悬疑片。

影片的悬疑氛围层层推进，顾照能感觉到它是好看的，但没怎么看懂。因为只要她一走神去看身旁的沈玦星，再看回电影时，就不知道情节发展到哪一步了。像这样走神的次数一多，就算福尔摩斯再世也拼不出这稀碎的电影情节。于是她放弃了，索性专心偷看沈玦星，看他连戴着口罩都显得格外优越的侧脸的线条以及纤长的睫毛，还有抵在下颌处的和他本人一样漂亮的手指。

这样的人竟然说要认真地和她交往……他图什么啊？图她脾气好？图她会魔术？她会的是魔术，不是法术啊。她这样想，倒也不全是由于妄自菲薄。这件事情换成谁，谁不迷糊？在她看来，就连天上的星星对准地面上的一个人砸下来的概率，可能都要比沈玦星突然跟她表白的概率高。

她看沈玦星看得入迷，看得旁若无人，看得沈玦星都没办法专心看电影。电影里的角色说着台词，沈玦星的脑子里却全是身旁的顾照，以至于他对那些台词连一个字都没听进去。

"你总是看我干什么？"沈玦星忍无可忍，转头轻声问道。

顾照被他抓个正着，窘迫得连脸都红了："我……我去一下洗手间。"说完，她快速起身，艰难地穿过一排座椅，跑出了放映厅。

顾照用冷水泼着脸。等脸上的热度降得差不多了，她抬头一看，镜子里的自己已经恢复了平日里的肤色。她抽出纸巾擦拭脸上和手上的水迹，随后重新戴上口罩，走出洗手间。

放映厅与洗手间在两个方向，正中间是电影院的入口。当她走近入口时，发现沈玦星站在那里。他正仰头打量着一幅电影海报，由于身高、气质过于突出，引得进出电影院的人频频朝他望来。

"你怎么……出来了？"顾照快步走过去。影片要播放两个小时，这才过去一个小时，还有一半儿没播放呢。

沈玦星收回目光，看向她："这部片子，你看懂了吗？"

"……"顾照一时语塞，愣了一会儿才低下头道，"没有。"

"我也看不懂。"沈玦星看了一眼手机，"电影不好看就不看了，我送你回家吧。"

顾照点点头，觉得确实是这样，两个人都看不懂，那再看下去也没意思。沈玦星将顾照送到楼下。顾照与他道别后，开了车门就要下车。

"你……好好考虑一下我吧。"沈玦星在她下车之际叫住她，"我不会比他们差。"

人慌乱到了极致，反而就表现不出慌乱了。顾照定定地注视着沈玦星，语气还算镇定："嗯，一定一定。晚安！"说完，她快速下了车，都不知道自己刚刚说了什么。

这一个晚上，她的很多言行都是不过脑的。一路跑回家，一进家门，她急喘着气将包丢在地上，拖着脚步走到沙发前坐下，发呆了许久。

她冷不丁地掐了自己一把。好痛！捂着被掐的地方，她痛得脸都扭曲了。这竟然……不是做梦。

第十一章 ◇

闪闪发光

工作日的中午，方院长一般会在养老院的食堂用餐，坐靠窗的位置，和副院长他们一桌。她坐的这个位置，近可纵观食堂全局，远可欣赏窗外美景，可以说是她的"黄金宝座"了。她在这个位置上一坐就是许多年，院里上下都知道，吃饭的时候会为她把这个位置空出来。大家万万没想到，这个位置竟然也有被他人"染指"的一天。

食堂的最佳景观位上，此时一对年轻男女相对而坐，男的俊朗，女的淑静。两个人之间不算热络，氛围却也格外和谐。不知男人说了什么，女孩儿愣了愣，忽然就笑了。男人看到她笑，停下筷子，唇角也跟着扬起。

远远地看着，两个人真是犹如画一般赏心悦目，方院长看得连吃饭都更香了，也不计较被这两个人占去了位置。

"老方，那是顾照的男朋友？长得不赖啊。"副院长也在看坐在窗边的那一对。应该说，食堂里只要有眼睛的，就没有不在看他们的，只有明着和暗着的区别罢了。

"顾照说不是。"方院长向众人分享着自己的第一手消息，"但我觉得，他俩对对方应该都有点儿意思，不然不能这么旁若无人吧？迟早的事儿。"

"你们怎么都不跟我说啊？"本来在方院长他们后方吃饭的冯晓娟听到这里，突然就坐过去了，"这小囝（男孩子）是哪里的？

家里的情况怎样？他靠不靠谱儿？"

方院长知道冯晓娟关心顾照，但一来自己对这件事儿知晓得也不多，二来这毕竟属于顾照的隐私，于是方院长安抚道："您少安勿躁。等会儿吃好饭，您自个儿去问顾照吧。我只知道他俩是同学。至于其他的，我也不大清楚。"

"同学？同学倒也挺好，"冯晓娟看着窗边的两个人，还算满意地点头道，"有缘分的。"

顾照其实不想坐在这个位置上。养老院的人都知道，这个位置是方院长的，一般没人会坐。也就是沈玦星这位外来客，不管不顾，不讲规矩，不仅自己挑这个位置坐，还要拉顾照一起坐。顾照如坐针毡，几次想劝他换一个地方，可一对上他那张十分诱人的脸，想说什么就都忘了。

"我今天不小心弄伤了手。"沈玦星把左手伸出来，食指的指关节处有一道非常明显的血痕。上面的血已经凝住，但因为伤口足有两三厘米那么长，也颇为触目惊心。

"你怎么这么不小心？这是怎么弄的？有铁锈吗？"原本很安静的顾照，一秒切换状态，忙捏着沈玦星摆在桌上的那只手来回细看。

"伤口是被塑料零件划的，还好，不算很严重。"其实这个伤口就是划破一点儿皮，瞧着吓人而已。他刚伤到时，连血都没出多少。他就是想看顾照为他紧张，才故意往严重了说的。

沈家父母的育子方针，虽说离"鹰式教育"还有些距离，但也是奉行"男儿有泪不轻弹"那套的。特别是蒋婉，从小对沈玦星就严厉，摔跤了，她就让他自己爬起来；他生病了，她也从来不会安慰。可能就是因为这样，造成沈玦星现在有点儿"报复性邀宠"，尝过一次被人心疼的滋味，就食髓知味，忍不住一再渴求。

"你怎么也不包扎一下？"顾照说，指尖就像蝴蝶的触角，轻轻地落在沈玦星的掌心。

好痒！痒意从掌心向上攀爬，一直蔓延到沈玦星的心口。像野猫扑住落在花瓣上的蝴蝶，他毫无预兆地抓住了顾照的手。顾照被吓了一跳，下意识地要将手抽出，又很快想起他的手上有伤，踌躇之中便僵在那里。两个人无声地对视了片刻，沈玦星先松开手，放过了她。

"我不知道去哪里包扎。"他说。

眼睫微颤，顾照将手飞速地缩到桌子下，声音轻柔："院里就有医务室啊。"

"我不知道医务室在哪儿。"医务室就在失智区旁边，很容易找，沈玦星每次来养老院都会经过那里。可那又怎样呢？他说不知道，就是不知道。

顾照也确实拿他没办法："那我……等会儿给你处理一下吧。"

吃完了饭，顾照让沈玦星先去花园里等她，她回办公室拿好处理伤口的东西就来。

七月的天气，只有紫藤架下还有点儿凉爽。沈玦星坐在石质长椅上，秉持着不动不热的信念，静静地观察着来往的行人。这个时间，老人们吃完饭，大多在午睡；中午的太阳又大，花园里除了匆匆走过的护工和零星消食遛弯儿的老人，只有沈玦星一个人坐在花架下。

顾照怕沈玦星等急了，是跑着来花园找他的。到他的面前时，她连气都喘不匀，瞧着比他还要热。她在沈玦星的身边坐下，取出一支碘伏棉棒，一边往他的伤口上吹气，一边替他消毒。

忽然，一只小狸花猫张牙舞爪地追着蝴蝶从两个人的面前跑过。沈玦星看着小狸花猫欢快的样子，又低头看了看顾照，心道：怪不得猫都喜欢扑蝴蝶，这样让人愉悦的事儿，想压抑下来的确很难。

"好了。"顾照仔细地给他贴好创可贴,将垃圾攥进手心,"注意伤口不要碰水。"她站起身,走向不远处的垃圾桶。

"我等会儿就回公司了,晚上可能要开会。今天我就不能送你回家了,你自己在路上当心一点儿。"

这些天,只要沈玦星下午在养老院,就会在下班后送顾照回家。有时候他在外面,也会特地绕路过来送她回家。

这个男人,明明可以靠脸,却还是这么努力,努力到……连一直没办法相信他真的在追自己的顾照都抓不到他的短处。顾照道:"嗯,知道了。你也不要太累了,开会不要发脾气,到时间就吃饭,开完会就马上回家洗澡、睡觉。"

沈玦星站起身,好笑地道:"我跟谁发脾气?"两个人没有沟通,但很默契地一起往停车场的方向走去。

"跟其他人发脾气。"顾照回忆起封控的那段日子。每次沈玦星开视频会议,客厅里的气压都好低。她只是路过客厅,都会喘不过气。

"他们要是把工作做好了,我怎么会发脾气?而且我都是对事儿不对人,他们不会记恨我的。"说到这里,沈玦星问出了一个很久前就想问的问题,"你是不是从来不发脾气?"

顾照想了想,自己确实没什么脾气。好在这些年她遇到的也都是好人,不会因为她没脾气就柿子专挑软的捏。

"我也没遇到什么好发脾气的事儿。"顾照说,"养老院里都是老人家,我怎么好对人家发脾气呢?在家里的话,只有我一个人,也没有可发脾气的对象。"

顾照的语气明明那样温和随意,沈玦星却还是听得心头酸楚:"你以后可以跟我发脾气。"

沈玦星的车就在前方。两个人站在烈日下,许是有着阳光的加持,让沈玦星的神情、语气,乃至整个人,都透着一种令顾照心悸的热烈的感觉。

这种前所未见的热烈的感觉，让她对他所说的话感到迷惑的同时，又蛊惑着她无脑地应承下来："啊……好。"

好乖啊！她怎么会这么乖？沈玦星按着心里的那只猫，胳膊抬起又放下，最后他强迫自己转身上了车："走了。"

顾照站在原地，朝他挥手道别："路上小心。"

直到沈玦星的车开出养老院，顾照走在回办公室的路上，才迟钝地反应过来。等等！好什么？为什么她要跟沈玦星发脾气？他们之前不是在讨论他发脾气的事儿吗？难道他的意思是，自己是不会改的，但是她可以加入？

沈旋章的公司所在的这栋寰宇金融大厦，是 S 市的第一高楼，有一百多层。大厦里的公司数不胜数，餐厅也不少，第九十层还有一家五星级酒店。因此沈旋章一般与人谈事情、吃饭都在这栋大厦里，或者在周边的几栋商业大楼里，很少出这片区域。

这天，沈旋章与人约在寰宇金融大厦谈事情，还是在上次的那家粤菜馆吃饭。由于是谈公务，沈旋章便没坐在靠窗的景观位，而是选了私密性更强的包间。

谈到一半儿，对方因故离席，只剩沈旋章一人。沈旋章慢悠悠地吃完，刷了卡，往外走去。走过堆满酒瓶的长廊时，沈旋章突然听到了一个自己有些熟悉但又想不起来在哪里听过的声音。

那个声音来自刚刚沈旋章经过的一个包间。他稍稍退回几步，从外往里看，发现包间里坐着三男一女。里面一共四个人，他竟然认识一半儿。

"你以为你是什么东西？能跟我坐在一桌，是你的福气！让你喝杯酒还推三阻四的，什么玩意儿！"说话的男人五十多岁，叫胡兴，是一家中型风投公司的合伙人之一。他投公司不靠数据，全靠运气，可偏偏叫他瞎猫碰到死耗子，投中了一家。在那之后，他的气焰便越发嚣张，他逢人就说自己眼光毒，有财运。他是沈旋章在圈子里最看不上的那类人。

"我是来工作的，不是来陪酒的。"宋姣梦丝毫不顾及上司求饶般的眼神，冷着脸道，"我的工作范围里，没有一定要跟你喝酒这一条。"

宋姣梦的话音方落，胡兴就将一杯酒泼了过去。红酒顺着宋姣梦的头发、下颌、脖颈滴落，渗入她白色的丝质衬衫里。

"哎呀，胡总！这是何必呢？您跟一个小女孩儿计较什么？我这就让她滚，这就滚！"

宋姣梦的上司推着她的胳膊拼命给她使眼色。她一把挣脱，拿起一旁的酒杯喝了一大口。胡兴以为她这是学乖了，面色稍霁："这才对……"

还没等胡兴说完，宋姣梦就把杯子里剩下的红酒全泼到了他的脸上："刚刚那一口酒，是为了证明我不是不能喝，只是不想跟你这个猪头喝。剩下的酒，是还给你的。"她明明那样狼狈，脸上却毫无惧意，不见妥协。

车窗开着，宋姣梦点燃一支烟，对着窗外徐徐地吐息。夜风拂乱她鬓边的发丝，迷了她的眼。她将头发别到耳后，看向身旁的男人道："刚刚多谢了。"

十分钟前，她跟"猪头男"互泼红酒，场面一度混乱。她已在心里做好了今天不能善了的准备。上司在尖叫，客户在怒骂。这时候，沈旋章出现了。

沈旋章此时的出现，和上次二人餐变四人餐时他的出现一样，让她感觉莫名其妙，但瞬间就令"猪头男"闭上了嘴。

"胡总，真是好巧啊。"沈旋章上来不由分说地握住了胡兴的手，语气十分虚夸，"我听梦梦说今天在这里吃饭。正好我也跟人谈事情，就想过来看一下，没想到是老熟人啊。"

"'梦梦'？""猪头男"惊疑不定地看了一眼宋姣梦，又看了一眼沈旋章，"这是你女朋友？"

沈旋章点头："是，这就是我女朋友。"

鬼扯！宋姣梦在心里骂了一句，但瞬间上去挽住了沈旋章的胳膊："Honey（亲爱的），原来你俩认识啊。"胡兴的脸一抽，脸色很不好看。

"看得出，胡总跟我女朋友今晚有点儿误会。大家也是老相识了，胡总卖我一个面子，就不要计较了吧。"沈旋章的话说得客气，声音却很沉，带着无形的压迫。

胡兴理亏在先，对方既然给了台阶下，自己哪里还有不下的道理？"误会误会，都是误会！弟妹，对不住了，我自罚三杯，你千万别生我的气。"胡兴说着就假惺惺地要去给自己倒酒。

"酒就算了。"沈旋章拦住胡兴，"我把她带走，没问题吧？"

胡兴立马做了一个恭送他们的手势。宋姣梦看了一眼自己那无用的上司。上司虽然没搞明白发生了什么，但一个劲儿地做着小表情，示意她快走。

肩头一暖，宋姣梦猛然回神，发现是沈旋章将自己的西装外套脱下，披在了她的身上。就这样，她被从天而降的沈旋章带离了饭局，带上了车，现在在回家的路上。

"胡兴的公司与我们公司有许多业务往来，你不用担心他会对你怎么样。他看着吓人，其实就是一只纸老虎。"

连在饭局中逼女人喝酒这种事情都做得出来，不入流的东西果然永远入不了流。要说沈旋章之前只是有点儿看不上胡兴，那么现在，胡兴在沈旋章的眼里已经和垃圾差不多了。

"我怕他？"宋姣梦嗤笑道，"我大不了就不做了。我没房，没贷，没小孩儿，怕他个鬼。"

"为了那么个东西放弃自己努力打拼的事业，多不值得。"

宋姣梦听到这里，沉默下来。随着吐烟的动作长叹一口气，她自嘲地一笑："什么事业？陪酒的事业吗？"

因为她长得漂亮，有什么商务宴请，上司总爱带她充场面。这样的次数多了，同事就开始嚼舌根，说她不过是他们部门的"花瓶"。她做得好，无人在意；她一犯错，就被说靠脸上位。这张脸给她带来不少好处，但也给她带来许多烦恼。

"你知道，我说的不是这个事业。"沈旋章目视前方，轻声道。

宋姣梦望着窗外的街景，没再说话。将宋姣梦送到公寓楼下，沈旋章临走前给了她一张自己的名片，让她有什么需要帮助的，就打电话给他。

宋姣梦站在公寓的大门前，目送沈旋章的奔驰车驶离，瞥了一眼手上的名片，将其丢进自己的手袋里。她还以为这个老男人会挟恩图报，试图上楼喝茶，想不到竟然爽快地走了。她拢了拢身上的外套，踩着高跟鞋，转身上楼。

顾照精神萎靡地做着报销单，按了几次计算器，算出来的金额每次都不一样。林敏清坐在顾照的对面，看顾照眼下发青，还不停地打哈欠，便问道："你昨晚几点睡的？怎么这副样子？"

顾照停下手里的活儿，起身去倒热水，闻言有气无力地道："我晚上十点就睡了。但是对面新搬来的租客好吵，吵得我一夜没睡好。"

上周李阿婆搬走后，租客很快就搬了进来。顾照也不知道里面住了几个人，反正总有人进进出出，让她感觉挺热闹。之前对门的人倒还好，就是关门的时候不大注意，顾照总能在半夜听到嘭的一声，有时还有人在门口大声说话。这两天对门的人就过分了，凌晨两三点还在露台上喝酒划拳。

顾照昨天实在忍不住了。对门的人凌晨三点还在吵，她就去敲门想让对方安静一点儿。结果一开门，她就闻到一股呛人的烟味。从屋内出来一个板寸男，光着上身，手臂上还文着大青龙。她当即就退了一步，有些发怵。

"什么事儿？"男人嘴里叼着烟，一脸不好惹的样子。

"不好意思，能不能……声音小一点儿？"顾照怯弱地与对方打着商量。

男人打量着她，点点头："哦。"

嘭的一声，门板猝不及防地在顾照的眼前被拍上，震得她一激灵。显然对方压根儿没把她放在眼里。之后顾照躺到床上，听着旁边露台上的人依然高声喧哗，除了默默地用被子蒙住头，再也鼓不起勇气去敲第二次门。这就是她今天困到崩溃的原因。

"这么吓人？你一个人住，要当心一点儿，有事儿别自己上，找物业啊。"方秀萍听完顾照的描述，给顾照支着儿。

"他们再吵下去，就算我不找物业，别人也要找了。"顾照喝了一口水，长舒一口气。

她们说话间，一男一女吵吵嚷嚷地从办公室外走进来。这两个人看着有五六十岁的样子，长得颇为相像，一看就是一家的。

男人的语气很强硬："你不用跟我说这些，我就是尽法律义务。法律让我不能不赡养她，我没办法，但是我肯定是不会认她的！"

女人骂道："怎么说她也生了你，没老娘哪里来的你？你自己也是当父母的人了，怎么一点儿也不体谅她？那是她不想管你吗？有人把你藏起来，她连看都看不到你，怎么管你？"

"不要烦了，你也没资格说我。咱们就是法律上的姐弟，我与她也是法律上的母子。我与你们实际上没有感情。"

男人走到林敏清的办公桌前，从兜里掏出一个皮夹子，说："劳驾，我们是来缴费的。张彩霞，我俩对她一人承担一半儿费用。你帮我俩算算，每个人出多少钱？"

　　和睦的兄弟姐妹，顾照见得很多，至亲闹掰的也不少。这样的场面时有发生，顾照、林敏清她们对此都见怪不怪。

　　林敏清查到张彩霞的入院单，很快给姐弟俩算出了每人要付的钱数。所有的费用，算上押金，一共要一万二千四百二十三元。姐弟俩分别付了六千二百二十元的现金，让林敏清给他们每人找八元五角。

　　现在用现金的人少，林敏清没有五角面值的现金，就问他们，给一个人找八元，给另一个人找九元行不行？林敏清本想着他们是姐弟俩，不至于为了五角钱怎样，结果遭到男人的强烈反对，说没有五角的，就一角一角地凑出来。

　　在这里吵架的，顾照见过不少，但是在这里你一角、我一角分钱分得这么清楚的，她还是第一次见。男人分完了属于自己的八元五角，没同女人打一声招呼，转身就走了。女人一直自言自语地骂着什么，拿好票据也走了。

　　两个人走后，方院长摇了摇头，开口道："那女的之前过来看养老院的时候，我就听她说过，她爸妈离婚，她跟她妈，弟弟自一岁起就跟爸爸。弟弟恨老娘生下他又不管他，这么多年一直不认妈妈和姐姐。为了赡养老人的事情，两边还打官司了，也是一地鸡毛。"

　　"孩子才一岁，就把他丢给前夫啊？这人的心也是够狠的。"林敏清自己就有一个儿子，所以对这种情况格外不能理解。让她抛下儿子，除非自己快不行了，不然绝无可能。

　　"那是五十多年前啊。"方院长不认同林敏清的这个说法，"那会儿连离婚的都少，更何况离婚还带个孩子的。她能带走一个就算不错了，也不好怪她。"

方秀萍投身养老院事业前在妇联做过。那会儿她年轻，承受力不行，没两年就请辞了。做这种工作，在她看来就跟医生一样，要有同理心，但又不能有太强的同理心，一旦把握不好这个度，不是别人遭殃，就是自己遭殃。

顾照从办公室出来，路过花园的小池塘时，听到隐隐传来的哭泣声。今天是个阴天，瞧着要下雨的样子，顾照犹豫了一下，还是不放心，循着哭声找了过去。

池塘边坐着一名头发全白、身材瘦小的老太太。顾照瞧着老太太有点儿眼生，猜测老太太是最近新入院的。顾照上前唤了一声："阿婆……"

老太太呆呆地望着小池塘哭，听到顾照的声音，下意识地扭头用衣袖抹去了脸上的泪。顾照坐到老太太旁边，小心地问："阿婆，我是院里的工作人员，名叫'顾照'。你怎么在这里哭啊？"

老太太一听顾照的名字，忙转过头来："你就是顾照？"

这下顾照也愣住了。只见老太太一侧的额头、脸颊、脖颈，甚至锁骨处，都被大小不一的红色斑块占据着。那些红斑与顾照额头上的红斑相比，虽然颜色更深一些，但两个人得的应该是同一种病。

"他们说你与我一样，我还当你的情况多严重，原来就这么一小点儿。"老太太拨开顾照的额发看了看，竟然有点儿嫌弃。

"阿婆，你的红斑也是天生的？"顾照把被拨开的刘海儿往中间理了理。

老太太可能也急需一个倾诉对象，一下子打开了话匣子："我的是天生的，一生下来就有了。因为我长得丑，我爹就把我嫁给一个啥都不是的混子，整天就知道喝酒、打牌。"

老太太说着又看回池塘，目光再次变得呆滞："我跟他生了一个女儿。在女儿六岁的时候，我实在受不了那种日子了，就求他放过我。他说，我给他生个儿子，他就跟我离婚。我那时候傻啊，只想着自己要逃，就答应了他，结果害苦了我的儿啊。"老太太说最后一句时，几近号哭。

顾照轻轻地拍着老太太的背，安慰道："慢慢说，阿婆，你慢慢说，不要急。"

老太太哭了一阵，一点儿一点儿地平静下来，开始与顾照诉说自己在此处哭泣的原因。原来老太太正是今日来付钱的那对姐弟的母亲——张彩霞。作为离婚的条件，生下儿子后，张彩霞将其喂到三个月便带着女儿离开了。

娘家不理解张彩霞抛夫弃子的行为，与她断绝了关系。她没地方去，只能四处漂泊，找一切能干的活儿养活自己和女儿。张彩霞做过羊毛衫厂的女工，摆过地摊儿，洗过盘子，卷过香烟……后来经人介绍，认识了第二任丈夫。他对张彩霞和女儿都很好，为人斯文、老实，一点儿恶习都不沾，与张彩霞的第一任丈夫相比简直云泥之别。

但很可惜，张彩霞与第二任丈夫结婚的第二年，这个温和的男人就因为工作时发生意外去世了。自那之后，张彩霞就再也没找过男人。

与第一任丈夫离婚后，张彩霞也不是没回去看过儿子，但每次都被前夫的家人赶出来，儿子也被藏起来，不让她看。后来儿子长大一点儿，不知道被灌输了什么，看到她就像见到仇人。她试图弥补儿子，但儿子根本不认她。

"我同别人说起我以前的事儿，他们都说我傻，说我怎么能用生孩子来换自由呢？只有他——我的第二任丈夫会心疼我，说要是他先遇到我就好了，我就不用嫁给那个浑蛋了。"

顾照从兜里掏出一包纸巾,抽了一张给老太太,又抽了一张给自己:"他们又没经历过你的苦,哪里有资格说你?"

两个人坐在一起擤鼻涕。擤完了,张彩霞继续说:"我以前不叫'张彩霞'。我爹不喜欢我,连个像样的名字都没给我取,就叫我'阿丑'。后来我遇到我的第二任丈夫,他说我是披着彩霞的仙子,我就把自己的名字改成'张彩霞'了。"

顾照哭得连鼻子都不通气了,说话的声音闷闷的:"'彩霞'这个名字好听。"

老太太脸上露出了一点儿微笑:"我也觉得好听。"

不远处的二楼长廊上,沈玦星与林立并肩走过。林立是第一次来善慈家园,对什么都很新鲜,这看看,那看看。一低头,林立就看到了楼下花园里的顾照她们。

女孩儿穿着一条白色的连衣裙,将身前的老人温柔地揽进怀里。老人像是哭得厉害,肩膀一抽一抽的。女孩儿轻轻地拍抚着老人的背,低声地说着什么。林立听不到,但想来女孩儿一定是在柔声开解老人。

"老大,你看。"林立停下脚步,邀沈玦星共赏这"美景"。

"看什么?"沈玦星迟疑地走到窗边往下看去。在看到池塘边的顾照时,他愣了一下,随后神情不自觉地柔和下来。

天气阴沉,黑云翻滚,天空仿佛下一秒就会落下大雨,但在沈玦星的眼里,顾照所在的地方就像有一缕温暖的阳光照射着。那里不被雨淋,不被雪侵,看似脆弱,实则比哪里都要坚固。顾照说他是她的北极星,但她不知道,其实她自己也在闪闪发光。

"当然是看美女。"林立将双手比成个相框,将顾照框在其中,笑道,"你不觉得这个场景有种圣洁又悲悯的氛围感吗?我手头儿要是有单反相机就好了,这张照片绝对意境一流。"

林立是一个业余摄影爱好者，平时没事儿的时候就爱拿着自己那价值十万元的单反相机到处拍。他不认识顾照，所以也是说者无心，但沈玦星听进去了。

　　"你瞎觉得什么？不准觉得。"眉头一皱，沈玦星仗着身高优势，一把勾住林立的脖子就走。

　　林立被沈玦星倒拖着远离窗边，顷刻间心里生出一百个问号。啊？这是什么意思？不对！林立嗅到了八卦的味道！

　　"老大，你认识那个女孩儿？"林立抓着沈玦星的胳膊，扭过头笑着问，"熟人？"

　　沈玦星冷着脸，过了一会儿才轻轻地嗯了一声："高中同学。"顾照还没答应做他的女朋友，所以他对外也只能以她的同学自称。

　　哎哟！不会吧不会吧！刚刚那个女孩儿就是老大的"女同学"？林立傻眼。自己这是什么运气啊？林立连自己都服了自己。

　　沈玦星平时没什么空儿，除了过年的那几天，属于全年无休型工作狂。但既然要谈恋爱，他肯定是挤也要挤出时间来的。

　　"周末我有空儿，你有想去的地方吗？"送顾照回家的路上，好不容易挤出一天时间的沈玦星向她发起了约会邀请。

　　偶像剧靠不住，为此沈玦星专门去向自称"爱情大师"的商铭远咨询现在流行的约会模式有哪些。商铭远给了沈玦星几种参考：时尚一点儿的，就是桌游、密室逃生、剧本杀；文艺一点儿的，就是各种画展、歌剧、音乐会；奇葩一点儿的，去法院旁听各种公开案件也不是不行。除了最后一种，对其他的模式，沈玦星都去做了充分的功课，以确保万无一失。

　　"你平时工作已经很累了，难得休息，就不要到处跑了。"顾照与沈玦星同住了近一个月，是知道他的工作强度的，希望在难得的周末，他能好好休息。

　　然而她的这句话多少有点儿歧义。前方正好是红灯，沈玦星一脚往刹车上踩下去，车急停在原地，两个人同时往前栽了栽。

　　"你想去我家？"沈玦星有些意外地看向顾照。

　　"什么？"回忆了一遍两个人刚才的对话，她立马慌张起来，"啊……不是不是，我不是那个意思！"

　　沈玦星沉默片刻，目光转回前方："哦。"

　　顾照红着脸，连耳朵都在发烫，但不可否认，沈玦星的提议……竟然挺有吸引力。沈玦星的家会是什么样的呢？是不是也像他的人一样，干净、明亮、整洁？有没有养植物？电子产品是不是很多？……顾照陷入对沈玦星的居住环境的想象中，微微出神。

　　没一会儿，车辆再次启动，顾照听到身旁的沈玦星说："你不用担心我休息不够，和你在一起，就是最好的休息。"

　　顾照的想象戛然而止，那种"震撼"的感觉又来了。以前他哪里会说这种话？

　　她想了想，他以前说过什么来着？"我确实非常同情你、可怜你，但你要明白，那不是喜欢。请你不要会错意、领错情。"说这句话的与说刚刚那句话的是同一个人，这让她怎么相信啊？

　　"你……到底喜欢我什么？"顾照连自己都没想到这辈子能对沈玦星说出这种话。

　　沈玦星认真地开着车，想了一会儿才说："不知道。"

　　不是嘴硬，他是真的不知道。以前他也不是没想过自己未来的人生伴侣会是什么样的，可能会和他有一样的兴趣爱好，喜欢旅游，有一些不切实际的梦想，开朗乐观，或者叛逆另类……他以为自己可以一眼认出对方，其实直到发现自己喜欢顾照的那一刻，心中的伴侣形象才彻底由朦胧变得清晰。

　　自己喜欢她什么？他不知道。或者说，不知道从哪里说起。他的脑海里有很多片段：她眼神坚毅地给刘大爷做心肺复苏；她给他变魔术，哄他开心；她在楼梯上把自己买的烟递给他；为了怕他过敏，她吃饭时坐得离他远远的；音乐声中，他和她一起跳舞……这些片段汇聚成一次次心动，又像组合游戏一样合成一个大大的"喜欢"。

"'情不知所起，一往而深。'你听过吗？"沈玦星补了一句。

顾照点点头："听过，这是《牡丹亭》里的唱词。"晓娟老师可喜欢这一折了，每回院里有晚会，晓娟老师都会唱这一折。

沈玦星道："我就是这样。"

顾照："……"她已经有点儿麻木了。如果可以的话，她想让沈玦星变回原来的样子，凶一点儿就凶一点儿吧，起码不会胡言乱语。他这样，她害怕。

"那去……植物园吧？"她将话题拉回一开始沈玦星问的问题。

"植物园？"沈玦星皱眉。

"不行吗？"顾照刚想说，如果植物园不行就换个地方，她也无所谓，但还没等她开口，沈玦星就答应下来。

"没有，当然可以。"他之所以皱眉，并不是觉得植物园不好，而是在心里痛骂商铭远。那小子还自称"爱情大师"，说了那么多，竟然一个都没中，自己白做功课了。

周末，顾照起了个大早。沈玦星说上午九点会准时来接她，她打算提前十分钟到楼下等他。外面的太阳有点儿大，出门前，她特地拿了一把遮阳伞。

走下楼梯时，行到转角的休息平台，顾照突然嗅到一股浓重的尿臊味。偶尔也有居民养的小狗将尿尿在楼道里，但都没有这么臭。这股臭味甚至冲破了口罩的屏障。她看了一眼墙角，只见原本的白墙上多了一摊黄色的尿渍，那个高度，狗应该是尿不到的。她打开小区居民群，果然，需要走这个楼梯的四栋楼的居民中，不少人在说楼道里的尿臊味。

"谁这么没有公德心啊，竟然尿在楼道里？"

"可惜没监控，不然曝光他。"

"恶心死了。"

…………

顾照收起手机，一下楼，就看到沈玦星的车等在那里。她提前出门，沈玦星也提前到了。他降下车窗，正在和王经理说话。

顾照上前，王经理刚好直起腰，看到她，笑道："小顾啊，我刚才还同小沈说呢，你们什么时候结婚，记得发喜糖，让我们也沾沾喜气。"

"好的好的，一定一定。"连恋爱都没开始谈的顾照已经可以熟练地应对这种场面。她拉开车门，想起楼道里的尿臊味，就跟王经理提了一下，没想到王经理正是为此而来。

"不知道哪个缺德的，我已经让保洁过来清理了。"王经理道。

"辛苦了。"顾照向王经理道别，坐进沈玦星的车里。

沈玦星和王经理打过招呼后，升上车窗，问："什么尿？"

"好像是人尿，好臭的。"顾照摘下口罩，闻了闻口罩对外的那一面，担心沾上那股臭味。

"什么人都有。"沈玦星淡淡地评论了一句，开启导航，往植物园驶去。

这个时节，其实大多数植物已经进入了休眠期，游客去植物园也就是看一些观叶植物和温室植物。沈玦星研究着地图，顾照在一旁将遮阳伞抖开，举到两个人的头顶，因为沈玦星太高，她几乎把胳膊都给伸直了。

"我来吧。"沈玦星一抬眼，见她举得这么吃力，将伞夺了过来。

遮阳伞就像一杆失衡的公平秤，完全朝顾照那边倾斜过去。

顾照见沈玦星的整个肩头都露在伞外，忙去推伞柄："你已经晒到了。"这么大的太阳，不要说晒一小时，就是晒五分钟，皮肤都得火辣辣的。

"没事儿，我就喜欢晒太阳。"沈玦星不为所动，"走，我们先去最近的盆栽馆。"

两个人跟着地图一路逛，一路看，虽然对各类植物半懂不懂的，但还算看得津津有味。到了温室区，顾照要去洗手间，沈玦星拿着她的包等在外面。

洗手间需要往里走一段才到。顾照进到隔间里，没过多久听到另两个隔间里的人出来，很快在外面交谈起来。

"刚才的那个男的确实挺帅的。就是他的女朋友有点儿普通，身高跟他的身高差得也太多了吧。"

"现在的恋人之间不是流行这种身高差吗？人家说不准就好这一口儿。"

"那个女的长得也不行啊。你看到她额头上的那块胎记了没有？可明显了。"

"那是胎记啊？我还以为现在流行这种妆呢。"

"流行什么啊……"

两个人的声音逐渐远去，过了足有两三分钟，顾照才轻轻地推开隔间的门走出去。她神情黯淡地洗了手，抬头看镜子里的自己，只看到一个额上生着丑陋的红色胎记的平凡女孩儿。她和沈玦星……确实差得太多了。任谁看到他们两个，恐怕都会那样认为吧？可是好奇怪，这是她本身就明了的事实，怎么被别人毫不留情地点破，她还是这么难过呢？

顾照擦干手，缓缓地往外走。或许，沈玦星只是因为和她一起经历了封控的二十三天，才会产生一种"喜欢她"的错觉，就像那些入戏太深的演员。等时间久了，他自己应该就会清醒了。

沈玦星坐在一块大石头上，接受着来往行人的"注目礼"。他对这些注视习以为常，所以也没多加理会，只是专心地看着洗手间进出口的方向。

顾照慢吞吞地走出来。当他看到她的身影出现在视野里时，毫无表情甚至显得有些冷漠的面庞，忽然就像融化的冰川一样，显露出柔软的本质。

"我们接着逛，好吧？"他拿出地图，指着一个地方上前道，"去这里。"

顾照一看，那是茶花园。她重新挤出笑容："好啊。"

茶花一般在初春绽放，但早在前一年的六月，花苞就已经不断地形成了。沈玦星与顾照此时到茶花园，只能看到一个个圆鼓鼓的花苞。不过植物园还算贴心，将它们盛开的样子连同品种介绍制作成铭牌，插在每棵茶花树的前方。单瓣的、重瓣的、杂色的、纯色的，顾照第一次知道原来茶花还有这么多种类。

沈玦星从进茶花园开始就像在寻找着什么，逐渐与顾照拉开距离。顾照不紧不慢地走着，对园里的茶花树一棵一棵地看过去。在她弯下腰，研究一株意大利茶花时，忽然听到沈玦星叫她。

"顾照……"沈玦星垂眼看着面前的一株茶花，招手叫她过去。

顾照以为他看到了什么新鲜玩意儿，走过去后第一时间俯身去看铭牌："挂线……嫦娥彩？"重叠的白色花瓣上，仿佛滴上了红漆，挂着少量的红色。顾照第一次见到这样的花，也觉得它挺特别的。

"还记得我之前说你像茶花吗？"沈玦星指着那朵花，"这就是你像的那朵花。"

顾照一下子转头看向沈玦星。他说这句话的时候，脸上毫无取笑之意，瞧着竟然……是认真的。顾照的脑海中莫名其妙地浮现出彩霞阿婆的话语："他说我是披着彩霞的仙子。"

他说我是这朵花。顾照心里的那个令她魂不守舍的气球，因为他的这句话，膨胀到前所未有的程度。像这样膨胀，再大一点儿，再大一点儿，她的胸膛就要炸开，沈玦星就会看到在她心脏的深处是怎样充满他的痕迹。

他们或许很不般配，但是……顾照直起身："沈玦星……"她对他从来没有任何非分之想，是他先招惹她的啊，是他说想和她交往，要她考虑他的。如果他只是入戏太深，那在他清醒前，就让她陪他一起继续这场戏吧。

"我考虑好了。"顾照没有一丝迟疑地道，"我们谈恋爱吧。"

夏日夜晚，说不出的闷热，一个人在户外站久了，身上都要出汗，更遑论两个人肌肤贴着肌肤。顾照能感觉到与沈玦星交握的手出了一层细汗，黏糊糊的。她偷偷地向他瞄了一眼，见他唇角含笑，一副相当愉悦的样子，便没敢将手抽出。

这是两个人成为情侣后的第五个小时。逛完植物园后，他们驱车来到了步行街。两个人在一家味道不错的老牌徽菜馆吃过饭，沈玦星便提议在步行街上逛一逛。

步行街上人来人往，两个人就像所有的普通情侣那样牵着手，融入人群，从街的这头儿走到那头儿。经过一家商场时，看到外墙的巨屏上播放着的签字笔广告，沈玦星突然停下脚步，问道："那支钢笔还在吗？"

顾照一时没反应过来："钢笔？"

沈玦星道："就是高三的时候，我出国前，你要送给我的那支钢笔。"

哦，那支啊，顾照想起来了。那是她省了好几个月的零用钱才买下的钢笔，是当时的她能送出的最好的礼物。本来是想感谢沈玦星三年来对她的帮助的，可惜他没收。

"应该……还在吧。"顾照有些不确定。

顾照上大学时在外住校，家里只有奶奶一人，奶奶又爱收拾屋子。这么多年了，就算那支钢笔没被奶奶当垃圾扔掉，也不知道被塞到了哪个角落。

"你不会把我的笔扔了吧？"沈玦星瞪着她，脸上还真有几分不敢置信的样子。

顾照比他更惊讶："你当时……当时不是没收吗？"

"今时不同往日，我现在后悔了，又想收了。"他说后悔就后悔，当真是理直气壮，没有一点儿不好意思。

感受到牵着她的手微微收紧，她不好说笔可能被她奶奶当废品扔掉了，便说："那我回去找找，应该还在。"若实在找不到，她就在网上寻一支差不多的冒充一下好了。这么多年，连她都快忘了当年的那支钢笔长什么样，估计沈玦星更不可能记得了。

得到满意的答复，沈玦星又高兴起来。两个人又走了没多久，路过一家饰品店，沈玦星向顾照空荡荡的脖子上扫了一眼，拉着她进了门。

"有什么可以帮助两位的吗？"营业员热情地招待他们。

营业员转向顾照，下意识地问女方："是想看戒指，还是……"

顾照还蒙头蒙脑的，不知道进来做什么，满脸茫然。

"想看项链，情侣项链。"沈玦星开口替顾照回答。

营业员很快将二人引到售卖项链的柜台，介绍道："这就是我们店里所有的情侣款项链了。"

沈玦星看了一眼，感觉都差不多，就问顾照："你喜欢哪一对？"

顾照脱离单身一天没到，连对有男朋友的感觉都还没适应，突然就让她挑情侣项链，感觉除了受宠若惊，就是受之有愧。她看了一眼吊牌上的价格。好嘛，一条项链的价钱就抵她半个月的工资了，她更觉得自己不配了。

"不用了，太贵了……"顾照忙不迭地拒绝。

沈玦星侧首看着她，认真地问："你不想让别人知道我们在一起了吗？"

顾照一下子被他问住。就算再没有恋爱经验，她也知道对这种"送命题"答不好是要出事情的。

"想啊。"她马上低头研究起柜台里的项链来，指着其中的一对说，"我看……就这一对吧。"

营业员马上将那对情侣项链拿出来放在托盘里："美女的眼光真好。这对情侣项链是我们店里的最新款，还是限量的，全世界只有三千对。"

这对项链，女款的吊坠是一颗镶钻的星星；男款的吊坠则是银色的圆形吊牌，当中有个星星形状的凹槽，周围一圈刻着"fall in love（坠入爱河）"。女款的吊坠正好可以镶嵌在男款的吊坠的凹槽里，组成一条全新的吊坠。

营业员让顾照转身，要给她试戴项链："美女，请把头发撩起来。"

顾照刚要动作，身后就传来沈玦星的声音："我来吧。"

沈玦星将顾照的长发撩起，随后顾照感受到空落落的脖子上有一点儿凉意。营业员的动作很快，眨眼间便帮顾照戴好了项链。

"看看，这条项链特别闪，特别好看。"营业员拿来一旁的镜子给顾照看。

顾照看向镜子里的自己，无意间发现沈玦星维持着帮她撩头发的姿势，正对着她的头发发呆。她狐疑地回头，仰起头问："怎么了？"

沈玦星一抬眼，若无其事地松开了手："就这一条了，好吗？很适合你。"他怎么好意思说，自己是因为她头发的触感比他想象中的更好而出神？黑亮、顺滑、柔韧，握在手中，感觉会像流沙一样溜走。

"就这一条吧。"顾照摸了摸吊坠，也觉得这条项链挺好的。

沈玦星让顾照给他戴上另一条男款项链，随后满意地拿起镜子对着两个人脖子上的情侣项链照了又照，爽快地扫码付了钱。

回家途中，顾照时不时地就会摸一下脖子上的项链，还是感觉很"肉疼"。等到了楼道门口，她本想与沈玦星告别，没想到沈玦星同她一起下了车。

"我送你上去。"说着，他锁了车门。

楼道里的尿臊味已经没了，取而代之的是淡淡的消毒水的味道。两个人一前一后地走着，仿佛回到了封控期间被迫住在一起的那段日子。

到了单元门口，顾照用钥匙开了锁，与沈玦星道别："送到这里就行了，你早点儿回家休息吧。"他从早到晚陪了她一天，应该也很累了。

嘈杂的麻将声从门缝中倾泻而出，顾照家对面的租客在这个时间就开始呼朋引伴，为玩儿通宵做准备了。沈玦星往铁门里瞥了一眼，眉头微微蹙起："别忘了我的钢笔。"他淡淡地提醒。

如果他不提醒，就打算当无事发生的顾照在心里叹了一口气，说："知道了。"

头顶落下温热的大掌，揉了揉她的脑袋。她下意识地闭眼，耳边响起沈玦星带笑的声音："进屋吧。"直到隔着铁门看着她开门进屋，沈玦星才转身离开。

那天晚上，顾照翻箱倒柜地找那支七年前的钢笔。她找了许久，却怎么也找不到。家里就这么大点儿地方，她怀疑那支钢笔夹在旧书里被奶奶当废品卖掉了。

这怎么办呢？顾照苦恼地坐在地板上，周围一片狼藉。叹了一口气，她不得不祭出最后的撒手锏——淘宝（购物网站）。她拿着手机打开淘宝，检索"钢笔"，然后滑动页面，寻找着同款钢笔的踪影。还好，她还记得那支钢笔的品牌。七年了，那个品牌还在，厂商没倒闭。只是那个款式的钢笔似乎已经停产了，顾照找了许久也没找到。

不过白色的钢笔嘛，都大同小异，如果是同一个牌子的，沈玦星应该更发现不了。这样想着，顾照下单购买了一支同品牌的白色钢笔，还比七年前的那支钢笔贵一些。她在购买页面还备注了要淡蓝色的礼物盒和黄色的丝带花。

搞定了钢笔，顾照伸了一个懒腰，打算洗洗睡了。这时候，隔壁的露台上突然爆出一声玻璃碎裂的声音，伴随而来的是男人的笑骂声。

"你把酒打翻在我的裤子上了。这才刚开始喝，你就醉了是吗？"

"你乱叫什么？这是我打翻的吗？我怎么觉得是你自己尿的呢？你自己再闻闻？"

"去你的……"

五官已皱在一起的顾照，脸上显出苦恼的神色。她再次打开淘宝，下单购买了一整桶耳塞。

由于顾照平时不大戴首饰，当她戴着一条闪亮的钻石项链出现在养老院时，很快引起了众人的关注。

"乖乖，你终于知道打扮了？"冯晓娟仔细地端详着顾照脖子上的项链，"这是五角星啊？蛮闪的嘛。"

"我老远就看到一闪一闪的了。这是真钻吧，多少钱啊？"胖奶奶坐在顾照的另一边问道。

"两条项链，五千多元。"顾照吃饭吃到一半儿被她们围住，索性放下筷子，让她们看个够。

"两条？还有一条长什么样？"食堂里的冷气不是很足，就算棚顶的吊扇不停地在运转，怕热的张彩霞还是一个劲儿地扇着手中的蒲扇。

"长得……"顾照正思索着要怎么形容，对面的空位上忽然有个人坐下来。

"阿婆、奶奶，你们好，我是顾照的男朋友沈玦星，很高兴认识你们。"沈玦星彬彬有礼地做着自我介绍。

沈玦星长得实在很好看，只要他愿意，无论男女老少，他几乎可以得到任何人的喜爱。冯晓娟和胖奶奶正面遭受他的笑容的"攻击"，纷纷捂住胸口，两颗老心脏都快跃出胸膛。

"你好你好……"冯晓娟三人纷纷与他握手，夸他长得真是精神。

半晌后，还是冯晓娟先回过神："等等，你说你和乖乖是什么关系？"

沈玦星看了一眼已经脸红得抬不起头的顾照，说："男朋友，我是乖乖的男朋友。"他从衣服里扯出自己的那条项链，"这是情侣项链，我和她一人一条……所以就不要再给她介绍对象了。"

冯晓娟眯眼看了看他的那条项链，又看了看顾照的那条，确认了是一对，没错："你再说一遍，你叫什么名字？家里有几口人啊？爸妈都是做什么的？是不是本地人？有几套房啊？"她很快摆脱了沈玦星那蛊惑人的"魔法"，开启了"长辈模式"。

"我叫'沈玦星'。"沈玦星淡定地道，"我父亲叫'沈廉'，您有印象吗？沈旋章是我哥。按辈分，我也应该叫您一声'姨奶奶'的。"

冯晓娟一下子把嘴张成了一个"O"形。她万万没想到还能在养老院遇到甥外孙同父异母的弟弟，而且弟弟还截了哥哥的和，把她想留给自家人的"大白菜"给拱了。

第十二章 ✧ 这该死的爱情

顾照与沈玦星在一起的消息不胫而走，很快传遍了养老院，甚至连不在养老院的沈旋章都被他外婆打电话通知了这个消息。

"你看看，你姨奶奶好不容易给你介绍个这么好的女孩子，你不要，便宜你弟了吧？！"

沈旋章正在休息室里泡咖啡，闻言惊讶地道："您确定吗？"

"怎么不确定？你姨奶奶已经打电话给我了，明里是在骂你不争气，暗里就是在显摆自己眼光好，看上的姑娘不愁没对象。"老太太越说越觉得胸闷，"哎哟，我这个愁啊！你到底什么时候找个对象带回来啊？你已经是快四十岁的人了……"

这样的催婚，沈旋章一年不知道要遇到多少次，早就习以为常，当即把手机放到旁边，给自己泡了一杯胶囊咖啡。端起香浓的意式浓缩咖啡，沈旋章再次拿起手机。电话那边的老太太果然还在念叨，并且压根儿没发现他刚刚走开了。

"外婆不知道能不能见到你成家的那一天。最近我心脏又不大舒服了，感觉也是活不了几年了……"老太太说着说着，悲从中来，竟然真的哭了起来。

沈旋章感到有些头大："外婆，不要说这种话，您一定能长命百岁的。"

在职场上经验老到、口若悬河的沈旋章，面对老小孩儿一样的至亲时，也不过是个无可奈何的晚辈。他哄了许久，终于将老人哄好，挂了电话，疲惫地将手中的意式浓缩咖啡一饮而尽。

沈旋章不结婚，有很重要的一点，就是已经受够了婚姻中的鸡毛蒜皮。从他有记忆以来，他的父母就在不断地争吵。两个人可以为了任何事物大吵一架，不分场合，不分时间，无视他的哭号和恐惧。但如果问他的父母为什么还要维持这样的婚姻关系，两个人又会假借他的存在说一些可笑的理由，好像全是为了他在支撑这个岌岌可危的家庭。

所以在他十岁那年他的父母终于离婚时，他没有悲伤，只是觉得解脱——三个人的解脱。从骨子里透出的对婚姻的恐惧与厌恶，让他根本不可能与另一个人走进婚姻殿堂。

沈玦星是在驱车赶往善慈家园的路上接到沈旋章的电话的。沈玦星通过车载蓝牙接通电话："喂？"

沈旋章开门见山地问："你和顾照在一起了？"

沈玦星没想到沈旋章这么快就得到了消息，回答得很谨慎："是。"

"你打算什么时候把她带回家？"

"再过一段时间吧，我不想吓到她。你打电话来就是问这个？"沈玦星可能连自己都没发现，自己的话语中除了谨慎，还有浓浓的防备意味。

沈旋章直接笑出来："你定好时间，别忘了通知我。我怎么都要到场的。"

沈玦星想说，倒也不必这么有仪式感，少一个你也没关系，但还没开口，沈旋章就说："我还有个会，挂了。"

"喂！哥……"沈玦星瞪着显示被挂断电话的蓝牙视窗，还没吃饭就已经开始烦了。

顾照非常紧张。钢笔的事情，沈玦星已经问好几次了，她每次都找借口糊弄过去。就在刚刚，快递终于到了，她像做贼一样绕了个远路把快递取回办公室。拆完快递，她把盒子上的快递单都给涂黑了，就怕被沈玦星发现破绽。这大概就是典型的做贼心虚。她也不想想，沈玦星没事儿为什么要去翻垃圾桶看快递箱子上的信息？

"小照，买什么好东西了？"林敏清见顾照把礼物盒拿在手上翻来覆去地看，好奇地问，"送人的啊？"

本来他们办公室一共有四个人，顾照、林敏清、方秀萍，加上另一个"老财务"。后来那个"老财务"嫌工作太辛苦，院里动不动就封闭管理，前些日子与顾照做了交换，回家休息后就再也没来。方秀萍这天去区里开会了，也不在，所以办公室里只有顾照和林敏清两个人。

"嗯，这是送沈玦星的。"顾照也不瞒林敏清，将高中时候送钢笔那件事和盘托出，又向林敏清吐露了自己的烦恼，"那支钢笔，我确实是找不到了，只能再买一支。"

林敏清知道顾照是真的苦恼，但自己也是真的想笑："那这个包装也太新了，一看就是刚买的。"林敏清从顾照的手里拿过礼品盒，扯掉盒子上的丝带花，取出盒内的钢笔，随后将盒子啪的一声丢到地上，踩了几脚，又捡起来。

"你看我给你弄。"林敏清信心满满地道。

顾照看着林敏清宛如艺术家般狂放又精细地对盒子进行"做旧"处理，简直叹为观止。顾照从来不知道林敏清还有这等手艺。最后还到顾照手里的，是一只残破的、脏兮兮的，沾染着不明污渍的礼品盒，看起来别说放了七年，顾照觉得就算说放了十七年都有人信。

然而假的终究是假的，顾照还是老实了一点儿，揣着那个做旧的礼品盒时，做不到全然的理直气壮。

"喏，我把它找出来了。"在沈玦星接她下班回家时，她将蓝色的小盒子拿了出来，视线却根本不敢与他的视线相交，她就怕自己露怯。

沈玦星接过礼品盒，瞬间被它残破的外表震撼到了，不满地道："你是用它垫床脚了吗？怎么弄得这么破烂？"

"它被奶奶压在一堆杂物下面了，我也是找了好久才找到的。"顾照在心里想着，对不起了奶奶，借自己当借口用一下。

好在虽然外表破烂，盒里的钢笔依然很漂亮。沈玦星将白色的钢笔拿在手上检查了许久，随后重新将它放回残破的蓝色小盒子里。

顾照不太明白他此举的用意："盒子就……不要了吧？你给我，我等会儿下车顺便把它扔了。"

沈玦星一把按住她的手，说："送给我的就都是我的了。它再破再烂，我也会好好地把它珍藏起来，毕竟……是你对我的心意。"

顾照的良心受到了前所未有的煎熬。沈玦星越是珍惜，她越是愧疚。虽然七年前的那支笔和七年后的这支笔都是她买来送给沈玦星的，但终究不是同一支，骗人……总是不大好的。

她煎熬了一路，惴惴不安了一路，心神恍惚了一路。等车开到她家楼下，她实在是憋不下去了，下定决心要向沈玦星坦白一切。

沈玦星一如往常送顾照上楼。顾照的手中紧紧地捏着钥匙圈。她与他一前一后走过昏暗的楼梯，到了单元门前。她没有开门，也不敢看沈玦星："其实……那支钢笔早就找不到了，现在的这支是我新买的。对不起，我骗了你。你……你骂我吧。"

可能是她感到太惭愧了，说到最后，声音里微微地带着哽咽，鼻子也有些发酸。对面的沈玦星久久未有动静，她的内心更加忐忑。她觉得自己完了，他肯定是被气蒙了，在酝酿怎么骂她呢。

"哭什么？"沈玦星轻叹一声，捧住顾照的脸，以拇指抚过她的眼尾，替她揩去溢出的泪花，"我早就发现了。"

顾照错愕地抬头。此时的沈玦星与她想象中的截然不同，没有愤怒，没有失望，眼里全是温柔的笑意。

"你不说，我就打算一辈子装不知道。"沈玦星说着，缓缓地俯身，吻住了顾照另一边的眼角。

顾照睁大眼，心跳急促得简直要连成一片。她紧张地以手指绞住身前的衣物，身体僵硬得犹如一节木头。

之前亲沈玦星的时候，她就发现他的身上香香的，很好闻，不知道那是沐浴露的还是洗衣液的味道。现在被沈玦星亲，她确认了，那是洗衣液与洗发水混合在一起的味道，有点儿像青涩的苹果的，又有点儿像洒在夏威夷滚烫马路上的热带水果汁的，是与他的外表风格迥异的……甜美的味道。

两个人稍稍退开一些，对视着，从彼此的眼中都看到了一点儿茫然、一丝慌乱，但沈玦星没有松开手，顾照也没有推开他。

旖旎的气息依旧很浓郁。顾照垂着眼，睫毛颤动着。沈玦星的唇擦着她的面颊，在即将落到她那微微张开的双唇上时，不远处忽地传来一声惊呼。

顾照如同条件反射一般，一掌推开沈玦星。沈玦星往后趔趄着退了一步，满脸都是被打扰了好事的不悦。而张雅这个"罪魁祸首"比两个人都尴尬。

S市的疫情虽然暂告一段落了，河岚九村志愿者们的友情却还在继续。罗湛作为一个背井离乡的大学生，平时能叫外卖就绝不自己动手，在朋友圈里发的最多的消息就是吐槽现在的外卖又贵又难吃。张雅看不过去，休息日在家里时，就会亲自下厨，然后叫罗湛过来一起吃饭。

"不好意思！不好意思！我刚才在远处没注意到你俩在……喀喀！"张雅觉得自己挺冤。这光天化日、朗朗乾坤，谁能想到两个人在家门口就亲上了？她继续道："我带着暮暮正好路过。今天罗湛在我家吃饭，那啥……你们没事儿的话，要不要也来我家吃饭？"

戴着口罩的小女孩儿乖乖地以一只手牵着妈妈，以另一只手捂住自己的眼睛。

"叔叔，阿姨，来我家吃饭吧！"小女孩儿用甜甜的奶音道。

沈玦星与顾照对视一眼，尴尬犹存。顾照怕耽误沈玦星的事儿，刚打算出面婉拒，身旁的沈玦星就先她一步开口道："行，我们去。"

起先是顾照与赵毅待在客厅里没话找话地聊天儿，暮暮戴着口罩在一旁玩儿积木。后来实在没什么可聊的了，顾照跑进厨房"求救"，将沈玦星换了出来。罗湛来得较晚，菜已经上得差不多了，门铃才响。而当众人准备入座时，暮暮熟练地起身跑进了自己的房间，并不与大家同桌。

"不好意思，你们先吃，我喂她吃完饭就来。"赵毅抱歉地打了招呼，端着盛满菜的小碗进了女儿的房间。

顾照疑惑地道："他们不一起来吃吗？还坐得下。"张雅家的桌子是长方形的，坐六个成人也绰绰有余，更不要说其中一个还是小孩子。

张雅长叹一口气，干了半罐冰啤酒："我女儿啊，出生就是唇腭裂。这毛病虽然不致命，也可以用医学手段修补，但需要从小做手术，不断地调整她的外观。"

暮暮长到三岁，因为不大出门，出门也是戴着口罩，所以没遭受过什么异样的眼光，从不知道自己和别人长得不大一样。但是后来她上了幼儿园，事情就变得糟糕了。班级里的孩子经常取笑她，不愿意同她玩儿。

"为什么他们都不喜欢我？为什么我和别人不一样？"

当哭泣的女儿扑进怀里时，张雅连心都要碎了。女儿的问题，张雅也无法解答，只能流着泪一遍遍地安慰女儿说："你很漂亮，其实也有很多人喜欢你。"

"后来她爸就不让她去幼儿园了，说自己在家里教她也一样。"张雅说到这儿，吸了吸鼻子，"但自此以后啊，她就不大愿意在人前露脸了。人一多，她就一定要戴口罩。"

原来是这样。听张雅这样说，顾照感同身受。因为额头上的胎记，顾照小时候没少被人取难听的外号，到初中更是遭受了严重的霸凌，很长一段时间无法从这一阴影中走出来。如果不是沈玦星，顾照的人生或许会更灰暗。

"姐，不说这些伤心事了，咱俩干一杯。"罗湛说着端起酒杯，往张雅面前的啤酒罐上碰了碰。

"我开了车，就以水代酒吧。"沈玦星端起一杯凉白开朝张雅敬了敬。

顾照不用开车，加上今天心情不错，在张雅问她喝什么时，也要了一罐啤酒。瞧另外两个人都敬张雅，顾照便也慌里慌张地举起啤酒罐仰头喝了一大口。

"开了车有什么的啊？你今晚就住这儿呗，又不是没住过。"罗湛嫌弃地睨着沈玦星杯子里的凉白开，"快倒了，我给你整另外的'白'的。"

沈玦星瞟了一眼身旁的顾照，一掌盖住了杯口，摇头道："真不能喝，我明天早上还要开车去外地。"

罗湛刚将白酒瓶拿起又放了回去，脸上露出无趣的神色："行吧，那我一个人喝。"

张雅对着罗湛的后脑勺儿就是一记巴掌："你也给我少喝！年纪轻轻的，怎么酒瘾这么大，跟个老酒鬼一样？"

罗湛哎哟一声，摸着后脑勺儿，委屈地道："我这不是为了活跃气氛吗？"

顾照一直留心暮暮那边，见十几分钟过去赵毅还没出来，便主动起身要去换他。张雅急急地叫住顾照："不用。暮暮那孩子就是吃饭慢，一口饭得嚼几十下才咽。你别理她，管你自己吃！"

顾照略作停顿便继续往小房间走："我已经吃饱了，换姐夫出来吃吧。"

赵毅已经听到外头的谈话声，见顾照推开小房间的门，便客气地让顾照去吃饭，说他自己喂暮暮就好。赵毅道："怎么能让你一个客人做这种事儿？你去吃吧，我来就好。"

两个人互相谦让了一番，顾照直接夺过赵毅手里的碗："我有话要跟暮暮说。姐夫，你先出去吧。"

见顾照的眼神坚定，似乎她真的有很重要的话要跟一个五岁的小女娃说，赵毅挠挠头，憨笑着道："那行，麻烦你了。"

房间里只剩下顾照与暮暮两个人。顾照蹲下身，舀了一口饭，递到小女孩儿的唇边。小女孩儿盯着顾照，乖乖地张开了口，人中上的白色疤痕也随之而动。

"你喜欢我，是不是因为觉得我和你一样，长得很奇怪？"不知道一个五岁的小女孩儿能不能听懂复杂到这种程度的词句，但此时此刻，顾照并没有将对方当作一个孩子来看待。顾照理解对方想要将自己藏起来的心情，也明白对方曾经遭受的诸多恶意。

小女孩儿没说话，嚼着嘴里的食物点了点头。顾照轻笑起来，摸着自己的额头道："我这个也是天生的，从小就有，也有很多人觉得它不好看，骂我丑八怪……"

听到"丑八怪"三个字，暮暮就像一只受惊的小鹿般，眼睫猛地一颤。她伸手捂住了顾照额头上的红斑："你一点儿也不丑！"

顾照将还剩小半碗饭的碗放到一边，将小女孩儿的手拉下来，放到唇边亲了亲，抱过小女孩儿将她放到自己的怀里。

"我的话还没说完呢。确实有很多人觉得我是丑八怪，但是有更多的人并不在意我的'不同'。"在劝解暮暮的同时，顾照也是在劝解自己。到这一刻，顾照才发现，自己其实一直在故步自封。自己明明已经拥有了那么多，却仍然盯着那些丑恶的、负面的东西。

"他们会觉得我很漂亮，会让我挺起胸膛，会一遍遍地告诉我，我值得拥有最好的。"顾照伸出手，用指尖轻轻地点了点暮暮的上唇，"我现在也告诉你，你很漂亮，你要挺起胸膛，你值得拥有最好的。"

暮暮有些迷茫，又有些踌躇："可我……我不喜欢别人一直看着我……"

"以前我也不喜欢，但是后来发现自己越遮掩它，大家就越好奇，不如将它露出来，还凉快一些。"顾照撩起自己的额发，"我们都不要遮了，露出来好不好？"

见小女孩儿还有点儿犹豫，顾照再接再厉："沈叔叔和大罗哥哥很想与你一起吃饭，我们出去和他们坐在一起吃好不好？他们都不觉得我怪，怎么会觉得你怪呢？"

小女孩儿点点头，觉得这话很有道理："也是。不过……"

当顾照牵着暮暮的手出现在众人的面前时，赵毅激动得站了起来，张雅更是惊讶得连嘴都合不拢了。

"你是怎么劝的啊？"瞥了一眼被罗湛逗得大笑不止的女儿，张雅好奇地询问顾照。

"她说自己今年又要做手术了。她以前小，不知道害怕，但现在很害怕，问我能不能陪她一起，她治嘴，我治胎记。"顾照无奈地道，"我说可以，她就同意出来了。"

这下不仅张雅，连沈玦星都惊了。张雅喜道："你终于想通啦！"

这也不能算顾照想通了，只能说被逼上梁山了。孩子的话已经说到那份儿上，顾照连张雅都不忍当面拒绝，又怎么可能忍心拒绝一个孩子呢？顾照叹气："小雅姐，你把你们医院的地址给我，我有空儿去一下吧。"

"好好好！"张雅应着，立即找手机将医院的地址发给了顾照，连一秒都没耽搁。

当晚，顾照喝得有点儿多，将整整两大罐啤酒都喝了。她喝完酒，直接脚下发飘，连走路都要沈玦星扶着。

"你不是说怕失败吗？怎么又突然想去做了？"顾照走路歪歪扭扭的，沈玦星怕不安全，索性蹲下来，让她趴到他的背上，由他背着走。

要是在清醒的时候，顾照怎么也要客气一下，但现在喝醉了，也懒得跟沈玦星假客气，直接扑上去，勾住他的脖子，将自己滚烫的面颊贴到他的耳侧："因为现在……失败也没关系了。"

沈玦星轻松地起身，背着她往对面的三号楼走去："怎么没关系了？"

"无论我是美是丑，我都是顾照。我依然可以考社工、考护工，在养老院工作，照顾老人，成为小区的志愿者，帮助别人……还有，喜欢你。"因为醉酒的关系，顾照说话有些颠三倒四，但并不影响沈玦星听明白她话里的意思。

"再说一遍。"他特意放慢了脚步，用着比往常步行慢得多的速度往顾照的家走。所幸顾照微闭着双眼，对此并没有察觉。

"说什么？"她将下巴搁在沈玦星的肩上，含糊地问。

"最后一句。"

混沌的脑子转了片刻，顾照好不容易"检索"出方才自己说的最后一句。

"喜欢你。"她说，"喜欢……你。"

短短的几十米，沈玦星一遍遍地让顾照重复着"喜欢你"，像听不腻一样，直到两个人到了单元楼的门口，要掏钥匙了，这种有些幼稚的行为才被叫停。

沈玦星将顾照从背上放下来，等她颤颤巍巍地将锁打开，便替她拉开门，搀扶她进去。到了顾照家的门口，沈玦星依葫芦画瓢，等顾照开了锁，便替她将门拉开，要送她进屋，结果被她伸手抵住胸口制止了。

"家里好乱……"之前她翻找钢笔的时候，把屋里弄得乱七八糟的，还没整理好呢。

"那你一个人行吗？"沈玦星不放心地问道。

"行的。"顾照用力地点头，"我也没有那么醉。"

沈玦星莞尔："那好，我走了。"

他习惯性地想要去抚摩顾照的脑袋，下一秒却因被她强制性地扯住衣襟而俯下身。双唇触碰到一样柔软的东西，沈玦星的双眼微微睁大，连瞳仁都在颤动。

"亲完……再走。"贴着他的唇，口中带着酒气，顾照说道。

沈玦星发现，顾照好像一旦喝了酒，就会更放开一些。几次喝酒之后，她都做了平常绝不会做的事儿。不过，言语上再大胆，行动上也仍是不得要领，她就像稚嫩的孩子对待心爱之物一样，亲吻起来没有一丝欲念，不含半分占有。他总觉得，顾照对他的喜欢还停留在高中时的样子，是孩子般的喜欢。这不免让他有些焦躁。

顾照亲完，慢慢地松开沈玦星的衣襟，晕晕忽忽地脚下一绊，往后踉跄了一下，眼看就要仰天摔一跤。沈玦星手疾眼快，一把捞住她的腰，将她带回身前。

"亲完了？"他的嗓音沙哑。

顾照懵懂地点头："嗯。"

沈玦星抬手扣住她的后脑勺儿，调整着角度："那轮到我了。"

说完，片刻前才分离的双唇再度贴合。和顾照那稚子一般的吻不同，沈玦星的吻明显是属于成年人的，带着欲望的宣泄。

顾照毫无还手之力，只能被动地任沈玦星亲吻，手指蜷曲着抵在他的胸口。由于呼吸不畅，她越发头昏脑涨。脖子有些酸，腰也开始颤抖，但她仍然没有推开沈玦星。哪怕醉得再厉害，她都会清楚地记得，沈玦星是可以信任的，他不会伤害她。

不知吻了多久，沈玦星扣在她颈后的大掌终于撤开。紧贴的唇一点儿一点儿地分开，两个人微喘着，她的脸更是在她醉酒以及缺氧的双重加持下变得绯红一片。

"这才是……成年人的吻。"沈玦星捧着顾照的面颊，哑声道，"会了吗？"

眼前似笼着一层水光，顾照连人都要看不真切了。她眨了眨眼，想将氤氲的雾气眨掉，眼尾处却落下一滴泪来。

喝醉酒的人总是很容易放大自身的情绪。顾照方才憋了气，又有点儿害怕，相应的身体上的反应就是莫名其妙地流泪。那滴泪正好落到沈玦星的指尖上。动作一顿，他皱着眉道："吓到你了？"

他以为是自己太过粗鲁吓到了顾照，正要松开手拉开二人的距离，下一秒，她就扑进了他的怀里。她搂着他的腰，那语气听起来像她酒醒了，又像她还醉着："我很喜欢……喜欢你……在这个世界上，最喜欢你……"

她就像一只瑟瑟发抖但仍贴着主人试图寻求安抚的小动物，乖巧得让他连心都要化了。他恍然间有种错觉——一种自己全身上下，连脑袋里都充满了棉花糖的错觉。他的人生里，从未有一刻感觉自己如此柔软。他抱住顾照，将下巴搁在她的头顶上，心甘情愿地从"成人模式"再次切换回"高中生模式"。

"我也喜欢你。"他叹息着道。

翌日一早，顾照在闹铃声中醒来，头疼欲裂。她扶着额从床上坐起，发现自己仍穿着昨天的衣服。

为什么自己没穿睡衣？就这个问题，顾照一边下床走向洗手间去洗漱，一边回忆昨晚发生的事情。

沈玦星送她回家，然后他们一起去了张雅家吃饭。吃完饭，沈玦星送她回家，然后告别，然后他被她抓着衣领强吻……

顾照呆滞地含着满嘴的泡沫望着镜子里的自己——准确地说是自己的嘴唇。下一秒，洗手间里一阵叮叮当当响。伴随着不知道是洗漱杯还是洗手液倒下的声音，嘴角还沾着一点儿泡沫的顾照跑出来，拿起床头柜上的手机就去翻沈玦星的微信。

沈玦星在昨天夜里十二点给她留了一条消息："等你醒了，发个消息给我。"

顾照捂住脸，已经彻底记起昨天夜里自己都做了什么。她先是强吻沈玦星，再像树袋熊一样扒着沈玦星不放，哭着说自己真的很喜欢他，也很喜欢现在的工作，最大的心愿就是疫情能够快点儿过去，不用天天做核酸检测……

"打地铺也就算了，但快递不能收，外卖不能叫，老人不能见家属，我们不能回家……真的很辛苦！"说到最后，她是真真实实地痛哭起来。

沈玦星哄了她许久，一会儿让她喝水，一会儿给她擦脸。等她不哭了，他就替她掖被子，轻拍着她入睡。

顾照记得离开张雅家的时候是九点。看沈玦星给她发的消息，假设这个时候他已经到家，那他在她家最起码耽搁了两个小时。戒酒吧！顾照闭了闭眼。

"我醒了。"冷静下来后，她给沈玦星发去微信消息。

本以为他还没起床，结果没一会儿他的消息就回了过来："难受吗？"

"有点儿头疼，其他的还好。"

"那就好。我这两天要去外地出差，你自己回家，路上当心些，记得每天给我发消息。"

顾照盯着手机，刚才还羞愧无比，现在却止不住地露出甜蜜的微笑。

"知道了。"

"出发了，晚些再聊。"

对话告一段落，顾照仰躺到床上，高举着手机，来回看沈玦星发给她的消息。真的好喜欢啊！她将手机按在胸口，痴痴地望着天花板。就这么隔了两分钟，鼻尖耸动，她嗅了嗅一天一夜未换的衣服……于是从床上一跃而起，翻出换洗的衣服冲进了浴室。

由于顾照顶着一张宿醉后的脸，养老院的老人以为她今天身体不舒服，中午吃饭的时候纷纷为她送上关怀。

"是不是昨天又没睡好啊？"冯晓娟爱怜地摸了摸顾照的脸，"对面那家很吵吗？"

"可能是冷气吹多了，有点儿着凉。"对面那家每天都很吵，但她今天脸色差确实不关人家的事儿，是她对自己的放纵过了火，没有掌握好喝酒的度。

"乖乖，你现在还是一个人住？"胖奶奶不负自己的这个外号，中午的饭吃得那叫一个"五花八门"。除了一碗炒饭，胖奶奶的面前还有一碗刀削面、两个大白馒头，食量是顾照的几倍。

顾照："嗯，我一个人住。"

"现在女孩子一个人住挺不安全的，你要当心些。我之前听你说你对门的租客的事儿，感觉你们小区有点儿乱。"胖奶奶道，"不是之前还有新闻说，有个女孩儿被对面楼的变态狂先奸后杀了吗？"

冯晓娟眉头一皱："胡说什么呢？！"

胖奶奶也自知失言，掌了一下嘴道："哎哟，我不好！我瞎说的。咱们乖乖平平安安的，一定不会有事儿。"

冯晓娟被胖奶奶说得心里也毛毛的，哪怕告诉自己胖奶奶是有口无心，也总不能安心："乖乖，你肯定是遇不上这样小概率的事儿的，但是女孩子防人之心不可无。这样吧，等会儿你跟我去后面的菜园子里摘一点儿你杨爷爷种的辣椒。"

养老院的后面有一块空地，种了许多瓜果蔬菜。这里名义上是食堂在负责日常管理，实际上是方院长给那些闲不下来的老人留的菜地。每到丰收的季节，食堂就会开一个"菜地窗口"，将蔬菜瓜果做成一道道可口的菜肴。虽然菜量可能很少，但是见者有份儿，每个人都能尝到这自产自销的美味。

"辣椒？"顾照不明所以，"要辣椒干什么？"

冯晓娟解释道："你杨爷爷种的那个什么印度的还是巴西的'魔鬼辣椒'，辣得不得了。上次食堂的蔡师傅就咬了辣椒尖上的一点儿，被辣了一个下午，第二天连嗓子都哑了，手指碰到辣椒籽的地方都是火辣辣的，洗手也不管用。用这个辣椒做成'防狼喷雾'，不要说男人了，就连大象都得给你跪下。"

顾照惊奇地道："这么厉害啊？"

冯晓娟怕顾照不信，吃过饭后拉着她就去了菜地，指着一丛矮小的绿色植物道："就是它——'魔鬼辣椒'。"

顾照一看，那辣椒是她从未见过的样子，不像尖尖的朝天椒，也不像圆圆的灯笼椒，介于两者之间，外皮皱皱巴巴的，看起来有点儿丑。

冯晓娟小心地掐了一个辣椒，捏着蒂交给顾照："你自己找个袋子将它装好，回家后加上水把它榨成汁，然后用那种喷雾瓶装起来，平时把这个喷雾放在包里，知道吧？"

这辣椒被冯晓娟说得神乎其神，顾照已经有点儿怕它，接的时候跷起兰花指，都不敢让自己的皮肤与它接触太多。虽然顾照觉得不至于如此紧张，S市的治安在她看来不仅是在国内，就是在世界上都是数一数二的，但她为了让老人家放心，回到家后还是听话地戴上一次性手套，将那个丑丑的辣椒丢进了榨汁机里。

这台榨汁机还是有一年养老院开年会的时候她抽奖抽到的，她把它拎回来后只用过一次，榨的是西瓜汁。后来她觉得榨汁机清洗起来太麻烦，就一直将它束之高阁，想不到今天竟然被她拿来榨辣椒汁。

老实说，在掀开榨汁机的盖子前，顾照也想过是不是晓娟老师太夸张了，可就在掀开盖子的一瞬间，一股颇具攻击性的辣味直击顾照的头脸。顾照觉得双眼刺痛，忍不住要掉眼泪，终于知道晓娟老师没有夸张，这辣椒真的好辣！

顾照戴好口罩和眼镜，将之前挂在包上的迷你喷雾瓶里的消毒酒精倒掉，装入过滤好的辣椒水。

喷雾瓶只有半个巴掌大小，金属瓶身，遮光抗氧化，按压容易，出雾细密，是方院长推荐给顾照的一款非常好用的喷雾瓶。装填好了这一"杀伤性武器"，顾照重新将瓶子挂到包上，远远地看着，它就像一个小巧可爱的装饰物。

千万不能忘记这是辣椒水！千万不能忘记这是辣椒水！顾照在心里默念着，就怕哪一天自己忘了这是辣椒水，仍当它是消毒酒精往自己的手上喷。

在工地一天跑下来，到了晚上，林立洗好澡，躺在床上，美滋滋地搓着手机麻将。这次他是和沈玦星一起到 C 市出差的，住的是标准间，酒店也是普通的经济型商务酒店。这个房间只有十几平方米，带个小阳台。因房间里禁烟，沈玦星只能到阳台上抽烟。

沈玦星去阳台时，门关得不是很严，林立能感觉到屋子里开的冷气中混合着一丝热风，热风里又卷着一点儿烟味。忽然，手机屏幕的上方弹出一条微信消息，在一个名为"女同学你好"的群里，商铭远呼叫他。

商铭远问道："怎么样？"

林立扫了一眼阳台，将手机的音量调低。沈玦星的声音被风送了进来："做辣椒水？这么辣吗？那你当心些，不要碰到皮肤。我今天还好，不累，就是阳光太烈，有点儿晒。我明天下午就回去……"

林立抖了抖，回复商铭远："他现在已经不是沈玦星了，我不承认他是沈玦星。他现在整个人甜到我嘴里发苦！"

商铭远："这么说，明年我们公司可能要有喜事了？"

群里剩下的几人纷纷发来"鼓掌"的表情包表示期待。

商铭远："林工，做得很好！再接再厉，再探再报！"

林立："是，长官！"

作为同事们八卦的主人公，沈玦星却对此一无所知。一手举着电话，另一只手夹着香烟，手肘支在阳台护栏上，他说话间，烟雾在眼前散开。

电话的那一端，顾照说着一天中细碎的日常小事，普普通通，平平淡淡，他却觉得很有意思，有意思到……他会想几个月前的那个对顾照冷冰冰的人是不是自己。顾照怎么可能和别人一样呢？她明明那么可爱……

"你什么时候回来？"她问。

她可爱到连说话的声音都像软糯的麻薯，让人很有食欲……想到这里，沈玦星的思绪突然中断了一下，从被恋爱冲昏头脑的状态中挣脱出来，心中短暂地产生了一个疑问——为什么是食欲？

"我明天下午就回去。"但很快，棉花糖再次填满他的大脑，让他除了顾照，除了谈恋爱，再也想不了别的，"想我了？"

电话的那一端静了一会儿，随后她轻轻地嗯了一声。沈玦星咬着烟，齿间用力，那种类似于食欲的东西越发膨胀起来，在心脏处张开血盆大口，嗷嗷待哺。

"顾照，你想不想……见见我的父母？"原先沈玦星同沈旋章说，自己打算慢慢来，不想吓到顾照。可现在沈玦星又后悔了，想尽快让她见自己的家人，想要她融入自己的生活，想要完全地……困住她。

"困住"——用了这个词，沈玦星连自己都感到很意外。他竟然会想要困住某个人，用容貌，用身体，用一切能够取悦对方的东西。这难道就是爱情吗？这该死的爱情！

"啊……"

电话里传来的只是一个单音，但沈玦星已经听出顾照的迟疑。他不是一个会让别人为难的人，更何况对方还是自己的女朋友。他很快改口："算了，再迟一些吧，当我没说。"

顾照可能也觉得这事儿有点儿快，便没接茬儿，含含糊糊地就带过去了。

她不想跟他回家。一想到这个，他就感觉心口沉沉的，被压得难受。若说他不高兴，有点儿过，但也不是不在意。自从和顾照在一起，他就总是生出一些陌生的情绪，有时候连他自己都理不清。

挂断电话后，沈玦星在阳台上一个人缓了许久，回到室内，忍不住抓着林立吐苦水。

林立听了半天，眉头狂皱，最后他总结道："所以，你觉得她喜欢的不是现在的你，而是高中时候的你？"

沈玦星有点儿嫌弃林立的概括如此简单粗暴，但还是点头道："差不多是这个意思吧。"

林立将双手环抱在胸前，低头凝思，简直想大喊一句"这题我不会啊"。他只能胡诌："我们从哲学的角度来看待这个问题，你觉得有没有可能是这样的……"只要把对方绕晕，问题就迎刃而解。

顾照挂了电话，心里有些不安。她也不是不想见沈玦星的父母，只是……她摸了摸自己的额头。

为人父母的，总想给子女最好的。她不知道在沈玦星父母的想象中，陪伴自己的儿子走向将来的会是怎样的女孩儿，但能肯定，那一定是个各方面都优秀到足以匹配沈玦星的女孩儿。

顾照想，他们对自己会满意吗？会介意自己的胎记吗？会像电视剧里演的那样，因为儿子跟与他不相配的对象交往，而下令若他不跟交往的对象分手就同他断绝关系吗？

自从两个人在一起后，顾照为了与沈玦星有更多的共同话题，也开始刷各种偶像剧。可能就是因为这样，方才她在听到沈玦星的提议后，发出短短的一声"啊"时，已经下意识地在脑海里演完了一整部苦情偶像剧。但好在沈玦星很快收回了话，让她长长地松了一口气。

第二天周六，是沈玦星回 S 市的日子，也是顾照约定去张雅所在的医院面诊的日子。

面诊预约的时间是上午十点，但顾照九点半就早早地等在了医院候诊区。医院里的冷气开得很足，加上她有些紧张，此时双手冰凉。张雅在顾照刚到的时候抽空儿出来碰了个面，握了握顾照冰凉的手，告诉顾照不要紧张，随后让护士给顾照敷了麻药，又让顾照吃了一粒止痛药。

"没事儿的，二十分钟就结束，不会很疼的。"张雅安慰顾照。

"这个治疗大概需要做几次才能好？"顾照问。

"每个人治疗后的效果不一样，说不好。但以我的经验，你这块胎记的颜色不是很深，若避光做得好，最多也就治疗三四次吧。"

顾照点点头。三四次，她还能接受，两个月一次，明年也就治好了。

张雅没陪顾照待多久就有客户来进行咨询，于是回了办公室。

顾照独自坐了半个小时，等麻药生效后，护士带着顾照进了手术室。

为顾照治疗的医生姓赵，四十多岁，戴着一副黑框眼镜，说话很斯文，带着港台腔："等会儿要把治疗部位之外的其他地方都遮起来，你不要害怕。治疗的时候，头部尽量不要动。前十分钟，可能痛感不是很强烈，但是随着能量的叠加，你会感觉越来越痛。这个时候，你就一直想——我要变美，我要变美，我要变美！坚持一下。"

顾照躺在治疗椅上，治疗还没开始，她的手心已经在出汗了。护士给了顾照一个解压球，让顾照感觉痛时随便捏，然后在顾照的脸上贴上遮挡物。

视觉受到限制，人陷入黑暗，周围又很安静，没有可以分散注意力的东西；这个时候，听觉、触觉等其他感官就会变得更敏锐。

耳边传来仪器运转的声音，顾照试着和赵医生闲聊："医生，有人疼哭过吗？"

赵医生笑了一下："有，每个月都有。基本每个小孩子都哭。大人的话，要看治疗的部位。治疗嘴周、脖子这种敏感部位，哭的人比较多。"

"做好后……治疗部位一点儿光也不能见吗？"顾照能感觉到自己的额头处好像被注射进什么东西，猜测应该是光敏剂。

"十五天避光期，你出门要做好物理防晒。不过自然光还是可以的，你只要注意不要被强光照射就行。"

赵医生的动作很轻，顾照只感觉到一点儿刺痛，注射就完成了。顾照听着仪器运转的声音，直挺挺地躺在那里，紧张到浑身颤抖。不一会儿，她的额头上传来刺痒感，开始照灯了。

"好了，接下来躺二十分钟就行了。"赵医生可能看出顾照极度紧张，也试着说话分散她的注意力，"听说你跟张雅是朋友？"

顾照一下一下地捏着解压球，回道："嗯，我们是一个小区的，之前一起做志愿者的时候认识的。"

"小姑娘，你多大了？"

"我二十六岁了。"

"那你来做治疗有点儿晚。一般这种鲜红斑痣，小孩子到我们这里做治疗效果最好，对疼痛也相对不敏感。"

"我小时候做过激光治疗。那时候我家里的经济条件不好，治了一次没治好，我就不想治了，感觉太贵了。"虽然现在还是很贵，贵到她付钱的时候连心都在颤抖，但好歹不是负债治疗，自己挣的钱自己花，她没那么多负疚感。

"那时做激光治疗是挺贵的，现在也好贵。"赵医生表示认同，"虽然不影响健康，但它影响小孩子的心理。这种治疗要是能进医保就好了。"

两个人有来有回地闲聊，顾照一开始还能应答自如，但越到后面，她的额头就越是疼痛。那种痛，就好像有人在用放大镜聚光不断地灼烧她的皮肤。到最后，她甚至疼到恍惚间有种连头骨都要被灼穿的错觉。

赵医生说了什么，她已经无心去听，解压球一直死死地被她攥在手中。她用了极大的力气才克制住自己将脑袋从那束光下移开，忍着不尖叫出声。治疗终于结束时，她已经浑身是汗、面色如纸，连起身的力气都没有。护士给了顾照一张印着术后注意事项的卡片，随后扶顾照到休息室里坐下，替顾照拿来冰敷的冰袋。

顾照在休息室里坐了十多分钟才缓过来。张雅闻讯赶来，替顾照叫了车，亲自将顾照送到医院门口。

"明天你的额头可能会肿。没事儿的，你不用担心，一般四五天，治疗部位就会逐渐好转。"

顾照虽然身体上还有一种大病初愈的虚脱感，但走路已经没什么问题。她戴上遮阳帽，撑起遮阳伞，朝张雅摆了摆手，一个人走到马路边上了车。原本周日顾照和沈玦星有个约会，他们计划一同去S市新落成的美术馆参观，晚上再在附近吃顿饭，欣赏一下S市的夜景。可顾照回家没多久，额头就肿起来，压着眼皮，使她睁眼越来越吃力，估计到第二天她的眼睛只能睁开一道缝了。

她当即发了消息给沈玦星，表示自己明天可能没办法出行。她解释的话还在编辑中，沈玦星的电话就打来了。

"你怎么了？"沈玦星正在回S市的路上。按原计划，他下午两三点就能到家，没想到高速路上有重大交通事故发生，多车追尾，导致他被堵在半道儿一动不能动，还不知道道路几时才能恢复畅通。

顾照躺在床上，一边给自己冰敷，一边讲电话："我去做了光动力治疗，脸肿了。"

"你今天就去做治疗了？"沈玦星听顾照说过，她今天要去张雅所在的医院面诊，还以为会另约治疗时间，想不到当天就做了。

"嗯。"顾照盯着天花板，鬼使神差地补了一句，"好疼的。"

顾照不是个会袒露自身伤口寻求他人怜悯的人，习惯了忍耐痛苦，习惯了装作毫不在意。她纵然柔弱，但并不喜欢向人展示自己的"弱"。然而她又会想，沈玦星和"那些人"一样吗？他见过她的很多面——虚弱的一面、狼狈的一面、凄惨的一面……他可以是例外吗？自己向他撒娇，也是可以的吗？

"晚上我来找你。"沈玦星立马说，"我可能七八点才能到S市，你饿了先吃一点儿点心垫垫肚子，我给你带好吃的。"

"这么晚啊？"她记得他说下午回来的。

沈玦星不耐烦地看了一眼前方一动不动的车辆长龙，说道："有点儿堵车。"握着方向盘的林立闻言抖了三抖，搓了搓胳膊，将车内空调的温度调高了一点儿。

冰敷虽然没停过，但顾照的额头还是肉眼可见地越来越肿。下午她睡了一觉，到晚上六点多时起来，就感觉连眼睛都要睁不开了。她一照镜子，当下就被自己的"寿星公"造型震住了。她捧着一盒面霜，对着镜子笑了一下，跟寿星公更像了。

护士给的冰袋已经化了，但好在冰箱里还有上次沈玦星给她的膝盖冰敷时冻上的水袋。她用毛巾将这个简易冰袋包裹好，敷到额头上。

她查看微信消息，沈玦星在下午五点的时候说快到S市了，现在这个时间可能已经进入市区了。她刚要问他现在到哪儿了，门铃声便响起来。

顾照敷着冰袋，顶着发肿的额头去开门。一手提着行李包，另一手拎着外卖袋的沈玦星，在门口足足愣了好几秒。

"这肿得也太厉害了。"他一进屋，立马放下行李和外卖袋，捧着顾照的脸检查起来，"你确定没事儿吗？要不要去医院看一看？"

顾照被他捧着脸，嘴有点儿难张："做这个治疗，都是这样的。"

沈玦星拉着顾照坐到沙发上，拿开冰袋，仔细地看了看她的额头，心里不太舒服。那是一种轻微的焦虑，还有窒闷的感觉。对他来说，这又是一种新的情绪。他感受了片刻才反应过来，或许这就是"心疼"。

"要不然别治了。"他知道这种治疗不会只进行一次，"失败也没关系，你自己说的。"

顾照重新敷上冰袋："三次就好了。我已经熬过三分之一，现在放弃多不值啊。而且我答应了暮暮，要陪她一起。"

沈玦星看着顾照，缓缓地叹出一口气。他起身去门口拿了外卖袋，将里面的菜一样儿一样儿地拿出来，放到茶几上。由于袋子有保温功能，所以菜还是热的。

顾照虽然不挑食，但也有自己的口味偏好。红烧肉、番茄炖牛腩、黄焖鸡……沈玦星拿出来的菜都是她平时爱吃的。

"饿了吧？"沈玦星掰开一次性竹筷子，送到顾照的手边。

"还好。"顾照接过筷子，心里感叹着，谈恋爱真好啊，或者说，被人记挂的感觉真好。

沈玦星的个子太高，他坐在沙发上吃饭不方便，索性席地而坐："我晚上住这儿吧。"他夹了一口菜，语气随意、自然。

"喀喀……"顾照咳嗽起来，脸迅速红了，"啊？"

沈玦星瞥了她一眼："我留下来照顾你啊，不然你以为是什么？"

顾照一脸茫然。她还没来得及"以为"呢。

第十三章 ✧

你们这是……同居了？

感觉额头上的肿两天消不了，顾照向方院长请了一天的假。挂断电话，她听着浴室里隐隐有水声，握着手机坐到床沿上，不自觉地咽了一口唾沫。

上一次沈玦星在这里过夜，他们还是老同学的关系，让他睡沙发无可厚非，但现在他俩已经是恋爱的关系了，再让他睡沙发……是不是不太合适？

顾照对这方面说不上保守，也谈不上开放。因为知道沈玦星绝不会做违背她意愿的事儿，所以她压根儿没往超出男女朋友关系的行为的方向想，只是单纯地在考虑对方睡得舒不舒服这件事儿。

沈玦星舟车劳顿已经很累了，还让他蜷在那个破沙发上，也太不地道了。而且客厅里没有空调，现在天这么热，就算她把卧室的门开到最大，落地扇对着沈玦星吹，他挺一晚上也够呛。

她看了一眼身后宽敞的双人床，正思索着，浴室门被打开了。她一下子起身蹿到卧室的门口。沈玦星穿着充当睡衣的白T恤，肩上披着一条毛巾。他一边擦拭头发，一边往自己熟悉的破沙发走去。

"沈玦星……"

听到顾照的声音，他停住脚步，回头看去。顾照从门里探出脑袋，怯生生地看着他："你要不要……和我睡？"

沈玦星擦头发的动作一顿，连脸上的表情都呆滞了几秒。

"啊，不是！"顾照后知后觉，发现自己的话有很大的歧义，连忙解释，"我不是那个意思。我的意思是你要不要睡床？客厅里太热了，卧室里凉快一点儿。"

沈玦星瞥了一眼卧室，调整了一下表情，道："我当然知道你不是那个意思。"他清了清嗓子，朝顾照走去，从她的身边擦身而过进卧室时，小声地嘀咕了一句，"我哪儿有那么禽兽？"

顾照也不是没有与别人同床的经历。家里的地方小，从小到大，她都是和奶奶一起睡的，爷爷会在卧室的地上打地铺睡。后来爷爷生病了，就换顾照打地铺。爷爷奶奶那此起彼伏的呼噜声伴随她长大。直到她考上 A 大开始住校，宿舍里没有了呼噜声，她反倒不习惯了，很长一段时间睡不好。

沈玦星睡觉很安稳，别说呼噜，连翻身都很少。顾照可能因为白天睡太多，这会儿睡不着。她盯着漆黑的天花板，听着耳边沉沉的呼吸声，与他交往至今，心里不知道第几次对此感到不可思议。沈玦星睡在她的身边。那个沈玦星，睡在她的身边……她侧了侧身，在昏暗的光线下注视着沈玦星。他这两天应该很累吧，刚刚几乎一沾枕头就睡着了。

人一睡不着，就容易想很多。顾照想起高中那会儿，沈玦星参加某个作文大赛，一举获得银奖，轰动全年级。

他们学校之前在这个作文大赛上也有学生得过几个铜奖，但就像中了什么魔咒一样，始终没人能更上一层楼，后面一连几年甚至什么奖都摸不着。沈玦星的银奖，不仅一举打破了学校在该项赛事上多年的沉寂，更是冲破"铜奖魔咒"，刷新了最高奖级。

沈玦星的获奖作文被刊登在青少年文学刊物上。校长特地命人将它复印下来，张贴在学校的告示栏上，供来往学生阅读和学习。

顾照也曾驻足阅读过那篇作文。怎么说呢？那是她这种只会套句子、套公式、严格按照模板写作的人永远写不出的文章。她记得那篇作文的题目是《人类文明的天空中群星闪耀》。沈玦星以一个理科生的角度，畅谈科技的发展对于人类文明的发展起到的重要作用。文章里列举了电话的发明、第一台电脑的问世、Wi-fi的发明……对那一大串外国人名，顾照已经记不得了，但那种强烈的震撼感，她到现在记忆犹新。科技改变人类的命运，科技改善人类的生活。仅仅几千字，便道尽了一个少年对科技的崇拜与信服。沈玦星会成为闪耀群星中的一员，顾照从来不怀疑这一点。所以当沈旋章在事业方面质疑自家弟弟时，她才会那样替沈玦星说话。

"科技不单单是赚钱的工具，也是惠民的工具。"这是那篇作文中的一句话。虽然沈玦星从不曾向她提起，但她可以理解——理解他的理想，理解他的野心。他总说自己不是天才，可在顾照的眼里，他却要比那些真正的天才更了不起。毕竟天才常有，但像沈玦星这样的人，她这一生也就遇到这么一个。

后半夜，外面下起了暴雨，还打了雷。不知道是不是雨声遮盖了一切噪声，对面那家这一夜竟然没有很吵。

顾照不知道自己是什么时候睡着的，醒来时已近中午，床上只有她一个人。厨房那边传来熟悉的炒菜声，伴着雨滴打在窗上的声音，让她打心眼儿里觉得安逸。

她的额头更肿了，压着眼皮，直接将她的眼睛压成了一道缝。由于她不能吃辛辣刺激的东西，沈玦星做的菜都很清淡，这顿饭是她这阵子吃过的最养生的一顿。吃完饭，两个人没事儿做，洗干净餐具，便一起躺回床上看起电视剧。那是一部最近流行的古装偶像电视剧，网上还没更新到结局，两个人都没来得及看，趁此机会正好从第一集追起。

空调吹着冷风，顾照与沈玦星靠坐在床头，注视着面前的笔记本电脑，不时就电视剧里糟糕的特效与离谱儿的剧情发表感言。

"他竟然这样就认不出她？我刚看一集就认出她了。"沈玦星质疑女主蒙着面纱，男主就完全认不出的剧情。

"有没有可能……这条面纱有法力？"顾照试图将剧情合理化。

"几亿年了，人类社会的发展竟然还如此缓慢。这个世界的'科技树'都点在神仙谈恋爱上了是吗？"对于动不动就几亿年的玄幻背景，沈玦星再次提出疑问。

"'科技树'可能点在了物种进化上？"顾照扶了扶眼镜，说道。

"我就知道他对她没有心，渣男。"对于男主角为了自身的利益抛下女主角的剧情，沈玦星冷冷地唾弃道。

"呜呜……"顾照已经被虐得说不出话了。由于她哭得太惨，眼睛肿起之后视物更加困难。沈玦星怕她再这样下去迟早要"瞎"，紧急取来冰袋给她冰敷。

顾照平躺在床上，沈玦星用毛巾包住冰袋，撑着脑袋在一旁轻轻地替她敷眼睛。

"等明天下班，我再过来。你中午自己点外卖，平时多休息，少看手机。"

"你明天不用过来了。明天肿的地方应该会消一点儿，我自己可以的。"沈玦星的工作时间不像她的工作时间那么稳定，她知道他很多时候是要加班的，就不想继续麻烦他。

为她的眼睛冰敷的手顿了顿，过了一会儿，沈玦星的声音响起："你不想看到我吗？"

顾照闻言，本来静静地置于腹部的手不受控制地动了起来，指尖蜷缩，手指绞在一起。

"可是你会很累的。"

"如果连在你生病、受伤的时候，我都不能在你身边照顾你、陪伴你，那我存在的意义是什么呢？"

顾照的手被轻轻地牵起。片刻后，她感觉到某种柔软的东西在她手指的关节处一触。他说："我不能总是仗着你年少时对我的喜欢就什么努力都不做吧。"

不知道是不是错觉，她总觉得他说这句话时的语气好像有点儿……幽怨。本来额头连带着眼睛就肿得难受，加上哭过之后很疲劳，她不知不觉间生出困意，昏昏欲睡："你什么都不用做，我就很喜欢你了。"

手背上落下两道灼热的气息，沈玦星像是无声地笑了。外面的雨仍旧没有停，笔记本电脑上播放着轰轰烈烈的爱情故事，顾照越听越困，意识逐渐涣散。

"你是喜欢以前的我多一点儿，还是喜欢现在的我多一点儿？"

彻底睡过去前，顾照模模糊糊地听到有人说话的声音，但已经分辨不出是沈玦星在和她说话，还是电视剧里的人在说话。

沈玦星在顾照家住了两夜。这两夜，两个人虽然睡在同一张床上，却并没有发展出什么超越男女朋友的关系。

到了周二，顾照去上班，沈玦星也回了自己的家。一个星期后，顾照的额头彻底消肿，治疗部位开始慢慢地结痂，养老院的改造也告一段落。

工程验收的那天，方院长拉着顾照一起去。作为本区最先改造完的养老院，区里的领导也到场参观。顾照跟在领导们的后面，越过人群看着沈玦星在最前方一一地给大家展示改造后的成果，心里有种说不出的自豪感。

周五，两个人看完电影，沈玦星照例送顾照回家。

"接下来的一段时间，我可能会很忙，但最多忙两个月。等这一波忙完，就能空闲一些了。"善慈家园的改造已经完成，沈玦星要去盯别处的改造。少了工作上的交集，两人也少了许多接触的机会。

"没关系，你忙你的，我不要紧。"顾照没觉得对方忙事业有什么不对，表现得十分豁达。

但就是她的这种豁达，让沈玦星越发感觉不是滋味。他观察着她的神色，在确定她不是逞强后，这段时间心里积攒的不满和疑问终于爆发。将车停在她家的楼下，他并没有像以往那样替顾照开锁："你到底喜欢我吗？"

顾照毫无准备地受到这直击灵魂的一问，有些蒙："喜欢啊。"

沈玦星盯着她，知道她没有说谎，又恼恨她没有说谎："你喜欢我的点，哪怕一个小点也好，有哪一点是只属于现在的我的吗？"

顾照张了张嘴，不明白他为什么要将过去和现在分开，这让她有些茫然："我……"

沈玦星满含期待地看着她，耐心地等待她的答案，又因为她的迟疑，双眼中慢慢地浮现出失望之色。

"你对我从来没有要求，"在顾照还在努力地思考"正确答案"的时候，沈玦星已经再次开口，"也不是很需要我的陪伴。好像……你并没有想要跟我度过这一生的打算。你喜欢的到底是我，还是高中时那个帮助过你的沈玦星？你把我当作男朋友，还是一个需要供起来的……偶像？"

他本想说"菩萨"，但转念一想，凡人对菩萨还有期许呢，顾照对他更像是一种"粉丝"心理，不敢对他有要求，也不敢奢望未来。

"不是的。我……我……"顾照有些慌乱，努力地想要解释，却发现自己好像确实如沈玦星所言那般。

"男女之间的喜欢，应该是占有，是嫉妒，是不能与人分享。你对我有这样的情绪吗？"沈玦星越问越无力，因为他想到之前四人晚餐时，自己见到顾照和沈旋章约会的反应，都比顾照见到自己和宋姣梦在一起吃饭的反应大。

顾照怔怔地看着他，心里有个声音在说"不是这样的，不是这样的"，但又因为自己笨嘴拙舌，无法在慌乱的情况下顺利地组织语言，只能试探着去握他的手："沈玦星……"

而她这样近似于默认的行为，让沈玦星的心沉到谷底。他避开了她的手，按下开门键，意图不言而喻："算了，今天太晚了，我们改天再聊吧。"

他不是说今后两个月会很忙吗？改天又是哪天呢？她想要问的话，在她面对沈玦星冷峻的侧颜时，又颤抖地咽了回去。她终究还是没敢向对方提要求。

"再见。"拉开车门，顾照独自下了车。沈玦星没有多做停留，在顾照下车后，便启动了车掉头离开。

这是两个人交往这么久以来，他第一次没有送她上楼。她失落地转身，花了比以往很久的时间才爬上楼。楼梯明明是熟悉的长度，今天她却走得好累。

沈玦星要的不是她这样的喜欢，可他要的又是什么样的喜欢呢？占有？嫉妒？发脾气？她可以吗？

顾照拉开单元门，突然整个人都僵住了。对门的租客，那个胳膊上有龙文身的男人正在门口抽烟。顾照握着钥匙，硬着头皮走过去，视线根本不敢往男人那边看。

"喂！"就在她的钥匙碰到锁眼的时候，身后的男人忽然开口了，"是不是你跟房东说我们的坏话，要赶我们走？"

钥匙一颤，直接划过锁眼。顾照不动声色地握住挂在包上的迷你喷雾瓶，转过身面对男人："我……我不知道你在说什么。"她根本没有联系过李阿婆他们。

"给脸不要脸！你别以为你是女人，我就不敢动你！"男人将烟丢在地上狠狠地踩灭，逼近顾照道，"你以后回家都给我当心一点儿。"

这句话对于独居的女性来说，实在威力很大。顾照在对方即将贴到她的身上时，恐惧达到了顶点，举起喷雾瓶就对着男人乱喷一气。

"啊啊啊！"男人当即捂住眼睛发出惨叫。

顾照连忙夺路而逃，往单元门跑去。而就在她扭开门锁推门跑到外面的平台上时，身后的男人追了上来，一把揪住了她的头发，口中大骂着。

顾照痛叫着捂住自己的脑袋，脚下一绊，摔倒下去。"救……救命！"被堵住的声音爆发出来，整个楼道的声控灯应声而亮。

顾照抢起手里的包，劈头盖脸地打了男人一下。男人本就眼睛受了伤，被顾照沉重的包打了一下后，本能地护住头脸，松开了抓着她的头发的手。她趁机往前面爬去，嘴里还在不停地呼救。男人彻底被激怒，胡乱地往顾照发出声音的方向抓去，抓住了她的衣服的一角。

顾照的心里生出一阵绝望，但很快，另一股念头盖过绝望，在她的心中滋长——反抗吧！上一次她反抗欺负自己的人，还是在高中。那次的结果并不算很好，但如果再给她一次机会，她应该还是会那样做。她为什么不能反抗？凭什么她就该被人欺负？她就是要反抗！

顾照急喘着，猛然回身，不再向前爬。她连扑上去撕咬的准备都做好了，结果还没来得及动作，男人就被从身后而来的一闷棍打得踉跄着摔到了一边。

"小赤佬（对无赖的称呼），欺负小姑娘，我打死你！"楼上的阿叔赤着上身，手上拿着一个晾衣竿，丝毫不给男人爬起来的机会。

车刚开到外面的马路上，沈玦星就后悔了。他的脑海里全是顾照惶恐又无措的模样，让他忍不住心软。好像从在学校时开始，他就没有办法放下那样的顾照不管。在路口掉了头，他再次往河岚九村驶去，打算好好地跟顾照谈谈。他已经能把顾照辅导到考上 A 大，难道还教不会她怎么谈恋爱吗？

晚上十点的老小区，路上已经见不到什么人，楼梯间的感应灯随着沈玦星踏上台阶的声音一盏盏亮起。爬楼梯爬到一半儿，他忽然听到上面有嘈杂的人声传来，好像有人在吵架，他只能听到零星的几个词，"报警""流氓"什么的。

脚步微顿，随后沈玦星用比方才更快的速度往楼上爬。从这个楼梯上去，一共四栋楼，几十户人家，顾照出事的概率并不算大，但他还是忍不住生出墨菲定律心理。

整个楼梯相当于三层楼的高度，其实不太高，沈玦星却因为跑得急，爬到最上面时喘得像刚跑完一千米一样。

平台上聚集着一群人，有的手里拿着晾衣竿，有的手里拿着锅铲，甚至还有拿扫把的。一个长相凶恶的男人被几个年轻人压着跪在地上。男人双眼红肿，不停地流泪，嘴里骂骂咧咧，什么狠话、脏话全往外吐。

沈玦星在人群中搜寻顾照的身影，同时又在心中祈祷千万不要找到她。然而就像是为了印证墨菲定律真实、可靠一样，下一秒，他就看到了被张雅搀扶着站在人群最前方的顾照。

顾照似乎受了极大的惊吓，面色惨白，头发凌乱。她搂着自己的包倚靠在张雅的身上，身体抖得很厉害。

"顾照！"沈玦星急急地喊了一声。

顾照怔了怔，听到他的第一声呼唤时，没有反应过来。沈玦星挤过人群，又喊了一声："顾照！"

顾照如猛然惊醒一般望向发声处。她走了两步，在确定叫她的就是沈玦星后，奔跑着扑进了他的怀里。沈玦星拥住她，感觉到她的颤抖，也感觉到了她的恐惧。她几乎用尽浑身的力气在抱沈玦星，甚至让他有种错觉，好像她要把自己挤进他的身体里一样。

"没事儿了，没事儿了……"沈玦星不住地安抚她，也安抚自己。

顾照没有哭泣，也没有向沈玦星诉说她的委屈，只是紧紧地抱着他，直到王经理带来了出警的民警，而此时沈玦星也已从张雅那里大致知道了顾照的遭遇。

"臭流氓！自己没本事，就知道欺负人家女孩子！"张雅朝男人的方向呸了一下，厌恶地道，"群里多少家看他们不顺眼呢。我们都觉得在楼梯间撒尿的肯定就是他们这帮人，跟王经理投诉了，王经理就去找了李阿婆的子女反映情况。结果这个'瘪三'（不务正业、游手好闲的人）竟然把气撒在顾照的身上，气死我了。"沈玦星静静地听着，轻抚着顾照的长发，没有发表自己的看法。

来的两位民警穿过人群，看到地上形容狼狈的男子，年纪较大的那位民警冷笑一声："杨天龙，又是你。"

杨天龙一听老民警的声音，似乎也认出了对方，刚才还叫嚣着要让这里的所有人吃不了兜着走，这会儿一下子就成哑炮了，垂下脑袋，恨不得钻到地里。老民警朝同事示意："将他铐回去。"

由于要做笔录，沈玦星载着顾照，杨天龙坐着警车，双方一起到了辖区派出所。年轻的民警替顾照做笔录期间，杨天龙就被铐在不远处桌角的位置。

"事情的经过我们已经了解了。我这里给你开个验伤单，你去做一下伤情鉴定，这样我们也可以根据验伤的结果做后续处理。"年轻的民警道。

"好的。"顾照点点头，接过了对方递过来的验伤委托书。

"警察同志，是她先动的手。我这完全就是自卫啊！"杨天龙的眼睛仍是肿的，但已经不再流泪。他吊儿郎当地叉开腿半躺在椅子上，显得毫不在意："我也要验伤。我这眼睛怎么也比她伤得重吧？"

"行，给你开。"老民警端着玻璃茶缸经过，冷冷地看着杨天龙，"不仅给你开验伤单，还给你开验尿单，你等会儿去做个尿检。"

嘴角一抽，杨天龙稍稍坐正："老哥，你信我，我最近真的没碰那玩意儿。"

沈玦星看了杨天龙一眼，问年轻的民警："像这样的伤害事件，一般怎么判？"

年轻的民警可能也是从业没多久的新人，不知道有些话对受害者家属是不能说的，说了只会徒增他们的怒火："这种……老实说，最多行政拘留。要想达到刑事拘留，受害者怎么也要被鉴定为轻微伤。"

顾照其实对此早有心理准备。她虽然受到了巨大的惊吓，手肘摔破了，头皮也被拉扯得生疼，但伤势确实算不上严重，达不到法律鉴定上"轻微伤"的等级。

倒是杨天龙，被她喷了辣椒喷雾，两只眼睛肿得像核桃，而且他又被众人一顿群殴，身上的皮肉伤比起她的伤只多不少。这么想的话，她其实也不算吃亏了。

"你在这边签个字就可以走了。"年轻的民警给顾照一张受案回执，让她签字。

就在顾照执笔在纸上签自己的名字时，身后忽地传来一声巨响。

年轻的民警一下子从椅子上起身，吼道："干什么呢？！"

心头一震，顾照回头看去，就见沈玦星将杨天龙扑倒在地，抓住他额前短短的头发就往地上猛撞。

"杀人了！杀人了！"杨天龙发出杀猪般的叫声。

老民警赶紧放下茶缸，从后面抱住沈玦星，将沈玦星往后带，嘴里怒吼着："疯了啊？也不看看这是哪里！你也想吃牢饭是不是？"

沈玦星像完全没听到老民警的话一样，抓住最后的机会一脚踹在杨天龙的小腿上，引得杨天龙又是一阵惨号。沈玦星觉得尤不解恨，挣扎着还想再补两脚，被冲过去的其他民警给压制住了。

顾照从没见过表情这样恐怖的沈玦星，他好像……真的要杀人一样。她只愣了一瞬，便也跟着冲过去抱住他，急道："不要生气！不要生气！沈玦星，我没事儿的，真的没事儿！"

沉寂了一晚上的泪腺像终于有了反应一样，泪水瞬间盈满她的眼眶，大颗大颗的眼泪成串地往下掉。她是真的怕沈玦星做出什么无法挽回的事情。

顾照的哭声成功唤回了沈玦星的理智，他渐渐停止挣扎，低头看向抱住自己的人。在看到顾照满脸的眼泪时，他感觉心脏仿佛被电击了一般狠狠地收缩。抽搐着跳动的心脏，每一次收缩都令他疼痛难忍。

"对不起……"他轻声说道。

老民警见沈玦星不再具有攻击性，他还主动道歉，老民警也慢慢地松开手，不再钳制："我警告你，你要是再动手，我就铐你了！"

沈玦星没有再冲动："不会了。"

老民警走到杨天龙的身边，踢了踢杨天龙："别装死，给我起来。"

杨天龙哼哼唧唧地道："我要告他！我的头好晕，我一定是脑震荡了！"

老民警很熟悉杨天龙的套路，配合地道："知道了知道了。你起来做尿检。尿检结果显示你'没事儿'，我就送你去医院。"

杨天龙一听尿检，也不哼唧了，干脆闭着眼赖在地上，说自己头晕，起不来。

"你躺在地上尿也行。只要你自己不觉得难受，我也不难受。"老民警说罢，不再管杨天龙。

"好了好了，你们走吧。"年轻的民警对沈玦星和顾照道，"他恐怕是要进去的。"

对方是不是瘾君子，有没有碰过不该碰的东西，经验老到的警察一眼就能看出来，像扫 X 光一样。老民警坚持要其做尿检的人就没有清白的。沈玦星与顾照走出派出所的时候，已经是晚上十二点多。顾照原本以为沈玦星是要开车送她回家，结果车越往前开，路越陌生。一眨眼，他们过了一条隧道，从隧道里再出来就是市区了。

"这……这不是我家的方向。"顾照只当沈玦星是走神上错了路。

"这是去我家的路。"沈玦星脸上仍然带着些许寒意，以至于他连说话都显得比平日里冷几分。

顾照盯着他那没什么表情的侧脸，错愕地道："你家？"

"我怎么可能再让你回去？谁知道那人还有没有别的同伙？你以后都跟我住。"沈玦星斩钉截铁地说，没有任何商量的余地。

拒绝的话到了嘴边又被她咽了回去。她想到总是很热闹的对门，显然那里不是只住了杨天龙一个人。如果她掏钥匙开门的时候，从背后又冒出来一个人，她可能会当场晕倒。

顾照没想到自己会在这样的情况下走进沈玦星的家，严格地说，是他租住的公寓。公寓地处市中心黄金地段，楼下就是热闹的商业街。这么晚了，许多店铺仍然开着，人还不少。从公寓巨大的落地窗向外眺望，可以看到这座城市最现代、最摩登（新潮）的建筑群，夜景相当不错。

公寓是两室一厅的结构，有一间卧室和一间书房。装修应该是自带的，是非常不符合沈玦星的性格的奢华风格。室内的地上铺着拼花的大理石瓷砖，窗帘缀着欧式窗幔，天花板上甚至还有浮雕花纹，与顾照想象中的科技感十足、到处都是智能家电的场景大相径庭。

"坐下，我给你处理伤口。"

望着窗外夜景的顾照闻声收回视线。沈玦星拿着几支一次性消毒棉签和一盒创可贴坐到沙发上，拍拍身边的位置，示意顾照坐过去。

除了手肘上有擦伤，顾照的膝盖上也有些擦伤，所幸都不严重。处理完四肢上外露的伤，沈玦星怕她的衣服下还有暗伤，问道："还有哪里痛？"

顾照摸了摸自己的头顶，低头将脑袋上的一块地方指给沈玦星看："这里，他抓我的头发了。"

沈玦星轻柔地拨开顾照的头发，发现那块头皮已经瘀血。他爱怜地抚着顾照的长发，轻轻地吹了吹瘀血的地方，像是要替她将疼痛吹走。他本以为今晚不会再发生比这更令他心疼的事儿了，结果他错了。

"我没事儿的，你不要难过了。"顾照倚靠在他的胸前，抓着他的衣服小声地说道。一瞬间，沈玦星感觉心痛到难以呼吸。这甚至不是一种比喻，而是从心脏处发出的令他感到窒息的实质性的疼痛，连他自己都不明白为什么她那短短一句话有这样大的威力。

将双唇印上她的发顶，沈玦星亲吻着她的长发、额头、面颊，最终一个满含歉意的吻落在她的唇角处。

"对不起，都是我的错。我应该把你安全地送到家……"要不是他乱发神经，顾照也不会遇到这样的事儿。

顾照闻言抬起头，脸上带着少有的严肃表情："这怎么是你的错呢？你没有义务永远保护我。我会反击，可以保护自己。"她的安全不是沈玦星该负责的。她没错，沈玦星也没错，有错的是杨天龙。杨天龙不该仗着自己的力量欺负弱小。

沈玦星听了她的话，没有因此高兴起来，而是沉默片刻，旧话重提，令她猝不及防："为什么这种时候你也不生我的气？"

"……"有那么一个瞬间，顾照觉得无言以对。她不知道为什么沈玦星这么执着于让她生气，不过现在她确实有点儿生气了，明明她刚才在说很严肃的事情。

她抿了抿唇，道："你一定要纠结这个问题吗？"

感到抚在脸侧的手有要收回的趋势，沈玦星一把将那只手按住，打量着顾照不再温柔的神情，心情却反而异常地好起来。他几乎立马就不纠结了："是我的错……"他说着，低头讨好地吻住了顾照的唇。

事出突然，顾照到沈玦星家什么东西也没带。好在现在外卖业十分发达，大大小小的东西都能用手机通过网络买到。

顾照在附近二十四小时营业的超市里买了一套睡衣，又买了洗漱用品和贴身衣物。等待外卖小哥送货上门的这段时间，顾照将沈玦星家里里外外参观了一遍。

经由沈玦星介绍，她才发现原来这座房子的装修不是没有科技元素，只是都掩藏在边边角角处。比较普通的，有智能语音助手、扫地机器人、感应垃圾桶；不那么普通的，有沈玦星书房里的一只机械狗。沈玦星说，那是个仿生互动机器人，全身由多个球形关节组成，可以根据需要，通过手机后台编程，赋予它各种形态与反应。

"你可以摸摸它的脑袋。"沈玦星在手机上不知道点了什么，机械狗一下子动了起来。它的四肢是灵活的车轮，身后有一条长长的尾巴，像蝎子一样勾起，顶端是可以夹东西的机械手。它径直走到顾照的身前，像撒娇一样倾斜着身体蹭了蹭顾照的小腿。

顾照只觉得小腿上冰凉凉的，一下子鸡皮疙瘩就起来了。她僵硬得连动都不敢动："脑……脑袋？它的头在哪里？"

沈玦星忍着笑："蹭你的那个地方就是。放心，它不咬人。"

顾照弯腰摸了摸小狗的脑袋，下一秒，从那个像胶囊一样的脑袋里就发出欢快的叫声，显示屏上的大眼睛也弯成了月牙儿状。

它好奇怪！

顾照看着来回摆动尾巴的机械小狗，问道："它叫什么名字？"

"小可爱。"

顾照一下子被可爱到了。看来再怎么奇怪的小狗，在主人的眼里也是小可爱啊。她蹲下身，再次挠了挠机械小狗的脑袋："你好啊，小可爱。"这次小狗的眼睛变成了爱心的形状。

沈玦星的卧室干净整洁，一如顾照所想。只是棚顶的那盏水晶吊灯太过晃眼，她不小心盯着看了一下，眼前很长一段时间都有它的影子。

"我家只有一张床。"沈玦星指着他那张一米八宽的软包大床道，"你要是介意，我可以睡沙发。"

顾照疑惑地道："咱们……不是一起睡过吗？"

沈玦星点点头："那就一起睡吧。"他也只是随口问问。

这一晚发生的事情实在令顾照身心俱疲，加上已经严重超过她平日里的睡觉时间，因此她洗完澡，直接沾枕就睡着了，丝毫没有因突然换了睡眠环境而不适应。只是她睡是睡了，这一夜的梦却很多。她一会儿梦到爷爷奶奶送她去上学，一会儿又梦到自己骑着自行车被大怪兽追赶。自行车好像漏了气，无论她怎么用力地踩脚踏，车轮都转得很慢。她急到不行，连眼泪都要出来了，眼看身后的怪兽越来越近，就要咬到她的衣角……

她猛地睁开眼，一眼看到天花板上那盏亮闪闪的水晶吊灯。好安静啊！她坐起身，没在卧室里看到沈玦星，便赤着脚走了出去。打开卧室的门，她才发现，客厅里的智能语音助手正在播放《加州旅馆》。她一路找过去，最后在厨房里找到了正在做不知算早餐还是午餐的沈玦星。她松了一口气，只是因为视野里出现了沈玦星高大的背影，那些被怪兽纠缠了一晚的恐惧与不安便都消散了。她伸出手，从后面抱住沈玦星，将面颊牢牢地贴在他的脊背上。

"我喜欢你……"一看沈玦星的脸，她就不会说话了，所以像这样在他的身后抱着他就好，就能顺畅地说出心中所想，"无论是现在的你，还是过去的你，我都喜欢。你觉得我没有嫉妒，是因为我以前一直很清醒，知道你不会喜欢我。单恋的人有什么资格嫉妒你身边的女孩儿呢？你谈恋爱，我只会为你感到高兴。只要你开心，我就开心了。但是现在不一样了，现在我们在一起了，如果你突然喜欢别人，我肯定是会不开心的。"她只是脾气好，不是无底线地包容一切，极端的情况下还是会生气的，"你可是我的北极星啊，我怎么会不喜欢你呢？"

沈玦星听完，沉默片刻，没有做什么深情告白，也没有长篇大论地回应顾照，只是简单地说了一句："我不会突然喜欢别人的。"

顾照抬头看了看他的后脑勺儿："我就是打个比方。"

"这个比方很不恰当。"

她怎么感觉这个对话有点儿熟悉？简直是梦回高三。她觉得要是自己的眼睛有特异功能，这会儿自己的目光已经把沈玦星的后脑勺儿灼穿了。她一下收回手，语气没什么起伏地道："我去刷牙了。"说着，她跑去洗手间。

她只以为沈玦星的反应很平淡，但不知道的是，在她走后，沈玦星抓住自己胸口的T恤，一点儿一点儿地收紧手指，仿佛想要通过这种方式让自己的那颗狂跳的心平静下来。随后，他做了几个深呼吸，又默背了一长串程序代码，才在顾照走出洗手间时恢复正常。

本来周六沈玦星也是要上班的，但他实在不放心顾照一个人在家，便打电话跟同事说了一声，改为在家里办公。下午，他在书房工作，顾照就在客厅里和小可爱互动。

"小可爱，握手！"

沈玦星将客厅里的语音助手与小可爱做了连接，让小可爱能够像真正的小狗那样根据主人的指令做出各种回应。顾照正玩儿得不亦乐乎，忽然就接到了李阿婆的电话。

李阿婆从王经理那里得知昨天发生的事儿，在电话里一个劲儿地向顾照道歉，说自己的房子本来不是租给这群流氓，而是租给另一个人，结果那人做了二房东，把她的房子又转租了出去。

"小照，你放心，我已经同那个人说了，房子不租给他了。对后面的租客，我亲自把关。不三不四的人，我绝对不租！"这件事情可把李阿婆气坏了，还把儿子臭骂了一顿，怪他不上心，说要是顾照昨天出了什么事儿，自己以后"下去"了别说见顾照的爷爷奶奶，就是连自家的老头子都没脸见了。

顾照安慰道："我没事儿的，阿婆。你不要生气，当心血压。"

今天的天气很好，阳光很足，没什么云彩，天蓝蓝的，整座城市显得很干净。那件事儿不是她的错，不是沈玦星的错，当然也不是李阿婆的错。顾照望着窗外，岔开话题："阿婆，你最近好不好啊？甜甜乖不乖？它去新家有没有捣乱？……"

沈玦星忙完，从书房里出来一看，顾照躺在窗边的单人沙发椅上晒着太阳睡着了。虽然有玻璃阻隔，屋里的空调也开得很足，但沈玦星还是怕她晒伤，轻轻地将她摇醒了。

"你忙完了？"顾照睡眼惺忪地道，"刚刚李阿婆打电话给我了，说以后她家的房子绝对不租给不三不四的人。等现在住的那些人搬走，我就回去……"这里虽然是市中心，交通方便，楼下就是地铁站，但离养老院实在太远了，她通勤不方便。

正刮着她的面颊的手指一顿，沈玦星不动声色地转移话题："我带你去医院验一下伤吧，顺便回你家收拾一些衣服拿过来。"

哦，对，她现在只有一套能穿出门的衣服，确实要回家再收拾一些。她起身去洗手间换上昨天穿的那套衣服后，便与沈玦星一同出门了。两个人先到医院给她验完伤，又去了派出所。到派出所只是递个单子，顾照就没让沈玦星陪着，是自己进去的。

昨天那一老一少两个民警不在，顾照将伤情鉴定报告交给接待窗口的女民警，小声地问了一句："警察同志，昨天的那人尿检有问题吗？"

女民警看了顾照一眼，一边装订文件，一边冲顾照微微点了点头。太好了！顾照大大地松了一口气，这样就不用担心对方过几天又被放出来了。

到了周日，沈玦星有件急事儿必须亲自去一趟，只能留顾照一个人在家里。出门前，沈玦星将脸埋进顾照的颈间，深深地吸了一口气，随后便像充能完毕一样大步走出了家门。

顾照一个人在家里感到有些无聊，跟机械狗玩儿，机械狗翻来覆去也就那些技能，因此她开始自己找事儿做。她首先放弃了厨艺这一项；若说洗衣服的话，沈玦星家有洗衣机，有烘干机，她只需要将衣服取出来叠好就行，也不费事；至于打扫卫生……落地窗上连一个指印都没有，地上最多的脏东西可能就是这两天她掉的头发，扫地机器人扫两圈也干净了，不需要她做什么。

想来想去，最后顾照打开电视机，将手机画面投屏到电视机上，开始跟着视频跳健身操。她跳得太过投入，耳边全是领操的男主播"坚持下去""一会儿就好""还有两组"的互动，以至于完全没听到外面电子锁打开的声音。

蒋婉没跟儿子打招呼，直接就送鸡汤来了。门一开，她就听到有电视播放的声音，以为沈玦星今天在家。她将鸡汤放在玄关处，一边拉开鞋柜拿出拖鞋，一边说："你怎么在家啊？我以为你这个工作狂今天上班呢。"

久久没人回复，蒋婉感到有些奇怪，绕过玄关一看，被吓了一跳："你……你是谁啊？"

客厅里站着一个蒋婉不认识的女孩儿，梳着马尾辫，穿着居家服，神色慌张地愣在那里，看起来比蒋婉自己受到的惊吓还大。

"我……我……"女孩儿不仅说话哆嗦，还结巴，"阿姨，我是顾照……沈……沈玦星的……女朋……女朋友。"

蒋婉还好没把汤桶拎在手里，要不然准得把汤桶打翻。她和他爸确实猜到儿子可能谈恋爱了，但没想到进度这么快。

"你……你好。"紧张好像会传染，蒋婉不自觉地也结巴起来。她上下打量着顾照，合理推测："你们这是……同居了？"

蒋婉当年是一心想生个女儿的。她结婚前是一名职业昆曲演员，工闺门旦、正旦、刀马旦，舞台代表作品有《牡丹亭》和《长生殿》。作为传统戏曲演员，身上的传承感总是很强。她想生个女儿，也是为了将来让孩子继承自己的昆曲事业，所以当得知自己生下了一个男孩儿时，传承梦碎，她在产床上就哭了。

在传统观念里，过誉容易生骄，谦逊使人进步，再加上"富养女儿穷养儿"的思想，所以蒋婉很少夸赞儿子，更多的是用"别人家的孩子"来激励儿子，以期达到使之上进的目的。在儿子的养育方面，她更是一直走培养独立上进的男子汉的路线——儿子摔了就让他自己爬起来，儿子生点儿小病轻易不上医院。也不是说她不爱儿子，但她总觉得对于男孩子，严厉一些反而有助于他的成长。

沈家的子女大多优秀，沈玦星除创业这件事情以外，从小到大没让她操心过。虽然沈玦星不是最优秀的那个，但她始终认为自己把他培养得很不错，是懂礼识仪、尊重长辈的好孩子。可她万万没想到，沈玦星瞒着父母交女朋友就算了，竟然不声不响地就与女朋友同居了。这么大的事情，怎么也不事先知会父母？还有没有把父母当回事儿？

"你和玦星……认识多久了？"蒋婉问。两个人在沙发上坐下，茶几上放着一杯白水，是顾照进厨房倒给蒋婉的。

"我和他是……高中同学。不过我们在毕业后就没联系了，是今年四月在同学聚会上才重新遇见的。"顾照将双腿并拢，双手置于膝头，蒋婉问什么，自己就老实地答什么。

"高中同学？"蒋婉的视线自然地落到顾照的额头上。自从做过一次光动力治疗后，那块红色的胎记淡化了不少，以至于蒋婉方才第一眼看过去，还以为顾照的额头上是不小心粘了什么贴纸。蒋婉当时还在想，现在年轻人中是又开始流行古人的花钿、面靥了吗？还怪好看的。

"你这么一说，我想起来了。我好像以前见过你。"蒋婉从脑海深处扒出一串记忆，是关于沈玦星上高中时她去开家长会的。

蒋婉记得当时整间教室里都是大人，只有她的前面坐着一个女孩儿，瘦瘦小小，头发乌黑。旁边的家长禁不住好奇，问女孩儿怎么自己来了。女孩儿像是很怕生，转过脸用极轻的声音说，自己的爷爷生病了，奶奶要照顾爷爷，所以只能自己来。蒋婉当时听了就觉得心里一酸，不知道第几次痛恨自己生了个儿子。女娃娃多好啊，这么乖，这么懂事儿。

开完家长会回到家，蒋婉还特地问儿子，那女孩儿的父母去了哪里，怎么不在她的身边。

"她没有父母。"正做卷子的沈玦星抬起头，"她是孤儿。"

蒋婉张了张口，哎哟了一声，没想到女孩儿的身世这样可怜："那她真是不容易啊。你平时多照顾照顾人家，听到没？"

沈玦星低下头，注意力重新回到卷子上："一直在照顾呢。"

蒋婉盯着面前的顾照，试图将顾照与记忆中的女孩儿重叠起来。

"那个自己开家长会的，是你吧？"

顾照愣了愣，没想到这样久远的事儿对方还记得："是的，那是我。"

蒋婉拿起杯子喝了一口水，喃喃自语："还真是照顾得挺好，已经照顾到家里来了。"

顾照也在疑惑，为什么自己也觉得对方眼熟。惊慌感散去后，已经镇定下来的顾照再看蒋婉，也有一种好像在哪里见过的感觉，但又确定这个让自己眼熟的点不是来自多年前的家长会，而是时间更近，在更令人意想不到的地方。自己到底是在哪里见过对方啊？

蒋婉放下杯子。她虽然已经是六十多岁的人了，但一双手保养得还是相当好，皮肤细嫩、光洁，手指纤长，整个人一点儿也不显老态。

顾照见对方微微跷起的兰花指，忽然福至心灵，一下想起是在哪里见过对方了。

"蒋婉老师！"顾照一击掌，激动起来，"您是蒋婉老师吗？"

蒋婉惊疑地微微皱起眉："我是蒋婉，但我应该没有教过你。"

蒋婉婚后退居幕后，当起了剧团的指导老师，一直到退休。这么多年，她教过不少学生，但确定其中没有顾照。顾照连连摆手："不不不，我……我不是您的学生，只是看过您的戏。"

冯晓娟作为昆曲资深票友，平时闲来无事就爱在养老院里传播昆曲文化，组织大家一起看片子。顾照经常被拉着一起看，其中就有蒋婉的《牡丹亭》《长生殿》《鸣凤记》。

"你看过我的戏？"

这下蒋婉更惊讶了。她年轻时不算有名，退得又早，一些戏迷可能连她的名字都叫不出，她怎么也没想到顾照能认出自己。

"看过，不过不是在现场看的，是看的DVD，我们养老院的老人家收藏的。"顾照道。

"养老院？你在养老院里工作啊？"蒋婉关注的重点一下子被带偏。

"嗯，我在养老院里做财务工作，有时候也会做社工的活儿。我们养老院里好多老人家喜欢您。"

"是吗？"蒋婉深表怀疑，"该不是玦星跟你说我以前是唱昆剧的，所以你现在说这些话来拍我的马屁吧？"要真是这样，那儿子也是挺上心的，而且说实话，她确实被哄得很开心。

"没有没有。沈玦星虽然有说过您退休之前是从事文艺工作的，但没说您就是蒋婉老师。我真的是刚刚才知道是您。"顾照怕蒋婉不信，拿出手机，拨通了方院长的电话。

方秀萍正在养老院值班巡查，接到顾照的视频通话时，一只脚刚踏进活动室："喂？小照啊，什么事儿？"

"麻烦您帮我找找晓娟老师。"

方秀萍一眼就看到活动室内与张彩霞等人正打着麻将的冯晓娟，道："巧了，你一说我就看到她了。"方秀萍走到冯晓娟身旁，将电话递到对方的面前。

冯晓娟正犹豫着要不要把手里的三筒打掉，突然面前凑上来一个手机，把她吓了一跳："谁啊？"她抬头问方秀萍。

"晓娟老师，是我啊。"电话那边的顾照道。

"哦哦，是乖乖啊，怎么了？"冯晓娟一边听电话，一边想着自己留着三筒也没用，但是这一局还没人打出过三筒，说不定有人就等着这张牌呢，到底打不打呢？

"晓娟老师，您看手机，看我身边的人是谁。"

冯晓娟接过方秀萍的手机，眯了眯眼，然后就看到了顾照身边的蒋婉。冯晓娟不像顾照用了老半天才能认出蒋婉，而是看一眼就认出来了，手一哆嗦，被捏了半天的三筒就打了出去。

"呀呀呀！"冯晓娟激动得站了起来。

对面的张彩霞将牌一推："和了！"

冯晓娟哪里还顾得了牌局，整个人兴奋得像个追星成功的少女一样，拽着身旁的方秀萍的衣服，连脸都红了。

"蒋婉老师！是蒋婉老师吧？"

"您好您好，我是蒋婉。"视频里的蒋婉矜持地朝冯晓娟点了点头。

"真是蒋婉啊！我这不是在做梦吧……"老太太是真的喜欢昆曲，也是真的喜欢蒋婉，捧着手机开始诉说对对方的崇拜。两个人都是昆曲迷，虽是第一次交流，却没觉得有什么尴尬，聊着聊着都有一种相见恨晚的感觉。

"老姐姐，等过两天，天气凉快些了，我就去找你。我给你现场唱个《游园惊梦》，你看怎么样？"

"好啊好啊，你来！我们这儿有好多戏迷呢，特别喜欢你。"冯晓娟疾病缠身，是有今天没明天的人，想到自己有生之年竟能亲眼见到喜欢的昆曲演员，连眼眶都湿润了，"能现场听你唱《牡丹亭》，我这辈子值了。"

蒋婉挂断电话，心情久久不能平静。她没想到还有那么多人记得自己，还有那么多人喜欢自己。她不过是一名小小的昆曲演员，竟能让一位八十岁的老人说出"这辈子值了"这种话，自己何德何能？

蒋婉一把抓住顾照的手，恳切地道："谢谢你让我知道还有这么多老戏迷想着我。不久后的演出，我得好好准备准备，排练一番，可不能让老姐姐失望。"

"您能去，晓娟老师他们就很高兴了。"顾照也不知道为什么，在知道对方是蒋婉后，"沈玦星的母亲"这个标签便淡了下去，"昆剧演员"这个标签凸显出来，自己反而不紧张了。

"您加一下我的微信吧，我把养老院的地址发给您。您到时候提前跟我说一声就好，我给您布置舞台。"顾照亮出自己的微信二维码，让蒋婉扫码添加好友。

蒋婉盯着顾照的脸，半天没动静。顾照感到奇怪，抬起头问："老师？"

蒋婉的眼里浮现出一点儿笑意，说道："叫阿姨吧。"她翻出自己的手机，"是怎么扫来着？我给忘了。"她虽然没有女儿福，好在儿子还算争气。

顾照拿过蒋婉的手机，笑了笑："我来帮您吧。"

沈玦星晚上回家，一进屋就看到餐桌上丰盛的三菜一汤。

他皱了皱眉，问在沙发上看电视的顾照："你做饭了？不是让你别弄这些吗？"

顾照等了他许久，早就饿了，见他回来，赶忙从沙发上爬起来去厨房盛饭。

"菜不是我做的，我哪里做得来这些？你没觉得这些菜看起来很亲切吗？"

沈玦星将手指贴到汤碗上，里面的鸡汤还是温的："我妈来过了？"他一下子想到了最大的可能。

"嗯，我给阿姨打的下手。"顾照盛好饭出来，"她让你回来后就给她打一个电话。"

沈玦星没想到顾照在他家里住了两天就被他妈撞见了，想到平日里他妈给人的感觉就是严厉且有距离感，便忧心地问："我妈没有为难你吧？"

顾照摆放着碗筷，头也没抬："阿姨很慈祥啊，为什么要为难我？"

我妈……慈祥？要不是菜和汤吃起来确实是家的味道，沈玦星已经要怀疑是不是有人冒充自己的老妈骗顾照开门了。吃完了饭，沈玦星以抽烟为借口，跑到阳台上给蒋婉打电话。

提示音只响了一声，那边的人就接通了电话，显然是一直等着他呢。他道："妈……"

他还什么都没说，就被对方抢了先："你们都住到一起了，总要对人家女孩子负责。你打算什么时候结婚？"

结婚？沈玦星一下子蒙了。

第十四章 ◇ 你真的好像个男人啊

这个人绝不是一个可以与之结婚的好对象。宋姣梦一面喝着杯子里的苏打水，一面不动声色地打量对面正在听电话的男人。怎么会有人把顾照介绍给他啊？顾照那种"小白兔"可应付不了这种"大老虎"。

　　沈旋章简短地聊完工作，挂断电话："抱歉。"他朝宋姣梦举杯，轻轻地碰了碰对方的杯子，"刚刚我们聊到哪里了？"

　　"聊到……自我价值的实现。"宋姣梦稍作提醒，"你说，在自我价值的实现方面，职业女性不一定比家庭主妇做得更好。这话让我这个职业女性很受打击。"

　　沈旋章耸耸肩："自我价值包含个人对社会和他人的贡献，以及社会和他人对个人的肯定，这是需要'双向奔赴'的关系。我不是说职业女性就一定做得不好，只是因为对照组是家庭主妇，所以我只限定了女性群体。如果你问我，职业男性在自我价值的实现方面是不是一定会比职业女性好？我的回答是，那也不一定。"

　　这个人说话还真是滴水不漏，不搞金融的话，去当律师应该也挺厉害的。宋姣梦道："也是，有些工作对自我价值的实现没有任何意义，"她一刀切开鲜嫩多汁的牛菲力，想象着这是前上司的血肉，"所以我辞职了。从浪费我的青春和能力的垃圾工作中解脱出来，去探寻更多的可能性。"

上次宋姣梦与胡兴互泼红酒的事儿，第二天就在公司里传得沸沸扬扬。公司里的那些人甚至谣传她仗着美貌到处勾搭男人，身上的名牌包、开的跑车全是男人送的，这回也是因为被钓的男人不想再当冤大头才与她闹翻。上司一如既往让她隐忍，说只要胡兴不追究，这件事情过一阵子也就平息下去了。

笑话！胡兴他凭什么追究？宋姣梦深吸一口气，平复心情后，问上司："这件事儿过去，我以后是不是不用再陪客户喝酒了？"

"可以不喝酒，吃饭就行。"上司笑着跟她打商量，"你是沈总的女朋友，大家都会卖你几分面子的。"

"那如果我不是沈旋章的女朋友呢？我当初应聘，是以宋姣梦的身份得到这个 offer 的，不是以某人的女朋友的身份开后门进来的。我难道不能有个人意愿吗？"

脸上的笑一僵，上司有点儿不高兴："这就是职场，是社会。这种事儿是你工作的一部分。又不是要你通宵加班，至于吗？我看你也是在'象牙塔'里待久了，已经待傻了。"

千恒公寓这份工作，是宋姣梦的第一份工作。当年因为一句"千恒公寓，给所有在外求学、求职的游子一个家"的招聘宣传语，她便想也不想地递了简历，进入当时还在初创期的公司。五年来，她陪着公司快速发展。一路走来，她自认尽心尽力，从无懈怠，没想到到头来只换来一句"至于吗"。

宋姣梦没再说一句话，推门离开上司的办公室。回到自己的工位，她便着手写下了一份痛骂废物上司、怒斥千恒公司糟糕的企业文化的邮件，选择将邮件发送给"所有人"。之后，她关掉电脑，将工牌丢进垃圾桶，拎起自己的包，头也不回地离开了公司。

她才出电梯，上司的电话就来了。上司急道："宋姣梦，你搞什么？你马上撤回邮件！"

宋姣梦走向自己的跑车，心情舒爽至极："你瞎了吗？邮件的最后写了什么，你看不到？老娘不干了，去你的。"

打那之后，无论是上司的来电，还是公司人事部的来电，统统被宋姣梦挂掉。她不在乎工作交接，也不在乎他们有没有给她办离职，甚至不在乎能不能拿到剩下的工资。她只要自己舒心就够了。

"你可以趁这段时间放松一下，去旅旅游什么的，寻找心灵的答案。"沈旋章将手肘搁在座椅的扶手上，十指交叉置于身前，身体自然后靠。在肢体语言中，这个动作非常适合"交谈"，既能表达自己充分理解对方，也能展示自己的自信。他继续道："或者，试着谈一场恋爱。"

手上的叉子一顿，接着，宋姣梦若无其事地叉起一块沾着血水的芦笋送进口中："和谁？"

沈旋章微笑道："如果你有兴趣，我怎么样？"

"女人的黄金生育年龄段，从时间上看是很短的，你不要耽误我。"

沈旋章闻言皱了皱眉："为什么……你这么执着于生孩子？"上次说他的精子不行，这次又提到女人的生育年龄，她真的是他认识的女性中最常把生孩子挂嘴边的了。她这种急迫的繁衍欲望到底来自哪里？他很好奇。

宋姣梦用指尖轻轻地划过自己精致的锁骨，红唇弯起："我的基因这么优良，当然要遗传下去啊。"她的坦然与方才沈旋章的坦然如出一辙，"你该不会以为只有男人才会为了生育寻找合适的对象吧？"

向来能言善辩的沈旋章一下子被她问住了。这是他从未思考过的问题，他连婚都不想结，当然也不需要孩子。无论是过去，还是现在，对他的基因，他都没有想要遗传下去的冲动。

"算了，换个话题吧。"宋姣梦见沈旋章陷入沉思，主动转移了话题。

一顿饭吃完，沈旋章本打算送宋姣梦回家，但被她拒绝了。她说："人情还完了，衣服也给你了，就不要再拉拉扯扯了。"

宋姣梦跷着腿坐在座椅上，从下往上看着沈旋章。沈旋章则从上往下看着她，从这个角度，她看起来格外明艳妩媚。沈旋章拎着那件洗过并烫好的外套，眼里透出些许遗憾。他知道，这次之后，两个人应该真的不会再有什么交集了："祝你如愿。"他没有说再见，体面地送上祝福，转身出了店门，往街道的另一端走去。

顾照和沈玦星吃好晚饭，正在楼下散步消食，突然她的手机响了。她掏出手机一看，是宋姣梦在群里发了一个定位，配图是一个卡通人物举着酒杯烂醉的表情包。

宋姣梦："出来喝酒。"

顾照点开定位，发现那里离沈玦星这边不远，只有两千米的距离。

顾照："现在吗？"

宋姣梦："我失业了，陪我喝酒。"

楚袁沅："我本来想说你发什么疯，结果下一秒你就说你失业了。失业为大，算啦，我陪你吧。"

宋姣梦回了一个"痛哭流涕"的表情包。

顾照一下子就心软了，回复道："我就在附近，我也来陪你。"

"我要出去一下。"顾照收起手机，对沈玦星道，"宋姣梦失业了，心情不太好，让我和楚袁沅去陪她喝酒。"

与千恒公寓合作的项目已经结束，沈玦星自那之后就没再联系过宋姣梦，所以也是刚知道她离职的消息："在哪里？"

顾照将地址说给他听："就在附近。"

"哦，我知道那里。我送你去吧。"沈玦星正好带了车钥匙，两个人直接就去了车库。

宋姣梦定位的那个地方，是 S 市市中心由历史建筑改造而成的酒吧餐饮一条街，中西结合，以小资情调闻名。

两千米的距离，沈玦星开车载着顾照很快便到了目的地。沈玦星将车暂时停靠在路边，叮嘱顾照："你这边结束了，给我打电话，我再来接你。"

"知道了。"

顾照转身就要开车门，却又被沈玦星叫住。他问："你是不是忘了什么？"

顾照还真忘了。她不好意思地重新转回去，倾下身，往沈玦星的唇上亲了一口："我走了。"

沈玦星满意了，摸摸她的头发："待会儿见。"

顾照一下车，就看到了坐在路边的宋姣梦。宋姣梦朝顾照举了举杯，伸出大拇指，无声地说了一句："牛啊！"显然宋姣梦已经看到了方才车里的那一幕。

顾照想到宋姣梦也曾对沈玦星有意，就有些忐忑。顾照坐到宋姣梦的对面，小声地承认："我和沈玦星在一起了。"

宋姣梦抿了一口酒，点头道："我看出来了。沈玦星是个好男人，你是个好女人，你们很配。"

顾照问："你不介意？"

宋姣梦看着顾照。面前的这个姑娘刚刚还有点儿害怕的样子，一听到自己的回复，连眼睛都亮了，笑得像浸在糖水里一样，让人怎么说得出重话？况且……

"姐妹如手足，男人如衣服。我介意什么？"宋姣梦给顾照倒酒，"是他送你过来的，你们刚才是在约会吗？我是不是打扰你们了？"

宋姣梦喝的是红酒，度数不高。顾照喝了一口酒，不酸不涩，像含酒精的果汁，还挺好喝的。

"没有，我住在他家里。"

宋姣梦想当然地误会了："嗬，还没几个月呢，你们就同居了？你们该不会马上要结婚了吧？"

"没有没有，我就是在那里暂时住几天。"顾照叹了一口气，将在家门口遇到坏人的事儿说给宋姣梦听了。

宋姣梦几度屏息，听得那叫一个心惊胆战："你等会儿把那个喷雾瓶的链接给我，我也弄一个。"作为同样的独居女性，宋姣梦对顾照的遭遇感同身受，"虽然我们那儿的安保挺好，但架不住我的'烂桃花'多，我还是得防一下。"

两个人聊了半个小时，楚袁沅才姗姗来迟，一来就被宋姣梦罚了一杯酒。楚袁沅豪爽地干了这一杯，又主动给自己倒了一杯："你们聊什么呢？快同我分享分享。"

楚袁沅的性子活泼，有她的加入，气氛一下子就不一样了。宋姣梦道："我们刚才在聊她与沈玦星呢。"

楚袁沅看着顾照，一拍桌子："你们成了？"

见顾照点了头，楚袁沅比自己中大奖还要高兴，对宋姣梦道："我就说吧，他们一定有事儿。"

"是，你厉害。"宋姣梦敷衍道。

三个女人可聊的话题就太多了，宋姣梦辞职的原因、楚袁沅的婚姻、顾照和沈玦星相处的情况等等。三个人喝到后头，话题越来越开放，逐渐往两性方面扩展。

"不知道是不是用太多了，我老公那方面最近不大行……"楚袁沅忧愁地喝了一口酒。

"可能他只是懒得伺候你了。"宋姣梦以纤指夹着烟，吐出一口白雾，"也不知道你当初看上他哪里，要胸没胸，要腰没腰，要屁股没屁股。"

楚袁沅："……"

这话一说出口，连顾照的表情都微妙起来。宋姣梦明明这么漂亮，这么有女人味，但是有时候总给顾照一种模糊的感觉。顾照也说不上来，就是感觉宋姣梦的那股劲儿，自己好熟悉，又好陌生。

"你为什么这么像我爸啊？你真的好像个男人啊，"楚袁沅吐槽道，"还是那种有大男子主义的男人。"顾照恍然大悟，是了，是这个感觉！

宋姣梦不以为意地道："我只是用他们看我的方式看待他们。你们也可以试一下用男性的眼光凝视一下男性，胸大不大，腰细不细，屁股翘不翘，这样会很爽的。"

楚袁沅翻了个白眼："你的爱好好奇特。"

与楚袁沅不同，顾照比较单纯。宋姣梦让二人试一下，顾照就真的开始在脑海里构建沈玦星的影像。他的胸，自己没摸过，但他的身板挺结实，胸应该是大的吧；他的腰，挺细的，还能摸到腹肌；他的屁股，是翘的，尤其他穿西裤时看着很好看……

宋姣梦见顾照想得这么出神，笑道："看，顾照已经学会了。"

这下把楚袁沅的好奇心挑了起来，她压低声音问："顾照，你们已经住一起了，那你们……有没有那个？"

顾照还在脑海里想沈玦星，没反应过来"那个"是哪个："什么？"

宋姣梦啧了一声："问你有没有试过沈珗星的性功能。"

顾照从小没有母亲，奶奶又是老一辈典型的传统保守女性。在顾照成长的过程中，所有和性有关的知识都来自课堂和影视剧。顾照知道这是生命诞生的方式，是爱意的宣泄，是每对情侣的必经之路，但可能是顾照天生迟钝，哪怕知道这是必然会发生的事情，也并没有想过自己具体会在哪一天经历它。所以当楚袁沅与宋姣梦一脸好奇地盯着自己时，顾照突然就有种茫然的感觉。

"我……我和沈珗星才交往不到三个月……"顾照也是第一次谈恋爱，不知道正确的步骤是怎样的，是否已经到了可以做这种事情的阶段。

"那你要等多久才试？三年？"宋姣梦误会了顾照的意思，以为顾照是嫌进展太快，"你们又不是才认识三个小时。从高中算起，你们已经认识十年了；从同学聚会算起，五个多月了；从你们交往算起，四舍五入也有三个月。货好不好，试过才知道。现在还能换货，等你们结婚了，你再想换可就麻烦了。"

楚袁沅深表赞同："三个月够了。万一他真的不行，早点儿分手，你也不会受伤那么重。"

宋姣梦和楚袁沅谈论这种事儿的态度十分坦率，坦率到就像在聊一部电视剧、一家茶餐厅，大大方方，毫不避讳。这样的态度直接影响到了顾照，让顾照就算是什么都不懂的门外汉，也敢大胆发问："怎么算'行'呢？"

宋姣梦与楚袁沅对视一眼，随后同时将自己的椅子往顾照的方向拖，凑到一块儿后，开始你一言、我一语地分享自己的经验。

"他只顾自己的感受，那肯定是不行的。"

"他得知道怎么取悦你……"

"过程很重要，但准备工作更重要……"

顾照被大量的陌生知识冲击，听得一愣一愣的。宋姣梦与楚袁沅倾囊相授，说了半个小时。

"仓央嘉措说过，和有情人做快乐事，别问是劫是缘。该教的，我们都教你了，是劫是缘，你试过才知道。"宋姣梦朝楚袁沅摊开手，让楚袁沅把钱包拿出来。

楚袁沅与宋姣梦是多年闺密，一下就知道宋姣梦要什么，忙从包里取出钱包，从中翻出两个粉色的小方块递给顾照。

这两个方块的包装实在很像一次性手套，但顾照也没有傻到以为这真的是一次性手套。没吃过猪肉，总见过猪跑。对计生用品，她还是认识的。

"女性也是有需求的嘛。这东西，谁说只有男人可以备？"面对顾照惊讶的神情，楚袁沅咧嘴一笑，"我可不想现在怀孕。"

学到了！顾照受用地点头："有道理。"

顾照的问题解决了，下一个话题又转移到宋姣梦的身上。宋姣梦道："我想先休息一阵，去做点儿有意义的事儿，志愿者或者义工什么的……"

宋姣梦忽然像想到什么一样，问顾照："对了，你们养老院里缺志愿者吗？我可以陪老人聊天儿。我以前进修过心理学。"

顾照想了想："你会打麻将吗？"

宋姣梦停顿了两秒："我会'斗地主'。"

"那也行的。"顾照说，"你什么时候来都可以，等会儿我把养老院的地址发给你。"

"你以后是打算回家继承家业了吗？"楚袁沅问宋姣梦。

"没有，我才不要。"宋姣梦显得很抗拒。

顾照不知道宋姣梦家是做什么的，疑惑地问："为什么不要？"

"我家是卖家具的，接触的人群……"宋姣梦斟酌着用词，"很少有年轻人。"

见顾照更疑惑了，楚袁沅直截了当地给出答案："她家是卖红木家具的。"

顾照一下就懂了，长长地哦了一声。确实是这样，现在很少有年轻人喜欢红木家具。

三个人聊至深夜，喝完了整整两瓶葡萄酒，眼看酒吧要打烊了，这才意犹未尽地各自起身回家。

与楚袁沅和宋姣梦相比，顾照喝得不算多，只是微醺，因此从上沈玦星的车，到下车，再到进门，都是很清醒的。不过顾照因为心里想着事儿，显得很沉默，让沈玦星怀疑她是不是喝醉了。

沈玦星将顾照扶到床边坐下，摸了摸她发烫的额头："你难受吗？要不要喝点儿水？"

他的手指刚离开顾照的额头，就被她一把抓住了。顾照注视着他，将自己醺红的面颊贴到他的手背上，轻柔地说："不难受。"

沈玦星的手宽大有力，指节修长，指甲被修得很平整，指腹微微有些粗糙。这样的手摸在她的脸颊细嫩的皮肤上，时常让她生出一种介于微痒和微痛之间的触感。

丝绸一样的长发滑过沈玦星的手腕，令他的心脏再次像失去控制一般在胸膛里狂跳不止。他本能地抽了一下手，却被顾照更用力地握紧。

"我……我去给你拿一条湿毛巾。"面对顾照不解的目光，沈玦星开口解释，声音带着沙哑。

"不急。"顾照垂下眼帘，眷恋地蹭了蹭颊边的大手，酒精让她的情绪稳定，勇气倍增，"沈玦星，我已经给了你好多好多时间。你现在应该能分清自己是入戏太深，还是真的喜欢我了吧？"

沈玦星一直看着她，满眼都是漆黑的发，满心都是柔软的唇，好不容易分出心神去想她说了什么，却因为大脑"过载"，拼凑不出一个完整的问题。什么入戏？谁拍戏了？他的心脏像是变成了一只贪婪的怪物，张开大口，叫嚣着自己有多么饥饿，想要顾照的眼睛，想要顾照的头发，想要更多甜蜜的爱语，想要……想要……他被原始的欲望驱使，又因残存的理智选择克制。

"这么难回答吗？"顾照等了许久也得不到回答，以为是自己的问题把他给难住了，抬眼看向他，那神情如怨如诉。她心里有些不高兴。

沈玦星用手覆住她的侧脸，以拇指轻轻地揉她的眼尾："抱歉，我刚刚没听清。你能再问一遍吗？"

顾照仰头看着他，虽然对他不认真听她说话感到有些恼，但因为他已经道歉，便也觉得自己不应该再计较，于是乖乖地重复了一遍方才的问题。

这次沈玦星好好地听完问题，眉头不自觉地蹙起，搓揉她的面颊的力道也有所加大："已经到这种时候了，你在说什么傻话？"他们并不是在小区封控结束时就马上在一起，之后那一个多月，难道还不够他出戏吗？这傻姑娘到底在瞎琢磨什么啊？

"所以你是真的喜欢我，是吧？"那种痛痒难耐的触感再次出现，顾照微微地闭起一只眼睛，忍耐着，没有躲避。

沈玦星被她问得连心都抽了抽，既感到心酸，又有点儿恼火："当然。"他想也不想地回答。

顾照得到了自己想要的答案，身心骤然一松，眼角眉梢流露出一种柔和的喜悦。

大脑仿佛完全罢工了，沈玦星彻底成了被狂跳的心脏支配的傀儡。他单膝跪在床沿，将捧住她的面颊的手探到她的脑后，插进她的发间，俯身吻向她的唇。

他先是轻轻地吻了一下，退开一些，似喟叹一般又说了一遍："当然……"

顾照将他的尾音吞进了自己的嘴里。她含住他好看的唇，怯怯地舔着对方的唇缝，同时以双臂勾住他的脖子，身体向后倒去。他被惯性带倒，手肘及时地在床上撑住身体，舌尖就着这一动作撞进顾照的口腔。

两个人吻得动情，逐渐有失控的趋势。沈玦星觉得再不停下会有些危险，试着结束这个吻，却在起身的过程中被顾照又勾着脖子拉了回来。

"我想试用一下。"她平静又近乎诚恳地请求。

沈玦星："……"

他不确定她的意思是不是自己想的那样，但鉴于顾照喝酒后可能有点儿神志不清，他决定无论她这话是什么意思，自己都当没听见，等她清醒了再说。

"你先松开我。"他与顾照商量。

顾照抽出一只手，在自己的半身裙的口袋里掏了掏，从里面掏出两个小方块，一本正经地道："我有试用的权利。"

沈玦星一看就知道这东西不是顾照自己的，心道，楚袁沅和宋姣梦到底教了顾照什么？他头痛不已。

"没有人剥夺你的权利，但我……"沈玦星简直有些词穷，"但我总要准备一下吧。"

顾照突然抬起上半身，在他的脖颈处嗅了嗅。沈玦星早在等待她的过程中洗完了澡，现在浑身散发着一股沐浴露的香气，是她喜欢的味道。

"你很香。"她说话间，气息一股股地打在沈玦星的喉结上，让他忍不住咽了一口唾沫。

"顾照……"他无可奈何，语气里明显带着求饶的意味。

顾照松开手指，让那两个小方块自由落体，随后将唇贴上他凸起的喉结，轻柔地吻着，颇有点儿他只管说，她充耳不闻的架势。

这样的引诱，沈玦星不觉得有哪个正常的男人能够忍住，至少他不能。浑身的肌肉在瞬间绷紧，又很快松弛下来。他放弃了，自暴自弃地一把抓住床上的小方块，将五指收紧，连同被褥一同攥进掌心。

"你想怎么试？"他闭了闭眼，压抑着喘息。

顾照摸着他的背，然后手向下滑到腰，再是屁股。她捏了捏，果然手感很好："试到满意吧。"

话音才落，顾照被再次推回到床上。这句话就像某种控制沈玦星的开关，让他不再压抑自己。他从身后抓过那只不断作乱的手，将五指插进顾照的指缝，将她的胳膊抻开，把她按在床上。他的眼眸幽深："听你的。"他将粉色小方块咬在嘴里，撕开了包装。

落日西沉，秋意萧瑟。顾照为奶奶戴上帽子，围上围巾，仔细检查后确认没有漏风的地方，才敢将她推出房门，就怕体弱的老人家在外着了凉。

"我们就去花园里转转，等太阳完全落山了就回去，好不好？"顾照推着轮椅，往养老院后方的小花园走去。

"嗯，好。"轮椅上的老人形销骨立，像没什么力气一般蜷缩着身子，双眼浑浊不堪。她说话的声音很轻，带着一点儿嘶哑，仿佛竭尽全力也只能到这种程度，整个人已经是一副油尽灯枯的模样。

可顾照就像是没发现老人的虚弱一样，神色如常地说着自己最近遇到的各种趣事："之前上课，我每次都要被骂。那个老师好凶啊，说我这样铺床，肯定考不过。你记不记得，我回家后一边哭，一边练习？现在想想，多亏了她那么严厉，不然我也过不了考试这一关……"

遇到一个向下的小坡，顾照推着轮椅转了一百八十度，变成自己在下方，轮椅在上方，倒退着慢慢地下坡。老太太的头一点一点的，眼睛要闭不闭，灰暗的脸上显出一点儿微弱的笑意："我们小照的运气好，总是……遇到好人。"

顾照闻言也笑了："是啊，我一直遇到好人。"

两个人到了花园，顾照将轮椅推到小池塘的边上。深秋的季节，连池塘边的景观草都枯黄了，一池浅浅的碧水在余晖的映照下波光粼粼，犹如被人投下了金粉。

刹好车，顾照蹲下身，理了理盖在老太太腿上的毯子："奶奶，你看，太阳好美。"

老太太吃力地抬起头，望向远处已不再耀眼的太阳："像一颗咸鸭蛋……"

顾照也看向那颗"咸鸭蛋"。这两天秋雨不断，一直难有晴天，方才不知怎么了，雨后离奇地出了太阳。老太太卧床之后，最喜欢的就是晒太阳，因此，哪怕已是黄昏，也硬是让孙女推自己出来感受太阳最后的余温。

晒晒太阳，去去晦气，明天又是新的一天。顾照望着远方的太阳一点儿一点儿地沉入地平线，心出奇地宁静。

"小照，奶奶可能……不能陪你很久了。"

顾照的身体一僵。她想要回头，又忍住了："没事儿的，奶奶，你别瞎想。"鼻头发酸，眼眶迅速红了，顾照含着泪，尽量让自己的语气轻快起来。

"奶奶要去见你的爸爸、妈妈，还有爷爷了。你不要难过。你一个人要好好的，不要让奶奶担心。"老太太说着，用戴着棉手套的手，轻轻地摸了摸顾照的头，"你看，太阳多了不起！无论是下雨、下雪，还是起雾，等这些过去，太阳还是照常升起。"

这位可怜的老太太，早年丧子，晚年丧夫，如今自己不良于行，命不久矣。她的一生，无疑充满了苦难。她认命，也知道自己苦，却从未因此颓丧，而是积极地面对生活。苦命人也有苦命人的活法儿。她希望等自己不在时，孙女也能像自己一样，怀揣着一个"太阳理论"，向前看，向积极的方向看。

"嗯……"顾照颤声应答，不知不觉间眼泪已模糊了视线，令远处的夕阳也变得破碎，"我会好好的，我一定好好的……"

老太太眷恋地看着这个自己从小带大的孩子，满心不舍地道："可惜奶奶看不到你结婚生子了，不知道谁能娶到我的宝贝囡囡哟。"

顾照无声地哭泣着，泪水早已挂满双颊。她用手指将眼泪胡乱地揩去，深深地吸气，带着浓浓的鼻音道："肯定是个好人。"

老太太轻轻地笑了："嗯，肯定是个……特别好……特别好的小团。"

垂落在床侧的胳膊动了动，纤细的手指撑住床铺，黑发从身后滑落，顾照撑起上半身。因有窗帘遮挡，她看不出现在是什么时间，只好去摸床头的手机。

她不看不知道，一看被吓了一跳，现在竟然已经下午一点了。哪怕是周末，她也从没这么晚起床过。她一下子从床上弹起来，又因为某种不可言说的痛楚跌回去，狠狠地倒抽了一口气。第二次起身，她变得小心翼翼。还好，动作幅度小的话，身体就不会有太大的不适感。

　　一走出卧室，顾照就看到对面书房的门开着，沈玦星正在里面开视频会议。不愿打扰他，她悄悄地从门口走开，打算去厨房自己弄点儿东西吃。

　　冰箱里存了不少冷冻品，将冷冻室塞得满满的。顾照看到一盒饺子卡在一堆食物当中，正要把它抽出来。不承想，"牵一发而动全身"，那一格里的东西因为失去了饺子的支撑而打破平衡全在往下滑，马上就要像雪崩一般散一地。

　　"啊……"顾照惊呼着，忙把饺子又塞了回去，虽止住了"雪山"崩塌的趋势，可上方的一盒比萨还是掉了出来，眼看就要砸到她。这时，一只大手从她的身后出现，帮她及时抵住了掉落的物品。

　　"你醒了怎么不叫我？"沈玦星从后面环住顾照的腰，弯下腰亲了亲她的耳郭。

　　顾照嫌痒，歪了歪脑袋："我看你在忙，就没叫你。你开完会了吗？"

　　沈玦星将她往边上带了带，没说自己突然叫停会议的事儿："我开完了。你去外面坐着吧，我给你煮吃的。你是想吃面，还是想吃饺子？"顾照说想吃饺子，随后便出了厨房。

　　宋姣梦："顾照，怎么样，试了吗？"

　　楚袁沅："下午一点了，顾照还没有出现。我掐指一算，对她来说，昨晚应该是个不眠之夜。"

　　宋姣梦："她也许设置了消息免打扰。"

　　楚袁沅："不可能，我的预感不会错。"

　　…………

　　顾照打开微信的时候，三个人的约饭群里已经有几十条未读消息。楚袁沅更是每隔十分钟就呼叫顾照一次，甚至与宋姣梦两个人商量着要不要打个电话问问。

顾照："试了。"

群里安静了片刻，随即爆出一连串乱七八糟的表情包。

宋姣梦："怎么样？"

楚袁沅立马发出一个"竖起耳朵"的表情包。

顾照："挺行的。"昨晚两个人虽然也有手忙脚乱的时候，但总体来说，体验还不错，试用下来，她很满意。

沈玦星端着饺子来到餐厅，见顾照正不停地给人回消息，轻轻地将碗放到她的面前："晚一点儿再看手机，先吃东西。"

顾照猛然一惊，心虚地立马将手机反扣在自己的腿上，生怕沈玦星看到群里的污言秽语："哦，好。"

沈玦星挑了挑眉，从她的反应里大概猜到她在给谁回消息了。他坐到顾照的对面，撑着下巴，扬着唇角，直勾勾地看着她。

顾照抬头看他一眼，低头吃饺子，然后又抬头看他一眼："你……你一直盯着我干什么？"

沈玦星垂着眼，满脸愉悦之色。他就像一只终于吃饱喝足的猫，舔着爪子，伸展着四肢，连尾巴的毛上都写着"餍足"两个字："你好看。"

顾照愣了几秒，一言不发地低头继续吃饺子，只是这次快要将脸埋进碗里。

"当心，头发要进碗里了。"沈玦星轻声地提醒她。

顾照稍微将脸抬起来一些，但仍是不看沈玦星。

她怎么会……这么可爱？她明明昨晚胆子那么大，说露骨的话连脸都不会红，今天却因为他随口的一句夸赞而害羞成这样。

"试用得还满意吗？"含着几分故意，沈玦星压低了声音，声音显得磁性十足。咀嚼的动作一顿，顾照无声地点了点头。

"那要正式买下来吗？"沈玦星继续下钩。

"买……买下来？"顾照抬起头，困惑地道，"怎么买？"

她果然上钩了。他感觉哪怕自己抛的是毫无饵料的直钩，她也会傻傻地咬上来。心口软软的，他努力地压下就要翘起的唇角，想让自己看起来没有那么得意忘形。

"我很便宜的，每天只要一个吻就够了。"他说。

原来是这样买的，一个吻……那确实算是平价了。顾照点点头，没有犹豫就答应下来："成交。"

吃完饭，顾照跑到客厅继续同宋姣梦和楚袁沉聊天儿，沈玦星则回书房重新开视频会议。到了下午三点多的时候，顾照见沈玦星没在开会，给他送了一杯红枣桂圆汤进去。

"这是补血益气的，"她解释道，"是我给自己煮的，不过你也能喝。我补血，你益气。"

沈玦星："……"

要不是他确信自己昨晚表现得还不错，都要怀疑她是不是话里有话。他一口气喝完了甜汤，喝得满嘴甜腻，连眉头都皱起来："好甜。"他朝她伸出手，"过来。"

顾照绕过书桌握住他的手，被他拉扯着坐到他的腿上。他亲了亲她的唇，问："是不是很甜？"

顾照舔了一下嘴唇，其实没觉得有多甜，但还是对他很纵容："那我……多加点儿水？"

沈玦星看着她，发现怎么样都很心动，连她额头上的那块小小的胎记都让他觉得无比可爱。他叹息着将脸整个埋在她的脖颈处，双唇摩挲着自己昨晚在上面留下的痕迹，更紧地环抱住她。

"跟我回家见我爸妈吧。"不只父母，他想让所有的亲戚都见一见顾照，还想把顾照介绍给他的朋友们认识。他要让所有人知道，顾照是他的女朋友，顾照是属于他的。

不同于上次的迟疑，顾照这次回答得十分坚定，几乎是在沈玦星问完的下一秒便给出了答案："好。"

善慈家园门外的道路两侧总是停满车，让入口显得很不起眼。顾照怕宋姣梦开车过来时开过头儿，特地到大门口等宋姣梦。在等待的过程中，顾照发现了一个不停地往大门里张望的年轻女孩儿。

顾照看向女孩儿，女孩儿很快也发现顾照在看自己。两个人的视线相交，女孩儿朝顾照走了过去。

"你好，请问你是这家养老院的工作人员吗？"女孩儿礼貌地询问。

顾照点点头："我是这里的财务人员。你是……"

"我姓霍，叫霍玲。我在为我奶奶寻找合适的养老院。"女孩儿眼神一黯，"她有阿尔茨海默病。"

她这么一说，顾照就明白了。顾照道："你想了解一下我们养老院是吗？你等等，我在接人。等她到了，我带你们一起进去参观。"在小规模的机构里，职员都是身兼数职的，顾照也不例外。她说自己是财务人员，其实人事、行政的活儿也没少做，再加上最近不少员工离职，她的工作内容一下子更杂了。

霍玲一听，连眼睛都亮了："太谢谢了！"

二人的年纪相仿，索性站在路边聊起了天儿。顾照得知，霍玲的奶奶今年八十二岁，是五年前确诊为阿尔茨海默病的，目前病情已发展到第二阶段，远近记忆缺损严重，穿衣吃饭都需要人协助。原本老太太一直是由霍玲的父亲照顾的，但父亲几天前不小心摔了一跤，导致手臂骨折，连自己的生活都受影响，更不要说照顾老娘了。

"老人生病真的很苦。她苦，家人也苦。我一年只有五天年假可用，这几天要照顾家里的两个'病号'，又要找养老院，已经把年假用光了。这事儿要是今天再定不下来，我就只能请事假了。"霍玲满脸愁苦之色。

养老院里最多的就是各种生病的老人，顾照知道照顾他们是多不易的事儿，因此十分同情霍玲的遭遇："我们养老院不错，你等会儿可以自己亲眼看一看。"

说话间，一辆红色跑车从路口远远地驶来，经过她俩的面前时缓缓地停下，车窗降下后，露出一张美丽张扬的面孔。宋姣梦摘下太阳眼镜，冲顾照微微一笑："等很久了吗？"

好闪耀啊！顾照有一瞬间觉得自己快要被宋姣梦的美貌闪得睁不开眼了："还好，没多久。"顾照指挥着宋姣梦往养老院里面的停车场里停车。跑车打了个弯，驶进养老院大门。

霍玲到这时才终于回过神："刚刚那个人……好漂亮啊，像演员一样。"

听到别人夸宋姣梦漂亮，顾照的心中生出一种像自己也被人夸了的喜悦。顾照道："那是我的朋友，她最近正好离职，有很多时间，就想来养老院当志愿者陪老人们解闷儿。"

说出"朋友"两个字后，一种温暖的情感出现在顾照的心头，将一只崭新的气球充满。它晃晃悠悠，虽然还很小，虽然状态还不太稳定，却实实在在地拥有了顾照的牵挂。

宋姣梦停好车后，顾照带着宋姣梦和霍玲从一楼开始介绍养老院里的环境和设施。

"这里是食堂，食材都是市场每天送来的，保证新鲜。隔壁卫生院的人都是在我们这边吃饭的，蔡师傅做菜的手艺可好了。……

这里是可以自理的老人住的区域，分七人间和三人间，有独立卫浴。……这是活动室，可以唱歌、下棋、打牌、搓麻将。……这是医务室。我们有两名护士、两名医生，负责给老人定期测量血压、打针，还有开药……"

顾照介绍了一路，来到新改造好的失智区。刚改造好的区域稍显冷清，不过也已经有不少老人入住。

"失能失智的老人，我们会把他们都安排在这里给予特殊照顾。"顾照挑了一间没人住的空房间，给两个人做演示，"整间房间装了 PIR（被动红外辐射）传感器，通过红外线感应人体的运动。只要老人起身走动，总控室那边就会知道。……这是紧急按钮，如果老人出现紧急状况，护工只要按下这个，医务室马上就会知道。……这里的门上装的都是电子门锁，还有门磁感应，可以做到统一开关。这样既能防止失智老人乱跑伤到自己，也能保证特殊情况下的安全性……"

当初沈玦星是怎么做演示的，顾照如法炮制，一一将智能设施向她们介绍。把整个养老院都逛遍了，顾照见霍玲还有些犹豫，回头看了一眼还在好奇地打量四周的宋姣梦，道："姣梦，我送霍小姐出去，你先去活动室等我吧。"

宋姣梦本来就是社交达人，哪怕自己在一个陌生环境中也根本不会怕的，便一口答应下来："行，那我先过去了，咱们等会儿见。"

与宋姣梦告别，顾照带着霍玲往相反的方向走去。

"你们养老院看起来挺不错的，价格也在我的心理承受范围之内。特别是刚改造好的失智区，让我很心动。"霍玲攥着包带，神色中有几分挣扎，"但我有一个疑问，希望你能如实告知。"

顾照见霍玲如此郑重，不由得停下了脚步："你问。"

"护工真的会欺负老人吗？失智老人和健康老人会被区别对待吗？"霍玲时常在网上看到保姆虐待老人的新闻，压根儿信不过保姆，所以才为奶奶选择更专业的养老机构。但又有很多人说，在养老机构里，老人会被分成三六九等。其中孤苦无依又生了重病的，是注定要被人欺负的。这让霍玲十分不安。

听到霍玲的问题，顾照并不感到意外。很多家属有过这样的疑问，总是担心自己的家人在养老院里不能得到妥帖的照顾。

"我不能向你保证这个行业内百分百没有这样的事儿存在，毕竟我也只在这一家养老院工作过，但我可以保证我们养老院是绝对没有这种情况的。"

顾照当年考护工证，有一项是床单包角。因为手笨，她一直学不好，被当时的老师骂得狗血淋头。她回养老院一边哭，一边练习。护工阿姨看到了，问顾照怎么了。知道顾照是怕考试无法通过后，护工阿姨不仅安慰顾照，给顾照擦眼泪，还耐心地教顾照怎么包床角才能更好看。

虽然后来那位护工阿姨离职回老家去了，但顾照相信，养老院里的大多数护工是像阿姨那样善良又敬业的人。他们认真地做着本职工作，比起干脏活儿、累活儿，更怕老人遇到事情不叫他们，自己摔了、碰了。

顾照说了许多护工与老人之间的故事，也说了一些自己的过去，包括自己为什么会在这里工作，等等。顾照不知道自己的回答是否会让霍玲信服，但顾照不是会说漂亮话的人，唯一能做的也就是用诚意打动对方。不过看到霍玲临走时的表情，顾照猜测对方应该是满意的。送走霍玲，顾照匆匆赶到活动室，一开门，就看到一堆人拥在牌桌边上。

"要不要？不要我继续出了？"宋姣梦的声音从人群中响起。

顾照好不容易挤进去，就见宋姣梦稳稳地坐在方桌的一边，手里握着一把扑克牌，正熟练地扮演着"地主"的角色。坐在宋姣梦下手的冯晓娟嫌弃地看了一眼自己手里的牌，将牌合上："不要，要不起。"

杨爷爷挠了挠脸，一咬牙，甩出一个"炸弹"。胖奶奶直接就不出牌了，问宋姣梦："我不要，你要吗？"

宋姣梦将唇角一扬："四个'K'！"

围观的人群发出一阵惊呼，厉害了，还有"炸弹"啊。杨爷爷这下也没招儿了，只能以求救的目光望向胖奶奶："靠你了。"

胖奶奶一甩手就是四个"A"。冯晓娟与杨爷爷的脸上不约而同地露出了一丝看到希望的曙光的微笑，似乎觉得这下稳了。不曾想宋姣梦脸上的笑容越来越大，她说："谁说我只有两个'炸弹'？"她说着就在众人震惊的目光中丢下四个"2"。

面对还有一张牌的宋姣梦，杨爷爷颓然地向后靠去，两眼无神。冯晓娟长叹一声，将手里的一堆散牌往桌子上一丢。胖奶奶拉开面前的小抽屉，从里面掏出两个筹码丢给宋姣梦，满脸的不舍。

见宋姣梦适应得这样好，顾照也放下心来，与宋姣梦打了一声招呼后，自己回了办公室。果然，优秀的人做什么都很优秀。

"她好厉害，一个下午就与老人们混熟了……"

沈玦星下班比较晚，一般晚上七八点才到家。这个时间，做饭肯定是不可能了。顾照下班早，就会从食堂带些饭菜回家，等他回来一起吃。虽然沈玦星总让她先吃，不用等自己，但她觉得两个人一起吃才比较香，所以每天还是会坚持等他。

两个人吃饭时聊的话题很随意，有时是养老院的趣闻，有时是沈玦星工作上遇到的"奇葩"甲方，有时也会聊一些社会新闻、艺人八卦。

"想不到宋姣梦真的会去养老院做志愿者。"说话间，沈玦星夹了一块肉送到顾照的碗里，"你多吃一点儿，太瘦了。"

"可我这半年胖了七斤啊。"也就是说，自从重遇沈玦星以来，她就一直在长肉。虽然她也觉得自己太瘦不好，但一直这样胖下去，感觉也很不妙。

"你难道嫌自己太胖吗？我用一只手就能抱起你。"沈玦星说着又夹了一筷子的菜送到她的碗里，"吃光，不许剩。"

顾照摸了摸自己的小腹，感觉小腹要鼓出来了。她盯着碗里的肉沉思片刻，然后……将它们都扫进了嘴里。虽然她不想自己像这样胖下去，可是蔡师傅做的红烧肉好好吃！她满足地眯起眼。算了，等会儿自己去跳操，消耗一下热量吧，饭还是要好好吃的。

"乖啦。"见她听话地将碗里的肉和菜全部吃下去，沈玦星满意地道。

吃完了饭，沈玦星用纸巾擦嘴时才发现自己在笑。自从他和顾照在一起，笑容好像就变多了。她只是随便地说一句话，做一个动作，就能牵动他的心情，让他不受控制地想要微笑。而当他郁闷时，只是抱住她，抚摩她的长发，闻着她身上的气味，就能恢复精力，压力一扫而光。

"我同我爸妈说过了，这次中秋家庭聚餐，我会带你回家。"沈玦星从身后抱住顾照，将整张脸埋进她的颈窝。

顾照被这块"巨型牛皮糖"黏得只能歪着脖子洗碗："我需要准备什么吗？"毕竟是她与他的家人第一次见面，是不是应该准备见面礼什么的？

"不需要，你只需要带上你自己就够了。"沈玦星自从尝过"荤腥"，对顾照就越发黏糊起来，肢体接触也更多了。除了爱蹭顾照的头发，亲她的脖子，他还特别喜欢摸她吃过饭后的软趴趴的小肚子。

顾照努力地维持声音的平稳，结果声音变得很轻，听着就像不敢大声说话一样："王经理说，对门的租客已经搬走了。我……过几天就搬回去住。"

"这里不好吗？"沈玦星轻轻地咬她的肩膀与脖子连接的那块肌肤。

"这里离……离养老院太远了。"顾照靠着毅力将最后一个盘子洗完，关了水龙头，连擦手都没来得及，有些狼狈地用湿漉漉的手去推沈玦星的脑袋，"别咬了……"

沈玦星一把握住她那只没什么力气的手，拉扯着将她转过身，抵在水池边，吻住她的唇。胃的饥饿感消退了，另一种饥饿感就凸显出来，让沈玦星一再索取。到最后，顾照被亲得晕晕忽忽的，差点儿不能呼吸，他才勉强放过她。

"等会儿你有别的事儿要做吗？"沈玦星垂眼问她。

顾照还在犯迷糊："等会儿……我……我要跳操。"

"……"沈玦星有时候真恨她是个呆子，"换一种运动吧，我和你一起做。"说完，在顾照还没有反应过来的时候，他将她打横抱起，径直走向卧室。

第十五章 ◇ 我永远都会支持他的

经过慎重的考虑，霍玲最后还是为奶奶定下了顾照所在的养老院。

霍玲的奶奶姓袁，长得一脸和善，周身很干净，一看就是被好好照顾的。一开始，老太太很乖、很听话，别人同她说什么，她都说知道了，显得很通情达理。然而，霍玲走的时候跟老太太打招呼，老太太前一刻还好好地同孙女说话，后一刻便露出戒备的神情，问霍玲是谁，为什么会在这个地方。

阿尔茨海默病患者的世界便是如此，时间感、空间感混乱，经常是亲人近在眼前，他们却不认识。霍玲对此已经很习惯了，有些无奈地在奶奶的面前做起这几年不知道做过多少次的自我介绍。

"玲玲？你是玲玲？你怎么是玲玲呢？"袁奶奶先是茫然，而后像是终于想起来了，上前一把抱住霍玲，脸上的茫然全部变成了愧疚，"哎哟，真是玲玲，真是我孙女！奶奶记性太差了，怎么把你忘了呢？"

霍玲是红着眼睛走的。顾照像上次一样将霍玲送到门口，看出霍玲的不舍，便安慰道："你放心吧，我们会照顾好袁奶奶的。你想她了，随时都可以与她通视频电话，每天还是能看到她的。"

霍玲抿着唇，没有说话，只是对着顾照鞠了一躬。顾照被吓了一跳，连忙去扶霍玲："不用的不用的……"

霍玲紧紧地握住顾照的手："我奶奶就拜托你们了。"

家属将孱弱的亲人——无论是孩子，还是老人——交到别人的手里让对方照顾，无疑是对其给予了极大信任与期望。方院长开会时常说，单单为了这份信任与期望，他们也要扛起属于他们的责任，不能让家属失望。

"嗯！"顾照重重地点头，给出了在自己看来能与对方那深厚的情感相匹配的承诺，"她会得到最妥善的照顾，你不用担心。"

"阿尔茨海默病真是个残忍的疾病，对患者的家属尤其残忍。他们只能看着亲人的记忆一点儿一点儿地消失，最后忘光所有的人。"顾照说着叹了一口气。

由于通勤太不方便，哪怕沈玦星再三挽留，顾照还是决定搬回自己的家里住，并且是连夜搬的。

"我看过这方面的书。这个病，发病不可逆，且没有根治的方法，是一种病程缓慢而让人绝望的疾病。"沈玦星从卧室里探出脑袋，"要不然你明天再走吧？"

顾照在客厅里收拾着自己的物品，将它们一一丢进行李箱，闻言头也不抬地道："你上星期六就是这么说的，到了星期日还是这么说。现在已经星期二了，我再不回去，连冬天都要到了。"

沈玦星眼看计谋败露，也不好再说，不甘地撇了撇嘴，又进卧室里去了。顾照收拾完毕，合上行李箱，一抬眼，发现沈玦星拿着一个比她的行李箱还要大的箱子从卧室里出来，停在了她的面前。

"你要出差啊？"顾照以为沈玦星送完她直接就去坐飞机了，还在想，带这么大个儿的箱子，他这次没十天半个月应该是回不来了。

"去你家出差。"沈玦星有时候真想敲开她的脑壳看一看，就凭这样迟钝的脑子，她是怎么考上 A 大、怎么拿到奖学金的。

"你要住我家啊？"顾照扶着行李箱站起身，"可我家离你公司好远，你会不会不方便？"

沈玦星按着她的脑袋就是一顿揉："你不愿意同我住，那我只好同你住了。我上班的时间没那么死，也不用天天坐班，远就远一点儿吧。"

其实顾照也有点儿舍不得沈玦星。两个人在一起久了，已经养成习惯，让她很难恢复到从前一个人生活也无所谓的状态。

"那……一个箱子够吗？"所以她几乎是立即就接受了沈玦星要搬去和她住这件事儿。

"剩下的东西，我等天气冷一些再回来拿吧。"沈玦星说着，一手拖着一个行李箱往门口走去。

顾照整理着自己的头发，跟在他的身后走了两步，突然想到什么，掉转方向往书房跑去。她再出来时，手上抱着已经待机的机械狗："把小可爱也带上吧。"虽然它只是没有灵魂的人工 AI，但顾照还是很喜欢它，把它当作一个真正的宠物看待。

"去年我在路上走的时候，'捡'到一个老爷爷。他就是阿尔茨海默病患者。"顾照抱着小可爱，望着车窗外的夜景，又回到最初的话题。

记得那天她不小心起晚了，急匆匆地赶去上班，在从地铁站出来的第一个路口，遇到了那位迷路的老爷爷。前方明明是绿灯，他却踌躇着不敢过马路。顾照以为他是腿脚不便，好心地上前询问要不要搀他过马路，结果他的眼泪一下子流了下来，说自己找不到回家的路了。

老爷爷已经佝偻了。他穿着一件宽松的白衬衫，须发皆白，嘴里还缺了好几颗牙，看起来有七八十岁了。这样一位耄耋之年的老人，却因为找不到回家的路，在十字路口哭得像个四五岁的孩子，让顾照心里很不好受。

"还好，他的脖子上戴着一块写着手机号的牌子。我打电话过去，是他女儿接的。他自己出门买早点，结果越走越远，走了两个小时，把自己走迷路了。家人都在找他，急得不行。"最后顾照陪着老爷爷在路边等了半个小时，亲眼看他上了子女的车，顾照才安心离去。

"希望医学界可以早点儿攻克这个疾病。"自从爷爷奶奶都去世后，顾照对于家的概念就有了新的理解。家不是空房子，而是记忆，是与亲人的点滴，是涓涓岁月流淌。找不到回家的路的人，实在是很可怜。

"你怎么老是'捡'到迷路的人？"沈玦星觉得有些好笑，顾照在有些方面迟钝到夸张，在有些方面却又异常敏锐。路上的行人这么多，她好像看一眼就能知道谁需要帮助。

顾照摸了摸怀里的小可爱，道："看到了总不能不管。我有一次还捡过迷路的狗，是一只腿好短的柯基，还好它戴着刻着主人的信息的项圈……"

沈玦星安静地听她不断地回忆着这些年自己"捡"到的迷路的人和宠物，忽然冷不丁地开口："如果将来哪一天我迷路了，你一定也能把我找回家。"

一般人听到这种话，或许会先呸两声，让对方不要触自己的霉头，又或许会当对方是开玩笑，也以玩笑的态度回应，可顾照没有这样。顾照闻言一怔，随后看了身旁的沈玦星一眼，思考过后才回答："嗯，我会的。"她回答得很认真，"无论你在哪里，我都会把你带回家。"

沈玦星的喉结微动。他明白顾照只是遵从本心实话实说，并不是在说甜言蜜语，但还是被她撩到。

隔天，宋姣梦来养老院打算做志愿者。她看到顾照领口处露出的皮肤上那若隐若现的红痕，啧啧两声，替顾照拉了拉领子："'草莓'露出来了。"

顾照一把按住自己的脖子，脸有些红："我已经说了让他别咬了……"

身为"孤家寡人"的宋姣梦顿觉一股酸臭的气息袭来。她按住自己的胸口，佯装恼怒，恶狠狠地骂了一句："臭情侣！"

顾照笑了笑，并不在意："你今天来可能打不了牌。今天是活动日，大家都去参加自己喜欢的兴趣小组了。"

善慈家园每月有四次小组活动，有五个兴趣小组可以选择，分别是园艺、手工、看戏、唱歌、阅读。大家可以根据自己的兴趣爱好选择进哪个小组。

除了小组活动，养老院一年中还有两到四次的大型活动。天气好，疫情不严重的话，养老院甚至会组织老人们去 S 市的公园景点春游、秋游，走动走动。

"兴趣小组？有哪些小组，都是干什么的？"宋姣梦问。

"园艺就是种菜，手工是织毛衣、剪纸这些，看戏主要是在影音室里看 DVD，唱歌是在活动室，阅读在图书馆。"

"你这是去哪里？"宋姣梦见顾照怀里抱着一本书，好奇地道。

顾照刚从图书馆出来，给宋姣梦看了一眼书名，说："我要去看袁奶奶，给她读一读这本书。"

霍玲说，奶奶是知识分子家庭出身，年轻时就爱阅读，这个习惯一直持续到奶奶生病前。奶奶八十岁那会儿，每周还会看一本新书。

宋姣梦也没事儿做，既然已经来了，就要同顾照一起去。两个人到袁奶奶的房间门口时，护工正在喂袁奶奶喝水。袁奶奶倚靠在床上，捧着一个大茶缸，边喝边漏。护工看起来已经有了经验，拿纸巾垫在袁奶奶的下巴处，这才没让水滴下来。

袁奶奶喝完茶，看到走进来的顾照与宋姣梦，警惕地道："你们是谁啊？怎么乱进别人的房间？"

顾照停住脚步，没有再往前去："我是您孙女的朋友，您忘了？"

"孙女？"袁奶奶疑惑地歪了歪脑袋，"你怎么瞎说？我只有一个儿子，还没有结婚呢，哪里来的孙女？"

宋姣梦没接触过这类老人，不知道要怎么应对，便只是盯着顾照，看顾照如何处理。

"那我说错了，我是您儿子的朋友。"顾照晃了晃自己手里的书，"他让我给您带来一本书，我念给您听吧。"

"我儿子的朋友？"袁奶奶好像记起了什么，一拍大腿，"哦哦，你是小严啊，我儿子的女朋友，是不是？"

顾照迟疑片刻，还是点了点头："嗯，我是小严。"

一旁的护工也附和道："对对对，她就是小严。"

有了这重身份，袁奶奶瞬间放下了警惕心，招呼顾照和宋姣梦过来坐。顾照拉了一张椅子坐到床边，宋姣梦则在不远处的沙发上坐下，安静地望着这一老一少。顾照翻开书，冲床上的袁奶奶笑了笑，道："这本书很好看的，还得过文学奖，我念给您听好不好？"

袁奶奶眉头一皱："得了哪个文学奖？我怎么没听说过？"

这本书首印是在2005年，袁奶奶就算看过，估计也忘了。顾照便说："那可能不是很有名的奖吧。"

顾照翻开第一页，当着袁奶奶的面轻声读起来："我是雨和雪的老熟人了，我有九十岁了。雨雪看老了我，我也把它们给看老了……"

袁奶奶在顾照念到第十页的时候就睡着了。顾照合上书，招呼宋姣梦，蹑手蹑脚地离开了房间。

"这本书能借给我看几天吗？"宋姣梦方才听着听着，有些听入了神，对这个故事产生了浓厚的兴趣。

"可以啊，给你。"顾照爽快地将书给了宋姣梦。

"谢谢，我会尽快还给你的。"宋姣梦抚了抚封面。

顾照摇了摇头："不用，你想看多久都行。反正袁奶奶等会儿睁开眼应该就不记得我，也不记得这本书了。下次我会换一本书、换一个身份出现在她的人生里。"

一件有些无奈、有些悲伤的事儿，从顾照的嘴里说出，竟然奇迹般变得不那么沉重了，甚至还有点儿温馨，仿佛"忘记"也没什么大不了。

两个人走在连接两个区域的走廊上，阳光从一侧照过来，落在顾照的身上，明亮到耀眼。宋姣梦望着顾照的背影，微微地眯起眼。养老院和自己想的不太一样，顾照……也和自己想的不太一样。

自从经历了小区封控后，河岚九村的志愿者便建立了深厚的感情，哪怕解封了，大家也时常来往、聚餐。知道顾照与沈玦星搬回河岚九村后，张雅特地请两个人吃了饭，一同在席的还有王经理和罗湛。

"那小子一看就不是好东西。还好那天三号楼的阿叔反应快，不然后果不敢想……"

"那天我去玩'剧本杀'（一种有推理性质的实景扮演游戏）

了，不然一定揍死那个傻子！"

"算了吧，还轮得到你揍啊？我赶到时，那小子已经被压在地上了。"

顾照遇袭的那天，罗湛和同学去玩"剧本杀"了，不在家里，只是从群里得知发生了什么。趁着聚餐，大家便一起还原当时的场景给他听。

前面发生的事儿，王经理和张雅还能说一说，到后面民警将杨天龙铐回派出所，只有顾照和沈玦星跟去了，具体发生了什么也只有他俩知道。罗湛听得正起劲儿，便将目光投向顾照和沈玦星，示意他俩接着说。

"然后……"顾照迟疑着，不知道该怎么说。

"然后我就把他给揍了。"沈玦星平静地讲了那晚发生的事儿，不含任何艺术加工的成分。

王经理惊了："在派出所里啊？"

"嗯。"沈玦星点头，端起杯子喝了一口酒。

罗湛直接竖起大拇指："你真是我哥，太牛了！"

沈玦星眼里浮现出一丝笑意："小孩子不要学。"

"这也是情有可原嘛。"赵毅一边喂女儿吃饭一边说，"要是我，我也忍不了。而且那人还涉毒是不是？碰那些东西的人，脑子都不正常。"

张雅深有同感："我有个朋友的朋友就因为碰了毒搞得妻离子散，到后面想方设法地搞钱，什么谎都扯。向我朋友借了三千元，说是出车祸要赔给人家。我朋友第一次借给他了，隔两个月，他又来借，还是说出车祸……"

后面的话题变来变去，一度变成"法治专栏"，好在张雅又将话题拉回来，问沈玦星是不是以后都住这里。沈玦星看了一眼顾照，道："我不放心顾照一个人。她不愿意住我那里，只好我住过来了。"

张雅就坐在顾照的旁边，闻言忍不住问道："已经这样了，你们干吗不结婚？"

顾照一愣。就连沈珙星让她考虑考虑自己都好像是昨天发生的事儿，她现在仍在探索情侣间的相处之道。结婚虽然也不过是多了一张"纸"而已，但她总觉得那样需要承担更大的责任，对这种身份的转变还没准备好。

"对啊！你们恋爱这么久了，还不结婚啊？"罗湛一直当顾照和沈珙星从很早以前就在一起了，算下来怎么也得有七八年。对于这种"恋爱长跑"，年轻人自有自己的见解。罗湛继续道："迟则生变，哥哥姐姐抓紧啊。"

顾照隔了片刻才反应过来罗湛口中"这么久"的结论是怎么得来的，但对这件事儿又不好解释，便只能傻笑。

"一切都听顾照的。"沈珙星夹着菜，不看任何人，语气显得十分随意，"她想什么时候结婚就什么时候结婚。她想明天结，我现在就可以求婚。"

顾照错愕地观察他的表情，但始终分辨不出他到底是认真的，还是在说场面话。

"哇！姐姐，你怎么说？"罗湛一下来了精神。

顾照连连摆手："不急的不急的！"

众人闹了顾照一阵，把她闹得双颊绯红，连说话都开始结巴了，这才意犹未尽地转移话题。顾照用手背蹭了蹭自己滚烫的面颊，去看从刚才就一直安安静静不插嘴的沈珙星。沈珙星隔着桌子也在看她，一副似笑非笑的表情，仿佛完全不知道自己刚刚的话惹出了怎样的麻烦。

还笑！顾照瞪他一眼，本想传达自己的不满，却因为眼神太过柔和，反而有种如嗔似怪的撒娇的味道。沈玦星非但不害怕，反而笑容越来越大了。

吃完了饭，顾照和沈玦星同众人道别后直接回了家。老小区楼道里的灯都是声控的，只要长时间没声音，灯就会暗下来。顾照将钥匙插进门锁里，刚转了一圈，头顶的灯就灭了。反正也要进门了，她对此就没有在意。

"我是认真的。"

头顶的灯因为突然响起的声音又亮起来。开门的动作一顿，顾照看向身后的沈玦星。沈玦星注视着她，无论是表情还是语气，都如他所言，没有半点儿玩笑的成分。只是一瞬，顾照就明白过来他指的是什么——只要她愿意，他就会跟她结婚。

沈玦星的性格是这么冲动的吗？他不再同她相处得久一点儿再看看吗？她觉得对沈玦星的滤镜（形容过度美化）非常厚，自己被恋爱冲昏头脑，已经到了不可救药的程度，可是怎么感觉沈玦星比她还严重啊？对婚姻大事，慎重一点儿比较好吧？顾照张了张口，想让他冷静一点儿，头上的那盏灯没坚持几秒忽然又暗下来了。

黑暗中，顾照转身摸索着钥匙，有些慌乱地开了门："进进……来吧。"她清了清嗓子，用极短的时间决定先将此搁置，不回应。

而沈玦星就好像能听到她心里的声音一样，除了那句"我是认真的"，之后再没说过别的。顾照不提，他也不急。

转眼中秋将至，张雅在聚餐时得知顾照要在中秋那天参加沈家的家宴，便自告奋勇，要做顾照的造型师。张雅帮顾照在网上买了一条丝绒质地的红色吊带裙，怕晚上凉，又搭了一件同样质地的黑色长款薄外套。顾照的皮肤本就白皙，红裙一上身，更是衬得整个人都在发光。张雅拿出平时给女儿编发的看家本事，配合发卡，给顾照盘了一个看起来温柔又显气质的发型。顾照的刘海儿原本长长了，垂在颊边成了碎发，张雅索性将这些碎发烫成卷，为顾照增添了一丝复古风情。经过一次光动力治疗后，因为治疗的效果很不错，顾照额头上的红色胎记只靠粉底便能被完全遮盖。

张雅一副专业的架势，化妆步骤一样儿不落，不仅画了眼线、眼影，就连睫毛、高光等统统帮顾照处理好。最后选口红时，张雅更是翻出自己压箱底的几支口红，从中精挑细选出一支。红裙配红唇，张雅伸手将顾照的脸稍稍抬起，给顾照涂上雾面哑光质地的砖红色口红。全部妆面完成后，顾照以为终于结束了，结果一站起来就被张雅上上下下一顿喷。

一不小心，顾照的脸上被喷了一下，浓郁的香味立马令她打了个大大的喷嚏。张雅用手扇了扇，替顾照扇掉那些还未落下的香水细雾："不好意思不好意思！"

顾照本来觉得香水的味道太浓了，自己就像个移动的香薰机，但在披着外套走到马路边等沈玦星的时候，香水慢慢地挥发，有些刺鼻的前调味道过去后，温和的中调味道凸显出来，清新柔美的花香中带着一丝微涩的茶香。如张雅所说，这是与这个季节十分相称的味道。

外套因为顾照的跑动稍稍下滑，露出雪白的肩头。一阵秋风拂过，吹乱了她的刘海儿。她低下头，将刘海儿别到耳后，连周围的风都带着花的香味。道路两旁的银杏树已经变作金黄的颜色，是这条街上独一无二的景色，而穿着红裙、绾起长发的顾照，哪怕戴着口罩，也是别人眼里再美不过的风景。一个骑着自行车的中年男人远远地看到她便放慢了速度，等骑到她的面前时，更是明目张胆地打量她。

换成别的时候，或许顾照早就能感觉到对方不礼貌的盯视，但此时的她看到了沈玦星的车，注意力全在不断地向自己靠近的车上，也就对中年男人完全无视了。

但沈玦星无法对此无视。他将车停靠在路边，见中年男人还在不停地回头看顾照，便沉着脸连按了两下汽车喇叭。刺耳的长鸣响彻长街，吓得中年男人手上的车把一歪，自己差点儿摔倒。

顾照坐到副驾驶位上，本来见到沈玦星很开心，结果一看他又是按喇叭，又是黑脸的，就有些忐忑。

"怎么了？"她看着前方已经快速远去的中年男人，猜测道，"那人违反交通规则了？"

沈玦星皱着眉，深吸了一口气，视线落到她的脸上，又因她无辜的表情，他实在说不出刚刚那个"猥琐男"的行径，觉得那会脏了顾照的耳朵。

"没什么。"最后，他叹着气道。

沈家的家宴设在市中心一家有名的老饭店里，店内的装饰是民国风的，与顾照的装扮异常贴合。

顾照和沈玦星走过大堂，吸引了不少人的目光。虽然两个人都戴着口罩，但沈玦星的身材属实优越，宽肩窄腰，头小腿长，帅哥的气质挡也挡不住。而经他衬托，顾照越发显得娇小，身着一袭红裙的她就像一朵盛放的红茶花，优雅和娇艳都恰到好处。她所过之处，留下一路余香。

"不要紧张。"沈玦星牵住顾照的手，感觉到她的手心里都是细汗，轻声地安抚道，"他们都会喜欢你的。"顾照冲他笑了笑，没说话，因为觉得自己一说话就会发抖。

引路的侍应生将二人带到一扇大门前，道："就是这里了。"说罢，他双手按住大门，缓缓地朝里推。

顾照看着向自己一点儿一点儿地敞开的大门，不自觉地咽了一口唾沫。如果不是手上有沈玦星的体温传过来，她的手一定是冰凉的。在大门彻底打开前，沈玦星忽然俯下身，在顾照的耳边说道："忘了说，你今晚很美。"

蒋婉的父母早亡，只有一个哥哥与她相依为命。多年前，她的哥哥去了国外，因此这次中秋家宴，在场的都是沈家的亲戚。

听说沈玦星要带女朋友过来，沈家能来的人都来了，能招待二十人的桌子旁坐得满满当当，顾照光是认人就认得晕头转向。许是因为基因优良，沈家从上到下，从老到少，皆相貌端正，气质出众。就连沈玦星快九十岁的爷爷，都能从眉宇间看出年轻时定是个风流倜傥的大帅哥。

怪不得沈玦星会觉得自己只是个普通人，长久地面对这一屋子的俊男美女，确实容易对"普通"这两个字的认知产生偏差。顾照看着沈玦星的一位长得很像某位超模的堂姐，在心里暗想。

蒋婉对这位准儿媳很满意，与众人提前打好了招呼，因此对什么能问、什么不能问，大家心里都有底。

"在你们高中那会儿，沈玦星是不是就对你有意思了？"沈玦星的那位长得很像超模的堂姐沈夜白调笑着问道。

"没有，那时的他不喜欢我。"顾照老实地答道，"他那时候虽然对我很好，但不是因为喜欢我，而是把我当作一个需要帮助的女同学。"

"小姑娘单纯。"沈玦星的堂兄沈阔笑道，"一个小男生对另一个小女生不求回报地好，本身就是一件值得推敲的事儿。就算到不了喜欢的程度，这个女生对这个男生来说肯定也是不一样的。"

"你倒是会说，是不是在这方面很有经验？"沈阔的妻子戏谑地道。

"谁年轻时没糊涂过，是吧？"沈阔说到一半儿，回过神来，深情地望向自己的妻子，"不过那已经是过去的事儿了。自从遇见你，我就没想过除你之外的伴侣人选。你就是我的唯一。"

众人一阵哄笑，都被沈阔那肉麻的话麻得不行。只有沈玦星若有所思，侧首看着身旁的顾照，忽然间什么都明朗了。原来顾照对自己来说……从来都是不同的。

顾照感觉到沈玦星的目光，转过头来与他四目相对："怎么了？"她的唇边还带着未消退的笑意。

沈玦星低下头，与她小声耳语："我在想，以前的我可真傻……"

"啊？"顾照没听懂他说的是什么意思，眼里生出浓浓的疑惑。她还想再追问，包间的大门在这时被缓缓地打开，姗姗来迟的最后一个沈家人终于到了。

风投行业没有休息日，一年三百六十五天，只有忙和不太忙的区别。中秋这天，沈旋章依然忙碌，可因为要参加家宴，硬生生地挤出了吃饭的时间。他一进门，所有人的目光便都投向他。

"你可来了，"沈夜白拍了拍身旁空着的座位，"快坐下。"

虽然沈廉与沈旋章的母亲离婚了，但沈旋章与沈家的联系仍然十分密切。不光是沈玦星、沈夜白这些小辈，就连蒋婉这些长辈见到沈旋章都颇为热情，沈老爷子更是好一番嘘寒问暖，直说沈旋章看着瘦了。

作为前相亲对象，顾照见到沈旋章还是有些尴尬的，但好在对方也知道这种场合不适合叙旧，只是对她礼貌性地颔首，并未多说什么。

"连你弟弟都有女朋友了，你什么时候也带一个对象回来？"沈旋章才坐定，沈廉便例行催婚。

沈旋章特别不能理解沈廉。沈廉自己的第一段婚姻那么糟糕，到底哪里来的自信，认为从小饱受上一代劣质婚姻之苦的儿子能过上幸福的婚姻生活？

"是啊，你也老大不小了，事业已成，该考虑婚姻的事儿了。"蒋婉在一旁帮腔。

沈廉与前妻是和平分手的，大家维持着成年人的体面，没有闹得很难看。蒋婉甚至还有沈旋章母亲的微信，偶尔两个人会聊两句，互相抱怨儿子不省心的地方。

沈旋章哪里都好，唯一让父母头疼的就是他对感情的态度。他已经是快四十岁的人了，别说结婚对象，身边甚至连个固定的伴儿都没有。用沈廉的话说，以后沈旋章在家里摔死了，估计不臭都没人发现。

"谈恋爱好吗？"沈旋章没有接父亲与继母的话茬儿，而是微笑着问沈玦星，"你觉得一个人好，还是两个人好？"

沈玦星一愣，顶着一桌人向自己投来的目光，想了想，说道："我一个人的时候，觉得一个人挺好，但和顾照在一起后，又觉得两个人更好。"

一个人时，沈玦星根本不想休息，因为休息也不知道能做什么，总是想用更多的工作填满生活。可与顾照交往后，他变得期待休息，期待与顾照一同出去约会、看电影、逛展会，甚至会期待什么也不做，只是两个人一起吃一顿美味的午餐，一起在温度舒适的屋子里睡一个香甜的午觉。如果是单身时的他，肯定会毫不犹豫地回答一个人好，但现在的他已经尝过两个人的好，便再也回不到也不想回到一个人的时候。

"因为两个人更快乐是不是？"沈旋章将目光从沈玦星的身上移开，转向顾照，"两个人在一起，比一个人的生活更好，所以你们才会想要一直在一起。"

顾照觉得沈旋章说得没毛病，于是点了点头。

"但对我来说，和另一个人分享自己的闲暇时间、商量事情，照顾对方的情绪，是麻烦而且影响我的个人生活品质的事儿。多一个人，没法儿使我的人生更圆满，也不能给我带来任何物质上或者心理上的好处。"沈旋章说着，看向自己的父亲，加重语气道，"婚姻应该是让两个人都变得更好的东西，而不是变得更坏的。"

沈廉听出沈旋章的话意有所指，脸色一下变得很不好看。自己的第一段婚姻确实很失败，沈廉也自认很对不起沈旋章，但作为一个父亲，沈廉不认为关心自己的儿子的终身大事有错。

"你一个搞风投的，不知道什么是勇于试错吗？找到不对的人，才会变得更坏；找到对的人，你以上说的一切都不会成立。"

"我的风格是用数据说话，而不是冲动行事。"

眼看两个人要吵起来，沈玦星忙给母亲使了一个眼色，然后迅速转移话题。沈玦星问沈夜白："姐，你们公司今年的业绩怎么样？有受疫情影响吗？"

"哦……那肯定有影响的，公司在准备第一波裁员了。"沈夜白反应也很快，"你的公司怎么样？受到影响了吗？"

蒋婉将手伸到桌子下拍了拍丈夫的腿，让他少安勿躁，口上劝着："儿孙自有儿孙福，你少说两句。"沈廉冷哼一声，喝了一口酒，黑着脸好长一段时间没再说话。

话题转向沈玦星的公司。众人一听沈玦星说公司今年又是员工受伤，又是被拖欠款项，脸上的表情立马有些微妙。沈玦星的大伯更是直言让其为自己留一条后路，别把全部身家都投进去。

"你爸妈老了，该是享福的时候了，你别让他们担心。现在想创业不是那么容易的。虽然你爸爸也说过，年轻人总要勇于试错，但你答应大伯，如果失败了，就不要再继续试了。"大伯语重心长地道，"你也要为小照考虑是不是？"

顾照感到沈玦星的身体一僵，浑身的肌肉都紧绷起来。他收紧下颌，咬肌用力，脸上是不服气的表情。然而碍于对方是长辈，碍于自己被打击过太多次，碍于对方说的也是实话……碍于种种，沈玦星只能松开紧咬的牙齿，暂且认同对方的观点："我知道了……"

顾照将手伸到桌子下一把握住沈玦星的手，大声地道："我没关系的！"除了沈旋章，沈家的其他人错愕地看着她。

"我没关系的。"顾照抿了抿唇，"我有房子，有存款，还有稳定的工作。就算……沈玦星失败了，我也可以自己养活自己。他只需要去做他喜欢的事儿就够了，我永远都会支持他。"

沈旋章晃了晃手里的红酒杯，低头无声地笑了。刚刚大伯说话的时候，他就有预感，知道顾照忍不了。果然啊，但凡有人否定沈玦星的梦想，就算沈玦星答应，她也不会答应。

沈旋章想象不出与另一个人共同生活组建家庭的样子，但如果有个人能这么护着他，他感觉……也不错。这可能就是沈旋章能想到的婚姻能带给他的最大的好处了。

"唉，你真是个傻姑娘哟。"就算作为男方的母亲，蒋婉都有些听不下去了，"你的是你的，他的以后也是你的。你怎么能不为自己多想想？"说着，她怜爱地抚了抚顾照的肩膀。

沈玦星也想问，为什么顾照可以这么相信他，这么毫无保留地全心支持他？连他的家人都不看好他，顾照却好像完全不在乎他在做的事儿到底能不能成功，就好像她只在乎他……开不开心。

"儿媳妇还没进门，婶婶你就开始偏心了？怎么还有婆婆让儿媳妇为自己多想想的啊？"沈夜白笑道。

听沈夜白一口一个"儿媳妇"，顾照连脸都红了。顾照将在桌子下与沈玦星相握的那只手松开，才一抬起，又被他反手更紧地握住，牢牢地扣在自己的腿上。

"好了，别闹她了。"沈玦星的声音中含着一丝沙哑。

酒足饭饱，大家各自回家。今天这顿饭由沈玦星买单。他到收银台付账时，顾照与其他人往大门口走去。

"宋小姐……你与她还有联系吗？"站在门口的台阶上，沈旋章犹豫片刻，还是问出口。

顾照眨了眨眼："宋小姐？你是说宋姣梦吗？"

"是。"

顾照没有心眼儿，不知道他和宋姣梦后来还有纠葛，只当是他随口问的，便实话实说："我们有联系啊。她最近离职了，在我们养老院当志愿者呢，天天陪晓娟老师他们'斗地主'。"

沈旋章没想到宋姣梦离职后的生活这么丰富多彩，感到有些意外，又有些好笑："看来，她探寻到了新的可能。"

等等！他的这种自己与宋姣梦之间十分熟稔的口吻是怎么回事？顾照在心里暗暗震惊。顾照还来不及问，眼前忽地一暗，被一个高大的身影挡住。

"哥，代驾还没来吗？"沈玦星将沈旋章与顾照隔开，面上仍是一副对兄长恭敬的模样，"我们有空儿再一起吃饭，我和顾照先走了。"

沈旋章笑了笑，拍了拍沈玦星的肩膀："路上小心。"

与众人道别后，顾照上了沈玦星的车。她看着车窗外不断闪过的街景，渐渐发现这不是回河岚九村的路，倒是有点儿像是去沈玦星的公寓的路。她问："是要回你那边拿什么东西吗？"

沈玦星目视前方，神秘兮兮地道："我要带你去一个地方。"

"什么地方？"现在快到晚上九点了，除了电影院和餐厅，还有哪里是这么晚还开着的？医院？酒店？沈玦星该不是要带她去开房吧？

还好沈玦星并不知道她这不着边际的想法。他降下车窗，在微凉的夜风中，对此次的目的地做着介绍："那是我的梦想之地。"

一路上，沈玦星开了车子的全景天窗，只要一抬头，就能看到空中高悬的圆月。

除夕、中秋、元宵，顾照过去对这些节日的参与感很少。对顾照来说，它们与一年中的任何一天都没有区别，重阳节可能都比中秋节在她心目中的存在感更强一点儿。

过去几年的中秋节都是她一个人过的。一般这一天养老院的食堂会给老人们准备自制的月饼，小小的一个。她会领一个月饼回家，然后在露台上一边赏月，一边把月饼消灭干净。她习惯了一个人过各种节日，别人习以为常的家宴，对她来说反而是一种新奇的体验。

原来中秋节也可以很热闹，原来这一天看到的月色也可以不是清冷幽寂的。顾照仰着头，一直望着那轮圆月，觉得它好熟悉，又觉得它多少有点儿陌生。

"到了。"

顾照收回视线，发现沈玦星将车停在了一个露天停车场上。周围黑漆漆的，只有绿化带里的景观灯以及道路上的路灯亮着。下了车，她便一眼认出了前方的巨大建筑。那是本地最大也最为知名的家居商场，她就算没来过，也绝对知道它的存在。

"你还没看过我工作的地方吧？"沈玦星牵着顾照的手，朝那幢建筑走去。

两个人来到商场外围的一扇玻璃门前，沈玦星输入密码后，门锁很快被打开。推开门的一瞬间，从入口开始，所有的灯全亮了起来，一个巨大的家居展厅出现在顾照的面前。

展厅里模拟着各种智能家居场景，有卧室、厨房、客厅、办公室等。沈玦星拿起吧台上的一个平板电脑，以手指轻点两下，紧闭的窗帘便朝两边缓缓地拉开。玻璃墙的外面就是寂静的广场，再远处就是高架。

"这里就是我梦想的起源。"沈玦星坐到床上，拍了拍身边的位置。顾照坐过去，两个人隔着玻璃，一起看着天空中的月亮。

看了一会儿，顾照觉得哪里不太对，向周围扫视一圈，道："把灯关了吧，太亮了。"

沈玦星在平板电脑上轻轻地点了一下，立时，展厅内的所有灯全部熄灭。二人置身于一片黑暗中，月光照进来，成了最为原始的光源。

这种感觉就对了。顾照指着月球上的阴影道："我小时候，奶奶告诉我，那是玉兔在捣药。"

沈玦星对着那些斑块艰难地想象了一下，怎么也不能将其与玉兔联系在一起，但嘴上还是应和着："挺像的。"

"是吧。很长一段时间，我都以为月亮上是真的有宫殿、有仙子，而死掉的人都会去月亮上，陪着玉兔捣药，和仙子一同做月饼。"顾照笑着说，"我上小学那会儿会和别人说，我的爸爸妈妈都住在月亮上。"然后那些小朋友就会骂她是谎话精。无论她如何努力地解释，得到的只是更多的嘲笑与蔑视。

沈玦星敏锐地察觉到她低落的情绪，说道："说不定在另一个维度的月球上，他们真的生活在那里。"在昏暗的光线下，他看向她，"有物理学家认为，宇宙应该是十维的。一维是线，二维是平面，三维是空间，四维是时间。我们生活在三维的空间里，最多也就能理解到四维，而其他六维空间的结构，凭我们的大脑是很难理解和感知的。他们或许……就生活在我们无法感知的那六维空间里。"

顾照的物理知识还停留在高中阶段，她看过的唯一一本讲宇宙的书还是霍金的《宇宙简史》。超弦理论这种未被验证的理论物理学的内容，对她来说实在是太过深奥艰涩。

"真的吗？"她有些疑惑，又忍不住想要相信。

月光下，她的双眸中闪着细碎的光。她微仰着脸凝视着沈玦星的时候，显得楚楚动人。沈玦星靠近她："一切皆有可能。"

他试着忍耐，却仍然输给了自己的欲望。短暂地停顿后，他倾身将与她之间最后的几厘米距离缩短成了零。他本来只是想亲她一下的，可亲了一下，又想咬一下；咬了一下，又想更多。就这样，他越吻越激烈，最后将顾照唇上的口红都吃下了肚才算完。

黑暗的环境太容易给人一种错觉——可以干任何事的错觉。沈玦星控制着自己，松开顾照，忙不迭地打开了所有的灯。骤然亮起的灯光令顾照眯了眯眼。等看清眼前沈玦星的样子，她一下没忍住，笑出了声。

沈玦星的嘴上全是她的口红，唇角处还斜飞出去一条，一直划到面颊上。她想了想，这一条应该是她方才捧住他的脸时，不小心以拇指划出来的。她赶忙从自己的外套口袋里掏出湿纸巾，替他仔细地擦掉脸上的口红。

"好吃吗？"她故意问他。

沈玦星乖乖地让她擦，垂眼道："口红吗？不好吃，有一股香精味。"

"我也觉得味道怪怪的。"替他擦好后，顾照把湿纸巾翻过来，将自己唇上剩余的口红也全擦掉。

沈玦星又带顾照参观了展厅更里面的办公区域。相比展示区，办公区域不算大，也就八九张桌子，有两间单独用玻璃围起来的办公室。沈玦星指着其中的一间说，那是他的办公室。

"我就是在这里接到第一笔订单的……"说着，他拉开门，邀请顾照进去。办公室里的装饰十分简单，一块移动白板、一张书桌，角落里摆着一盆生机勃勃的琴叶榕。

"那天，我就坐在这里，然后前台领着一家三口走了进来……"沈玦星向顾照讲述着他迎来的第一位顾客。

那是一个下半身截瘫的小女孩儿。她是在七岁练舞时受的伤，之后就再也没离开过轮椅。为了她，父母卖掉了原来的房子，换成了离康复医院更近的房子。他们在装修时，找到了沈玦星。他们想要更现代、更适合残疾人的家居设计，想要女儿不再为自己的无能为力感到沮丧。

"方案设计好之后，通过总控，她坐在床上就可以拉开窗帘看到外面的天气，可以看到家里的每个角落，可以远程与门外的人对话，可以开关家里的任意一盏灯。"他越说越兴奋，"这才是科技应该带给人类的东西……"

顾照看着他，心里不由自主地浮现出多年前沈玦星那篇获奖作文里的一句话——科技不单单是赚钱的工具，也是惠民的工具。

沈玦星道："科技不单单是赚钱的工具，也是惠民的工具。"冥冥之中的默契，令顾照心中所想与沈玦星的话语完美地相合，竟是一字不差。

"顾照，你能理解我吗？"这不是沈玦星第一次向人诉说自己的理想，却是令他最紧张的一次。

顾照从他的眼里看到了忐忑，看到了期待。他将他那不被家人理解的梦想尽数说与她听，她又怎么可能让他失望，给他不被期待的答案呢？

"能！"她重重地点头。

当初她的成绩那么糟糕，她说想考 A 大，沈玦星也从没有嘲笑过她不切实际，甚至没问过她为什么一定要考 A 大。沈玦星既然可以不问缘由地支持她，她为什么不能不问缘由地支持沈玦星呢？

紧绷的表情松弛下来，沈玦星轻轻地呼出一口气，眼角眉梢都是温柔的笑意。但没等这笑意在唇角化开，他又像是想起了什么烦心事一样，一点儿一点儿地皱起眉心。

"对不起。"他郑重地向顾照道歉。

顾照有些蒙。他刚刚不是还在谈梦想、说科技呢吗，怎么突然向她道起歉来了？

"啊？"

"我以为自己三十岁前不会遇到心仪的女孩儿，所以当初创业时，把我妈给我准备的婚房卖了……"

房子是蒋婉的父母留给蒋婉的，蒋婉又将其留给了沈玦星，预备给他当未来的婚房。虽然那个房子的房龄高了一点儿，但胜在所处的地段好，还是学区房，结果沈玦星为了创业说卖就把它卖了。这也是蒋婉一直耿耿于怀，对沈玦星创业颇有微词的原因之一。

房子给他了，他想怎么处理是他的事儿，这倒是没错，但作为父母，总是不想看到孩子为了一个虚无的梦想孤注一掷。

"公司刚起步，可能赚不到什么钱。再给我两年的时间，两年后，你想把家安在哪里就是哪里。"沈玦星做出承诺，"我会给你最完美的房子。"

她还以为什么事儿呢。房子她有啊，虽然不是很大，小区的环境也不是很好，但住两个人还是没问题的。

"我还以为你是为什么事情向我道歉呢。"顾照轻咳一声，"如果……我们结婚，住我家也可以吧？又没规定女方不能出婚房。"

沈玦星没有言语，但目光炙热到让顾照根本不敢与他对视。无处安放的目光落到桌面上，她在笔筒里看到了之前送给沈玦星的那支白色钢笔。她连忙从笔筒里拿起它，快速地转移话题："这支笔好用吗？"

沈玦星看了一眼她手里的笔："好用。你买的怎么会不好用？"现在每次签文件时，他都会用这支笔；每次用它时，他都会想起顾照。

顾照摩挲着笔身，忽然想起高中时与庞苗打的那场架。人人都当她是为了沈玦星与庞苗打架的，连沈玦星都是这么认为的，他从来没有听过她的解释。

"高中时，我和庞苗打架，不是因为我喜欢你。"她抬起头，不知道为什么自己会选在今天说这件事儿，"我去车篷那边找你，是想向你解释，但你没听。"或许是交心的氛围太好，又或许是正好看到了这支笔，所以她想到了那些事儿，"我确实喜欢你，但和她打架，不是因为要争抢你，是因为我想反抗她，不想被她欺负。我以为我是可以反抗的，但人人都说我做得不对。"说完，她笑了笑。

这自嘲的一笑，简直把沈玦星的心都要弄碎了。他清楚地记得那天自己是如何决绝地撇清与顾照的关系，又是如何简单粗暴地断绝与顾照的所有联系。他现在想想，顾照确实不是会和别的女生争风吃醋的性格。当时自己到底为什么不听她的解释呢?他应该去听的啊。

"对不起……"这是沈玦星今晚第二次道歉,却比第一次沉重得多,也自责得多。

顾照摇了摇头,将白色钢笔放回笔筒,然后问他:"沈玦星,你能理解我吗?"一样的问题,她抛给他。

"能。"沈玦星想也不想,几乎是瞬间给出了答案,"你可以反抗,你当然可以反抗。"

顾照一直以为自己不在乎这件事儿了,但直到得到沈玦星的回答的这一刻,才发现自己不是不在乎,只是没有办法了,才像鸵鸟一样把这件事儿埋在心底。而现在,她终于可以做到真正的释然。

"所以我没有错是吗?"她明明是高兴的,上扬的唇角却不由控制地有下撇的趋势。她的鼻头发酸,五官都要皱到一起。

沈玦星轻叹一口气,上前一把抱住了她。她像个终于沉冤得雪的人,尽情地发泄着自己的委屈。尽管她发泄的方式看起来十分可怜——她没有发出一点儿声音,只是牢牢地扯住沈玦星的衣服,颤抖着默默流泪。

"你做得很好。乖乖,你做得很好……"沈玦星心疼地吻着她的发顶,给予她迟来七年的肯定。

第十六章 ◇ 欢迎回家

善慈家园一年会组织两到四次的大型活动，所有活动在上一年的年底就会做好计划书，提前一个月开始彩排。方院长去年年底一共为今年策划了三场大型活动，分别安排在新年、端午、重阳这三个节日当天。中秋过后，顾照就开始帮着方院长忙重阳活动的事情，写主持稿，排节目，准备小礼物。

到了重阳节这天，除了往常的一些必有的节目，比如方院长的独唱、杨爷爷的相声等，作为主持人的顾照还特别安排了一个惊喜。

原本冯晓娟在这天上台是要唱《贵妃醉酒》的，结果音乐一响，是《牡丹亭》的伴唱。冯晓娟以为是工作人员放错了，正要开口让工作人员重放，音箱里响起另一个人的声音，同时，活动室的门口出现一个优雅的身影，那人拿着话筒走了进来。

蒋婉穿着一身深棕色套裙，脸上化着淡妆，用婉转清亮的嗓音，唱出了《牡丹亭》中最著名的选段《游园惊梦》。

"原来姹紫嫣红开遍，似这般都付与断井颓垣……"蒋婉见冯晓娟还愣着，便抬了抬手，示意冯晓娟跟着一起唱。

冯晓娟如梦初醒，眼含激动。她以微微发颤的声音合着蒋婉的声音，唱完了这个选段。音乐结束后，冯晓娟甚至顾不得两个人还在台上，一把握住蒋婉的手，喜悦之情溢于言表："你要来怎么也不提前说一声？我这……我这没什么准备。"

蒋婉拍拍冯晓娟的手背，笑道："来就来了，还准备什么？我特地练了一个月，就是为了给你们一个惊喜。如果提前说了，惊喜不就没了吗？老姐姐，见了我，你高兴吗？"

冯晓娟连连点头："高兴高兴！"

之后，冯晓娟坐到台下，蒋婉一个人又唱了两个《牡丹亭》中的选段，每次唱完都获得满堂喝彩。

来帮忙布置会场的宋姣梦与顾照一同站在舞台的旁边。见蒋婉这样受老人家们的欢迎，宋姣梦不免好奇："那是谁啊？"

"那是沈玦星的妈妈，以前是一名昆曲演员。晓娟老师特别喜欢她。"顾照一面关注着台上的表演情况，一面回答宋姣梦的问题。

"沈玦星的妈妈？"宋姣梦惊讶地看了一眼顾照，又去看舞台上的蒋婉，看着看着，感叹道，"怪不得沈玦星长得好看，原来是妈妈好看。"

"爸爸也好看，他们全家都很好看。"顾照回忆了一下，好像沈玦星家就没有不好看的。如果说长得好看是五官排列组合的奇迹，那他家简直就是奇迹的大集合。

听顾照这样说，宋姣梦的脑海中不受控制地浮现出自己所认识的另一个沈家人的长相。确实，沈旋章也很好看。

"他们家的基因挺好。"宋姣梦突然有些痛心，沈旋章那么好的基因，竟然硬生生地被他拖到了四十岁还没遗传下去。男人，生孩子要趁早啊。

重阳活动结束后，蒋婉又留下来与冯晓娟等人聊了一会儿天儿，并约定以后自己一定会经常来养老院找他们共同探讨昆曲文化。也是到这会儿，蒋婉才知道冯晓娟竟然还是沈旋章的姨奶奶，两个人索性攀起了亲戚。

蒋婉道:"那我不能叫您'老姐姐'了。您是旋章的姨奶奶,我得叫您一声'姨'啊,叫'姐姐'就差辈了。"

冯晓娟笑得合不拢嘴:"叫什么都行,你爱怎么叫就怎么叫。"

离开时,冯晓娟万般不舍,握着蒋婉的手,将蒋婉一路送到了停车场。

"乖乖交给你,我就放心了。"临上车前,冯晓娟动情地说道,"她真的是个特别好特别好的孩子。我活到这把年纪了,就没见过几个这么好的姑娘。你别嫌我啰唆。老天爷对她不好,我得对她好,得给她把关。"

养老院里,多是看到子女尽孝的,却难有看到孙辈尽孝的。像顾照这样年纪的孩子,可能连自己的父母都没有照顾过,更不要说照顾卧床的祖父母了。

冯晓娟自己的孙女,从来不会主动打电话过来,也从来没有单独来养老院看望过,更没有为冯晓娟换过一个造口袋、洗过一件衣服。别说孙女,就是冯晓娟的女儿,难得给冯晓娟洗个造口袋都要面露难色,顾照却从来不会嫌弃冯晓娟的身上揣着个尿袋子。

知道冯晓娟的自尊心强,不愿意让护工看自己的身体,顾照就会找没人的时候小心翼翼地提出看一眼造口的请求。等确认造口一切正常,顾照也不会嫌恶地立马去洗手,也不会露出一点儿为难的神色,只会替冯晓娟把衣服整理好,笑着说情况挺好的,要继续保持。

冯晓娟很清楚,关心自己的健康,是医生的责任,是子女的义务,却不在顾照的工作范围内。顾照是在用真心待自己,冯晓娟能感受得到,所以也要加倍地以真心回报,像对亲孙女那样为顾照处处着想。

"你放心吧。我家那小子，你别看他长成那样，但绝不是一个有花花心肠的人。认准了一个，就是打死他，他都只认准那一个。"沈玦星小时候有一个奶嘴，一直用到啃烂了才扔。不是他们大人偷懒省事不给他换新的，实在是他不要。同样的款式、同样的颜色，不是原来那个，他就是不要。由小见大，在别的方面蒋婉不敢保证，但在专情这一点上，她还是能替儿子做一番保证的。

"要是以后他欺负小照，我第一个不答应，"蒋婉把眼一瞪，显露出重女轻男的本色，"连腿都给他打断。"

沈玦星打了个喷嚏，会议室里顿时一静，所有人，包括正在说话的林立都看向沈玦星。

这是他们公司的习惯，或者说是沈玦星的习惯。他轻易不说话，但如果出声，所有人就都得停下来听他讲话。往往他的发言简明扼要，并且直击重点，能帮大家打开一些新的思路。但今天，这个当口儿，显然还不到他说话的时候。

"我只是打了一个喷嚏，你继续。"沈玦星将食指抵在鼻子下搓了两下，示意林立继续说。吓死人了，林立还以为自己又要被骂了。在心里大大地松了一口气，林立接着PPT（演示文稿）上的内容往下讲。

突然，商铭远放在桌上的手机振了几下。他看了一眼，哀叹一声："又有病例了。"

到如今，就算他不说得很详细，大家也能知道是什么"病例"，纷纷拿起自己的手机查看，然后七嘴八舌地议论开。

"只有两例，还好，不在我们附近。"

"病例A所在区，正好是之前我们负责养老院改造的那个区。还好我们都弄完了，不然养老院一封，我们肯定不能按时交工了。"

"现在的管理政策是什么样的？是区里有一例，全区的养老院就全部实行封闭管理吗？"

"是啊，管理特别严格。"

沈玦星霍然起身，在众人错愕的目光中匆匆地说了一句"我打个电话"，便推门离开了会议室。

"怎么了？老大有什么事儿这么急啊？"

"我们在那个区还有项目吗？"

"没有啊。"

在其他人还不明就里的时候，林立早已看穿了一切。他敲了敲桌子，将众人的注意力全吸引过来，然后说："老大的女朋友在那个区的养老院里工作呢。"

这下众人恍然大悟。怪不得老大这么着急，原来是担心女朋友啊。

"怪不得我觉得他最近脾气好了很多，连骂人的语气都温柔了。我还以为是我自己给他加了美化滤镜。"

"我也发现了，上次我的图纸标错单位，他竟然没骂我。"

商铭远把玩着一支圆珠笔，透过玻璃墙瞥了一眼在外面打电话的沈玦星，好心地提点众人："接下来，大家的皮要紧一紧了，咱们星星估计又要化身喷火龙了。"

蒋婉是下午四点离开养老院的。她刚走，最新的病例就公布了。顾照一看公众号上发布的本区病例消息，知道封闭管理在所难免，直接知会了方院长，马不停蹄地跑回家收拾东西。

沈玦星打电话给顾照的时候，顾照已经在地铁上了。由于地铁上的信号不大好，两个人的对话不是很通畅。

"你们是不是……又要封闭管理？"

"对。如果没有新增，就封七天；如果有新增，那就不知道封几天了。"

"那你自己……当心……"

"你也要注意休息，别总是加班。我……"顾照将手指收紧，轻声地道，"记得想我。"

"什么？"

顾照张口想再说什么，电话那边却已经一片寂静。她拿开手机一看，通话断了。叹了一口气，她将"注意休息"之类的叮嘱编辑成微信消息发给沈玦星，唯独没有再提"记得想我"。

在家里收拾了一些换洗衣物和日常用品，顾照提着行李箱又回到养老院，碰巧在门口遇上同样去而复返的宋姣梦。顾照愣了愣，没想明白宋姣梦怎么在这个当口儿回来了。重阳活动结束后，宋姣梦见没事儿忙了就先走了，而现在养老院马上要封闭管理了，宋姣梦又回来，难道是有什么东西被忘在这里了吗？

宋姣梦开着车进了养老院，顾照拖着行李箱跟上。等顾照走到停车场时，宋姣梦正好下车。

"你怎么来了？"顾照问。

宋姣梦打开车的后备厢，从里面拎出一个比顾照拖着的那个行李箱还要大的箱子："你们养老院不是人手不足吗？我听说这里要封闭管理了，就向方院长申请了一下，可以留下来帮忙。方院长说要聘我做临时工。"

最近院里确实有不少员工离职，就连财务室这边原本返聘的那位"老财务"，也因为在长时间的封闭管理下自己的身体会吃不消，所以辞职不做了。而有的员工就算身体吃得消，家里人的意见也很大，特别是那些孩子还小的员工。所以就如宋姣梦所说，院里确实是挺缺人手的。

"那真的太好了。"顾照高兴地道，"对了，你睡眠怎么样？"

"睡眠？还行吧。"宋姣梦拖着行李箱与顾照一起往行政楼走去，"你干吗问这个？是我们住的地方隔音不好吗？难道我们要与老人们一起住？"

在宋姣梦的设想里，最糟糕的情况可能也就是住七人间。顾照摇摇头："我们打地铺。"

身边许久没有回应，顾照转头一看，宋姣梦愣在几步之外。

"打地铺？"宋姣梦的语气中透着不敢置信。竟然连七人间都没有？

"嗯。我们与方院长她们一起在活动室里打地铺。"顾照做了一个更要命的补充，"方院长打呼噜的声音有点儿大。你要是睡眠不太好，最好准备一副耳塞。"

宋姣梦呆若木鸡，手上的力气一松，行李箱一歪，砰的一声砸到地上。

只封闭七天是最理想的预期，然而事实是这个数字一再被重置，转眼间顾照已经在养老院里住了半个多月。这半个多月来，顾照每天只能通过手机与沈玦星联系。虽然两个人只隔半个城市，但要说不想念对方，肯定是假的。

现在在忙碌一天后，顾照最期待的事儿就是接到沈玦星的来电。她感觉就像他们回到了高中时期。好几次接通电话时，她产生一种错觉——电话的那一端会传来少年沈玦星那有些冷又有些倦怠的声音。

在高中时期接受沈玦星辅导的时候，顾照有个错题本，白天碰到的不明白的知识点，卷子上做错的题，她都会仔细地记录下来，等到晚上沈玦星打来电话时，连同她写作业时遇到的困难，攒到一起向他询问。

有些题型和知识点可能是他之前给她讲过的，但她没有吸收，又弄错了，就会惹得沈玦星一边骂她，一边又不厌其烦地给她讲解。

"这道题，我记得上星期刚给你讲过，你到底有没有认真听我说话？"纵然隔着电话，沈玦星的声音依然威慑力十足。顾照经常被他训得连大气都不敢喘。

"有……"

沈玦星顿了两秒，语气更冷："有，那你还做错？看来是记忆不够深刻，你把这道题抄二十遍。"

"呜……"顾照大恸。

"今天默写单词，你错了几个？十五个？你高考的时候想错几个？"

明明沈玦星看不到，顾照仍是低着脑袋，一副知错认错的模样："尽量少错一点儿……"

沈玦星嗤笑一声，好像在笑她天真："今天错的这十五个，除了老师罚抄的，另外再给我每个抄二十遍。下次默写，如果你错的是这十五个里的任何一个，每个罚抄一百遍。"顾照咬着唇，尽量不让自己痛哭出声。

沈玦星："第七题你为什么选'C'？"

沈玦星开始问问题，顾照就知道大事不妙："我……我算出来的，算错了吗？"

沈玦星："算错了，重算。"顾照立马拿出草稿纸开始埋头苦算。

"'青海长云暗雪山'，接下一句。"沈玦星说，他的抽背简直无处不在，哪怕是在顾照正拼命算题的时候。

"是……是……"顾照恨不得将一个脑袋劈成两个用，怎么也想不起这句诗的下一句是什么，急得脑门儿上的汗都出来了。

顾照的笔记本就在旁边，她翻一翻，一切问题就可迎刃而解。但沈玦星就像是能通过电磁波感知到顾照的内心所想一样，几乎是在她动这个念头的瞬间，电话那端就传来冰冷的声音："你要是敢翻笔记，我就立马挂电话，以后你爱找谁补课就去找谁补课。"

这招儿很管用，顾照一下子连看都不敢再往旁边看一眼。她哭丧着脸道："我……我背不出……"

"抄二十遍。"沈玦星并没有因为她的坦诚而手下留情。

那一年，顾照真的好辛苦啊，光是罚抄，就抄得她连手都要断了。还好，她所有的努力都是值得的。

深秋时节，S市的晚上已经很凉。顾照坐在花园的铁架秋千上，望着星空，回忆着当年的事情。忽然，手机铃声响起，沈玦星的电话来了。她一下子刹住秋千，飞快地接起电话："喂？"

"今天忙吗？"电话那端传来关车门的闷响。顾照猜测，沈玦星应该是刚停稳车就给她打电话了。

现在已经是晚上九点，方院长他们早就钻进被窝睡觉了，可沈玦星才刚下班到家。电视剧里的霸道总裁总是很容易做，不是在泡吧，就是在出席各种酒会，根本不用上班；然而现实里的企业家往往起早贪黑，处理项目上遇到的各种问题，满足甲方的各种需求。

"我还是老样子。"顾照道，"你呢，忙吗？有好好吃饭吗？"

"这两天特别忙，晚上都是和同事一起叫外卖，凑合吃吧。"

顾照听到手机里隐隐传来音乐声，还是那种节奏感很强的音乐，从她的耳边倏地擦过，就像……在马路上经常遇到的那种开着电瓶车公放网络神曲的人，从身边飞驰而过。

顾照问："你没有回家吗？"听电话里传来的背景音，他明显不是在小区里，更像是在大马路上。

"没有，我在外面。明天我要飞一趟 C 市，四天后再回来……"沈玦星轻轻地叹了一口气，"一想到要离你那么远，我就忍不住想来看一看你。"

顾照愣了一下，猛然起身，往养老院大门的方向快步走去："你过来了？你……你现在在外面吗？"

"我在你们养老院的大门外面。"

凉凉的风扑在面上，顾照越跑越快，到最后已经顾不得说话。但等到了大门口，又好似近乡情怯一般，她远远地看到沈玦星的身影，脚步反倒慢下来。她一步一步地缩短二人的距离，之后握着手机，急喘着，停在了离大门三米之外的地方。

"我不能离你太近。"封闭管理的目的便是减少与外界的接触，哪怕对方是沈玦星，她也不能违反规定。

沈玦星穿着一件浅灰色的长款薄外套，里面搭了一件黑色的 T 恤。他就这样站在大门外，被门头的灯光一打，就像 T 台上的模特一样。他闻言笑了笑，道："没事儿，我看看你就好。"

两个人就这样隔着一扇铁门，于昏黄的灯光下、清冷的夜色中，炙热地对视。

"你不是说你们吃得挺好吗？怎么还瘦了？"沈玦星蹙眉。要把顾照养胖不容易，天知道他花了多少功夫才让她长出那么几斤肉，半个月竟然又掉回去了。

"有……有吗？"顾照摸了摸自己的脸，从让她为之悸动的柔情中清醒过来，"我没觉得自己瘦了啊。"她一日三餐都没有落下过，睡得也早，每天起来还会跟着老人们晨练、打太极拳，饮食、作息都无比健康，她怎么会瘦呢？

"有，连下巴都尖了。"沈玦星眯了眯眼，"你起码瘦了一两斤。"

别人的眼睛是尺，他的眼睛是秤。

"最近我没称过体重。可能是因为我吃得比较健康，加上锻炼，身上的肉更紧致了，所以看起来瘦了一点儿？"

沈玦星将手插在外套的口袋里，沉默着打量顾照片刻，似乎接受了这个解释："你还锻炼了？跳操吗？"

顾照摇摇头："在这里怎么跳操啊？我打太极拳了。"

"这么厉害？"

"杨爷爷还教我五禽戏了，等我回去打给你看。"

沈玦星忍着笑："好。"

花开并蒂，各表一枝。这边欢天喜地、甜甜蜜蜜，那边愁眉苦脸、凄凄惨惨。宋姣梦被夜里此起彼伏的呼噜声折磨了半个月，连脸颊都凹下去了。

"我瘦了五斤。半个月里，我瘦了整整五斤！"宋姣梦穿着睡衣，披了一件外套，盘腿坐在小池塘边的长椅上，一只手握着电话，另一只手里夹着一支燃烧的细烟，"还跳什么操啊？大家都来打地铺吧，掉秤可快了。"

"那不行，我们还是要以健康的方式减肥啊。"与宋姣梦通话的楚袁沅戴着蓝牙耳机，正在给自己涂指甲油。指甲油是南瓜色的，这个颜色相当适合秋冬季。

这已经是楚袁沅这半个月来接到的不知道第几个宋姣梦打来的诉苦电话了。虽然二人是闺密，但老实说，楚袁沅对此已经有点儿麻木了。

"若实在受不了，你就走嘛。封闭管理，进去难，出来还不容易？"楚袁沅道。

宋姣梦用无名指挠了挠头皮，心里十分挣扎，就像那些反复吵架又不愿意分手的情侣，在分与不分之间反复横跳一样。

"但是……我要是走了，我的工作怎么办？那些老人家都很喜欢我。我若不在了，谁和他们打牌啊？我最近还学了打麻将，少一个我，不就'三缺一'了吗？"

来了，又是这几句。楚袁沅无声地朝老公昂了昂下巴，让他给自己喂一瓣橘子。

"那你只能坚持下去了，毕竟这也是有意义的事儿。"酸甜的橘子在口中爆汁，楚袁沅含糊地说着，"我感觉你这段时间挺开心的。"

"是挺开心的。而且通过这半个月，我对顾照有了新的认知。"

"顾照？"

宋姣梦望着晴朗的夜空，悠悠地吐出一口烟："以前我有些看不上她。读书的时候，她总是垂着头，做什么都慢吞吞的，说话时声音又很轻，整个人看起来都有点儿古怪。我从来没有试图去了解她，只是凭着主观印象，觉得她是笨拙的、迟钝的、怯懦的……"

楚袁沅停下涂指甲油的动作，讪讪地道："其实以前我也……"要说厌恶顾照，倒是谈不上，但在高中那会儿，楚袁沅确实也只是碍于老师布置的任务才会与顾照接触，平时对顾照能不搭理就不搭理。楚袁沅不会欺负顾照，不会对顾照恶语相向、叫顾照的外号，可平心而论，自己仍然是看不起顾照的。

人在十几岁时，思想单纯，就觉得如果谁被欺负，自己不做出改变，不反抗，那别人再怎么帮也是惘然，完全忽略了弱者之所以是弱者，就是由于其更弱小，没有改变和反抗的能力，也因此更需要帮助。如果每个人一开始就会反抗，有能力反抗，那还需要别人帮什么呢？以高高在上的姿态评价那些成长环境与自己的成长环境截然不同的人，用自己的行事标准要求对方也一定要做到，何尝不是一种霸凌？

所以，一开始楚袁沉发现顾照还在单恋沈玦星的时候，闹心是真的，说给顾照介绍对象也是真的，就是想通过另一种方式帮顾照一把，让顾照不要继续再陷在不可实现的梦里。后来知道顾照和沈玦星之间可能有点儿什么，楚袁沉没敢在宋姣梦的面前表露出来，但还挺为顾照高兴的。顾照和沈玦星之间，无论是疫情期间日久生情，还是学生时代缘分就已注定，有些事情既然说不清，旁人也无须多言。

"但通过这几个月的接触，我发现她慢归慢，做事却非常细心，脾气也很好。她能记得每个老人家的名字，记得大家有什么健康问题，日常需要注意哪些方面。住宿条件那么差，她从不喊苦喊累，主持活动也特别好，特别娴熟。你知道吗？她还会变魔术……"从宋姣梦的语气中能听出她是那样感慨、惊喜，"那天她给我变了一个魔术，从我的头发后面变出了一副扑克牌。这辈子还没人给我变过魔术。另外，她还考了社工证、护工证，学过急救，连养老院公众号的文章都是她写的。"

"你该不是要哭了吧？"楚袁沉从宋姣梦的声音里竟然听出了一丝哽咽。

宋姣梦瞬间冷静，否认道："那倒没有。就是……你能明白我的感受吗？她好了不起，她好厉害，而我们一度只看到了她的表面，差点儿错过了她的优秀。"

顾照在她所热爱的领域里发光发热，获得的成绩一点儿也不比坐在办公楼里的白领逊色。通过顾照，通过这半个月养老院的生活，宋姣梦有了很多新的感悟，其中之一就是——不能片面地看待一个人或一件事儿。

楚袁沉道："所以沈玦星会喜欢她。"凡事总有道理。

"他肯定会喜欢她，"宋姣梦叹气，不得不承认，"连我都喜欢她。"

由于天生唇腭裂，暮暮出生不满一岁就做了唇裂与腭裂的修复手术。随着身体的生长，这样的修复手术会一直持续到她成年。牙槽骨、上颌骨、鼻子……需要不断地被修复、矫正，她的一生注定要经历比别人多得多的手术。

如今暮暮五岁，由于腭裂修复手术后软腭过短引起腭咽闭合不全，影响说话的清晰度，于是又做了腭咽闭合修复手术。虽然这不是什么大手术，但对一个五岁的小女孩儿来说，可能是她有记忆以来遇到的最大的事儿。

然而从入院检查，到手术麻醉，再到麻醉后苏醒，暮暮全程保持配合，乖巧到连医生都觉得不可思议。要知道她才五岁，有些八九岁的孩子，可能也做不到像她这样不哭不闹。

一般这样的修复手术都是垫高咽壁，让腭咽可以正常闭合，两周左右便可痊愈。而暮暮在术后的第四天，从医院回到家后第一时间就迫不及待地让张雅给顾照打去电话。

"我好勇敢，我都没有哭。"暮暮捧着手机，向视频里的顾照邀功。

"那你好厉害啊，比我厉害多了。"顾照也很配合暮暮，"我这么大了，做治疗的时候都忍不住哭了呢，可疼了。"疼到顾照现在想起来还有些害怕。

当初顾照还在沈玦星的面前信誓旦旦地说什么已经熬过整个疗程的三分之一，如果放弃，那多不值；结果刚刚手机上张雅的头像亮起的时候，顾照差点儿以为张雅是来催自己进行第二次治疗的，以很大的勇气才接通视频通话。

"我前两天也感觉可疼了，但今天就好了很多，只有一点点疼。"暮暮晃动着双脚,"医生都夸我勇敢,说我是他们见过的最勇敢、最可爱的小朋友!"

顾照看着暮暮,多少有点儿欣慰。在顾照看来,暮暮尽管才五岁,却已经拥有了连已经二十五岁的自己都不曾拥有的勇气。假以时日,暮暮一定会成为一个自信、阳光的小姑娘。顾照感觉暮暮像自己,又不像自己。

"你也是我见过的最勇敢、最可爱的小朋友。"顾照是真心这样认为的。

"嘻嘻……"小女孩儿甜甜地笑了笑,"那你是我遇到过的除爸爸妈妈外最可爱的大人。"

小孩子的认同感是一种玄而又玄的东西。可能觉得顾照与自己是"同类",明明两人的接触并不算多,但暮暮就是对顾照有种亦师亦友的感情。

"我很漂亮,你也很漂亮。说我们不漂亮的人才是丑八怪!"暮暮将顾照的话奉为圭臬,刻进生命里,成为人生信条。从今往后,它会成为自己心中难以动摇的根基,伴随自己一路长大。

养老院封闭管理二十天后,顾照他们终于得以解封回家。刚封控的时候还是深秋,等到解封时,已经是初冬了。

晚上六点,天已经暗了,养老院的大门口仍聚集了不少闻讯赶来的院内老人的家属。待大门一开,他们便迫不及待地拥入。

他们来与自己的家人团聚,顾照也要去与自己的家人团聚了。顾照将行李放到宋姣梦的车上,远远地望着这亲人团聚的一幕,不由得心生感慨。

"走吧。"宋姣梦关上后备厢,也看了那些人一眼,招呼顾照上车。

顾照坐在车里,看着外边熟悉又陌生的街景,感触颇多。今天整理被褥的时候，林敏清问顾照会不会继续做下去，言语间似乎有自己坚持不下去的意思。

"会的，我怎么样都是会做下去的。"顾照告诉林敏清。

"你现在还好说，可是以后结婚了，有了孩子怎么办？"林敏清叹气，像是觉得顾照太天真，"动不动十天半个月不回家，家里人总会有意见的。这工作，挣钱少又累，做起来没意思。以前做这工作，我是图轻松省事儿。现在呢，压力大不说，付出的和得到的不成正比，家里人还不支持，我觉得这样实在有些不值当。"

"这些事，总要有人来做。"顾照垂着眼，"他会理解的。"

就像她能理解沈玦星的梦想一样，沈玦星一定也能理解她的坚持。钱确实很重要，但有些事情是不能用金钱来衡量的。疫情之下，大家都在坚持，谁又容易呢？

宋姣梦问："你没同沈玦星说我们今天解封吗？"

顾照回过神，看向正在开车的宋姣梦："没有，我想给他一个惊喜。"

顾照只告诉沈玦星明天早上才解封，所以他一直计划着明天来接顾照，并不知道顾照今晚就能回家了。

"我读书那会儿谈恋爱都没你们这么腻歪。"宋姣梦笑道，"不过我今天可以不用光看着你们腻歪了。等会儿我也有约会，对方是晓娟老师给我介绍的相亲对象，说不定我今晚就要遇到我孩子的爸爸了。"

"晓娟老师给你介绍对象啦？"顾照很惊讶，"是她的孙子吗？"

"不是，好像是她的一个远房亲戚，我也没搞清楚他们的关系。"

老人家还怪神秘的，什么都不说，只让宋姣梦今晚八点在金融大厦八十八楼的西餐厅等。宋姣梦没相过亲，不知道这么安排算不算正常，但……既然是晓娟老师介绍的，自己总要去见一见，毕竟这段时间自己赢了晓娟老师不少钱，怪不好意思的。

"晓娟老师的亲戚好多啊。"顾照在心里数着，老人家之前将孙子介绍给自己，又给自己介绍了沈旋章，这回给宋姣梦介绍的已经是第三个了吧？

宋姣梦将顾照送到河岚九村小区门口便离开了，顾照自己拖着行李箱回了家。一进门，顾照就看到满地狼藉。客厅的地上散放着不少没充气的气球、灯串、三角旗，沙发后面的大白墙上挂着"欢迎回家"的巨大横幅，茶几上还摆着一个"LOVE"造型的装饰灯。

顾照按了一下拖在地上的开关，"LOVE"亮了起来，外面露台上也亮了起来。她拉开移门，探头一看，整个露台都被装饰一新。破旧的花盆全部被清理掉了，花槽里重新种上了生机勃勃的植物，水泥地面上铺了简易的防腐木，露台四周挂上了暖黄色的星星灯串，正中摆放着一张白色的铁艺茶几，配上两把同色的椅子。

顾照走过去，往其中的一把椅子上一坐，向后靠去，轻易地便将整个夜空纳入眼中。凉爽的夜晚，坐在这里看星星、看月亮，应该也是很不错的选择。

因为自己想给沈玦星惊喜，结果意外地破了沈玦星想给自己的惊喜，顾照有点儿过意不去，索性盘腿坐在客厅的地板上，替他做完剩下的装饰工作。

她参考了一些网络图片，将三角旗挂到"欢迎回家"的横幅下，拿小灯串在客厅的四周绕了好几圈，往墙上粘了一些气球，剩下的小东西都随意地散在地上。

做完这一切，她抹了抹额头上的汗，已经快到八点了。她正打算给沈玦星发个消息问他几点到家，门锁那里就传来响动。顾照连忙站起来，结果因为腿麻，她没走几步就摔了。

沈玦星像往常一样拉开门，还没进屋，就看到一个身影跟跟踉踉跄跄地扑到他的面前，哎哟一声，便跪下了。

沈玦星："……"

顾照："……"

四目相对，两个人一时都感到无语。

"你……你回来啦？"顾照干笑着从地上爬起来。

沈玦星放下手中的购物袋，上前一把揽住她，仍有些反应不过来："你怎么……提前回来了也不跟我说？"

"我想给你一个惊喜嘛。"顾照扭头，让他看自己布置的成果，"你看，我都弄好了，漂亮吧……"

话音未落，她便被沈玦星牢牢地抱住。沈玦星的身上带着凉意，从户外带来的寒气还未消。顾照回抱着他，双手在他的后背处抓着他的衣物，脸颊往他的身上蹭了蹭，试图蹭掉这份凉意。

"想死我了。"沈玦星嗅着她的秀发，久久不愿松开双臂。他可以忘了吃饭，可以忘了睡觉，唯独对她的思念是无须提醒也绝不会忘的。

顾照微微闭上眼："我也想你。"

两个人就这么在一堆气球中，在串灯间，在"欢迎回家"的横幅前，小别重逢，热切地相拥。

简单地吃了晚饭，沈玦星带着顾照参观他用了不少时间和精力改造的露台，向她介绍花槽里的每一种植物。星星灯一闪一闪，将沈玦星的侧颜渲染上一层温暖的色调。这么好的气氛，这么漂亮的环境，想到等会儿自己辛辛苦苦吹起来的这些气球又要被收拾掉，顾照就觉得有些可惜，就像花了五百元买的裙子不能只穿一次，她认为，这一屋子的气球理应去配更有意义的事情，比如……

"明年春天，在我们重逢一周年的那天，我们结婚吧。"那是他们隔了七年再次相遇的日子，也算是他们这段感情的起点。顾照觉得，它是个值得纪念的特殊的日子。

沈玦星盯着那株自己介绍到一半的蕨草怔了片刻，迟疑地看向她："你这是……求婚？"

顾照点点头，嗯了一声。曾经她以为与自己隔着银河的人，现在就在她的面前，在她触手可及的地方，她又有什么好畏畏缩缩、止步不前的呢？连暮暮都能那么勇敢，自己为什么不能勇敢一点儿？

顾照想着，星星掉进她的怀里，就是她的了。她要拥着他，独占他，永远和他在一起。

"可是……这样会不会不太正式？"虽然沈玦星承诺过，无论什么时候，只要顾照愿意嫁，他就愿意娶，但没想到她会在这种情况下向他求婚，说随意，倒也不随意；说讲究……又差点儿意思。在他的想象里，求婚要有戒指，要有亲朋的见证，要有摄影师，还要有爱心蜡烛，最重要的是，得由男方来求婚啊。

顾照想了想："要下跪吗？"

见她真的作势要跪，沈玦星赶忙拦住她："不用！"

顾照握住他的手，仰着头，带着点儿紧张地看着他："那我们……说好了？"

额头上的胎记褪成了淡淡的粉色。若单论五官，顾照至多只能算是长得清秀，如今却被这一抹粉衬得无比娇艳。

沈玦星的喉结微动，他实在没有办法对这样的顾照摇头说

"不"："好。"最后，他只能答应下来。

几乎是下一秒，顾照扑进了他的怀里。

缘分这东西实在奇妙，像命运的蛛网，看不见，摸不着，待被缠绕其中的两个人回过神，已然紧密地牵住了彼此，再难分开。

沈玦星轻抚着顾照的长发，唇角泛起笑意，心中最后的一点儿求婚被抢先的不甘也随之消失："缘分实在是很奇妙的东西，不是吗？"

沈旋章笑着为坐在对面、满脸写着无语的宋姣梦倒酒。宋姣梦看了一眼杯子，说："我今天是开车来的。"

"车，让代驾开回去；你，我会负责送回家的。"他举起杯子，向她的方向微微倾斜，"事不过三，这已经是第三次了，宋小姐难道不觉得我们之间很有缘吗？"

宋姣梦举起杯子，碰了碰他的杯子："前两次或许是巧合，今天这次……你是故意的吧。"

宋姣梦回想起来，当初自己第一次与沈旋章见面的时候，他好像确实说过他有个姨奶奶在顾照工作的那家养老院，只是自己万万没想到，他口中的"姨奶奶"竟然是晓娟老师。

"我确实一开始就知道姨奶奶给我介绍的人是你，也是我让姨奶奶不要把我的信息透露给你的，但我这么做并没有恶意，只是怕你不来见我。"

"见了又有什么意思？"宋姣梦抿了一口红酒，"你又不要结婚。"

"如果我要呢？"

动作一顿，宋姣梦吃惊地看着沈旋章。沈旋章脸上没有半点儿玩笑的意味："如果我说，我想跟你以结婚为前提来交往呢？"

"呃……"

"关于你担心的事情，我也可以设法解决。"沈旋章不像是在相亲，倒像是在生意场上谈生意，冷静又有条理，"我愿意提供我的体检报告。"

宋姣梦直接被嘴里的酒呛到，咳得惊天动地。

（正文完）

番外合集

（一）尽其在我

顾照不是高调的人。她与沈玦星见了他的父母，一同吃了饭，又买了一对素戒，两个人就算订婚了。

蒋婉觉得顾照没有长辈在身边，自己这个准婆婆既是顾照的婆家人，也是顾照的娘家人，是顾照的"妈妈"。哪怕顾照总是说不缺什么，蒋婉还是会隔三岔五地买一些名贵的补品送过去。

在婚礼的举办上，蒋婉也有自己的想法。顾照与沈玦星的意思是自家人吃一顿饭就行了，太过隆重、浮夸的仪式并不符合他们的风格。蒋婉却认为这场婚礼要办，而且要大办，要让顾照风风光光地出嫁，不能委屈了人家姑娘，为此还跟沈玦星闹得有些不愉快。当然，这些都是背着顾照的。

"孩子的事儿，你瞎掺和什么？"可能是自觉亏欠了大儿子，沈廉在对小儿子的养育上采取了更为宽松、自由的态度，简称"佛系"。只要是沈玦星自己想好的、喜欢的，沈廉向来不会多言。

"顾照那孩子老实，不会为自己争取。我把她当成自己的女儿，总是要为她多考虑一些的。"蒋婉很不认同丈夫对自己的"瞎掺和"的评价，"人家已经这不要、那不要了，要是连婚礼都不好好办，也太委屈她了！"

沈廉正在平板电脑上看象棋比赛，闻言瞥了她一眼，摇摇头道："你这是用自己的主观臆测在给顾照下定义，觉得她需要一个盛大的婚礼，但问题是结婚本就是小夫妻两个人的事儿。他们不要大办，你强加上去，那只能说是完成了你的心愿，不是他们的。"

蒋婉被他说得有些恼羞成怒，又看他万事不操心，还在看比赛，拿起一个抱枕就砸了过去："好好好！什么都是你们父子对，我是恶人，我多管闲事儿，行了吧？！"

抱枕砸到沈廉的肩膀上，又掉到了地上。沈廉弯腰将抱枕捡起来，知道妻子这是真生气了，忙放下平板电脑，凑到她的身边给她捏肩。

"你消消气。我知道你是心疼顾照，想给她最好的，但你想想看，珙星难道不想给她最好的吗？"沈廉一句话就说到重点，"咱们的儿子啊，绝对比你更舍不得顾照受委屈。"

天气渐渐冷下来，善慈家园陆陆续续地走了一些人，又进来了一些人。新入职的员工里，就有宋姣梦。她成了院长助理，接手了顾照手里的公众号和活动策划的活儿，大大减轻了顾照的工作量。

老实说，宋姣梦正式入职养老院让顾照觉得有些意外。顾照记得宋姣梦就是因为家里的生意接触不到年轻人才不愿意继承家业的，可养老院里最缺的就是年轻人了。而且干他们这一行的，不比在那些大公司里工作的，可以一级级地往上升。养老院的职位相对固定，工资待遇也很一般，可能院长的工资连宋姣梦以前的工资的一半儿都不到。

不过宋姣梦能留下来，顾照还是很开心的，特别是宋姣梦被安排在顾照工作的那间屋子里，就是之前"老财务"的那个位置。两个老同学上班一见面就有说不完的话，连林敏清都打趣地说，从不知道顾照还有这样活泼的一面。

"你之前同晓娟老师介绍的那个对象见面，后来怎么样了？还在聊吗？"午饭时，顾照和宋姣梦坐在一起吃饭。顾照突然想到这件事儿，就顺嘴问了。

送到嘴边的筷子一顿，宋姣梦含糊地嗯了一声："在聊呢。"明明沈旋章对她来说并不是最好的选择，但可能因为他的那张脸太有蛊惑性，那天她见他那么有诚意，鬼使神差地就答应了下来。啧，想不到她也有色令智昏的一天。

顾照看宋姣梦的面色有些古怪，迟疑地问："怎么了？"

宋姣梦看了顾照片刻，还是没忍住，说了实话："是沈旋章。"

顾照的筷子上夹着的一块鸡蛋随着宋姣梦的话音落下而掉落。顾照愣住了："啊？"沈旋章在中秋家宴上所说的话简直是"单身主义宣言"。时过未久，言犹在耳，怎么他口上说着不婚，却还是到处和女孩子相亲？

"他是要和你认真交往的意思吗？"不想冤枉好人，顾照打算问清楚再说。

"他说是。他还给我看了他的体检报告，挺健康的。"宋姣梦感觉他比自己都健康，基因没毛病，精子活性也不错。他能做到这一步，可谓诚意满满。

顾照想到中秋家宴结束后沈旋章叫住自己，突然向自己询问宋姣梦的事儿。难道那时候他其实就对宋姣梦有意思了？

"那你……怎么想的？"

"这个男人，长相是我喜欢的类型，身材也好。既然他对我也算有些诚意，试试就试试呗。试两个月，如果不行，我再把他踹了，下一个更乖。"

顾照的小心脏颤了颤，被宋姣梦的"渣女言论"震撼到。但因为与宋姣梦是好朋友，顾照哪怕觉得这样不太对，还是假装硬气地附和道："也……也是，下一个更乖！"

看顾照的样子，好像一只慌里慌张的兔子啊。宋姣梦故意逗顾照："实在不行，去父留子。"

顾照看起来更慌张了："生孩子这种事，还是要考虑清楚。你不要冲动啊。"宋姣梦没忍住，在食堂里放声大笑起来，引得人们纷纷侧目。

这个冬天，S市的疫情控制得还算不错，偶有零星的新增，也很快就被遏制。不过顾照他们养老院仍旧施行了一次封闭管理，时间不长，只有七天。然而就这七天，竟然出了一件让众人连想都想不到的"幺蛾子"。

有个人说自己是他们养老院里住院人员的家属，对着他们养老院的门头拍了一段视频，然后将视频发到网上，说养老院在封闭期间，食堂的食物糟糕，药物准备不齐，护工还虐待老人。

虽然这个视频的传播量不大，下面的评论也只有几百条，但区里对此事相当重视。转天区里的电话就打到了养老院，向方院长责问这到底是怎么回事儿，还说要派人下来调查。

对这种"莫须有"的事情，方院长不知如何是好，很委屈，加之压力也大，接完电话就红着眼睛进了洗手间。顾照不放心，想跟去看看，被宋姣梦按下了。宋姣梦说："让院长一个人待一会儿吧。"

顾照又坐了回去，长长地叹了一口气："这些人怎么瞎说啊？我们食堂的菜都是新鲜的，就是疫情最严重那会儿都没缺过老人一口菜。药物也都备齐了，虐待老人更是不可能的事儿。我们院从来没接到过家属的投诉。现在一个不知道哪里来的人在网上随便发一条视频，大家竟然不问缘由就相信了他，怎么会这样？"

顾照越说越气，连身体都颤抖起来。这是她热爱的养老院、热爱的事业。非常时期，本来大家都很不容易了，还要分心处理这样的事情，让她怎能不痛恨那个造谣的人？而且就算他们之后辟谣，又有多少人会看到、会相信呢？

"这是典型的浑水摸鱼制造事端。不是经常有那种人吗？明明没有的事儿，却被他们编得像模像样。他们不会愧疚，也不会觉得自己无耻，甚至还挺享受'备受瞩目'的那种感觉。"宋姣梦道，"你知道古斯塔夫·勒庞吗？他写过一本群体心理学著作，叫《乌合之众》。虽然书里的有些观点被认为过于偏激，但我觉得还挺有道理。"

宋姣梦上大学时修过心理学，所以读过这方面的书："当人们变成一个群体时，群体意志就会取代个体意志，形成群体无意识行为。换言之，每个人的智商都会随之下降，变得更容易被煽动。而掩藏在群体中，个体的责任感与羞耻心也会更低，进入'匿名状态'，促生偏执与专横的心理。"

顾照听了皱起眉头："所以偏听偏信是必然的，我们没有一点儿办法是吗？"

"按照心理学来说，确实如此。"宋姣梦很遗憾，"所以才有'造谣一张嘴，辟谣跑断腿'这句话嘛。在群体里仍然能保持个体意志的人太少了。就算有，他的声音也会被群体的声音压下去。"

听了宋姣梦这一席话，顾照感觉到前所未有的失落。这股情绪甚至持续到了晚上，在与沈玦星打电话时，轻易被他听了出来。沈玦星问："发生什么事情了吗？"

顾照的鼻子有些发酸，她将事情原原本本地与沈玦星说了。沈玦星也没想到还能出这种事儿，忙安慰道："你要这样想，相信的人，他们肯定不了解你们养老院，或许只是凑个热闹，转头就把这件事儿给忘了，那他们信与不信又有什么关系呢？你们养老院的老人，还有他们的家属不信，那就够了。"

顾照想想，也是这个道理。今天老人们知道这个事情，都义愤填膺，有几个老人连血压都高了。很多院里老人的家属得知这件事儿，还说要向区里反映，为他们平反。这个世界，终究还是好人多。

"尽其在我。"顾照平静下来。只要尽自己的力，做自己该做的事情就好了。无愧于心，比什么都重要。

沈玦星轻笑了一下："嗯，尽其在我。"

两个人又聊了一些琐事。还有两天，养老院就解封了。沈玦星再三与她确认解封的时间，说他妈托人从乡下买了两只老母鸡，要他一定得给顾照煲鸡汤喝。

"那我等会儿发消息去谢谢妈妈。"订婚之后，顾照对蒋婉的称呼也随之改变。

顾照一开始对称呼的改变还感到有些别扭，毕竟"妈妈"这个词对她来说太陌生了。但她发现只要自己叫蒋婉"妈妈"，蒋婉就会特别开心。蒋婉的那种发自内心的喜悦传递给顾照，顾照也不由得快乐起来，于是很快就爱上了这个称呼。

"嗯。"沈玦星顿了一下，问道，"我们的婚礼，你想好了怎么办吗？"

蒋婉似乎终于想通了，决定不再掺和小两口儿的事儿。这次沈玦星去见蒋婉，蒋婉直接就说让他们俩自己决定就好，但是一定要顾照开心、满意才行。

"我还是原来的想法。家里人吃一顿饭就行，没必要大操大办。"如果大办，一来太费钱了，顾照认为不值得；二来顾照也不大喜欢将自己的私事搬到那么多人的面前。要不是蒋婉说对家里人总是要知会一声的，顾照其实觉得领个证就行了。

"那蜜月总要有吧？"要不是顾照对他还是有需求的，他有时候都觉得她太无欲无求了。

顾照想了想，感觉这个可以有，就说："那我到时候提前向院长请个年假。"

"你想去哪儿？"

"去你没去过的地方吧。"

"那就由我来安排吧，你到时候只要把自己带上就行。"沈玦星信心满满，"包君满意。"

（二）密 月

避开旺季，顾照与沈玦星在暑假前完成了自己的蜜月之旅。从做攻略到订机票，再到找当地的司机和导游，所有的事情都是沈玦星全权负责。顾照没有过问过，甚至不知道他们具体要去的地方。

长到这么大，顾照出远门的次数屈指可数，一次是小时候跟着爷爷去首都看病，还有一次是工作后单位组织团建爬山。算上爬山那一次，这是她第二次坐飞机。

他们要去的地方已经靠近边境了，有些远，S市没有直达飞机，他们必须先在C市中转，再乘飞机飞往目的地的机场。当天一大清早，天还没亮，两个人就出了门，历经十多个小时，晚上快七点时才到那里。

这个时间，要是S市，天已经黑了，但在这里，天还很亮。两个人透过餐厅的大窗户望出去，远处的民居与寺庙连成白色的一片，阳光洒在寺庙金色的屋顶上熠熠生辉，透着一种难以言说的圣洁。

因为此时是淡季，酒店里的人不多。吃饭的时候，餐厅里除了顾照他们，只有一桌。酒店管家兼他们的向导是位藏族小哥，名叫"多吉次仁"。多吉知道他们是新婚旅行，还特地让厨房为他们准备了精美的小蛋糕。看着蛋糕上可爱的红心和"囍"字，顾照都有些不忍心下嘴。

他们的行程一共七天，一路住的都是同一家连锁酒店，由多吉负责陪同和讲解。雪山、湖泊、寺庙……由于顾照并没有事先了解过自己要去的地方，所以看到什么都觉得很新鲜，听讲解也很认真。

他们到了一个佛洞。多吉给了他们一人一支短烛，说在这里祈愿非常灵验。

"我听说如果想要愿望实现，是要连着来三年的。"顾照有些迟疑。这次是因为有婚假，她才能出来这么久。要是明年、后年，她就不知道有没有这个时间了。而且这里这么远，他们来一次实在不容易。

多吉摆摆手："我们没有这个说法。只要心诚，拜哪里的佛都是一样的。佛无处不在，不会只停留在一个地方。"

顾照被多吉这么一说，豁然开朗。确实，既然已经是佛陀了，怎还会苛求这些有的没的？两个人点好蜡烛，拜好了佛，一出洞，沈玦星就问顾照许了什么愿。

"我和佛说，希望这场疫情快点儿过去，大家都可以回到以前那样的生活。你呢？"

听了她的话，沈玦星有些意外，又没那么意外。他笑着摸了摸顾照的脑袋，道："和你的一样。"

顾照惊喜不已："这么巧啊！"

"说明我们心有灵犀。"

沈玦星许的愿其实与顾照的并不相同，但要说和她的愿望"一样"，也没什么问题，因为他的愿望是："希望佛祖能达成我妻子的愿望。"

第四天，他们住进了一个小村子，村子周围都是山，农田很多。一到晚上，外头漆黑一片，只余天上高悬的明月依旧明亮夺目。

S市无论多偏僻的郊区，晚上仍是很亮的，顾照从没见过这样漆黑的夜晚，觉得十分新奇，便披着一条披肩坐到阳台的竹椅上。过了一会儿，沈玦星也出来了，捧着两杯热茶，递给顾照一杯。两个人就这样坐在阳台上，听着远处的狗叫，赏着头顶的明月，一边聊天儿，一边喝茶。

"这里好安静，"顾照说，"星星也好多。"

"你喜欢看星星，明年我们可以去沙漠。"沈玦星道。

顾照摇摇头："我想去看额尔古纳河，去草原。"

顾照很少主动提要求。她向来是随遇而安、无欲无求的。听到她这么明确地说出想去哪里，沈玦星颇为惊讶，但略一思考，他好像又知道了原因。

顾照他们养老院的那位患阿尔茨海默病的袁奶奶，在上个月去世了。过年的时候，霍玲将她奶奶接回家住了一阵，老人家不知怎的就感染了风寒，咳嗽一直不好，后来越来越严重，成了肺炎。老人家都没回养老院，直接住进医院，自那之后就再也没出来。

得到袁奶奶离世的消息，顾照消沉了好几天。虽然知道每个人都会有这么一天，但顾照仍然很难接受这样突然的离别。

"袁奶奶年轻的时候当过知青。霍玲小时候一直听她奶奶说起草原的事儿，所以当初我给袁奶奶选书时，特地选了一本关于草原的。"只是无论顾照重复读多少次，袁奶奶总是会忘记开头，因此直到袁奶奶离世，那本《额尔古纳河右岸》连一半儿都没读到。

"我想去看看让袁奶奶魂牵梦绕的草原到底是什么样。"

哪怕是糊涂了，生病了，在听到书中熟悉的景物描写时，袁奶奶仍会激动地告诉顾照，是的，就是这样的。精神好的时候，袁奶奶很爱说草原的事儿，说他们为什么要去那里，说草原的星辰，说草原的马，说他们和那些少数民族的故事。袁奶奶记不清自己的年纪，总以为自己才四十多岁。她总和顾照说，很想回去一次，看看那些许久不见的朋友，尝一口草原的羊肉。后来霍玲告诉顾照，她奶奶在草原的老友，其实大多已经离世了。

不知道现在他们有没有团聚，袁奶奶有没有吃上她心心念念的羊肉。顾照望着夜空中的点点繁星，出神地想着。

"好，那我们明年就去草原。"沈玦星转过头，注视着顾照的侧脸，"你想去哪里，我都会带你去。"

顾照从自己的思绪中回神，闻言，看向沈玦星。两个人相视而笑，不约而同地举起茶杯碰了碰。

"一言为定。"

"一言为定。"

没有什么山盟海誓、浓情蜜语，有的只是脉脉温情与彼此心照不宣的默契。

"下次我来做攻略，定行程。"顾照饮下一口茶，说道。

"好。"沈玦星点点头，爽快地答应，放手让她去做新的尝试，"有什么不懂的，你就问我。"

"嗯。"七天的时间转瞬即逝，多吉在最后一天用汉藏双语写了一张明信片给他们，祝他们平安喜乐、扎西德勒（吉祥如意），还送给他们一人一条寺庙里开过光的石头项链，说戴了能保平安。

在回程的飞机上，顾照不知不觉靠在沈玦星肩上睡着了，等她醒来时，S市的璀璨夜景已经出现在舷窗外。飞机停稳后，顾照没急着开手机，而是等下了飞机，快到进行核酸检测的地方时才开机。结果她一开机，手机振得简直停不下来。不只她的手机是这样，沈玦星的也是一样。

两个人对视一眼，同时点开了自己手机上显示"+99"未读消息的微信。不看不要紧，这一看，两个人干脆停住了脚步，脸上的表情变幻莫测，两个人都感觉有点儿蒙。

今天晚上六点多，也就是顾照和沈玦星还在飞机上的时候，宋姣梦在三人约饭群里丢下了一枚"重磅炸弹"。

宋姣梦:"朋友们,把手上的事情停一停,我有事儿要宣布。"

楚袁沅:"什么啊?你跟沈玦星他哥分手了?"

宋姣梦:"我怀孕了,是个意外。不过我打算将孩子生下来。"

楚袁沅:"你不觉得太突然了吗?"

宋姣梦:"是有点儿突然,所以我决定先把孩子生下来,和沈旋章的事儿以后再说。"

楚袁沅发了一个"捂脸"的表情包。

而沈家的家族群里也是差不多的情况。晚上六点多的时候,沈旋章突然在群里说自己要结婚了。他不大在群里发言,一发言就是这么劲爆的内容,一下子把沈家人都炸出来了。多到翻不到头的消息里,一大半儿是大家对他的祝福和各种询问。

顾照看着沈家群里喜气洋洋的,心情微妙。

"我刚下飞机。"顾照在三人群里发言,"那我买的牛肉干伴手礼,你是不是不能吃了?"

宋姣梦:"把我的那份给楚袁沅吧,让她替我吃。"

顾照:"预产期是什么时候啊?"

宋姣梦:"今年年底。"

顾照算了一下时间。好家伙!宋姣梦这是"试用期"那会儿就怀上了?

楚袁沅:"那不是过年那会儿就有了?你过年没喝酒吗?"

宋姣梦:"喝了啊,我已经说了是意外。只是因为我多喝了两杯,一颗小种子就在我的身体里发芽了。"

楚袁沅连着发了"捂脸"和"抽根烟冷静一下"的表情包。

顾照在群里热聊的时候,沈玦星也没闲着。他接到了来自蒋婉的电话。

"你们下飞机了。"蒋婉的声音很轻,她故意压着嗓子,"旋章的事儿,你知道了吧?"

"我刚下飞机就在群里看到了。"

"他有没有跟你说起过这件事儿?"

"没有,我也是刚知道消息。"

蒋婉叹气:"这孩子,我去问了他妈妈,他妈妈也说刚知道。你爸被气得要死,打电话跟他吵了一架,这会儿自己闷在书房里写毛笔字静心呢。"

"我哥已经是成年人了。他既然做了决定,我们支持就好了。"毕竟别人干涉也没用。

"我也是这么劝你爸的。"蒋婉顾念他们刚下飞机,已经很累了,就没多说,嘱咐他们好好休息后就挂断了电话。

结束与母亲的谈话后,沈玦星本来还想给沈旋章打个电话问一下情况,被顾照制止了。顾照让他再等等,等自己上班跟宋姣梦了解好具体情况后,再去问大哥也不迟。

回到家已经是深夜,两个人洗完澡就直接躺到床上睡下。黑暗中,睡意席卷而来,顾照迷迷糊糊间感觉到沈玦星从后面抱住她,湿热的呼吸全打在她的后颈处。

"顾照,你想要孩子吗?"

顾照的瞌睡一下子醒了七分。她握住他搂在自己腰间的手,道:"我现在……还不想。怎么了?你想要孩子?"

"不想。"沈玦星没有丝毫犹豫地回答道,"我只想和你两个人在一起。"

顾照从小没有父母,又是在养老院这样的地方工作,所以对于血脉传承看得比较淡。有孩子不能长生不老,没孩子也不会英年早逝,只要自己想清楚了,有没有孩子都一样。

"那就只有我们两个。"说着，顾照重新闭上眼。

"嗯。"沈玦星吻了吻她的后颈，将她紧紧地搂进怀里。

（三）新生命

疫情来得快去得也快，去年这时候大家都还在抗疫，今年，生活就已经基本恢复正常。但对顾照来说，还不到放松的时候，每天早晨起床她要做的第一件事不是刷牙洗漱，而是拿出抗原自测，做出来阴性才能放心去上班。

"一道杠啊？"一双结实的胳膊从后头抱上来，含着微微沙哑的嗓音在顾照耳边响起。

顾照被他弄得有些痒，偏了偏脑袋，将手里的抗原拿给对方看。

"今天也是小队长。"

她说这话时不同于平时的语调，带着点儿调皮，又有些不自知的骄傲，可爱得沈玦星心动不已。

他将脸埋进顾照的脖颈，亲吻她覆着发丝的肌肤。

"恭喜。"他低笑着道。

两个人结婚才一年，还属于新婚期，正是蜜里调油的时候，经常一腻歪就没完没了，或者说……沈玦星经常一腻歪就没完没了。顾照想到自己之前还为此迟到过，只能骗院长临时有事儿请了半天假。

有了前车之鉴，她强迫自己从美色里清醒过来，推开了沈玦星的脑袋。

"好了，我去刷牙了。"说完刺溜一下窜进洗手间将门反锁了。

顾照准时来到办公室，一进门就看到了个意想不到的身影。

"你怎么来了？"

宋姣梦挺着个大肚子，坐在办公室的会客沙发上，手里正无聊地翻看着一本养老院的宣传册。

她自从有了身孕后就成了儿家人的重点保护对象，很少出门了，实在憋得难受了，就会叫楚袁沅和顾照到她家去过夜。五六个月的时候顾照记得她来过一次，和老人们打了一下午的麻将，后来不知怎么被沈旋章知道了，爆发了他们相识以来的初次感情危机。

"我不就是打个麻将嘛，又不是不回家，他至于吗？啧，男人就是麻烦，之前还说自己不婚主义，现在看我看得比谁都紧。他以为有孩子我就怕他吗？竟然还给我闹小情绪，有本事一辈子别跟我说话啊！"

宋姣梦在群里抱怨的时候，顾照和楚袁沅都沉默了，两个人心里不约而同地对沈旋章产生了一丝同情。

片刻后，顾照才发言："大哥也是关心你。"

楚袁沅也劝："人家已经做得很好了，每次产检都到场，和你一起学习育儿知识，工作再忙也每天中午一个电话问你情况，还不介意你那些参言参语，你不要不知足了。"

不知道是不是她们的苦口婆心起了效果，宋姣梦渐渐也忆起沈旋章的好。"确实，我原本以为他不行的，结果他竟然做得比我想要的更好。"

没过两天，顾照找了个机会叫沈旋章和宋姣梦到家里吃饭，本意是想借机劝和，没想到两个人餐桌上一派和谐，没有半点儿不和的样子。

顾照悄悄问了宋姣梦什么情况，对方从鼻腔里冷冷哼出一个音，说道："还能怎么样，当然是我道歉啊。"用最傲慢的表情，说最卑微的话。

后来宋姣梦就学乖了，外出都会报备，但能不出门尽量不出门，养老院也是再没来过。

如今她都九个月了，顾照没想到她会突然跑来。

"好久没来，想你们了。你放心，跟沈旋章报备过的。"宋姣梦将宣传册往桌上一丢，道，"现在孩子月份大了，不用再那么小心翼翼的，我就是过来跟你打个招呼，等会儿就去找杨爷爷他们，我跟他们都约好了今天打牌的。"

顾照锁了包，闻言叮嘱道："那你自己当心些。"

"知道了。"宋姣梦起身往外走，走到门口又站住了，回头问，"对了，我生那天沈玦星来吗？"

大嫂生产，作为小叔子一般是不用候在一旁的，但由于顾照跟宋姣梦的关系非比寻常，两个人一早说好了，宋姣梦生的那天顾照要在场，沈玦星知道后就说要陪着顾照一起。哪怕顾照一再说了不用他陪，他还是坚持。

"来的。"顾照劝了几个月都没劝成，语气有些无奈。

"他们沈家兄弟怎么回事，结婚后一个比一个黏人。"宋姣梦露出嫌弃的表情。

顾照腼腆地笑了笑，没有说什么。

宋姣梦生产那天，顾照接到电话下班后直接去了医院，到的时候沈旋章已经在了。

起先一切都很顺利，也没有任何征兆。

生孩子这种事儿没那么快的，宋姣梦怕老人太累，就没让沈旋章通知他们。楚袁沉正好出差去了，不在 S 市，只能远程在手机上为宋姣梦加油鼓劲。三个人一起视频，还畅想了一下宋姣梦生好孩子后大家一起去大吃一顿的场景。

宋姣梦被推进手术室没多久，沈玦星也来了。

三个人坐在外面，虽然紧张，但更多的是期待。谁也没想到手术室的门被打开的时候，医生会带来不好的消息。

"孩子出来了，没事，但产妇大出血了，我们现在要给她紧急输血。丈夫是哪一位？过来签下单子。"女医生戴着手套的双手上全是未干的血迹。

顾照对面站着沈旋章，她这辈子从没见过有人的脸色能在瞬息间变得这样惨白。

医生急匆匆出来，又急匆匆进去，片刻后，护士拿来单子给沈旋章，顾照凑过去看了一眼，是病危通知书。

她的手控制不住地变冷，心脏就像被人狠狠掐住了，好半天才吸上来一口气。

沈玦星从后面揽住她，扶她坐下来，极尽所能地安慰道："你先别急，等会儿孩子出来你先看看孩子，我和大哥在这里等着。放心吧，会没事儿的。"

孩子很快被推了出来，沈旋章看都没看一眼，一把抓住护士，急切地想知道宋姣梦的情况。

"医生已经在尽力抢救了，家属耐心等待，有消息会通知你们的。"她冷静地挣脱沈旋章的桎梏，推着小车往前走，"来个家属。"

顾照立马起身跟了过去。

"有情况手机联系。"她边走边朝沈玦星晃了晃手机。

沈玦星点点头，看了一眼小床上刚出生的侄女，很快回身到了沈旋章身边。

兄弟俩沉默地等在手术室外，宛如两具高大的石像。

刚出生的婴儿皮肤红红的、皱皱的，眼睛是一条缝，裹在襁褓中又小又轻，让人有些不敢触碰。

顾照怜爱地望着这个才来到世上不足一天的小姑娘，眼里迅速积聚起泪水。

她不受控制地胡思乱想起来。想宋姣梦要是有个万一，这个孩子该怎么办；想老天为什么既要创造女人，又让女性生育这样艰难；想自己从小没有父母遭遇的种种难处……

蒋婉赶到的时候，她已经把一双眼睛都哭肿了，一个人孤单单地坐在婴儿床旁，手里一直紧紧握着手机，既怕错过消息，更怕收到不好的消息。

"哎哟我的闺女啊。"蒋婉接到儿子电话本来就心情沉重，一见她这样，鼻子也跟着发酸。

她上前一把搂住顾照的脑袋，让她靠在自己怀里："没事了，爸爸妈妈来了。"

顾照整个人都在颤抖，却没有再哭。她知道蒋婉爱护她，所以也怕对方担心。

她努力憋回眼泪，仰头问："爸爸他们到了吗？"

蒋婉点点头："都到了，姣梦的父母，旋章的妈妈，还有你爸爸，大家都在手术室外头等着呢。"

看着婴儿床上甜甜沉睡的孩子，蒋婉叹了口气。

好好的大喜事，怎么就这样了？

知道顾照也很担心宋姣梦的情况，蒋婉让她只管去，自己会在这里守着孩子。

顾照犹豫片刻，最终还是急急往手术室去了。

冰冷的白色大门前，人更多了，气氛也更压抑了。

宋妈妈与沈旋章的妈妈坐在一块儿，两个人眼圈都有些泛红，瞧着是刚哭过。

宋爸爸与沈旋章站在手术室门口，不时焦虑地来回踱步，如果能抽烟，怕是烟蒂早就堆了一地。

　　沈玦星与沈廉父子俩则坐在另一边，一个弯腰盯着地面，一个仰头看着天花板，脸上都是愁云惨淡的。

　　顾照没有往沈玦星那边走，而是直接坐到了宋妈妈身边。

　　"阿姨。"她握住对方的手，默默地给予温暖与鼓舞。

　　宋妈妈这一年来见过她几次，是知道她和女儿关系的，被她这样手一握，眼泪又在眼底打转。

　　"我女儿怎么这么命苦啊，为什么偏偏是她啊……"

　　顾照不知道这时候要说些什么才能安慰对方，只能更用力地握住她的手，一遍遍像是催眠又像是自我安慰般说着"她会没事儿的"。

　　抢救足足进行了三个小时，一直等到半夜十二点多医生才出来宣布宋姣梦转危为安。

　　一时，妈妈们喜极而泣，爸爸们也抱在了一起。顾照的心一下子回到原处，眼泪再也止不住地往外流。

　　沈玦星替她温柔地擦掉眼泪，将人搂进了怀里："好了好了，没事儿了，否极泰来，以后都会没事儿的。"

　　沈旋章倚靠着墙壁，绷了一夜的神经终于得以松懈。他单手捂着双眼，强忍着才没有坐下。

　　到了这会儿，他的大脑才有余力去想别的事，让他记起自己还有个女儿。

　　他撑着疲惫的身躯来到顾照与沈玦星面前："孩子……还好吗？"

　　顾照吸吸鼻子，离开沈玦星的怀抱，带着浓重鼻音道："好的，很健康，长得很像姣梦，妈妈现在看着她呢。"

　　沈旋章点点头，转身又去守着手术室大门了。

　　很快，宋姣梦被从里面推出来，失血过多的原因，嘴唇一点儿血色也没有，宋妈妈一遍遍呼唤女儿的名字，却始终得不到回应。

医生说宋姣梦情况还不稳定，要在加护病房住两天，让大人们都先去看孩子。

从手术室到加护病房，七个大人跟了一路，眼泪也流了一路。直到宋姣梦进了加护病房，众人被拦在外面，这才只能无奈离去。

小婴儿吃了奶，正在蒋婉的臂弯里睡得香甜。

"她一点儿都不闹，很乖嘞。"

宋妈妈轻柔地摸了摸婴儿的脑袋，唇边的笑意很淡。

本来该是庆祝新生命诞生的一天，因为宋姣梦的身体情况，大家心里都存着心事，无法全心全意地感到喜悦。

"你们回去吧，我留在这里就行。"沈旋章见时间不早了，便劝大家回去休息。

宋妈妈担心女儿，也心疼外孙女，不放心留他一个大男人，硬是要留下。"我回去也是睡不着的，不如在这里带孩子，我心里还踏实点儿。"

沈旋章没有再劝："那等明天月嫂来了您再回去休息吧。"

蒋婉马上道："明天我和老沈来替你们。休息一定是要休息的，不休息身体哪里吃得消？别姣梦好了，你们反而倒下了。"

沈旋章的妈妈也说："明天我让阿姨煲个汤给你们送来。"

顾照也想留下来的，她很会照顾人，虽然照顾的对象从老人家变成小婴儿，但怎么也要比沈旋章熟练些吧，结果刚开口就被蒋婉打回去了。

"你都没生过孩子怎么带孩子？好了，快跟玦星回去吧。你身体本来就不太好，别累出病了。"

她想说她只是瘦弱，体质还是很好的，奈何宋姣梦的父母也劝她回去。她没有办法，只好跟着沈玦星回家了。

路上她想起还没给楚袁沉报平安，连忙给对方打去了电话。

楚袁沉一直守在手机旁，电话接通的那一刻，顾照不开口，她都不敢呼吸。

"没事了，姣梦脱离危险了。"

楚袁沉闻言当即长长地松了一口气，嘴里喃喃着都是"菩萨保佑""谢天谢地"。

此时已经凌晨，无论是电话这头还是那头，这一晚都是身心俱疲，两个人很快挂了电话，呼道晚安。

沈玦星的车在无人的深夜一路畅通无阻地到了家，顾照先进的门，才将包放下，整个人便被沈玦星从后面搂进怀里。

他紧紧抱着她，几乎要将娇小的她揉进胸腔里。

这确实是一个惊心动魄的夜晚，顾照理解地拍了拍埋首在自己颈窝处的脑袋，学着医院里对方安慰她的说辞，道："没事了。"

让沈玦星如此的，可以说是宋姣梦生产这件事情，也不是宋姣梦生产这件事情。

他从来不知道生孩子会这样危险和艰难，只要一想到顾照有一天或许也会像宋姣梦那样苍白地躺在那里人事不知，他就觉得自己要疯了。

"我们不要孩子了好不好？"他从来没有哪一刻这样坚决地抵制生育这件事情。

顾照一愣，有些心酸，又有些感动："也不是每个女性生育都是这么艰难的……"

"我知道这是概率问题，可我不想赌，一点儿都不想。"他在手术室外等待的时候，用手机搜索了生产大出血的原因，越搜越害怕，更要命的是，他发现大出血不是最可怕的，在它之上还有个死亡率百分之八十的生产并发症——羊水栓塞。

十万人里只有六个人生产会发生羊水栓塞，沈玦星相信在生孩子之前，她们的家人都不觉得这项厄运会发生在他们身上。

总是想象一些不好的血腥场面，沈玦星猜测这可能是他的侵入性思维在作怪，然而他一点儿都不想收回刚刚说的话。

"孩子没有那么重要，我只想和你两个人平平安安地度过余生。顾照，好不好？"他近乎是在哀求。

之前深夜有一次两个人突然谈到过这个话题，那时候他们刚刚结婚，不要孩子更像是不想这样快结束二人世界。但是现在不同了，顾照能感觉到拥抱着自己的手臂在微微颤抖，沈玦星在恐惧。

孩子对她来说从来不是必不可少的选项，她的想法还是与之前相同——有很好，没有也无所谓，最重要还是她和沈玦星都能感到舒服自在。

婚姻是两个人的经营，如何合作收获最大的幸福感是目标，顾照从不觉得世俗的经营方式适合每一对夫妻。

"那就不要孩子。"

得到她肯定的答复，沈玦星一下子放松下来，下一秒又更用力地拥紧她，整张脸埋在她颈侧叹息般吐字："谢谢。"

宋姣梦伤了元气，身体好得很慢，所幸孩子有月嫂和家里人带着，她也不用太操心。

出院后，她直接住进了S市市中心的一家高端月子会所。那里有专业的护理人员，精心调配的康复餐，能更好地照顾她的身体，更重要的是，离沈旋章的公司很近，他工作结束后只要步行五分钟就能到月子会所所在的那栋楼。

阴霾散去，否极泰来，一切都在往好的方向前进。大家逐渐从宋姣梦惊心动魄的生育中回过神，纷纷开始为新生命的到来感到欢心雀跃。

孩子满月时，由于宋姣梦的身体还没有完全恢复，满月酒便又往后推迟了一个月。

许是年纪轻底子好，到两个月时，宋姣梦在宴席上已看不出一丝病容，与沈旋章站在一处，一个明艳动人，一个高大俊朗，当真是一对璧人。

当初两个人的婚礼办得挺隆重，请了快一百桌，满月酒却只是请了双方一些关系比较近的亲戚朋友，不到十桌。

趁着人齐，大家高兴，沈玦星端着酒杯起身，向众人宣布了他和顾照不要孩子的决定。

桌上一静，大家都被打了个措手不及。

"怎么……好端端就不要孩子了？"沈玦星的一个堂哥率先打破沉默。

"这是我和顾照共同的决定，今天趁着大家都在说一下，以后大家见面就不用催我们了。"沈玦星举了举杯，象征性地喝了口饮料就坐下了。

"小照，你也是这样想的？"蒋婉拧着眉问。

顾照见大家都看向自己，背一下子挺了起来："是，我……我也是这样想的。"

她其实有些害怕看到蒋婉失望的表情，这一年来蒋婉对她太好了，满足了她对"母亲"所有的幻想，她实在不忍对方伤心难过。

蒋婉闻言沉默了片刻，想开口让他们晚两年再考虑考虑，不必这样早做决定，话到嘴边，眼前浮现一大家子无助地站在手术室门外的景象。

如果在里头生死不知的人换成顾照……她光是这样想，心脏都要吃不消了。

"那我们也尊重你们，日子是你们自己在过，你们开心就行。"最终，她改了口。

沈廉对沈玦星的事儿一向插手得少，或者说插不上手，老婆大人都开口了，他自然也没话说。

之后的日子平静而惬意，顾照一如既往地认真生活，沈玦星也有努力工作，两个人各自忙碌又共同经营着他们温馨的小家。

这天沈玦星说他要出差几天，顾照不疑有他，第二天嘱咐他路上小心便自己去了养老院，结果晚上就接到了商铭远的电话，让她去一趟医院。

顾照握着电话整个人都软了，以为是沈玦星出了什么事情，忍着心慌，连衣服都来不及换就冲出了家门。

她焦急地按着电梯，恼恨它怎么这样慢。

"这事儿他不让我告诉你，但我看他那样于心不忍，觉得应该还是要告诉你，你们毕竟是夫妻，你有知情权是不是？"商铭远在电话那头说，"沈玦星这货不知道怎么想的，一个人跑到医院来做了结扎手术……你别担心，手术很成功，就是伤口有点儿肿，现在不太好下地。"

顾照动作一顿："结扎手术？"

"对，就是把输精管扎起来，防止怀孕的一个小手术。"

电梯门缓缓地在顾照面前打开，里面空无一人，她收回手，转身重新往家里走。

"下次能不能……说话一口气说完？"要进门她才发现自己连鞋都没换，还是家里的居家拖鞋。

商铭远连连道歉，给她说了医院和具体病栋后才挂断电话。

顾照换好衣服赶到医院时已经是晚上九点，她推开病房门进去，里面正在谈话的两个人不约而同抬起头看过来。商铭远还好，知道她要来没有很惊讶，沈玦星就不一样了，一双眼直接瞪圆了，半天才反应过来自己应该是被出卖了。

他一个眼刀射向商铭远，商铭远半举起双手从沙发上起身，笑嘻嘻往门口挪："我去抽根烟，你们聊。"

门"咔嗒"一声关上了，顾照来到床边，打量着病床上的沈玦星，想笑笑不出来，想怪又舍不得。

"这么重要的事儿都不告诉我？"顾照坐在床沿，牵起沈玦星的手握紧掌心。

"我说了你一定会反对。"沈玦星还是很了解顾照的，她有些时候确实很好说话，但有些时候也很难被撼动。

顾照知道他不想要孩子，但不知道他不想要孩子的决心竟然这样强烈。

"用一般的避孕方式不行吗？动刀多疼啊。"脸都没血色了，手也比平时凉一些。

沈玦星摇了摇头："我查过的，传统避孕还是不够保险。男性结扎是伤害最小也是最行之有效的避孕方式，只要阻断输精管就行，不痛的。"像是怕顾照不信，他捧起她的手放到脸侧，轻轻贴住，看着她又特意强调了一遍，"真的。"

顾照觉得心简直比超市里买的云朵面包还要软："你让商铭远回去吧，今晚我留下来陪你。"

"你明天不上班了？"

"不上了，请假陪你。"

沈玦星不带犹豫的，拿起手机就给商铭远发去信息，让他不用回来了，同时身体往床的另一边挪了挪，拍拍空出来的一大块地方，示意顾照上床来。

其实家属陪护有沙发床可以睡，但这会儿沈玦星就算要天边的月亮，顾照都会借梯子去够，更不要说这点儿小要求了。

床不算大，但好在顾照也不占什么地方，和沈玦星两个人正好能挤下。

"等天气凉快点，咱们就去草原吧？"沈玦星一会儿把玩顾照柔软顺滑的长发，一会儿捏捏对方的耳朵，哪怕已经贴得很近了，还是觉得不够。

想要一直一直在一起，一天二十四小时，一年三百六十五天。

以前，沈玦星觉得自己是事业咖，爱情婚姻都得靠边站，现在……他只是一个成天想和老婆贴贴的恋爱脑。

"好。"顾照偎在他身侧，视线自然而然地落到他的下半身，"医生有没有说你大概多久能好？"

"两天就能出院。"

顾照仰头看向他，一双眼黑白分明格外澄澈，伴着额头上那抹犹如粉色樱花瓣的胎记，给人一种别样的娇艳欲滴感。

"不是这个'好'。"

沈玦星垂眼与她对视，喉头滚动了一下，很快明白她的意思。

"一周就行。"他的声音含着一丝暗哑。

顾照将脸靠上沈玦星的胸膛，道："那一周后咱们试试。"

沈玦星闭了闭眼，默默想了一些工作上的事情分散注意力。他现在都有些后悔把商铭远换成顾照了，这大宝贝实在是考验他的自制力。

沈玦星的结扎手术非常成功，一年又一年，直到他们婚后第七年，两个人都没有孩子。

七年间，沈玦星事业获得不俗的成绩，房子越换越大，车也越换越高档，不变的是两个人的感情一如过去，顾照也还是在善慈家园任职。

沈旋章与宋姣梦的女儿沈安安一眨眼已经到了快要上学的年纪，但由于平时太过调皮，宋姣梦最近一直在为她以后的学习发愁。

"都是沈旋章，把她宠成什么样了。"安安出生没多久，宋姣梦就与沈旋章领了证。意外与明天不知道哪个先来，生死线上走一遭，她获得许多感悟，也更懂得珍惜当下了。

"活泼好啊，活泼的孩子朋友多。"顾照看着不远处在游乐设施里爬上爬下的小身影，笑着道。

这是一家新开的儿童室内游乐场，面积有一千多平方米，小孩子在里面自己玩儿，家长可以在外面边喝茶边通过监控查看孩子的情况。

"朋友多有什么用？朋友能替她考试吗？"宋姣梦也不想做个严厉的母亲，但沈旋章已经这个德行了，她要是再无原则地宠溺沈安安，这孩子怕是要废。

顾照："慢慢来嘛，她还小。"

顾照从小是个内向的性子，所以会更羡慕那些外向活泼的孩子。沈安安可爱活泼还不爱生病，简直可以说是梦中情娃了。

"妈咪！婶婶！"这时候，沈安安可能是玩儿累了，满头汗地从游乐场里头跑出来，一头栽进宋姣梦怀里。

宋姣梦有些嫌弃地给她擦了擦满头的汗："平时都是缠着你婶婶的，今天怎么这么黏着我？你是不是又闯祸了？"

沈安安捧起桌上的吸管杯喝了一大口西瓜汁，说："婶婶身体不好，不能碰的。"

顾照与宋姣梦互相对视一眼，从彼此的眼眸里看到了茫然。

"我没有不舒服啊，安安为什么要说婶婶身体不好？"顾照拉过小女孩儿，让她坐到自己腿上。

安安咬着吸管，从上往下，视线落在顾照的肚子上。

"婶婶这里有个妹妹。"

两个大人震惊得都说不出话。

"你姨妈这个月来了吗？"宋姣梦马上问。

顾照算了算时间，道："晚了几天，还没来。但不可能啊，玦星都已经……你是知道的。"

"我知道，之前我怕再怀孕，想着给沈旋章也绝育了，特地去查过……"

"是结扎，不是绝育。"顾照忍不住纠正她。

"反正我去查过，结扎按理说可以做到百分百的避孕率，但如果时间久了，扎住输精管的那根绳子松了，就不一定了。概率很小，但不是没有。"宋姣梦道。

顾照被她说得心中惴惴不安，回去的时候特地去药房买了验孕棒，一进家门就冲进洗手间按照说明书操作起来。

沈玦星一开门就看到顾照拿着体温计一样的东西站在客厅里，全神贯注到连他回来都没反应。

他好奇地凑过去看了一眼，正好看到"体温计"上显出第二道杠。

"你阳了？"有些东西虽然已经用不上，但早就刻在骨子里，一见到杠杠沈玦星下意识就以为是抗原。

顾照微微蹙着眉，将说明书递给他。

"我可能有了。"

"有了？"沈玦星疑惑地接过说明书，根本没往那方面想，"有什……"他一下子闭嘴，不敢相信地瞪着说明书上"验孕棒"三个字。

两个人第二天就一起去医院做了检查，一个妇科，一个泌尿科。半天后，两个人看完碰头，面色都有些凝重。

这个孩子来得实在是猝不及防，两个人毫无准备，惊吓大于惊喜。

沈玦星一直到晚上都面色很沉，看起来心情不大好，顾照吃饭的时候就劝他看开点儿，说这或许是天意，有了就接受吧。

沈玦星没说什么，只是点了点头。

到了晚上就寝，顾照侧着身，已经快要睡着，沈玦星从后面忽然抱住她，一个劲儿地跟她说对不起。

"怎么了？干吗跟我道歉？"

沈玦星一开始不说话，被顾照催了几次才开口："都是我害你怀孕。"

七年了，顾照以为沈玦星的生育能力恐惧早就随着时间慢慢失去，想不到还怕着呢。

"这几年我们身边也不少人生孩子，你看有谁死掉的吗？"顾照说着拍了拍环在自己腰上的手背。

"没有。"沈玦星闷闷道。

"姣梦那次虽然惊险，后头也转危为安了是不是？"

"是。"

顾照转过身，在黑暗中捧住沈玦星的脸，凑上去轻轻地吻了吻。看不太清的关系，她只胡乱亲到他的唇角。

"那我也会没事儿的，我保证。"

沈玦星久久没有出声。顾照松开手，失落地退后，指尖才离开温热的肌肤就被一把握住，拖回去。

沈玦星双唇贴住顾照的手背，低低地从喉间"嗯"了声。

　　这个孩子在顾照与沈玦星三十四岁的时候来临，事业有成，感情稳定的三十四岁。

　　顾照生产那天，沈玦星整个人魂不守舍。顾照进了多久产房，他就魂不附体了多久。

　　明明只是隔着一道门，他却好像与对方隔了千山万水，为着不能及时触碰到对方、不能听到对方的声音而坐立难安。

　　他坐在走廊里，每一分每一秒都觉得煎熬，心不安地提起，怎么也落不到实处。

　　不知过了多久，一声响亮的啼哭声透过门板传到每个人的耳里。沈玦星立马坐直身体看向那扇门，紧张得连呼吸都轻了。

　　终于，一名医生推开门来到了众人面前。

　　"母女平安。"她笑着宣布。

　　一瞬间，灵魂归位，心脏回到原处，世界重新变为五彩斑斓，沈玦星后知后觉地意识到，他活了过来。

　　顾照是顺产，被推出来时是清醒的状态。沈玦星第一时间冲上去，抚着她汗湿的额头，落下深情的一吻。

　　"我爱你。"他一遍遍小声吐露着爱语，好像怎么也说不够。

　　顾照眼角有泪，心里却从未有过地感到满足与踏实。迎接新生命的诞生是一种奇妙的感觉，她其实没有什么自己成为母亲的实感，只是觉得神奇。

　　她诞下了一个生命。她生下了……她和沈玦星的孩子。

　　心口满涨的情绪让她落下更多的泪来，她蹭着爱人的下巴，哽咽着回应："我也爱你。"

（完）

后记

我有一个朋友，因为身体从小就很自卑，说话慢慢的。一群人走在路上，她好像总是游离在外，一不注意就会落在最后头。

我一直觉得她是怯懦的、笨拙的，不明白她为什么总犯低级的错误，难以理解她的一些喜好，也对她有一些"恨其不争"的感觉。

我就好像文里一开始的宋姣梦和楚袁沅，被固有印象困住，长时间只能看到一些表面的东西，却看不到我这位朋友灵魂深处的闪光点。

我对她改观，是在她找了一份养老院的工作后。

没错，这篇文的顾问其实是我的这位朋友，甚至，女主身上有一些她的影子。

自从在养老院里工作后，我们每次久别见面，她都好像变得更活泼一些。每一次，我都能在她的身上发现一些触动我的点。

曾经那个在人前说话都不利索的女孩子，会为了给老人表演节目特地在网上学习魔术，虽然都是老土的魔术，但当她熟练地表演给我看时，我还是为之惊艳。

因为她是他们养老院最年轻的工作人员，公众号管理和运营都是她负责，每次节日晚会也是她负责主持，主持完，她就写成文章发上公众号。

她虽然是文职人员，但考了护工证、社工证等。直到我找她沟通情节时，她才平淡地将这些证书甩到我的面前，再不好意思地补充一句，自己低空飞过。

她在我不知道的地方努力着，活成了让我感到耀眼的存在。

这份工作没有那么起眼，她却投入了百分百的爱。

疫情时，各处封控，她只能像顾照一样，和同事们打地铺住在养老院里，回不了家，甚至因为过度劳累引发了旧疾。

她可能是自卑的，但从不卖弄；可能笨拙，但很认真；可能怯懦，但很勤勉。

文在网上连载结束后，我说过，我写这篇文的初衷是想让大家知道每个女孩子都在闪闪发光。

你柔弱没关系，胆小也没关系，格格不入也没关系……你的善良会被"我"看到，你的优秀会被"我"发现，你的努力会被"我"铭记。

即使平凡，但你闪闪发光，是我钦佩并感到骄傲的女孩子。